T0203321

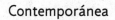
Contemporánea

Juan Carlos Onetti (Montevideo, 1909-Madrid, 1994) fue uno de los mayores exponentes de las letras hispánicas del siglo xx. Autor de relatos y novelas, en su primera etapa escribió obras fundamentales como *El pozo* (1939), *Tierra de nadie* (1941), *Para esta noche* (1943) y *La vida breve* (1950). Desde la publicación de esta última ambientó sus obras en Santa María, un universo imaginario que hizo historia en la narrativa latinoamericana. *Los adioses* (1953), *El astillero* (1961), *Juntacadáveres* (1964) y *Dejemos hablar al viento* (1979) dan prueba de la altísima calidad literaria de su obra de madurez. Exiliado en España desde mediados de los años setenta, obtuvo el Premio de la Crítica en 1979 y el Premio Cervantes en 1980. En Uruguay recibió dos veces el Premio Nacional de Literatura, en 1962 y de nuevo en 1985, cuando la democracia acababa de regresar al país; pero él mismo decidió no volver. Pasó los doce años finales de su vida recluido en su piso de Madrid, casi sin levantarse de la cama. Su última novela, *Cuando ya no importe*, se publicó en 1993.

PREMIO CERVANTES

Juan Carlos Onetti

La vida breve

DEBOLS!LLO

Penguin
Random House
Grupo Editorial

Primera edición en Debolsillo: junio de 2016
Decimosegunda reimpresión: diciembre de 2023

© 1950, Juan Carlos Onetti y Herederos de Juan Carlos Onetti
© 2016, Penguin Random House Grupo Editorial, S. A. U.
Travessera de Gràcia, 47-49. 08021 Barcelona
Diseño de la cubierta: Penguin Random House Grupo Editorial
Ilustración de la cubierta: © Federico Yankelevich
Fotografía del autor: © Getty Images

Penguin Random House Grupo Editorial apoya la protección del *copyright*.
El *copyright* estimula la creatividad, defiende la diversidad en el ámbito de las ideas
y el conocimiento, promueve la libre expresión y favorece una cultura viva.
Gracias por comprar una edición autorizada de este libro y por respetar las leyes del *copyright* al no
reproducir, escanear ni distribuir ninguna parte de esta obra por ningún medio sin permiso. Al
hacerlo está respaldando a los autores y permitiendo que PRHGE continúe publicando libros para
todos los lectores. Diríjase a CEDRO (Centro Español de Derechos Reprográficos,
http://www.cedro.org) si necesita fotocopiar o escanear algún fragmento de esta obra.

Impreso en Colombia - *Printed in Colombia*

ISBN: 978-84-663-3432-7
Depósito legal: B-8.936-2016

A Norah Lange y Oliverio Girondo

... O something pernicious and dread!
Something far away from a puny and pious life!
Something unproved! Something in a trance!
Something escaped from the anchorage and driving free.

W.W.

Primera parte

I. SANTA ROSA

—Mundo loco —dijo una vez más la mujer, como remedando, como si lo tradujese.

Yo la oía a través de la pared. Imaginé su boca en movimiento frente al hálito de hielo y fermentación de la heladera o la cortina de varillas tostadas que debía estar rígida entre la tarde y el dormitorio, ensombreciendo el desorden de los muebles recién llegados. Escuché, distraído, las frases intermitentes de la mujer, sin creer en lo que decía.

Cuando su voz, sus pasos, la bata de entrecasa y los brazos gruesos que yo le suponía pasaban de la cocina al dormitorio, un hombre repetía monosílabos, asintiendo, sin abandonarse por entero a la burla. El calor que la mujer iba hendiendo se reagrupaba entonces, eliminaba las fisuras y se apoyaba con pesadez en todas las habitaciones, en los huecos de las escaleras, en los rincones del edificio.

La mujer iba y venía por la única pieza del departamento de al lado, y yo la escuchaba desde el baño, de pie, la cabeza agachada bajo la lluvia casi silenciosa.

—Aunque se me destroce a pedacitos el corazón, le juro —dijo la voz de la mujer, cantando un poco, cortándosele el aliento al final de cada frase, como si un empecinado obstáculo surgiera cada vez para impedirle confesar algo—. No le voy a ir a pedir de rodillas. Si él lo quiso, ahora lo tiene. Yo también tengo mi orgullo. Aunque me duela más que a él mismo.

—Vamos, vamos —conciliaba el hombre.

Escuché por un rato el silencio del departamento en cuyo centro repiqueteaban ahora pedazos de hielo remolineados en los vasos. El hombre debía de estar en mangas de camisa, corpulento y jetudo; ella muequeaba nerviosa, desconsolándose por el sudor que le corría en el labio y en el pecho. Y yo, al otro lado de la delgada pared, estaba desnudo, de pie, cubierto de gotas de agua, sintiéndolas evaporarse, sin resolverme a agarrar la toalla, mirando, más allá de la puerta, la habitación sombría donde el calor acumulado rodeaba la sábana limpia de la cama. Pensé, deliberadamente ahora, en Gertrudis; querida Gertrudis de largas piernas; Gertrudis con una cicatriz vieja y blancuzca en el vientre; Gertrudis callada y parpadeante, tragándose a veces el rencor como saliva; Gertrudis con una roseta de oro en el pecho de los vestidos de fiesta; Gertrudis, sabida de memoria.

Cuando volvió la voz de la mujer pensé en la tarea de mirar sin disgusto la nueva cicatriz que iba a tener Gertrudis en el pecho, redonda y complicada, con nervaduras de un rojo o un rosa que el tiempo transformaría acaso en una confusión pálida, del color de la otra, delgada y sin relieve, ágil como una firma, que Gertrudis tenía en el vientre y que yo había reconocido tantas veces con la punta de la lengua.

—Se me podrá destrozar el corazón —dijo al lado la mujer— y a lo mejor ya no volveré a ser nunca la misma de antes. Cuántas veces me hizo llorar Ricardo como una loca, en estos tres años. Hay muchas cosas que usted no sabe. Esta vez no me hizo nada peor que otras cosas que me ha hecho antes. Pero ahora se acabó.

Debía de estar en la cocina, agachada frente a la heladera, rebuscando, refrescándose la cara y el pecho con el aire helado donde se endurecían olores vegetales, aceitosos.

—No voy a dar un solo paso aunque se me destroce el corazón. Aunque venga a pedirme de rodillas...

—No diga eso —dijo el hombre. Había caminado, supongo, sin ruido hasta la puerta de la cocina, y con un brazo peludo apoyado en el marco y el otro encogido sosteniendo el vaso miraría desde arriba el cuerpo acuclillado de la mujer—. No diga eso. Todos tenemos errores. Si él, digamos... Si Ricardo viniera a pedirle...

—No sé qué decirle, créame —confesó ella—. ¡He sufrido tanto por él! ¿Nos tomamos otro, le parece?

Tenían que estar en la cocina porque escuché golpear el hielo en la pileta. Abrí otra vez la ducha y removí la espalda bajo el agua mientras pensaba en la mañana, unas diez horas atrás, cuando el médico fue cortando cuidadosamente, o de un solo tajo que no prescindía del cuidado, el pecho izquierdo de Gertrudis. Habría sentido vibrar el bisturí en la mano, sentido cómo el filo pasaba de una blandura de grasa a una seca, a una ceñida dureza después.

La mujer resopló y se echó a reír; alterada por el rumor de la ducha, me llegó una frase:

—¡Si supiera cómo estoy de los hombres! —Se alejó hacia el dormitorio y golpeó las puertas del balcón—. Pero ¿me quiere decir cuándo va a llegar la tormenta de Santa Rosa?

—Tiene que ser hoy —dijo el hombre, sin seguirla, alzando la voz—. No se apure, que antes de la madrugada revienta.

Entonces descubrí que yo había estado pensando lo mismo desde una semana atrás, recordé mi esperanza de un milagro impreciso que haría para mí la primavera. Hacía horas que un insecto zumbaba, desconcertado y furioso entre el agua de la ducha y la última claridad del ventanuco. Me sacudí el agua como un perro, y miré hacia la penumbra de la habitación, donde el calor encerrado estaría latiendo. No me sería posible escribir el argumento para cine de que me había hablado Stein mientras no lograra olvidar aquel pecho cortado, sin forma ahora, aplastándose sobre la mesa de operaciones como una medusa, ofreciéndose como una copa. No era posible olvidarlo, aunque me empeñara en repetirme que había jugado a mamar de él, de aquello. Estaba obligado a esperar, y la pobreza conmigo. Y todos, en el día de Santa Rosa, la desconocida mujerzuela que acababa de mudarse al departamento vecino, el insecto que giraba en el aire perfumado por el jabón de afeitar, todos los que vivían en Buenos Aires estaban condenados a esperar conmigo, sabiéndolo o no, boqueando como idiotas en el calor amenazante y agorero, atisbando la breve tormenta grandilocuente y la inmediata primavera que se abriría paso desde la costa para transformar la ciudad en un territorio feraz donde la dicha podría surgir, repentina y completa, como un acto de la memoria.

La mujer y el hombre habían vuelto, perdiéndose, a la habitación.

—Le juro que locura como la nuestra no hubo —había dicho ella al salir de la cocina.

Cerré la ducha, esperé a que el insecto se acercara para voltearlo con la toalla, aplastarlo contra la rejilla del sumidero, y entré desnudo y goteante en el dormitorio. A través de la persiana vi la noche que comenzaba a ennegrecerse desde el norte, calculé los segundos que separaban los relámpagos. Me puse dos pastillas de menta en la boca y me tiré en la cama.

...Ablación de mama. Una cicatriz puede ser imaginada como un corte irregular practicado en una copa de goma, de paredes gruesas, que contenga una materia inmóvil, sonrosada, con burbujas en la superficie, y que dé la impresión de ser líquida si hacemos oscilar la lámpara que la ilumina. También puede pensarse cómo será quince días, un mes después de la intervención, con una sombra de piel que se le estira encima, traslúcida, tan delgada que nadie se atrevería a detener mucho tiempo sus ojos en ella. Más adelante las arrugas comienzan a insinuarse, se forman y se alteran; ahora sí es posible mirar la cicatriz a escondidas, sorprenderla desnuda alguna noche y pronosticar cuál rugosidad, cuáles dibujos, qué tonos sonrosados y blancos prevalecerán y se harán definitivos. Además, algún día Gertrudis volvería a reírse sin motivo bajo el aire de primavera o de verano del balcón y me miraría con los ojos brillantes, con fijeza, un momento. Escondería enseguida los ojos, dejaría una sonrisa junto con un trazo retador en los extremos de la boca.

Habría llegado entonces el momento de mi mano derecha, la hora de la farsa de apretar en el aire, exactamente, una forma y una resistencia que no estaban y que no habían sido olvidadas aún por mis dedos. «Mi palma tendrá miedo de ahuecarse exageradamente, mis yemas tendrán que rozar la superficie áspera o resbaladiza, desconocida y sin promesa de intimidad de la cicatriz redonda.»

—Entienda. No es por la fiesta ni por el baile, sino por el gesto —dijo la mujer al otro lado de la pared, próxima y encima de mi cabeza.

Tal vez estuviera tirada en la cama, como yo, en una cama igual a la mía, que podía ser escondida en la pared y exhumada por la noche con unos desesperados chirridos de resortes; el hombre, corpulento, de retintos bigotes enconados, podría estar, siempre bebiendo, doblado en un sillón o sudando, prisionero de un imaginario respeto, junto a los pies descalzos de la mujer. La miraría hablar, asintiendo, sin decir nada; desviaría a veces los ojos, fascinado por las uñas de los pies, pintadas de rojo, los cortos dedos que ella estaría moviendo a compás, sin pensarlo.

—¡Qué me importa el carnaval, imagínese! Ya, a mi edad, no me voy a quedar loca por un baile. Pero era el primer baile de carnaval que íbamos a ir juntos, Ricardo y yo. Y le digo con toda la boca, como se lo dije a él, que se portó como un hijo de perra. Dígame qué le costaba decirme que no podía, «mirá, tengo otra cosa que hacer» o «no tengo ganas». Si no tiene confianza conmigo, dígame con quién más la va a tener. Una mujer nunca se engaña; nos hacemos las engañadas, sí, muchas veces, que no es lo mismo. —Se rió sin amargura, entre dos toses—. Hasta podría darle nombres; él se caería de espaldas si supiera las cosas que yo sé de él y me callé por discreción. Ni se lo sueña. Pero dígame si no es distinto, una noche de carnaval, el primer baile que vamos a ir. Y llegan las once, las doce y el señor no aparece. Hasta le dije a la Gorda la lástima que me daba que Ricardo no pudiera largar hasta tan tarde. Lástima por él, imagínese, pensando que se perdía de divertirse. Yo estaba de dama antigua; pero de negro, con pelo blanco.

La mujer se rió, tres chorros de risa; al revés de la voz, ansiosa, que se detenía inesperadamente para señalar el final de cada frase, la risa parecía haber estado contenida, formándose, durante mucho tiempo, y saltar de golpe, entrecortada, como un débil relincho.

—La Gorda, pobre, estaba verde de furia. Se había perdido la noche por nosotros, y al final se fue. Era ya día claro cuando me desperté sentada en aquel sillón grandote (no sé si alcanzó a conocerlo) que teníamos en Belgrano, con la peluca caída y el ramo enorme de jazmines en el suelo. Que con el calor, y todo encerrado, parecía de veras un velorio.

«...Y aquí va a estar Gertrudis medio muerta —pensé—, en la convalecencia, si todo va bien. Con esa asquerosa bestia del otro lado de una pared que parece de papel. Y, sin embargo, cuando la vea mañana en el sanatorio, si puede hablar, si puedo verla, si veo que no se va a morir todavía, podré, por lo menos, apretarle una mano y decirle sonriendo que ya tenemos vecinos. Porque si puede hablar o escucharme y no está sufriendo demasiado, yo no tendré nada más verdadero que decirle, nada más importante que la noticia de que alguien se mudó al departamento de al lado, el H. Ella sonreirá, hará preguntas, mejorará, volverá a casa. Y va a llegar el momento de mi mano derecha, del labio, de todo el cuerpo; el momento del deber, de la piedad, del terror de humillar. Porque la única prueba convincente, la única fuente de dicha y confianza que puedo proporcionarle será levantar y abatir a plena luz, sobre el pecho mutilado, una cara rejuvenecida por la lujuria, besar y enloquecerme allí.»

—No es un capricho —decía ahora la mujer en la puerta—. Esta vez es para siempre.

Me levanté con el cuerpo seco, ardiente; resbalando y apoyándome en el calor fui a levantar la mirilla de la puerta de entrada.

—Ya va a ver como todo se arregla —repitió el hombre, calmoso, invisible.

Vi a la mujer; no tenía bata sino un vestido oscuro y ajustado, pero los brazos, desnudos, eran gruesos y blancos. La voz, interrumpiéndose como aplastada en algodón contra la blandura de los ahogos, resurgía una y otra vez para repetir que ya nada podía ser modificado, sin dejar de sonreír al hombre que me mostraba ahora un hombro gris, el ala oscura del sombrero puesto.

—Puede estar seguro. Una, al final, se cansa. ¿O no es cierto?

II. DÍAZ GREY, LA CIUDAD Y EL RÍO

Estiré la mano hasta introducirla en la limitada zona de luz del velador, junto a la cama. Hacía unos minutos que estaba oyendo dormir a Gertrudis, que espiaba su cara, vuelta hacia el balcón, la boca entreabierta y seca, casi negra, más gruesos que antes los labios, la nariz brillante, pero ya no húmeda. Alcancé en la mesita una ampolla de morfina y la alcé con dos dedos, la hice girar, agité un segundo el líquido transparente que lanzó un reflejo alegre y secreto. Serían las dos o las dos y media; desde medianoche no había oído el reloj de la iglesia. Algún ruido de motores o tranvías, alguna vibración inidentificable entraba a veces en el olor a remedios y agua de colonia del cuarto.

Antes de medianoche ella había vomitado, había llorado apretando contra su boca el pañuelo empapado en agua de colonia mientras yo le golpeaba suavemente un hombro, sin hablarle, porque ya había repetido, exactamente tantas veces como me era posible en el curso de un día: «No importa. No llores». Mientras jugaba con la ampolla creía seguir oyendo, como manchas de ruidos antiguos que hubieran quedado en los rincones del cuarto, los sonidos resueltos, casi desesperados, con sus perceptibles matices de vergüenza y odio, que ella había hecho con la cabeza resignada sobre la palangana. Había sentido crecer contra mi mano la humedad de su frente, mientras pensaba en el argumento para cine de que me había hablado Julio Stein, evocaba a Julio sonriéndome y golpeándome un brazo, asegurándome que muy pronto me alejaría de la pobreza como de una amante envejecida, convenciéndome de que yo deseaba hacerlo. «No llores —pensaba—, no estés triste. Para mí es todo lo mismo, nada cambió. No estoy seguro todavía, pero creo que lo tengo, una idea apenas, pero a Julio le va a gustar. Hay un viejo, un médico, que vende morfina. Todo tiene que partir de ahí, de él. Tal vez no sea viejo, pero está cansado, seco. Cuando estés mejor me pondré a escribir. Una semana o dos, no más. No llores, no estés triste. Veo una mujer que aparece de golpe en el consultorio médico.

El médico vive en Santa María, junto al río. Sólo una vez estuve allí, un día apenas, en verano; pero recuerdo el aire, los árboles frente al hotel, la placidez con que llegaba la balsa por el río. Sé que hay junto a la ciudad una colonia suiza. El médico vive allí, y de golpe entra una mujer en el consultorio. Como entraste tú y fuiste detrás de un biombo para quitarte la blusa y mostrar la cruz de oro que oscilaba colgando de la cadena, la mancha azul, el bulto en el pecho. Trece mil pesos, por lo menos, por el primer argumento. Dejo la agencia, nos vamos a vivir afuera, donde quieras, tal vez se pueda tener un hijo. No llores, no estés triste.»

Me recordé hablando; vi mi estupidez, mi impotencia, mi mentira ocupar el lugar de mi cuerpo, y tomar su forma. «No llores, no estés triste», repetí mientras ella se aquietaba en la almohada, sollozaba apenas, temblaba.

Ahora mi mano volcaba y volvía a volcar la ampolla de morfina, junto al cuerpo y la respiración de Gertrudis dormida, sabiendo que una cosa había terminado y otra cosa comenzaba, inevitable; sabiendo que era necesario que yo no pensara en ninguna de las dos y que ambas eran una sola cosa, como el fin de la vida y la pudrición. La ampolla se movía entre mi índice y mi pulgar y yo imaginaba para el líquido una cualidad perversa, insinuada en su color, en su capacidad de movimiento, en su facilidad para inmovilizarse apenas se sosegaba mi mano, y refulgir sereno en la luz, fingiendo no haber sido agitado nunca.

Estaba, un poco enloquecido, jugando con la ampolla, sintiendo mi necesidad creciente de imaginar y acercarme a un borroso médico de cuarenta años, habitante lacónico y desesperanzado de una pequeña ciudad colocada entre un río y una colonia de labradores suizos. Santa María, porque yo había sido feliz allí, años antes, durante veinticuatro horas y sin motivo. Este médico debía poseer un pasado tal vez decisivo y explicatorio, que a mí no me interesaba; la resolución fanática, no basada en moral ni dogma, de cortarse una mano antes de provocar un aborto; debía usar anteojos gruesos, tener un cuerpo pequeño como el mío, el pelo escaso y de un rubio que confundía las canas; este médico debía moverse en un consultorio donde las vitrinas, los instrumentos y los frascos opacos ocupaban un lugar subalterno. Un consultorio que tenía un rincón cubierto por un biombo; detrás de este biombo, un espejo de calidad asombrosamente buena y una percha niquelada que daba a los pacientes la impresión de no haber sido usada nunca. Yo veía, definitivamente, las dos grandes ventanas sobre la plaza: coches, iglesia, club, cooperativa, farmacia, confitería, estatua, árboles, niños oscuros y descalzos, hombres rubios apresurados; sobre repentinas soledades, siestas y algunas noches de cielo lechoso en las que se extendía la música del piano del conservatorio. En el rincón opuesto al que ocupaba el biombo había un ancho escritorio en desorden, y allí comenzaba una estantería con un millar de libros sobre medicina, psicología, marxismo y filatelia. Pero no me interesaba el pasado del médico, su vida anterior a su llegada, el año anterior, a la ciudad de provincias, Santa María.

No tenía nada más que el médico, al que llamé Díaz Grey, y la idea de la mujer que entraba una mañana, cerca del mediodía, en el consultorio y se deslizaba detrás del biombo para desnudarse el torso, sonriendo, mientras se examinaba maquinalmente la dentadura en el inmaculado espejo del rincón. Por alguna causa que yo ignoraba aún, el médico no estaba en aquel momento con el guardapolvo puesto; tenía un traje gris, nuevo, y se estiraba los calcetines de seda negra sobre los huesos de los tobillos mientras esperaba que la mujer saliera de atrás del biombo. Tenía también a la mujer y pensé que para siempre. La vi avanzar en el consultorio, seria, haciendo oscilar, apenas, un medallón con una fotografía, entre los dos pechos, demasiado pequeños para su corpulencia y la vieja seguridad que reflejaba su cara. La mujer se detuvo de pronto, alargó una sonrisa en los labios; despreocupada y paciente, alzó los hombros. Por un instante, la cara sosegada se dirigió con curiosidad hacia la del médico. Después, la mujer volvió los talones y retrocedió sin apuro hasta desaparecer en el rincón del espejo, de donde saldría casi enseguida, vestida y desafiante.

Dejé la ampolla entre los frascos de la mesita y el estuche del termómetro. Gertrudis alzó una rodilla y volvió a bajarla; hizo sonar los dientes, como si mascara la sed o el aire, suspiró y se quedó quieta. Sólo le quedaba, vivo, un encogimiento de expectativa dolorosa en la piel de las mejillas y en las pequeñas arrugas que le rodeaban los ojos. Me dejé caer, suavemente, boca arriba.

...El torso y los pequeños pechos, inmóviles en la marcha, que la mujer mostró a Díaz Grey eran excesivamente blancos; sólo en relación a ellos y a su recuerdo de leche y papel satinado resultaba chillona la corbata del médico. Muy blancos, asombrosamente blancos, y contrastando con el color del rostro y el cuello de la mujer.

Oí gemir a Gertrudis y me incorporé, a tiempo para verla plegar los labios y aquietarse. La luz no podía molestarla. Miré la blancura y el sonrosado de la oreja de Gertrudis, demasiado carnosa, muy redonda, visiblemente conformada para oír. Estaba dormida, la cara siempre hacia el balcón, hermética, mostrando sólo el filo de un diente entre los labios.

...Además del médico, Díaz Grey, y de la mujer —que desaparecía detrás del biombo para salir con el busto desnudo, volvía a esconderse sin impaciencia y regresaba vestida—, tenía ya la ciudad donde ambos vivían. «No quiero algo decididamente malo —me había dicho Julio—; no una historia para revista de mujeres. Pero sí un argumento no demasiado bueno. Lo suficiente para darles la oportunidad de estropearlo.»

Tenía ahora la ciudad de provincia sobre cuya plaza principal daban las dos ventanas del consultorio de Díaz Grey. Sigilosamente, lento, salí de la cama y apagué la luz. Fui caminando a tientas hasta llegar al balcón y palpar las maderas de la celosía, corrida hasta la mitad. Estuve sonriendo, asombrado y agradecido por que fuera tan fácil distinguir una nueva Santa María en la noche de primavera. La ciudad con su declive y su río, el hotel flamante y, en las calles, los hombres de cara tostada que cambian, sin espontaneidad, bromas y sonrisas.

Oí golpear la puerta del departamento vecino, los pasos de la mujer que entraba en el cuarto de baño y comenzaba después a pasearse, canturreando, sola.

Estuve primero acuclillado, con la frente apoyada en el borde de la celosía, respirando el aire casi frío de la noche. Trapos blancos se sacudían y restallaban a veces en la azotea de enfrente. Un armazón de hierro, orín, musgo, ladrillos carcomidos, mutiladas molduras de yeso. Detrás de mí Gertrudis continuaba durmiendo, roncando suavemente, olvidada, liberándome. La vecina bostezó y empujó un sillón. Volví a inclinar la cabeza hacia las barrancas y el río, un río ancho, un río angosto, un río solitario y amenazante donde se reflejaban apresuradas las nubes de la tormenta, un río con embarcaciones empavesadas, multitudes con traje de fiesta en las orillas y un barco de ruedas que montaba la corriente con un cargamento de maderas y barriles.

A mi izquierda, la mujer encendió una luz blanca en su balcón. «Algo no demasiado bueno, pero tampoco irremisiblemente tonto. Sugeriría, además, una gota de violencia.» La mujer canturreaba, más audible ahora, e iba pisando el parquet con unos tacones brillantes y altos. No había pasos de hombre; ella vino hasta la celosía y la levantó sin dejar de cantar, hizo que la débil luz blanca se extendiera hacia el este, en la noche oscura. Continuaba canturreando con la boca cerrada; su sombra, casi inmóvil, se alargaba en las baldosas del balcón, desgarrada en los barrotes; las manos levantadas se movían con precisión y pereza, tocaban los broches de la ropa o deshacían el peinado. Después, dejó caer los brazos y resopló. Un olor a puerto vino con el viento. La mujer caminó hacia el centro de la habitación y comenzó a reír en el teléfono. Gertrudis murmuró una pregunta y volvió a roncar. La risa de la mujer crecía aguda y poderosa y se cortaba de golpe, moría dejando un silencio oscuro, casi redondo, rellenado por una especie de odio y desesperación familiares.

—Decile que tenga paciencia, Gorda. Que se aguante. Muy poco hombre, decile —jadeaba apenas la voz de la mujer—. Que se lo pregunte a él... No, no tomé nada... Que nos deje hablar, decile. Oíme, Gorda; no va a llover, porque refrescó. Oíme. Se pasó la noche diciendo «mis dos palomitas blancas», y se le caía la baba, palabra. Al final, claro... Pero es un caballero. Un caballero, Gorda, ya te voy a contar. ¿Vas a venir mañana? No, no quiero hablar con él, no le pasés el tubo. ¡Tenía un calor! Sólo pensaba en sacarme la faja, y ahora tengo frío. Ni pienso llamarlo, como si se hubiera muerto. Así se lo estuve diciendo a Ernesto... ¿Sí? Decile que si quiere le doy lecciones. Oíme, Gorda; decile que a la abuela. No te olvidés mañana, que tenemos que arreglar para el sábado. Ya sabe adónde, decile. Chau.

La mujer retomó la canción con la nariz y dio vueltas por el cuarto, descalza ahora. Volvió al balcón, y antes de que apagara la luz me llegó un perfume, un aroma que yo había respirado antes, mucho tiempo atrás, en una confusa reunión de calles con terrones, hiedras, una cancha de tenis, un farol meciéndose sobre la bocacalle.

«La Gorda debe ser la gorda que estuvo ayudándola a esperar y sudando una noche de carnaval en el departamento de Belgrano, sentada en el sillón que tal vez Ernesto llegó a conocer.

»Todavía el pecho de Gertrudis puede rezumar sangre si se agita demasiado, según decía el médico, hecho de roscas de grasa, con voz y maneras de eunuco, de ojos cansados, semidisueltos, salientes y, sin embargo, proclamando el hábito de retroceder con la humildad del que se aburre a pesar de sus mejores deseos. Los ojos, mirando a Gertrudis, hartos hasta el fin de la vida de observar entrepiernas, pliegues, combas, blanduras, lugares comunes y anormalidades. Por ti cantamos, por ti luchamos. La cara colgante inclinada sobre adelantos y retrasos, el olor de la carne fresca y cocida que se alza desprendiéndose del perfume de las sales de baño o del de la colonia distribuida previamente con un solo dedo. Abrumado a veces por la involuntaria tarea de analizar el claroscuro, las formas y los detalles barrocos de lo que miraba y tratar de representarse lo que aquello había significado o podría significar para un hombre cualquiera, enamorado.»

«Un argumento, vamos», había dicho Julio Stein; «algo que se pueda usar, que interese a los idiotas y a los inteligentes, pero no a los demasiado inteligentes. Debés saberlo mejor que yo, como buen porteño.» Julio había escupido en su pañuelo sin hacer ostentación. Y como el médico triste y amable que miró a Gertrudis, con sus repentinas, destiladas sonrisas que morían rápidamente, como vibraciones en el agua, entre la blandura colgante de la cara, Díaz Grey debería tener los ojos cansados, con una pequeña llama inmóvil, fría, que rememoraba la desaparición de la fe en la sorpresa. Y tal como yo estaba mirando la noche de lento viento fresco, podía estar él apoyado en una ventana de su consultorio, frente a la plaza y las luces del muelle. Atontado y sin comprender, así como yo escuchaba el ruido de la ropa sacudida en la azotea de enfrente, el ritmo irregular de los ronquidos de Gertrudis y el pequeño silencio alrededor de la cabeza de la mujer en el departamento vecino.

Oí llorar a Gertrudis, segura de que continuaba dormida. «Mi mujer, corpulenta, maternal, con las anchas caderas que dan ganas de hundirse entre ellas; de cerrar los puños y los ojos, de juntar las rodillas con el mentón y dormirse sonriendo.»

Díaz Grey estaría mirando, a través de los vidrios de la ventana y de sus anteojos, un mediodía de sol poderoso, disuelto en las calles sinuosas de Santa María. Con la frente apoyada y a veces resbalando en la suavidad del cristal de la ventana, próximo al rincón de las vitrinas o al hemiciclo del escritorio desordenado. Miraba el río, ni ancho ni angosto, rara vez agitado; un río con enérgicas corrientes que no se mostraban en la superficie, atravesado por pequeños botes de remo, pequeños barcos de vela, pequeñas lanchas de motor y, según un horario invariable, por la lenta embarcación que llamaban balsa y que se desprendía por las mañanas de una costa con ombúes y sauces, para ir metiendo la proa en las aguas sin espuma y acercarse, balanceándose, al doctor Díaz Grey y a la ciudad donde vivía. Una balsa cargada de pasajeros, con un par de automóviles sujetos con cables, trayendo los matutinos de Buenos Aires, transportando tal vez canastas de uvas, damajuanas rodeadas de paja, maquinarias agrícolas.

«Ahora la ciudad es mía, junto con el río y la balsa que atraca en la siesta. Ahí está el médico con la frente apoyada en una ventana; flaco, el pelo rubio escaso, las curvas de la boca trabajadas por el tiempo y el hastío; mira un mediodía que nunca podrá tener fecha, sin sospechar que en un momento cualquiera yo pondré contra la borda de la balsa a una mujer que lleva ya, inquieta entre su piel y la tela del vestido, una cadenilla que sostiene un medallón de oro, un tipo de alhaja que ya nadie fabrica ni compra. El medallón tiene diminutas uñas en forma de hoja que sujetan el vidrio sobre la fotografía de un hombre muy joven, con la boca gruesa y cerrada, con ojos claros que se prolongan brillando hacia las sienes.»

III. MIRIAM: MAMI

Desde el fondo de la vasta sala, ocupada escasamente por escritorios y mesas de dibujo; desde la luz blanca en los vidrios de las puertas bamboleantes con las inscripciones «Gerente», «Subgerente», «Jefe de Medios», vino Julio Stein alzando los brazos.

Eran las siete de la tarde y no había en la oficina nadie más que yo y la extraña mujer. Yo esperaba de pie en la penumbra y miraba un dibujo a medio hacer en una de las mesas: una bañista sobre un sillón de playa, en una azotea, bebiendo de una botella. El traje iba a ser verde, el sol amarillo, el asiento tenía ya un hermoso color rojizo. No era asunto mío; desde un par de meses atrás casi no redactaba avisos. Debía de ser una campaña de Stein; y Stein habría aconsejado «Veranee sin billete» o «Lleve el veraneo a su casa» o «Enero en la azotea» o «Sin valijas usted puede». En la gerencia, el viejo Macleod habría sacudido la cabeza, entornado los ojos, gritado de pronto con su voz enronquecida:

—¡Flojo, muy flojo! Y gastado. Tómese unas copas y haga algo con punch.

Y Stein habría tomado las copas, habría faltado a la oficina para veranear sin billete con alguna mujer, o llevarse alguna mujer a su departamento, o fabricar un enero entre las sábanas, o demostrarle a alguna mujer que era posible hacerlo sin valijas. Y después habría convencido al viejo Macleod de la fuerza vendedora de alguna de las frases anteriores, convenciéndolo, simultáneamente, de que la idea era de él, de Macleod.

Donde la sombra del anochecer era más espesa, próxima al ruido de disputas y fregado del pasillo, del otro lado del mostrador metálico que dividía la sala, la mujer fumaba esperando a Stein. Era Miriam, estaba seguro; yo la veía por primera vez. En la penumbra blanqueaban su cara y los brazos desnudos, todavía hermosos; el vestido era negro y escotado, el sombrero se inclinaba con audacia sobre la frente, como arrastrado por el excesivo adorno de flores y plumas, tal vez frutas.

Stein avanzó rápidamente, con ruido de tacos, los brazos alzados.

—Parece mentira. ¡Y tengo que saberlo por el viejo! Si no me lo dice Macleod no llego a saber que operaron a Gertrudis. Y tal vez sucedió un día que estuvimos discutiendo la cuenta del antisudoral. Vos, preocupado por ella, y yo hinchando con la técnica adecuada para untarse el sobaco en verano. O las axilas, porque ahí está Mami, y jamás me permitiría en su presencia...

La mujer apoyó los codos en el mostrador y rió en veloz decrescendo, con su risa grotescamente envejecida.

—¡Qué Julio! —murmuró.

Stein giraba entre las mesas, inclinado, buscando.

—Y sólo por Macleod me entero. Porque parece que el viejo es más amigo tuyo que yo. Como él tiene una refinada sensibilidad de tres mil mensuales y el tres por ciento sobre la plata que yo le gano laboriosamente...

Se incorporó con una cartera de cuero oscuro en la mano; por encima de mi hombro sonrió a Miriam, procaz y enternecido.

—Es justo que abras tu corazón al viejo. El judío Stein sólo entiende de ganar plata. ¿Y qué le pasó a Gertrudis? ¿Cómo está ahora?

«Muy distinta de como estaba cuando te acostaste con ella en Montevideo», pensé sin amargura, sintiendo que la Gertrudis de ahora era una desconocida para él. Recogí mi sombrero y volví a mirar el dibujo de la mujer en traje de baño que bebía sonriendo en la azotea.

—Está bien. Una operación peligrosa, pero ahora está bien. Ya hablaremos.

—¡Pobrecita! —comentó la mujer desde el mostrador; se volvió, mirando alrededor con los ojos entornados. Después tiró el cigarrillo en el suelo y estuvo un rato pisoteándolo—. ¡Pobrecita! Brausen no tendría ganas de hablar, Julio. Me imagino.

—No tendría ganas de hablar conmigo, claro —dijo Julio, golpeándome un hombro, guiándome hacia la puertita del mostrador—. Pero no importa. Cada siete minutos inauguro un día de perdón. Y ahora vamos a beber juntos y a repartirnos el pan, y si la belleza un tanto crepuscular de Mami puede consolarte... Ella es generosa y todo lo comprende. Mami: éste es Brausen. —Se acercó a ella y le tocó la barbilla redondeada; Miriam sonreía con la cabeza inclinada, los ojos entrecerrados puestos en la boca de Stein—. Crepuscular, dije... ¡Tan maravillosa! Un glorioso crepúsculo, con más colores que los afiches para subterráneo. Macleod Publicidad. Y con slogans y textos que, estamos seguros, no redactó Brausen el asceta, aquel que no puede abrir su corazón a los amigos de verdad.

—¡Qué Julio! —repetía ella riendo, tratando de ver la cara de Stein en la sombra. Stein la besó tres veces, en la frente y en las mejillas; la cara gastada se agitó suavemente, la lengua humedeció con rapidez los labios.

—Sí, querido —dijo Stein sin soltarla, sosteniendo con tres dedos la gordura del mentón—. Si lo que llamaremos la belleza madura de Mami puede servirte de algo, aquí estamos, ella y yo y nuestro probado espíritu de sacrificio.

—Este Julio... —Por un segundo, ella desvió hacia mí su sonrisa inmóvil.

—Vamos bajando —dijo Stein—. Una copa; una sola copa para el asceta.

Miré en el ascensor la cara redonda y empolvada de la mujer, los rasgos que habían atravesado la vida, de la infancia a la vejez, sin cambios decisivos, los huesos que conservaban la belleza debajo de la carne devastada. Miré la boca pequeña y redonda, los grandes ojos azules, miopes, la corta nariz de muñeca.

—Brausen el sin confianza —dijo Stein—. Tal vez por miedo de que yo le ofreciera dinero. Prefiriendo pedírselo al viejo. El Brausen piénselo dos veces antes de decirlo; el consérvelo entre el sombrero y la cabeza. Pero ¿qué le habrás descubierto al viejo? Porque sé también que no le pediste que te conformara un vale ni te diera licencia ni te aumentara el sueldo.

—Le pedí permiso para faltar dos días.

—¿Y por qué a él? ¿No estoy yo con vales en una mano y días francos en la otra?

Avanzábamos lentamente por la calle angosta, llena de gente. Miriam en el medio, separándonos con sus enormes caderas, encogiéndose un poco al colocar cada pie en el suelo, como si desconfiara del terreno que iba pisando; más allá del busto de seda negra de la mujer, entre su barbilla redonda y el adorno amenazante del sombrero, yo veía a veces el perfil de Stein, siempre sonriendo, la mandíbula que avanzaba muy adelante de la línea de la frente. A la luz de los escaparates pude examinar el pelo amarillo y teñido de Miriam, las arrugas del ojo derecho, las delgadas venas, debajo de la capa de polvos o esmalte, en la mejilla que comenzaba a caer. «Cincuenta años —pensé—; judía, sentimental, buena y egoísta, con muchos valores salvados del naufragio, hambrienta de hombres todavía, o del interés de los hombres.» Stein se detuvo en una esquina, la tomó por los hombros y se inclinó para hablarle.

—Te juro que estás equivocada. No es así. Vos sabés que no me equivoco.

—Sí, Julio. Sí, querido... —dijo ella y estiró una mano venosa para arreglar y acariciar la corbata de Stein—. Pero sos demasiado bueno y abusan.

—¡Demasiado bueno! —repitió Stein guiñando un ojo—. No pueden abusar porque a mí no me importa.

—No te va a devolver la plata.

—Aunque no me la devuelva...

Miriam se volvió hacia mí y me sonrió con lenta tristeza; movía la cara blanca y redonda, untándome con su compasión por Stein.

—Usted sabe cómo es Julio —suspiró finalmente.

—Sí —dije. Si no hubieran hablado de dinero, aquella noche le habría pedido cien o cincuenta pesos a Stein—. Pero usted no va a corregirlo. Ya es tarde.

—No, no —protestó Stein riendo—. Él no sabe nada. Es un asceta; mucho peor, aspira a serlo. A mí sólo me conoce Mami. —Palmoteó la mejilla de la mujer, se apretó contra ella para dejar pasar una pareja.

—Este Julio... —Con la cabeza alzada hacia el mentón de Stein, Miriam dejó oír una risa gastada y emocionante.

—Sólo Mami —insistió Stein, volviendo a caminar, llevándola del brazo—. Y ahora, antes de emborracharme, les voy a contar un cuento. Lo escuché anoche y pensé enseguida... —Me pasó la cartera de Miriam y me tomó del brazo—. Vamos, dos cuadras para abajo, ahí donde no hay música. Cuando me lo contaron pensé que era una lástima que no hubiera una mujer así en el mundo. Pero después recordé que vos sí podrías haberlo dicho. Sólo Mami podría haberlo dicho.

—Es mejor que no lo cuentes, Julio —pidió Miriam.

—¿Por el asceta? ¡Oh, a él le va a gustar! Todos mis choques con Brausen se producen en el grosero terreno de la práctica. Fuera de eso... En cambio, con Mami...

—Mami está vieja, Julio —murmuró ella, y comprendí que tenía la costumbre de decirlo y de suspirar y sacudir la cabeza después.

Stein estaba serio; se inclinó para besarla.

—Vamos a tomar una copa, querida. Brausen nos acompaña. ¿Podés avisar a Gertrudis si se hace tarde?

—Sí —dije, y volví a pensar en los cien pesos que necesitaba—. No hay problema; está con la madre, en Temperley.

Podía tomar unas copas, olvidar la discusión sobre el dinero y pedir los cien pesos a Stein. Miriam eligió la mesa en el bar y se fue al tocador, con una marcha pesada y cautelosa, la cabeza erguida, un cigarrillo recién encendido en los dedos.

—¿No la conocías a Mami, verdad? —me preguntó Stein; sonrió al mozo—. No, no pedimos nada hasta que la señora decida. Yo te hablé mucho de Mami. Ésa es Mami. Vieja, claro; y no hay palabras para hacerte ver en la cara que tiene ahora la que tuvo antes. La mujer más perra, más fantástica y más inteligente que conocí nunca. Y no es mentira que yo la quiera como a una madre; con las licencias lógicas, naturalmente. ¿Ya te conté que ella trabajaba en un cabaret y que yo tenía veinte años y nos fuimos a Europa?

—Sí, muchas veces —dije. Y como ella acababa de volver al salón, sin cigarrillo, la polvera abierta frente a la cara, y se acercaba rozando el mostrador, me apuré—: ¿Podés prestarme cien pesos por unos días?

—Claro —dijo Stein—. ¿Los querés ahora?

—Ahora o después.

—¿Podés esperar hasta mañana? O tal vez me cambien un cheque. Tengo para prestarte eso y mucho más. Pero es una noche excepcional, estar con Mami y contigo. Me gusta sentir que tengo mucho dinero, que no hay límites. Y no está vieja ni fea; está deliciosa. —Se levantó para ayudarla a sentarse—. Mami, no me atreví a pedirte un gin fizz con poco azúcar. Las mujeres cambian.

Le estaba diciendo a Brausen que yo he sido, hasta la fecha, tu única fidelidad. Una fidelidad especial pero que dura; una fidelidad llena de agujeros, es cierto, pero que gracias a eso puede seguir respirando.

Ella sonreía asintiendo y coqueteaba, me dirigía miradas amistosas y de débil disculpa, suspiraba en homenaje a las cosas perdidas y a las conquistadas; encendió otro cigarrillo rápidamente, con los codos apoyados en la mesa para que nadie pudiera verle temblar la mano.

Cuando yo estaba en la oficina desierta, esperando que Stein terminara de discutir y cambiar mentiras con el viejo Macleod, Miriam golpeó con las uñas en el vidrio de la puerta; había entrado enseguida, avanzando con el balanceo que le costaba dominar. Entre solemnes y sonrientes cabezadas preguntó por el señor Stein.

—Creo que sale enseguida —le dije—. Yo también lo estoy esperando.

—Gracias. Es que no nos habíamos citado en ningún lado. Teníamos que encontrarnos abajo, en la puerta, a las seis y media, y pensé que ya habría salido. Porque es tarde... Gracias. Es que hay tanta gente en la calle. Y esperar abajo, con todos los que pasan... Gracias.

Pero no quiso sentarse; y después de ir y volver en la luz grisácea, entornando con resolución los gruesos párpados para distinguir los carteles de propaganda pegados en las paredes —los trofeos gloriosos de las campañas de Macleod y Stein, alguna frase mía—, se apoyó en el mostrador y encendió un cigarrillo. Espiándola, la vi sonreír, abandonar por un momento su cabeza a un temblor que parecía anunciar alguna frase conmovida. Pero no dijo nada; fumaba con dos dedos estirados, rígidos. Un momento después, alguien rió detrás de los cristales iluminados de las puertas del fondo; una frescura y una resignación nocturnas pasaron y después permanecieron en la sala despoblada; de la mujer gorda y vieja que fumaba metida en la penumbra comenzó a brotar para mí una historia nostálgica. Vi que la sombra descendía alrededor de ella, sin tocarla, incapaz de cubrirla, evidenciando que la más compacta noche carecería de fuerzas suficientes para anular el ridículo adorno del sombrero o la ablandada blancura de su rostro hinchado de bebé.

Yendo y viniendo frente al proyecto de cartel donde la mujer en traje de baño descansaba, sonreía y empuñaba la botella, descubrí, ayudándome con el recuerdo de las confesiones enérgicas y empecinadas de Stein, cómo ella, en la adolescencia, y aun antes, había recorrido, pintada, adornada y alentada por su madre (nada más, la madre, que una enorme careta enharinada, un vaho de pescado frito), las paradas de taxímetros alrededor de las plazas. Supe también cómo la había conocido Stein —cuando Stein tenía veinte años—, bailando. Y supe también que habían dormido juntos aquella noche; que habían huido de la sala de baile, los dedos entrelazados, murmurándose cara contra cara palabras a las que iban atribuyendo, emocionados, sucios sentidos inéditos, para vivir una semana en un hotel del Tigre. Siete días que terminaron un sábado, el atardecer en que Stein pidió la cuenta, se tiró, riendo, desnudo, en la cama y preguntó entre hipos: «¿Pero vos sabés, querida, que no tengo un centavo?».

Descubrí y recordé cómo se había acercado ella a la cama, cerca de una ventana, sobre el agua, el club de remeros, los barcos de vela, las lanchas empinadas, las pesadas embarcaciones que traían fruta desde el norte, para mirar al muchacho desnudo. Al principio, apoyado su cuerpo entonces flaco en una columna de la cama, para mirarlo con odio, acercarle una fruncida y roja boca de prostituta que hinchaban los insultos; para mirarlo después con unos ojos pensativos que se entristecían velozmente. Y ella pagó la cuenta y siguió pagando hasta el día —era también un atardecer— en que Stein volvió al departamento en la plaza del Congreso y la despertó besándola, la dejó ir sonriendo al cuarto de baño y esperó; llenó dos vasos, bebió un trago, siempre esperando, paseándose por el cuarto, mirando a través de la pequeña ventana el movimiento de los coches y la gente en la esquina de Rivadavia. Miriam tenía quince años más que él, pero todavía era joven. No lo dijo enseguida; la hizo beber, la tuvo desnuda bebiendo sobre sus rodillas, y además, antes de decirlo, la empujó contra la cama y esperó el final, esperó el suspiro y la sonrisa ciega para decirle que iba a dejarla. Y ella, alzando las cejas, con la boca abierta e incrédula, incorporándose sin esfuerzo en la cama:

—¿Dejarme a mí? ¿A mí? —había preguntado, llena de risa y de asombro, la misma mujer ancha y pesada que fumaba al otro lado del mostrador de la agencia, manchándose el vestido con la ceniza del cigarrillo.

Lo había dejado hablar y razonar, mostrar el miedo y mover las manos en el aire; y cuando Stein quedó vacío, tan pobre que empezó a manejar justificaciones morales, ella terminó de vestirse y pronunció sin mirarlo, sin tenerlo en cuenta, la frase más hermosa que la vida había destinado a los oídos de Stein:

—Nos vamos a París en el primer barco. Vos sabés cómo me gané el dinero suficiente. Voy aquí abajo a que nos manden comida y unas botellas para festejar.

Desde las negras faldas de seda de Miriam me llegó la caricatura de los escrúpulos de Stein en aquel atardecer de quince años atrás, de las mentiras en que se había forzado a creer para justificarse ante sí mismo, ante alguna gente y, sobre todo, ante algunos cadáveres que podía imaginar yaciendo, más severos en la muerte, bajo la tierra de algún cementerio en alguna aldea austríaca.

Después del viaje, y de todo aquel complejo de absurdas y repentinas explicaciones, de sorprendentes sutilezas, no le había quedado a Stein, para justificarse y defenderse ante un pasado personal, austero, que también él había imaginado, nada más que el «Oh, la Butte Montmartre», pronunciado con una sonrisa que él presumía apta para expresar lo inefable; el énfasis sobre Aragon y «Ce Soir», un desteñido «¡Aquello es la vida!» y triviales anécdotas sin nacionalidad forzosa. Sin explicaciones, incapaz de comprender nunca la necesidad de las explicaciones, ella había vuelto a Buenos Aires dos años después que Stein. Lo buscó y le ofreció la mitad de una cama, dos comidas diarias, alcohol y cigarrillos, un poco de dinero para la billetera; y, a veces, consejos y cuidados, un apoyo burlón y vigoroso que acaso Stein nunca podría reconocer. De modo que cuando Stein decía «¡Oh, la Butte Montmartre!» sobre una mesa de restaurante y necesitaba encontrar una mano de ella para palmearla, insinuando con la sonrisa y un ojo entornado cualquier recuerdo de pasada felicidad del que Miriam estaba excluida, se convertía instantáneamente, y en relación a ella, en un mísero Stein. En relación a ella, que había empezado a engordar, a aquietarse y a tranquilizar sus ojos desde el día de su regreso a Buenos Aires; en relación a Miriam, Mami, que cuando, después de muchas copas y con una sonrisa tolerante y confidencial, nombraba la Butte Montmartre o evocaba y poetizaba el sonido de las campanas de Saint-Jean-de-Briques, estaba aludiendo sin recriminaciones a su propio destino, inmodificable y que ella no hubiera aceptado modificar por ningún precio.

IV. LA SALVACIÓN

Me convencí de que sólo disponía, para salvarme, de aquella noche que estaba empezando más allá del balcón, excitante, con sus espaciadas ráfagas de viento cálido. Mantenía la cabeza inclinada sobre la luz de la mesa; a veces la echaba hacia atrás y miraba en el techo el reflejo de la pantalla de la lámpara, un dibujo incomprensible que prometía una rosa cuadrada. Tenía bajo mis manos el papel necesario para salvarme, un secante y la pluma fuente; a un lado, sobre la mesa, el plato con el hueso donde la grasa se estaba endureciendo; enfrente, el balcón, la noche extensa, casi sin ruidos; del otro lado, el silencio inflexible, tenebroso, del departamento vecino.

La mujer llegaría por la madrugada, con cualquiera o sola; Gertrudis volvería de Temperley por la mañana.

Y desde que abriera la puerta, desde que entrara en el ascensor, desde el momento en que yo despertara para esperarla, la habitación, una vez más y peor que nunca, iba a resultar demasiado pequeña para contenernos a los dos y a la tristeza suspirante de Gertrudis, sus miradas que se iban coagulando encima del pañuelo que no quería apartar de los labios. Demasiado pequeña la habitación para sus largos pasos lentos, para los sollozos con que sacudía tímidamente un borde de la cama, en las horas del amanecer en que suponía que yo estaba dormido. Demasiado chica para contener, además, las sacudidas sin esperanza —un corto frenesí, ahora; tan separado por el tiempo del anterior, que nunca llegaban a tocarse— con que yo trataba de arrancar mis rodillas del suelo fofo de lástima y desamor, de cuentas impagas, de la intimidad que se iba haciendo promiscua, de fracasadas sonrisas planeadas largamente, del olor de las medicinas, perdurable, y el olor de Gertrudis, dividido ahora, con orígenes reconocibles.

Pero yo tenía entera, para salvarme, esta noche de sábado; estaría salvado si empezaba a escribir el argumento para Stein, si terminaba dos páginas, o una, siquiera, si lograba que la mujer entrara en el consultorio de Díaz Grey y se escondiera detrás del biombo; si escribía una sola frase, tal vez. Acababa de empezar la noche y el viento caliente hacía remolinos sobre los techos; alguien iba a reírse furiosamente en una ventana próxima; la mujer de al lado, Queca, entraría de golpe, cantando, escoltada por un hombre con voz de bajo. Cualquier cosa repentina y simple iba a suceder y yo podría salvarme escribiendo. O tal vez la salvación bajaría del retrato que se había hecho Gertrudis en Montevideo, tantos años antes, colgado ahora en la pared sombría de la derecha, más allá del plato con la costilla roída. Tal vez de ahí, de la mancha de luz en la frente y la mejilla, de los puntos de luz en el ojo y el labio inferior. Tal vez de la oreja carnosa y casi horizontal, del cuello delgado, la blusa del Lycée Français, el pelo dominando la pequeña frente; de la firma del fotógrafo o de la edad del retrato.

El viento estaba moviendo sus remolinos calientes, tocando apenas las cortinas y los papeles; y también estaría moviéndose para Gertrudis en los árboles de Temperley. Ella en la cama, sin sollozar todavía; la madre subiendo y bajando la escalera para atenderla y repetirle las dos o tres frases que aconsejaban la resignación y prometían el júbilo, las frases que había logrado armar entre caricias y miedo, que barajaría como naipes y depositaría incansablemente en Gertrudis. Y ella, a pesar del llanto en el alba, acabaría por dormirse, para descubrir, por la mañana, mientras se le desprendían precipitados los sueños, que las palabras de consuelo no habían estado desbordando en su pecho durante la noche; que no habían brotado en su pecho, que no se habían amontonado, sólidas, elásticas y victoriosas, para formar la mama que faltaba.

Allí estaba, en el retrato, de perfil, un poco tonta a fuerza de inmovilidad, fija en el final de su adolescencia, en el momento en que había comenzado a exigir un piso firme para sus pies, una sola cama para el descanso y el placer. De perfil, hermosa y sin sentido. Pero también había estado en Montevideo, cinco años atrás, con una blusa de seda y una falda tableada y oscura, el pelo anudado y suelto en la nuca, saliendo del edificio del Liceo, entre muchachos, con libros y cuadernos bajo el brazo, de marzo a noviembre, para caminar riendo y hablando, en el centro del grupo, por 18 de Julio hasta la esquina de Ejido, donde desaparecía.

Recostado en el respaldo de la silla estuve mirando el retrato, esperé confiado las imágenes y las frases imprescindibles para salvarme. En algún momento de la noche, Gertrudis tendría que saltar del marco plateado del retrato para aguardar su turno en la antesala de Díaz Grey, entrar en el consultorio, hacer temblar el medallón entre los dos pechos, demasiado grandes para su reconquistado cuerpo de muchacha. Ningún ruido en el departamento vecino. Ella, la remota Gertrudis de Montevideo, terminaría por entrar en el consultorio de Díaz Grey; y yo mantendría el cuerpo débil del médico, administraría su pelo escaso, la línea fina y abatida de la boca, para poder esconderme en él, abrir la puerta del consultorio a la Gertrudis de la fotografía.

—Una muchacha —me dijo Stein—. ¿Qué más puedo decirte?

Recordé el café de Montevideo, en la esquina de una plaza. Recordé la cara alterada de Stein, su traje viejo y manchado, demasiado grande para él, el cuello de la camisa con arrugas que la mugre subrayaba.

—Una muchacha que no te importa, que no puede gustarte, a la que por nuestra amistad no podés tocar. Muy hermosa, sí. Nos conocimos en el Partido, porque yo trato de enseñar español a los alemanes recién desembarcados y ella viene a controlar no sé qué. Nunca estuve tan loco en mi vida. Le vas a ver la cara de dulzura pensativa y te vas a engañar. Está sola porque la familia salió de Montevideo. Podemos llamarla por teléfono. Le hablé de vos, inventé un Brausen inmejorable. Porque las cosas se complicaron, no quiere verme. La lealtad me obliga a confesarte que no sos el primer tipo maravilloso que le invento y llevo conmigo, como un salvoconducto para que me deje estar unas horas a su lado y probar suerte. No quiere volver a verme.

Entraría sonriente en el consultorio de Díaz Grey-Brausen esta Gertrudis-Elena Sala, la que conocí aquella noche y que me había estado examinando mientras yo bebía y discutía con Stein, hundida en un sillón, acariciándose la cabeza, encogida y absorta y siempre sonriendo. Para hacer vivir a Díaz Grey, esta muchacha despidió a Stein y cuando estuvo sola conmigo se acercó hasta tocarme, cerrando los ojos.

—Yo no sé lo que pasa, y no me importa. Póngale la llave a la puerta y apague esa luz. Cerrá la puerta.

No dejó de seguirme con su sonrisa ciega y maravillada.

Conocí entonces lo que quería resucitar ahora con el nombre de Díaz Grey. Conocí la velocidad masculina de la muchacha, su despiadada manera de suprimir el prólogo, las frases y los gestos que no son fundamentales.

Un momento más, un diminuto suceso cualquiera y la misma Gertrudis bajaría del retrato para salvarme del desánimo, del clima del amor emporcado, de la Gertrudis gruesa y mutilada; vendría a guiarme la mano para escribir un nuevo principio, otro encuentro, describir un abrazo que ella iría buscando entorpecida y sonriente, con los ojos cerrados, con aquel viejo estilo de ofensiva, impreciso y sonámbulo. Un instante más, una cosa cualquiera y también yo estaría a salvo; una taza de café o té, alguna botella de cerveza olvidada en la heladera. Fui a mirar, en el retrato de Gertrudis, a Montevideo y a Stein, a buscar mi juventud, el origen, recién entrevisto y todavía incomprensible, de todo lo que me estaba sucediendo, de lo que yo había llegado a ser y me acorralaba.

Vi el sobre cuando me levanté para ir a la cocina. Estaba en el suelo, junto a la puerta, atravesado por una escritura tosca y azul. Allí tenía el nombre completo de la mujer de al lado, la Queca; tres iniciales en el dorso y una dirección en Córdoba. Sólo encontré vino; bebí un trago y volví a sentarme a la mesa, sin soltar el sobre, manejándolo con los dedos contra la luz, seguro de que no iba a abrirlo, de que no valía la pena leer la carta que escondía.

Ya no volví a tomar la lapicera. Estuve pensando en la mujer de al lado, en la Queca, en su perfil casi olvidado, su voz y su risa; en cada una de las cosas que yo conocía de su vida. Cuando terminara la noche, cuando yo me pusiera de pie y aceptara, sin rencor, que había perdido, que no podía salvarme inventando una piel para el médico de Santa María y metiéndome en ella; en un momento cualquiera del fin de la noche, cuando sólo fuera posible mantenerla cerrando ventanas y balcones, murmurando y cumpliendo palabras y actos nocturnos, la Queca, Enriqueta, iba a volver de la calle, sola o escoltada por los pasos y el silencio de un hombre. De regreso de alguna forma cualquiera de la compañía, cansada, un poco borracha, canturreando mientras se quitaba las ropas. Iba a estar allí, próxima sólo para mi oído, desnudándose el cuerpo ardiente, sudoroso, cubierto por la humedad nacida unas horas antes, mientras bailaba, o en cualquier improvisado rincón de fiesta —ligas, puntilla, bragueta y la orquesta repentinamente enmudecida en el disco.

Salí al pasillo y deslicé la carta bajo la puerta del departamento H. «Todo está perdido», repetía sin convencerme.

La Queca me despertó a la madrugada, riendo y sofocándose en el teléfono. Contaba una historia en la que intervenían dos hombres y un automóvil; una botella de guindado, un bosque con un lago; nuevamente los dos hombres, disimulando con arrogancia la cobardía creciente, la indecisión. La historia de un automóvil detenido bajo ramas gruesas y el perfume de las glicinas; de los golpes de la portezuela resonando en la soledad convencional del paisaje.

La oí acostarse y apagar la luz, desechar con un rápido murmullo el recuerdo de los pequeños errores de la noche. Entonces sonreí, crucé el borde de la tristeza, dilatada, prácticamente infinita, como si hubiera estado creciendo durante mi sueño y el corto monólogo de la mujer en el teléfono. No había podido escribir el argumento de cine para Stein; tal vez no podría nunca salvarme con el dibujo de la larga frase inicial que bastaría para devolverme nuevamente a la vida. Pero si yo no luchaba contra aquella tristeza repentinamente perfecta; si lograba abandonarme a ella y mantener sin fatiga la conciencia de estar triste; si podía, cada mañana, reconocerla y hacer que saltara hacia mí desde un rincón del cuarto, desde una ropa caída en el suelo, desde la voz quejosa de Gertrudis; si amaba y merecía diariamente mi tristeza, con deseo, con hambre, rellenándome con ella los ojos y cada vocal que pronunciara, entonces, estaba seguro, quedaría a salvo de la rebeldía y la desesperanza.

Sumergí en mi tristeza la figura alta y fuerte, secretamente averiada, de Gertrudis subiendo hacia mí en el ascensor a las ocho de la mañana, cerré los ojos en la oscuridad que comenzaba a debilitarse, para ver, en una hora próxima al mediodía, hacia el norte y junto a un río, en la sala de espera del consultorio de Díaz Grey, una mujer gruesa, con una inmóvil expresión de ofensa, que sostenía a un niño entre las rodillas. Una mesa endeble, con una mayólica y una pila de revistas, separaba a la mujer gruesa de otra, alta y delgada, con el pelo rubio peinado hacia atrás y que esperaba examinándose las uñas, con un contenido principio de sonrisa en la cara. Vi bostezar a la mujer rubia y sonreír mientras esperaba, sola ahora en el vestíbulo, oyendo el llanto del niño en el consultorio y las voces de mando de la madre; mirando sin curiosidad, con un tenue disgusto, la mayólica vacía, los vidrios de colores de la ventana, la escalera y su pasamanos de bronce. Después, cuando la mujer gruesa salió arrastrando al niño y un perfume de jabón se mezcló con las deprimentes sensaciones que emanaban de los objetos y la luz del vestíbulo, fui yo mismo, vestido con un largo guardapolvo mal abrochado, quien mantuvo abierta la puerta del consultorio hasta que la mujer desconocida pasó rozándome, avanzó hasta la mitad de la alfombra, se detuvo y comenzó a mover la cabeza para observar calmosa mis muebles, mi instrumental, mis libros.

V. ELENA SALA

Abrí la puerta para dejarla entrar y me volví a tiempo para descubrir su sonrisa, la burla anticipada que estaba descargando en los muebles y en la luz del mediodía de las ventanas.

—Por favor, un minuto. Puede sentarse —dije sin mirarla. Me incliné sobre el escritorio para anotar en la libreta un nombre y una suma de dinero; después el médico, Díaz Grey, se acercó con frialdad a la mujer que no había querido sentarse.

—Señora... —invitó con voz cansada.

Ella sonrió francamente, buscó los ojos del médico, lo fue mirando de arriba abajo. Tenía un traje sastre blanco, no llevaba sombrero ni cartera, y el pelo rubio —rojizo ahora, en la luz más violenta— estaba recogido en la nuca.

—Estoy aquí al lado, en el hotel —explicó; la voz era indiferente, algo rápida, debilitada por una vieja costumbre de cortesía—. Tal vez haya hecho bien en venir. Pero es probable que usted se burle de mí...

Díaz Grey casi se interesó por el prólogo; miró las pupilas dilatadas de la mujer, supuso que estaba mintiendo, que había venido exclusivamente para mentir.

—¿Por qué? —contestó—. De todos modos, aunque se trate de una sospecha equivocada... Usted pensó que debía consultar a un médico.

—Sí —la mujer habló rápidamente, como si no deseara seguir escuchando—. Esto empezó en el viaje. Bueno, ya había sentido lo mismo antes, hace tiempo, algunas veces. Pero nunca tan fuerte como ahora. Soy muy valiente o no me preocupo con facilidad. En todo caso, consultar a un médico es como aceptar que estamos enfermos, autorizar a la enfermedad a instalarse y progresar.

—Si fuera tan simple... ¿Por qué no se sienta y me lo explica todo?

—Gracias —dijo ella, y alzó el cuerpo, como si se decidiera—. Tiene razón. No quiero robarle tiempo. —Se apoyó en la camilla y empezó a mover un brazo frente al pecho, maquinalmente, sin acompañar lo que iba diciendo, como si sólo buscara hacer sonar las pulseras ocultas—. Es el corazón; nervios, probablemente. A veces creo que se acabó, pienso que deja de marchar. Tengo que saltar de la cama y me pongo a sacudir la cabeza, a decir que no. O es al revés; me despierto y veo que estoy sentada en la cama, con la boca abierta para respirar, con miedo de quedarme muerta.

—¿Ahogos? —«Si hubiera sentido ahogos, lo habría dicho, lo contaría como el síntoma favorito. Miente; pero es muy hermosa, no pueden faltarle hombres; no comprendo para qué me va a mentir.»

—Ahogos, no. Siento que el corazón va a dejar de marchar.

—¿Fatiga? —preguntó Díaz Grey, casi con burla.

—¿Fatiga? —repitió ella indecisa, como si le costara elegir—. Tampoco. Siento, estoy segura de que el corazón va a detenerse. A veces me paso un día entero esperando a cada momento morirme. Hay otros períodos, semanas, en que no me molesta. Casi me olvido. Pero ahora, con el viaje, desde que salí de Buenos Aires... No pude dormir en toda la noche. Hace dos días que estoy en el hotel y me siento peor. Salí a pasear, vi su chapa y se me ocurrió entrar; me decidí por fin.

El médico asintió con la cabeza y sonrió para tranquilizarla, para crear la amistad y la confianza, como había sonreído un momento antes a la mujer y al niño con los huesos enfermos, como había sonreído durante toda la mañana, a cinco pesos por cliente.

—Ni ahogos ni fatiga. Creo que no es nada; pero enseguida podemos asegurarnos. —Le miró la cintura, estrecha, oprimida por la faja, la cadera apoyada en la camilla—. Si quiere quitarse la ropa... —Alzó un brazo señalando el rincón del biombo.

Fue a espiar la sala de espera, vacía; aguardó con la frente apoyada en el vidrio de la ventana, pensando si ella habría venido en la balsa o hecho el rodeo por el norte, en automóvil; si estaba sola en el hotel; tratando de adivinar qué había sentido ella al ver de lejos, por primera vez, la ciudad; cuál había sido la impresión que le causara la plaza cuadrada, con senderos de arena y pedregullo rojizo, donde comenzaba a trazar los canteros; qué significado tenía para ella la iglesia en ruinas, rodeada de andamios, con la marca de una bala de cañón en la torre.

La mujer avanzó con sencillez hasta recuperar su sitio sobre la alfombra; estaba seria sin severidad y, aunque no lo miraba, tampoco escondía los ojos. Tenía el torso desnudo y los grandes pechos continuaban alzados, casi rígidos, con puntas demasiado abultadas. Díaz Grey vio la cadena y el medallón, el repentino brillo del cristal sobre la diminuta fotografía. Avanzó, olvidándola; fue a buscar el estetoscopio, y se había inclinado para manejar las palancas de la camilla cuando vio que las pantorrillas desnudas y los altos zapatos negros se alejaban en dirección al biombo. Escuchó el roce de las ropas que ella volvía a ponerse mientras trataba de recordar, lealmente, si había mirado o no con deseo el busto de la mujer. «No va a pagarme los diez pesos, tarifa de los pasajeros del hotel; o va a pagármelos con insolencia. Detrás del biombo, dedicada a provocar el milagro de que su cuerpo y su cara, con una visible costumbre de hombres, puedan conciliarse con el repentino ataque de pudor.»

Se sentó en el escritorio y abrió la libreta; la oyó acercarse, vio la mano que se apoyaba en la pila de libros, sujetando un guante.

—Voy a pedirle perdón. —Estaba vestida, los ojos miraban atentos cuando él alzó la cabeza—. Usted estará pensando... Vi que tiene mucho trabajo.

—No, no mucho. —«No es eso, hay algo más; la verdadera mentira acaba de empezar.»— Por lo menos, no mucho trabajo interesante. ¿Qué le pasó?

—Nada. Tuve vergüenza. Pero no de que me viera desnuda. —Sonreía con una naturalidad más irritante que el cinismo. «Tenía razón; una vieja costumbre de hombres.»— Era una farsa; no sé cómo se me ocurrió ésta, tan estúpida, tan grosera, tan increíble. Pensé en el ridículo de que usted creyera que quise seducirlo desnudándome.

—Es absurdo —dijo él; la miró, midiendo todo lo que había en ella digno de ser creído, existente debajo de la mentira. «Ojalá no hubiera venido, ojalá yo no la hubiera conocido nunca. Ahora sé que tuve miedo desde el primer momento, comprendo que voy a llegar a necesitarla y que estaré dispuesto a pagar cualquier precio.

Y ella lo supo con la primera mirada, esta seguridad estaba dentro de ella aun antes de que realmente lo supiera.»— Es absurdo —repitió, buscando frases para retenerla—. Para mí, tiene que comprenderlo, el ridículo es una sensación muerta. Por lo menos, desde las nueve de la mañana hasta mediodía y, por la tarde, de tres a seis. Y fuera de esas horas, desde hace tiempo, sólo siento el ridículo cuando pienso en mí.

Ella no protestó; sentada en el brazo de un sillón, sin dejar de mirarlo, sacó una cigarrera del bolsillo y se puso a fumar. «Me estoy confiando estúpidamente, sin otro objeto que ganar unos minutos, a la lealtad de sus ojos; a pesar de que también muestran la fatiga de ser leales.» Desde el sillón, más alta, ella sonrió con paciencia como si mirara a un niño:

—No estoy apurada. Siga hablando.

—No hay ridículo como no puede haber piedad. Ya todo eso se acabó. Pero no quiero aburrirla ni retenerla. Usted no sabe lo que puede ser para mí encontrar de pronto a una persona con la que se siente que es posible hablar. Aunque resulte, casi siempre, que no tengo nada para decir ni un gran interés por escuchar.

Ella asintió con excesivo entusiasmo, en un acuerdo demasiado fácil, casi despectivo.

—Es así. Siga diciendo. Y tal vez, cuanto más seguros estamos de que pueden comprendernos sea más difícil decir nada. Yo, por lo menos...

«Costumbre de hombres, sí, pero no necesidad. No necesidad verdadera de nadie ni de nada, juraría; una madurez egoísta, un experimentado sentido de selección, una recién alcanzada pereza ante los llamados, las tentaciones, las caras nuevas, los propios sueños. Sin que haya nada de vejez en eso.»

Díaz Grey se levantó y fue desatándose el guardapolvo mientras caminaba hacia la ventana más alejada. Desde allí se volvió para sonreírle, dispuesto a defenderse.

—Usted habló de una farsa y una mentira.

—Sí, tengo que decírselo. —Miraba hacia el suelo, sonriendo—. Una farsa y una mentira. Todo eso que le dije del corazón es lo que me cuenta mi marido. Lo que le sucede a él. Va a llegar de Buenos Aires antes de fin de semana, y entonces usted podrá examinarlo. Lo voy a convencer para que venga. Llevé demasiado lejos el juego, porque me divertía, y me desnudé. Enseguida se me ocurrió lo que iba a pensar usted cuando supiera que estaba mintiendo. Me dio vergüenza la idea de que me encontrara imbécil. ¿Puedo hablar? —Volvió a sonreír, recorrió minuciosamente con su sonrisa la cara del médico—. Hacemos este viaje por muchos motivos, ya hablaremos. Pero cuando me decidí a venir a Santa María sabía que usted estaba aquí y que yo iba a conocerlo. No sabía casi nada de usted. Lo vi una tarde en el bar del hotel, el domingo. No vaya a enojarse. No sé por qué se lo digo, podría callarme.

—No voy a enojarme. Dígalo, es mejor que lo diga.

—No se enoje. Pensé en un médico de pueblo. ¿Entiende? Sulfamida, lavajes, purgantes, algún aborto. Socio del club, de la comisión de la escuela, amigo del boticario, del juez, del jefe de policía. Una novia, tal vez maestra, desde años. Si acierto en algo le pido perdón. La manera de caminar, la ropa que usa. Todo eso, ¿entiende? Pero cuando estuve aquí supe de golpe que estaba equivocada. Usted no dijo una palabra. Lo miré en los ojos, nada más, y supe que estaba equivocada. Entonces, parece difícil de ser creído, tuve vergüenza y enseguida vergüenza de tenerla. Medicucho, pensé. Y fui a desnudarme en el rincón. Después le vi la cara, las manos, oí su voz y me di cuenta de que no era posible, tuve miedo de que usted se burlara de mí.

—Creo comprender, está bien. ¿Pero cuál era la farsa?

Repentinamente la mujer compuso una cara aniñada y fue riendo inseguramente mientras resbalaba del brazo del sillón y se sentaba; cruzó las piernas y metió con trabajo las manos en los bolsillos de la chaqueta.

—Vine a verlo por consejo de Quinteros.

—¿Quinteros?

—Un médico. Es amigo suyo. Nos dijo que era amigo suyo desde la facultad.

—Sí, recuerdo —dijo Díaz Grey.

—Y que, cuando usted estaba en Buenos Aires, habían atendido juntos algunos enfermos.

Entonces Díaz Grey se apartó de la ventana, pasó junto a ella con la manera de caminar que la mujer había encontrado torpe y risible en el hall del hotel, y volvió a sentarse frente al escritorio. Creía comprenderlo todo, imprecisamente; creía comprender a la mujer, haberla comprendido desde que la viera inclinarse sobre las revistas viejas en la sala de espera; pensaba que comprendía la totalidad de la entrevista, las sonrisas, la cara inteligente y fría, las pupilas que no se empequeñecían al mirar la luz, la exhibición de los pechos, la atmósfera de amenaza en la que ella estaba ahora, resuelta, balanceando una pierna.

—Es cierto —murmuró Díaz Grey—, Quinteros. ¿Está siempre en Buenos Aires? —«¡Sería tan triste tener que admitir que el miedo que recordé haber sentido al verla era nada más que este miedo al chantaje, un miedo que en realidad nada tiene que ver conmigo!»

Ella alzó los ojos y luego empezó a clavarse acompasadamente las uñas de cada mano en la palma de la otra; pero sus ojos estaban decididos, buscaban los del médico, los esperaban sin impaciencia, los enfrentaron por fin. Encogió los hombros y se inclinó hacia el escritorio.

—No está en Buenos Aires. Se fue a Chile. Iban a llevarlo preso. —Quedó en silencio, mirándolo, con la boca entreabierta, y una suave mueca de piedad.

«Así que era eso. ¿Pero qué puede importarme? Sufro, si es que sufro, porque la clave era algo que no puede importarme. Cocaína o morfina; tengo que adivinarlo.»

—Quinteros —dijo—. Sí. Fuimos muy amigos. Supe que se había especializado en enfermedades nerviosas y que era socio o dueño de un sanatorio. Tuvo suerte. Tuvo, además, la voluntad de quedarse en Buenos Aires, el coraje o la insensibilidad necesarios para soportar tantas cosas. Hablo de médicos jóvenes como Quinteros y yo, entonces, sin dinero, sin un bonzo de la Facultad que nos tomara bajo el ala.

Hablaba a los objetos familiares, colocados sobre la mesa en el familiar desorden, seguro de que ella —ahora con la cara hacia el techo— no estaba escuchando. La mujer se levantó y compuso nuevamente la mueca de piedad. Con un solo paso estuvo junto al escritorio, apoyó en él el puño derecho.

—Necesito una receta. O mejor una inyección y una receta.

—Sí —murmuró Díaz Grey—. ¿Qué?

—Morfina. Puede darme también una receta. O venderme, si tiene.

—Sí —repitió él.

—Hace mucho tiempo que mi marido y yo nos tratamos con Quinteros.

Estaba tranquila, apoyada en el escritorio como en el mostrador de un negocio, como esperando que le vendieran medias o talco.

—Intoxicación, desintoxicación. Como quiera —dijo.

—¿No le dio Quinteros una carta para mí?

—Se fue a Chile sin avisarnos. Usted comprende. Me había hablado de usted.

—¿Y si yo le dijera que no puedo, simplemente bajo su palabra?

—¡Por Dios, por Dios...! —dijo ella con una dominada burla, balanceando la cabeza, otra vez más alta, paciente y maternal.

El médico pensó levantarse y abrazarla; se obligó a recordar los grandes pechos, la cintura donde terminaban, visibles, las costillas, el medallón colgado del cuello, la amarillenta fotografía. «Pero estoy sospechando que no es ése el precio, por ahora; sé que la única posibilidad está en no alejarla, en una frecuentación pasiva, en una voluntaria actitud de humillación.»

—Morfina... —dijo—. Podría explicarle que atiendo a esos enfermos porque quieren curarse, o porque yo quiero que se curen. Deme su nombre. No mienta, porque voy a saberlo en el hotel. Soy un médico de pueblo.

—Elena Sala. Ese-a-ele-a. No se me ocurre ninguna razón para mentirle.

—Había un marido. ¿Se llama Sala su marido?

—Elena Sala de Lagos.

Díaz Grey reflexionó mirando la mano sobre la chapa de vidrio del escritorio; cuatro falanges apoyadas con fuerza y conciencia, cuatro duros nudillos sobre los que blanqueaba la piel tensa.

—Diez pesos por la consulta —dijo al fin—. No fue culpa mía. Y veinte pesos por receta. Por cada dos ampollas. No pienso darle ninguna inyección.

—Hágala por cuatro.

—Por cuatro. Pero ahora se me ocurre cobrarle veinte pesos por ampolla. No tengo interés en atenderla. ¿Le conviene?

Ella demoró un rato en hablar; la mano, las cuatro falanges sobre la mesa permanecieron inmóviles.

—Veinte por ampolla —dijo sin protesta ni sumisión.

—Veinte —repitió Díaz Grey, y escribió rápidamente la receta; la arrancó del talonario y se le acercó—. En total, noventa pesos. Para que piense que hace un mal negocio y no vuelva más.

Ella alzó el papel para examinarlo, lo guardó y del mismo bolsillo extrajo un billete de cien pesos. Separó los dedos para dejarlo caer sobre el escritorio.

—Vamos a estar un tiempo aquí —dijo—. Alquilaremos una casa, si encontramos. —Díaz Grey sacó unos billetes del bolsillo del pantalón y le alargó uno de diez pesos—. Pensamos quedarnos una temporada. Si es que a mi marido le gusta. Porque no puedo imaginármelo fuera de Buenos Aires. Tal vez consigamos (a lo mejor usted conoce) una casa amueblada cerca del río. Y quiero que examine a mi marido.

—No —dijo el médico—. No sé de ninguna casa. Esto es muy agradable, sobre todo en primavera. Tráigalo a su marido. No será nada más que un trastorno nervioso. Hay un nervio que excita y otro que frena. Ya vamos a ver.

VI. LA VIEJA GUARDIA; LOS MALENTENDIDOS

Por la ventana del restaurante podíamos ver a la gente que salía de los teatros y los cines y llenaba Lavalle, entraba parpadeando en los cafés, encendía cigarrillos, buscaba taxímetros sacudiendo las cabezas brillosas en el calor de la calle. Desde la mesa veíamos a los grupos que entraban, las mujeres bostezadoras y animosas, los hombres ceñudos, altivos, desconfiados.

—Ésa es mi raza —dijo Stein—, el material que se me ha confiado para construir el mundo del mañana.

«Las doce y media —me repetí—. Stein no está borracho todavía y no va a querer dejarme antes de estarlo. Todavía hay que esperar; no puedo volver si no está dormida, con un sueño impermeable al ruido de la puerta y a la luz de la lámpara. Cuando terminemos el vino, Stein propondrá un cabaret. Voy a negarme, pero si insiste, si lo veo resuelto, diré que sí. Ya empieza a mirar a las mujeres con ojos humedecidos e insultantes.»

Stein estaba echado hacia atrás, tocando la pared con el respaldo de la silla; tenía el saco abierto y sonreía, balanceaba la cabeza, observaba a las mujeres que llegaban o se iban. La luz chocaba en el vaso de vino que cubría con la palma, en la sonrisa, en los ojos calientes; se extendía, hundiéndose, chupada como agua, en su camisa blanca de seda.

—No es ascetismo, no estoy conformado para creerlo —rezongó Stein—. Hipocresía. O tal vez una viciosa degeneración del orgullo. Cualquier cosa complicada y repugnante puede ser la explicación. ¿No pagarías algo más que plata por dormir con la del sombrero blanco? No hago más que mirarlas, pero las miro. Aunque sólo sea por complacerme podrías hacer girar esa cabeza de caballo triste y mirarlas.

«Tal vez ya sea la una menos cuarto —pensé—. No quiero llegar si Gertrudis está despierta o acaba de dormirse. Puedo tocarla con la mano derecha abierta, sin sufrir; puedo convencerla de que nada cambió y, a veces, sentir que nada cambió en realidad; y también puedo mantener la rápida estafa en términos de dignidad y engañarla solamente con el recuerdo de ella misma. Puedo, con esta mano con que enciendo el cigarrillo. Pero no puedo mirarle la boca ni saber que ella está mirando la pared o el techo o sus manos, con ojos vacíos que ya no buscan nada. Ahora se cuida las manos con desesperación, como si fueran hijos. Soy razonable, sé que hay cosas que puedo hacer y otras que no. Puedo, por ejemplo, no escucharla, no entender lo que dice; pero no puedo soportar la desolación y las lágrimas que mueven su voz cuando me habla. Muerta sería peor, pero sería definitivo;

muerta no estaría más de veinticuatro horas a mi lado para darme a entender, en silencio, que se ha muerto, para impedirme olvidarlo. Vendría a repetírmelo en los recuerdos, pero no todos los días; por lo menos, sólo al principio todos los días; y nunca ya ella misma, no atestiguando ya en forma monótona y permanente su desgracia y la mía.»

—Algo te pasa —dijo Stein—. Supe enseguida que estabas triste y con el género sucio de la tristeza, el género que puede aliviarse con la compañía. ¿Es por Gertrudis?

—Ella entre otras cosas. Pero no quiero hablar. Vamos a pedir media botella.

—Media, por favor, Solícito —encargó Stein a un mozo—. Solícito. Un criado debe llamarse Solícito. Anoche estuve pensando en ese año y medio que perdimos absurdamente en Montevideo. ¿Te sigue escribiendo Raquel?

—Ya no me acuerdo de Montevideo —dije, y bebí un trago—. Hace tiempo que no tengo carta. Supe por Gertrudis que va a casarse. Creo que con un chico que se llama Alcides.

—Era maravillosa —comentó Stein; trató de decirlo con ternura—. El misterio eleusino fundamental es aquel que plantea lo sucedido entre el asceta y su cuñada niña. En mis momentos de desánimo creo que moriremos sin resolverlo.

—Moriremos.

—Actitud que demuestra que la reserva caballeresca es un arma de dos filos. Podemos imaginar cualquier cosa. Imaginar, por ejemplo, lo que habría sucedido en caso de ocupar uno el lugar que el destino dio al asceta.

—Podemos —asentí—. Pero no hubo nada. Tal vez un juego indecente de mi parte, sin darme cuenta del todo. Cuando comprendí lo que estaba pasando me vine a Buenos Aires.

—¿Sin una definitiva explicación? ¿Sin explotar, por lo menos, el emocionante renunciamiento?

—Tal vez empezara a quererla. Nunca se sabe. Pero me vine a Buenos Aires y la historia terminó. Ahora se casa. Estuvo un tiempo ofendida, imaginándose odiarme. Después empezó a escribirme. Gertrudis lee todas las cartas.

—Muy bien. Y eso es todo. Pero hubo el llamado juego indecente. Sólo que estás triste y te molesta hablar. Ahora debe tener dieciocho o diecinueve años. Y como hace cinco de la representación del soneto de Arvers... Para un asceta, no está mal de ninguna manera. ¿La última media de vino?

«No quiero soportar la imagen de Gertrudis tendida de espaldas, vigilando alternativamente los platillos de una balanza, calculando la intensidad de los dolores que pueden, en cualquier momento, transmitirle un nuevo aviso de enfermedad desde el pulmón y estudiando, en el otro platillo, las probabilidades que tiene de volver a vivir, de participar, interesarse y conquistar, de compadecer a los otros. Y ella y yo hemos descubierto, desanimados, con un horror ya disminuido por la repetición, que todos los temas pueden conducirnos al costado izquierdo de su pecho. Tenemos miedo de hablar; el mundo entero es una alusión a su desgracia.»

—En lugar de compadecerme —decía Stein—, tienen la delicadeza, los animales, de simular envidia. Vos

pertenecés a otra especie animal; ni me envidiás ni me tenés lástima. Si alguien supiera lo que tengo que soportar, el precio de torturas que me cuestan. Podemos usar la última como símbolo de mi martirio. Casada, treinta años, dos hijos, un marido que se dedica a cosas que nunca pude comprender, en un club deportivo.

«Pero esta espera no tiene sentido —pensé— porque puede despertarse a cualquier hora y tendré que sonreírle y bromear, hacer que su felicidad remede la que yo le muestro, vaya creciendo a su medida. Voy a pasearme por la habitación y hablaré en voz alta, manotearé en un rincón y otro, sucesivamente, el mañana, la confianza, la alegría, algunas inmortalidades. Encontraré la manera de que estemos riendo, al principio de la noche, de pie y deseándonos, en Montevideo, precisamente en la esquina de Médanos y 18 de Julio, hace cinco años. Nada podrá impedirme acariciarle la mejilla con un solo dedo monótono, en la puerta del Liceo. La obligaré a creer que una anécdota puede contener la vida y que una anécdota no puede alterar el sentido de una vida. Y tal vez se incorpore y pida un cigarrillo, tal vez sople el humo con segura lentitud, provocándome, y parpadee como antes y murmure cualquier mentira evidente para hacerme enfrentarla.»

—Y yo sonriendo, diciendo que sí —decía Stein—, vigilándome los ojos para que ella no pudiera adivinar lo que estaba pensando de las últimas siete generaciones que la precedieron. Estropeado por las imperfecciones de la traducción, el discurso era así: Fijate que tuve que llevar al nene a vacunarse, por la escuela, y una cola de personas que no se acaba nunca, fijate vos. Y entonces pasa el médico y me mira una vez, y yo lo miro, no por nada, por si el trámite se puede apurar, y el médico después vuelta a pasar y no me sacaba los ojos, y como yo tengo una muñeca vendada porque me retorcí el tendón, como te dije, con la hamaca, en el Tigre, viene a preguntarme con el pretexto de qué me pasa, fijate vos. Y yo voy y le digo que estaba en el Tigre, que vamos todos los domingos a una isla con el de la fábrica y la familia, y yo estaba hamacando a una amiga, Luisa, vos me oíste, y de repente me vino un dolor que creí que se me abría la muñeca. Que era un tendón sentido y me recetaron vendaje muy apretado, y él me dice que le gustaría haberme atendido él y me hace pasar antes que nadie. Y lo vacuna al nene y se pone a hacer chistes y me quiere sacar una cita pero como yo ya tenía el certificado que me dio la enfermera, le dije que no faltaba más y me fui con el nene.

«Debe de estar dormida —pensé—; no va a despertarse, no me pedirá un cigarrillo, no se enterará de que estoy de regreso.»

Stein pagó, y nos levantamos, salimos a la calle, llegamos hasta la esquina donde descargaban los primeros diarios de la mañana. Eran casi las dos en el reloj de un café. Ahora estaba seguro de que Gertrudis dormía y de que no iba a despertarse. Invité a Stein a tomar una copa en el mostrador de un bar, y vacié la mía de un trago, sintiéndome repentinamente en paz, mientras empezaba a evocar con deseo a Gertrudis dormida.

—Es más fácil cuando pago dinero en lugar de las cuotas de humillación —dijo Stein—. Mucho más fácil cuando le hago llegar a una mujer, en el cabaret, la mitad de un billete de cien con mi número de teléfono. El de la oficina, porque estoy viviendo con Mami y ya no me serviría de nada ponerla celosa.

«Las largas piernas gruesas, el vientre ancho y aplastado, el movimiento animal con que Gertrudis, entre sueños, se aseguraba de mi presencia en la cama.»

—¿Vamos a buscar una mujer? —propuso Stein.

—No; me voy.

—Pero no una mujer cualquiera. Una mujer que se anticipe a nuestra fantasía y demuestre que la realidad la supera. Que nos dé la totalidad del cosmos, hasta la próxima, con sólo tres agujeros y diez tentáculos.

—Me voy a dormir —repetí.

—En tu casa, imagino. Tal vez me arrastre tu ejemplo y vaya a ver a Mami. Debe estar jugando al rummy con el viejo Levoir, el penúltimo coqueteo de la pobre Mami. Hace trampas para que el viejo gane y después ponen en la mesa del comedor un plano de París y juegan al famoso juego de decir sin mirar, si sus pasos o una cita de amor o negocios lo arrastran hasta el cruce de la rue St. Placide y la rue du Cherche, y si usted necesita revisarse las espiroquetas en el Hospital Broussais, ¿qué vehículo debe tomar? Es apasionante, creo. En todo caso, Mami no puede evitar, cada vez, que se le caigan las lágrimas sobre el Sena. ¡Pobre Mami! A veces sale de noche, sobre todo ahora, con el buen tiempo, y se sienta en la vereda de un café. Ella cree que está allá. Agrandando y entornando los ojos porque no quiere sacar los lentes de la cartera. Yo sé, la he estado mirando desde otra mesa sin que pudiera verme. No hace más que dejarse ver por los hombres, supone que la ven, durante una hora o dos, aburrida o pensando, con esa sonrisa a lo Gioconda que quiere decir:

«¡Si supieran!». Y naturalmente que no hay nada que saber, si exceptuamos los veinte tomos aún no escritos de las memorias de Mami, de posguerra a posguerra. Y, además, están los sábados. Te invité mil veces y nunca viniste. Y es necesario que conozcas a monsieur Levoir.

—Tomo la última —dije.

—Dos más, entonces, por favor... Es un tipo asqueroso, con alma y vida. Creo que en un tiempo le pagó el alquiler a Mami. Ahora es un viejo gordo con una cabeza rosada enorme. Dos veces por semana juegan a las cartas y se pierden en las calles de París; a veces lleva una botella. Todo muy correcto, como diría ella; una pareja de novios viejos. Pero Mami, naturalmente, debe imaginar algo así como la serena amistad de Disraeli y la Pompadour. Porque la fatigada bestia le da dos o tres conferencias sobre el libre cambio, la idiosincrasia del átomo y el verdadero ballet ruso, el que vio él, en Viena, creo. Pero no voy a derrochar la energía de esta inmunda caña en el viejo Levoir. Antes de que nos echen: ¿te hablé ya de los sábados de Mami?

—Sí, muchas veces.

—¿Te hablé de las reuniones, el piano, las *chansons* y la pequeña compañía?

—Sí —dije—. Pero no importa.

—Es que estoy seguro de no habértelo explicado bien. Impedido por el vértigo de la vida moderna... Ahora vas a oír la verdad verdadera. Más aún: la vas a ver, aquí mismo, entre el mostrador, la cabeza del gallego y los estantes con botellas.

—Empiezo a ver —dije—. Las alegres comadres de Mami. Coincidiendo en que ya no hay mujeres.

—Profunda, lamentablemente equivocado —negó Stein—. Eso te pasa por no haber querido ir nunca, por resignarte a una cultura de segunda mano. En este momento de esta noche comprendo que los sábados de Mami son distintos de todo lo que puedas imaginar. Una salita del Centro Militar de Veteranos, sólo franqueada por los elegidos. Porque si alguna vez fue verdad que son muchos los llamados... Aquí hay sólo veteranos, en situación de retiro, naturalmente. Más de una vez le dije a Mami que pusiera en sus tarjetas una *R* entre paréntesis. Y todos hicieron la guerra, todos los miembros del club tienen media docena de campañas, por lo menos; y el recuerdo de tantas operaciones en distintos frentes... Pero no te creo capaz, esta noche, de imaginar tanto. Lo dejamos así. Bastará con que pienses en las palabras: Marengo, Austerlitz, Borodino. Y los Cien Días. Una vez pensadas, las palabras pueden sustituirse por Armenonville, Casanova, Suisse, Boulevard o las que consten en un limitado repertorio ascético. ¿Lo estás viendo?

—Lo veo —dije—. Pero también así lo contaste.

—¿Hablé de los veteranos de Napoleón? ¿Estás seguro? ¿Antes de esta noche?

No sólo me sentía en paz, sino feliz, despreocupado del sueño o el insomnio de Gertrudis, intentando, en vano y sin entusiasmo, sufrir de inmediato por ella, por la historia del pecho cortado, por el recuerdo de la cicatriz redonda, por la sensación varonil que me daba a veces la parte izquierda de su torso.

—No sé si exactamente eso —dije; me llené la boca con pastillas de menta y esperé a que se ablandaran en el sorbo de caña—. No puedo asegurarlo. Pero sí hablaste de la retirada de Moscú. Estoy seguro.

Stein encogió lentamente los hombros y encendió un cigarrillo sin dejar de mirar la fila de botellas detrás del mostrador.

—No te preocupes —añadí—. Voy a ir un sábado.

—Es lo mejor —repuso con frialdad—. Ésta es una noche de fracasos. El error está en insistir. Nada me asusta más que estas series de pequeños fracasos. Ninguno tan fuerte como para lastimar, pero mostrando todos que hay una voluntad que los dirige. Fiel a los métodos experimentales...

Echó un billete sobre el mostrador y caminó hasta el teléfono; escupí las pastillas y salí a esperarlo en la esquina.

«Ahora sí está dormida. Y mañana tengo que levantarme temprano, saludar a Macleod, adivinar por su voz el nombre del mes en que piensa echarme, y caminar todo el día. Conversar, sonreír, interesarme, no tocar el punto que me interesa o sí tocarlo con una expresión amistosa y cínica, una palmada en un hombro, una invocación a la fraternidad humana. Recordaré que el cuerpo de Gertrudis, a pesar de todo, es más largo y fuerte que el mío; tendré que recordarla mientras camino con la cartera bajo el brazo, me sentaré en un café para imaginarme con una barba entera y renegrida. Esperaré cuartos y mitades de hora a que Pérez, cigarrillos; Fernández, hojas de afeitar, y González, yerba, quieran recibirme, mientras escondo los zapatos torcidos bajo los asientos de las antesalas. Y volver a casa, entrar sin mirarla y confiar en que el aire de la habitación me hará saber si ella estuvo llorando o no, si logró olvidarse o se sentó junto al balcón para mirar los techos sucios y la puesta del sol.»

—Otro fracaso, dos mejor dicho —dijo Stein saliendo del café—. Voy a jugar a las calles de París con Mami. Te acompaño unas cuadras.

«Gertrudis y el trabajo inmundo y el miedo de perderlo —iba pensando, del brazo de Stein—; las cuentas por pagar y la seguridad inolvidable de que no hay en ninguna parte una mujer, un amigo, una casa, un libro, ni siquiera un vicio, que puedan hacerme feliz.»

—Decididamente injusto —exclamó Stein, soltándome—. Me refiero a los pequeños fracasos. Porque precisamente esta tarde yo había llegado a considerar con alegría mi fracaso general. El gran fracaso, el del individuo Julio Stein. Y la buena voluntad que demostré, el espíritu de aceptación que puse en evidencia, debieron serme tenidos en cuenta.

—No sirve —repuse—. Sería demasiado fácil, también injusto, que eso sirviera.

—¡Qué me importa!, decía yo. Nunca hice nada y se presume que voy a morir. Había, sí, naturalmente, cierto remordimiento impersonal; pero yo no dejaba de estar contento. Si te vas, ésta es tu esquina. En el más allá, Mami te dará las gracias.

Esperé a que Stein se alejara, seguro de que yo iba a tomar un tranvía, y llamé a un taxi. Me apoyé en el respaldo, con los ojos cerrados, respirando con fuerza el aire, pensando: «A esta edad es cuando la vida empieza a ser una sonrisa torcida», admitiendo, sin protestas, la desaparición de Gertrudis, de Raquel, de Stein, de todas las personas que me correspondía amar; admitiendo mi soledad como lo había hecho antes con mi tristeza. «Una sonrisa torcida. Y se descubre que la vida está hecha, desde muchos años atrás, de malentendidos. Gertrudis, mi trabajo, mi amistad con Stein, la sensación que tengo de mí mismo, malentendidos. Fuera de esto, nada; de vez en cuando, algunas oportunidades de olvido, algunos placeres, que llegan y pasan envenenados. Tal vez todo tipo de existencia que pueda imaginarme debe llegar a transformarse en un malentendido. Tal vez, poco importa. Entretanto, soy este hombre pequeño y tímido, incambiable, casado con la única mujer que seduje o me sedujo a mí, incapaz, no ya de ser otro, sino de la misma voluntad de ser otro. El hombrecito que disgusta en la medida en que impone la lástima, hombrecito confundido en la legión de hombrecitos a los que fue prometido el reino de los cielos. Asceta, como se burla Stein, por la imposibilidad de apasionarme y no por el aceptado absurdo de una convicción eventualmente mutilada. Éste, yo en el taxímetro, inexistente, mera encarnación de la idea Juan María Brausen, símbolo bípedo de un puritanismo barato hecho de negativas —no al alcohol, no al tabaco, un no equivalente para las mujeres—, nadie, en realidad; un nombre, tres palabras, una diminuta idea construida mecánicamente por mi padre, sin oposiciones, para que sus también heredadas negativas continuaran sacudiendo las engreídas cabecitas aun después de su muerte. El hombrecito y sus malentendidos, en definitiva, como para todo el mundo. Tal vez sea esto lo que uno va aprendiendo con los años, insensiblemente, sin prestar atención. Tal vez los huesos lo sepan y cuando estamos decididos y desesperados, junto a la altura del muro que nos encierra, tan fácil de saltar si fuera posible saltarlo; cuando estamos a un paso de aceptar que, en definitiva, sólo uno mismo es importante, porque es lo único que nos ha sido indiscutiblemente confiado; cuando vislumbramos que sólo la propia salvación puede ser un imperativo moral, que sólo ella es moral; cuando logramos respirar por un impensado resquicio el aire natal que vibra y llama al otro lado del muro, imaginar el júbilo, el desprecio y la soltura, tal vez entonces nos pese, como un esqueleto de plomo metido dentro de los huesos, la convicción de que todo malentendido es soportable hasta la muerte, menos el que lleguemos a descubrir fuera de nuestras circunstancias personales, fuera de las responsabilidades que podemos rechazar, atribuir, derivar.»

VII. NATURALEZA MUERTA

Empezaba octubre cuando imité las formas de la noche de la vieja guardia y los malentendidos, regresando a la calle Chile en un taxímetro, alejándome de la esquina en que había abandonado a Stein y a Mami, del brazo, sonriéndome, una mano de ella alzada para decirme adiós.

Subí en el ascensor, mirándome los ojos y el bigote en el espejo, pensando: ella está dormida, no se va a despertar, y yo la quiero y es necesario que no olvide por un momento que sufre mucho más que yo. El departamento de la Queca estaba abierto, el manojo de llaves colgaba en la cerradura, la luz del corredor entraba y moría contra las patas de una butaca y sobre el dibujo de la pequeña alfombra. No supe lo que hacía hasta que estuvo hecho. Escuché en el silencio y alcé un brazo para alcanzar el timbre. Estaba seguro de que no había nadie en el departamento, pero continué inmóvil, esperando. Nadie en las escaleras, ningún ruido en la planta baja. Volví a tocar el timbre y a esperar; introduje una mano, encendí la luz del techo. Apoyado en la pared, entorné los ojos y estuve oliendo, a través de la abertura de la puerta, el aire de la habitación, indefinible. Aspiré el aire hasta que sentí que se me cerraba la garganta y que mi cuerpo entero quería abandonarse a los sollozos que había estado postergando en las últimas semanas. Esperé hasta serenarme y entonces el aire del departamento vacío me dio una sensación de calma, me llenó con un particular, amistoso cansancio, me indujo a recostar un hombro en la puerta y a entrar, lento y en silencio.

El cuarto de baño, al fondo, estaba abierto y el color verdoso de los azulejos brillaba suave y líquido. Miré la celosía cerrada y descubrí enseguida que allí se iniciaba el desorden. Contemplé confusamente el desorden reflejado en las maderas unidas, horizontales, pintadas de blanco. Desde allí, ella había hablado, quejándose del calor y de Ricardo la tarde que conocí su voz.

Había una faja caída y arrugada entre la puerta del balcón y la mesa; alguna ropa de mujer colgaba en las sillas; y sobre la carpeta azul y el adorno de encaje blanco, junto a una botella de Chianti envuelta en paja, entre frutas, paquetes de cigarrillos llenos o aplastados, se alzaba oblicuo un gran marco de retrato, viejo y macizo, vacío, con el vidrio roto que aún parecía temblar. Volví a escuchar, de espaldas a la puerta; esperé el ruido y el silencio del ascensor llegando al piso, esperé reconocer la marcha rápida de la Queca, sus inconfundibles pasos menudos.

«Puedo decirle que vi la puerta abierta, con las llaves colgando, que escuché llorar adentro.» El ascensor continuaba inmóvil; lejos, alguien arrastraba, cauteloso, un mueble.

La gran cama, igual a la mía, colocada como una prolongación de la cama en que estaba durmiendo Gertrudis, parecía preparada para la noche; pero encima de la colcha amarilla, casi dorada, se confundían revistas de modas, ropas recién planchadas, una valija de mano, abierta y vacía. Empecé a moverme sobre el piso encerado, sin ruido ni inquietud, sintiendo el contacto con una pequeña alegría a cada lento paso. Calmándome y excitándome cada vez que mis pies tocaban el suelo, creyendo avanzar en el clima de una vida breve en la que el tiempo no podía bastar para comprometerme, arrepentirme o envejecer. Traté de examinar el interior de la botella, sin tocarla; acerqué la nariz a las copas. Junto al pequeño estante miré los colores, pero no los títulos de los lomos de los libros; y después, aplastando mi sombrero contra la pared, con el cuerpo torcido, apoyé la oreja en el muro y busqué el silencio, con los ojos cerrados; dejé de respirar un momento hasta estar seguro de que había oído a Gertrudis suspirar y moverse, para obtener la visión de mi departamento en sombras, de las distancias entre los muebles, la forma del cuerpo solitario en la cama. Me separé de la pared y comprendí sin esfuerzo que me estaba prohibido tocar ningún objeto, mover ninguna silla.

Busqué inútilmente, dentro del cuarto de baño, algún perfume de jabón o polvos; me inmovilicé frente a mi cara en el espejo, distinguiendo apenas el brillo de la nariz y la frente, los huecos de los ojos, la forma del sombrero. Luego dejé de verme y contemplé, sola en el espejo, libre de mis ojos, una mirada chata, sin curiosidad, apacible. Quizá mi corazón golpeara indiferente y aquella especial alegría que me había llenado los pulmones estuviera moviéndose dentro de mi cuerpo, sin entusiasmo ni propósito, bajando y subiendo, yendo y viniendo como pinceladas; quizá los ruidos retrocedieran en los distantes bordes de la noche, dejándome solo en el centro del silencio. Cuando mi mirada estuvo extendida y fija desde el sombrero hasta la barbilla, como un ardor o una palidez, salí del cuarto de baño, me acerqué a la mesa y volví a inclinarme.

La luz caía verticalmente del techo y luego de tocar los objetos colocados sobre la mesa los iba penetrando sin violencia. El borde de la frutera estaba aplastado en dos sitios y la manija que la atravesaba se torcía sin gracia; tres manzanas, diminutas, visiblemente agrias, se agrupaban contra el borde, y el fondo de la frutera mostraba pequeñas, casi deliberadas abolladuras y viejas manchas que habían sido restregadas sin resultado. Había un pequeño reloj de oro, con sólo una aguja, a la izquierda de la base maciza de la frutera que parecía pesar insoportablemente sobre el encaje, de hilo, con algunas vagas e interrumpidas manchas, con algunas roturas que alteraban bruscamente la intención del dibujo. En una esquina de la mesa, siempre en el sector de la izquierda, entre el reloj y el borde, encima de la parte más luminosa, un poco arrugada, de la carpeta de felpa azul, otras dos pequeñas manzanas amenazaban rodar y caer al suelo; una oscura y rojiza, ya podrida; la otra, verde y empezando a pudrirse. Más cerca, sobre la alfombra de trama grosera, exactamente entre mis zapatos y el límite de la sombra de la mesa, estaba caída, arrugada, una pequeña faja de seda rosa, con sostenes de goma, ganchos de metal y goma; deformada y blanda, expresando renuncia y una ociosa protesta. Sin moverme, descubrí debajo de la mesa una pequeña botella tumbada, formas de manzanas que acababan de rodar. En el centro de la mesa, dos limones secos chupaban la luz, arrugados, con manchas blancas y circulares que se iban extendiendo suavemente bajo mis ojos. La botella de Chianti se inclinaba apoyada contra un objeto invisible y en el resto de vino de una copa unas líneas violáceas, aceitosas, se prolongaban en espiral. La otra copa estaba vacía y empañada, reteniendo el aliento de quien había bebido de ella, de quien, de un solo trago, había dejado en el fondo una mancha del tamaño de una moneda. A mi derecha, al pie del marco de plata vacío, con el vidrio atravesado por roturas, vi un billete de un peso y el brillo de monedas doradas y plateadas. Y además de todo lo que me era posible ver y olvidar, además de la decrepitud de la carpeta y su color azul contagiado a los vidrios, además de los desgarrones del cubremantel de encaje que registraban antiguos descuidos e impaciencias, estaban junto al borde de la mesa, a la derecha, los paquetes de cigarrillos, llenos e intactos, o abiertos, vacíos, estrujados; estaban además los cigarrillos sueltos, algunos manchados con vino, retorcidos, con el papel desgarrado por la hinchazón del tabaco. Y estaba, finalmente, el par de guantes de mujer forrados de piel, descansando en la carpeta como manos abiertas a medias, como si las manos que habían abrigado se hubieran fundido grado a grado dentro de ellos, abandonando sus formas, una precaria temperatura, el olor a fósforo del sudor que el tiempo gastaría hasta transformarlo en nostalgia. No había nada más, no había tampoco ningún ruido reconocible en la noche ni en el edificio.

Me aparté de la mesa sabiendo que el tiempo se había cumplido, que era necesario marcharme; apagué la luz y salí del corredor. Gertrudis dormía, el balcón estaba abierto sobre el cielo negro. Me desvestí y entré en la cama, acaricié el pelo de Gertrudis, la sentí estremecerse y suspirar. Moviendo una pastilla de menta con la lengua, haciéndola chocar sin ruido contra los dientes, me abandoné para dormir, pensé en Mami y en Stein, estuve recordando que Stein me había dicho, con una sonrisa triste, mirando el vaso que sujetaba: «Es un recuerdo, hace dos años, en Necochea. Mami se levantaba muy temprano para ir a la playa y yo me quedaba durmiendo hasta mediodía en el hotel. Creo que madrugaba porque ya había aceptado lo gorda y lo vieja que estaba y a aquella hora encontraba poca gente en la playa. Me desperté y estuve asomado a la ventana; la descubrí abajo, moviéndose. Pero nadie puede decirte cómo se movía. Estaban unos tipos pintando las paredes del hotel y estaba el camino de arena por donde volvía la gente para almorzar. Tendrías que transformarte en animal y recordar y comprender cómo se mueve un animal hembra para atraer a un macho. Pero Mami, naturalmente, necesitaba pretextos e iba de un lado a otro, arrancaba hojas de los árboles, llamaba a un perro, sonreía a los niños, examinaba el cielo, se desperezaba, corría unos pasos y se detenía como si alguien la llamara; se agachaba para levantar del suelo cosas que no había. Todo esto entre el camino de la playa al hotel y con los albañiles en el andamio. Se me ocurrió, y todavía lo sigo creyendo, que era la última tentativa, la desesperación en la caza y la pesca, salga lo que salga, siempre que salga algo. ¡Pobre Mami! Comprendí todo esto y me puse a decir pobre Mami mirándola desde la ventana del hotel. No había allá abajo nada más que ella; ella y la posibilidad que representaban los albañiles, un empleado del hotel, alguno de los que conducían sus autos desde la playa. Aquel mediodía en Necochea me emborraché como un caballo y me obligué a hacerle el amor a la siesta hasta el agotamiento. Es imposible que nadie, nadie en el mundo pueda concebir la pureza, la humildad con que yo hubiera ofrecido no importa qué a los pintores o albañiles para que uno de ellos se acercara a Mami y la invitara con una frase sucia, brutal, como cuando uno ya no puede dominarse».

VIII. EL MARIDO

Pasaron muchos días sin que Díaz Grey lograra ver al marido; de manera que empezó a creer que el hombre era otra mentira de ella y que todo se reduciría a su historia con Elena Sala, una historia previsible, sin otras complicaciones que las que ella trajera personalmente. Creyó, o se resignó a creer, que esta historia iba a iniciarse inmediatamente —en cada hora siguiente al momento en que recordaba a la mujer—, y que cuando él la abrazara y fuera empujándola hacia la camilla, o cuando ella le telefoneara una noche desde el hotel, o cuando pasearan junto al muelle, y él, con la endurecida torpeza, la deslumbrada impaciencia de un solterón rijoso, le rozara un pecho y le cosquilleara una axila, en cualquier probable principio los dos comprenderían simultáneamente que la historia había comenzado en el momento en que ella entró por primera vez en el consultorio, el mediodía que ambos se dedicarían a recordar y construir hasta librarlo del tiempo, hacerlo inolvidable.

Y aunque me era posible —apenas, sin capacidad para ir más allá, una y otra vez— arrimar a los vidrios de la puerta del consultorio un rostro cambiante y que no respondía a ninguna estatura determinada, siete u ocho caras que podían convenir al marido, Díaz Grey dejó de interesarse. Cuando, de alguna manera, la presencia del otro anunciaba su indefinida amenaza, el médico se acercaba a la puerta, lento y desinteresado, o apenas movía la cabeza hacia ella. Entretanto, y sin que yo necesitara dirigir lo que estaba sucediendo, o prestarle atención —mientras pensaba en dinero, Gertrudis, propaganda, o me empecinaba en colocar entre la mujer y Díaz Grey la materia inflexible del marido, tantas veces esfumado, tantas veces a sólo un paso, un detalle, una expiración del instante de su nacimiento—, entretanto Díaz Grey había seguido recibiendo las visitas de Elena Sala, había repetido cientos de veces el primer encuentro, esforzándose por no mirarle los ojos. Y en cada una de las visitas había

dado una inyección a la mujer, sin mirar entonces nada
más que la zona imprescindible de la piel del muslo o la
nalga; había firmado recetas y, cuando ella desaparecía, se
acercaba a la mesa para recoger los billetes que le dejaba
arrugados y como por descuido.

Así, sin variantes, una o dos veces por día, sin que yo
tuviera que intervenir ni pudiera evitarlo. Porque yo necesitaba encontrar el marido exacto, insustituible, para
escribir de un tirón, en una sola noche, el argumento de
cine y colocar dinero entre mí y mis preocupaciones.
Y eran estas mismas preocupaciones las que me impedían
escribir, las que me desanimaban y me distraían, las que
me hacían extraer del ensueño, de las noches en blanco y
de las repentinas inspiraciones de la jornada, fatalmente,
al marido equivocado, inutilizable. Era muy difícil encon-
trarlo, porque aquel hombre, fuera como fuese, sólo podía ser conocido en la intimidad.

IX. EL REGRESO

De los primeros días destemplados en que pareció em-
bancarse la primavera, de los restos de invierno que se
mostraron de improviso como roca, musgo, cangrejos
muertos y arena que descubriera un repentino descenso
de las aguas, Gertrudis pareció haber extraído la superstición y la esperanza de que volvería a ser feliz con sólo dar
un paso o dos hacia atrás. Pareció sentirse segura de que
todo volvería a ser como antes si lograba acomodar las

circunstancias y forzar su sensación para retroceder en los años y vivir, remedando el recuerdo, los días de Gertrudis con dos senos.

Se vio, primero, ante su desgracia, como si ésta hubiera tomado forma y tratara de hostigarla, hacerse presente, desde el cielo nublado, la luz sucia, el gorgoteo de la lluvia en el techo y en el balcón. Un hombre, yo, la abandonaba por la mañana y dejaba en ella el primer odio del día al matar con un ruido o un movimiento, con un ir y venir que quería ser sigiloso, el sueño en que ella estaba perdida. Yo mataba cada mañana caras, habitaciones desconocidas, paisajes incomprensiblemente armados, diálogos separados de toda boca, pequeños mundos cambiantes en los que ella, pequeña, joven o distinta, podía estarse y reír, conquistar y moverse desnuda.

Despierta, aceptando estar despierta después de luchar un momento por merecer nuevamente la nada, se sentía coincidir enseguida con la forma cóncava de su desgracia. Quedaba despierta en la cama, inmóvil y con los ojos cerrados para que yo la creyera dormida, para que no le hablara, esperando con impaciencia el ruido cuidadosamente lento que yo hacía en la puerta al marcharme. Despierta e inmóvil, larga, pesada, corrida hacia el centro cálido de la cama, boca arriba, con una pierna doblada y un brazo rodeando su cabeza; con los labios separados y anhelantes para reconstruir la convincente imagen de ella misma dormida, me escuchaba moverme en la habitación, iniciar los preparativos para dejarla sola hasta la noche. Me sentía consultar el reloj y sentarme en la cama —no a mí; a esta forma, este peso, este cuerpo—, calzarme con torpeza las zapatillas (esta espalda de hombre en pijama), arrancarme del sueño y aceptar el repugnante comienzo de la jornada. Me oía ir hacia el cuarto de baño, sortear, en la luz escasa, las sillas, la mesa, la canasta de revistas, detenerme tal vez para examinar el cariz de la mañana extendida en el vidrio del balcón. Oía el estrépito de la ducha, me imaginaba, forma sin sexo, inclinado sobre el watercloset, suponía el susurro de la navaja sobre mi barba. Luego me oía regresar, estremeciéndome, invadiendo el cuarto con el olor del jabón. Me escuchaba suspirar mientras me vestía, toleraba el momento de silencio en que yo me anudaba la corbata frente al espejo. Después —yo estaría moviendo mis ojos hinchados para buscar el sombrero— endurecía los muslos para convertir en piedra la estatua de Gertrudis dormida y para que la energía de su cuerpo contraído llegara hasta mis espaldas y me impulsara a marcharme. Luego, separada de mí, de alguien, de una presencia, de un cuerpo, del espesor de ese cuerpo, de la memoria de sus olores y su temperatura, imitaba la postura dócil e hipócrita de los muertos, unía las manos sobre el vientre, juntaba las rodillas y se disponía a recibir las suaves voces que proclamaban su desgracia, su derrota, el volumen del pedazo que faltaba en su cuerpo y que habría de faltar, proporcionalmente, en toda dicha futura.

Yacía bajo las representaciones de su derrota, bajo el frío que le gastaba las mejillas, bajo la luz perpetuamente mezquina del día brumoso. Y buscaba salvarse con el recuerdo de otro invierno, con la evocación de una Gertrudis joven y entera que despertaba, que había despertado confiada y enérgica en mañanas frías, antiguas, separadas del hoy por un tiempo incalculable.

Empecé a verla retroceder, tratar de refugiarse en el pasado con movimientos prudentes, caminar de espaldas con pasos cautelosos, tantear con el pie cada fecha que iba pisando. Vi que los días ventosos de la primavera, los primeros anocheceres tibios que siguieron a las semanas de lluvia, obtuvieron permiso para cruzar el balcón e instalarse en el cuarto. La vi, sonriente, emocionada y arrepentida, abrocharse ante el espejo el vestido de seda gris. ¡Gracias a Dios, pensé, libre de la tristeza de Gertrudis, libre para abarcar mi tristeza propia y entregarme a ella.

Comenzó a moverse en la habitación, ensayando risas que pudieran encajar con exactitud en el eco, tan confuso, de su habitual risa anterior. Puso flores y vinos sobre manteles de fiesta y era frecuente encontrarla, al volver por la noche, canturreando alrededor de la mesa, encima del tintinear de las copas. Y repentinamente comenzó a hablar de su desgracia, sonriendo, insistente, como si esperara gastarla y olvidar.

—Ya no me importa —repetía con una sonrisa decidida, impúdica, deslumbrada.

No me importa, confesaba jovialmente en las sobremesas; y en la cama trataba de convencerme de que no le importaba, con movimientos imprudentes, desafíos a la luz, tendiéndose desnuda y ansiosa debajo de mí, empujándose con las poderosas caderas, deslizándose desde cualquier sospecha de penumbra hacia la luz y hacia mis ojos. Me miraba sin desconfianza, sin examen, buscando solamente la felicidad que podía extraer de mi cara enfurecida, siguiendo los movimientos de mi boca que iba roncando fielmente las consabidas palabras burdas que convenían al rito. Llegué a mirar sin disgusto la cicatriz redonda, a imaginar una marca bárbara cuyo indescifrable sentido tenía poder bastante para despertar mi cólera y mis celos.

Fue entre este período y el siguiente cuando se me ocurrió, vaga, sin ecos, viniendo y yéndose, siempre superficial, como un capricho de primavera, la idea de matarla. Ni siquiera eso, tal vez; apenas la distracción, el juego de imaginarla muerta, desaparecida; de empujarla con un movimiento suave de la mano hasta su origen, su nacimiento, el vientre de su madre, el atardecer previo a la noche en que la engendraron, la nada. No está; ese lugar que ocupa en el aire de la habitación ha quedado vacío; lo que creo encontrar de ella en mi memoria pertenece a la imaginación. Ahora que había dejado de atormentarme, cuando su desaparición no podía beneficiarme de ninguna manera y para nada me serviría la libertad, me era posible, permitido y legítimo divertirme con la idea de su muerte, crear un gracioso y enlutado Juan María Brausen que hacía de tripas corazón, que sobrellevaba con dignidad su desgracia, no se dejaba abatir por el destino, descubría las dulzuras del sometimiento y la resignación, se inclinaba sumiso y penitente ante los designios que no le era dado sondar.

Después de haberse ensayado en la clausura del departamento; después de haber trasladado, en rápidas y emocionantes excursiones, su nueva alegría hasta las calles del centro de la ciudad, Gertrudis empezó a buscar la dicha aparte y antes de mí. Revivía los días juveniles anteriores a nuestro casamiento, recordaba y copiaba a la muchacha de cabeza y mandíbula orgullosas, la de la despreocupación y los largos pasos. Trataba de ser la Gertrudis precedente y de situarla en una esquina montevideana, en un mes en que le fuera posible respirar, en el aire simple de la ciudad, la promesa de los meses de vacaciones, el campo, los almuerzos junto al arroyo, los amigos que se esperan, las cartas por recibir y contestar.

Yo ya había dejado de jugar a su muerte, no la estaba empujando. Pero un día cualquiera ella pensó con una novedosa ansiedad en su madre, en la vieja que meditaba en su propia inutilidad en la casa de Temperley; estuvo segura de la confortación y de la perdurable Gertrudis joven que iba a encontrar en Temperley, junto a su madre, sola ahora con una sirvienta de más edad que ella, sola con un teléfono para esperar sus llamadas, con una ventana desde la que podía verse, más allá del pequeño jardín, de los endurecidos y secos rosales, la valla puntiaguda, el buzón y la campanilla que utilizaba el cartero cuando, una o dos veces por mes, abandonaba un momento la bicicleta y dejaba una carta de Raquel.

Se fue viendo, cada día con más frecuencia, hasta la obsesión, tomando el té con su madre, charlando y masticando tostadas. Allá estaría colocada en un principio, fuerte, segura y amable, de vuelta al olor familiar de la casa, el olor de la infancia transportado de Montevideo a Temperley; con los tragos del té muy cargado, el cigarrillo fumado sin ansiedad, el dulce de limón, el perfume íntimo del roquefort. Se imaginaba reposar en una débil e inocente voluptuosidad, como exponiendo la espalda al calor; se imaginaba escuchar el hervor del agua en la estufa que sólo la plenitud del verano lograría alejar de la habitación, y concebir un futuro, una felicidad sorprendente, porque estaría basada en su mutilación, una victoria sobre un desconocido, una victoria alcanzada sin necesidad de estrategia sobre un vago tipo de hombre para el cual la mutilación habría de significar, sin perversidad, la cualidad irresistible de su cuerpo.

X. LOS MEDIODÍAS VERDADEROS

Yo estaba resignado a la desaparición de la cara del marido de Elena Sala, a la desaparición de Gertrudis, a la pérdida de mi empleo, anunciada confusamente por Stein. Sin embargo, trataba de conservar todo esto, empeñándome en impedir que Díaz Grey se desvaneciera. Me resolví a tolerar y casi provoqué la repetida llegada de la mujer al consultorio, exactamente en el mediodía, cuando la sala de espera estaba vacía y ella podía anunciarse y ser recibida con sólo golpear la puerta con los nudillos, arrastrar las uñas sobre la placa de vidrio rugoso y dejarse sorprender por el médico una sonrisa nostálgica y maliciosa; como si ella adivinara que yo, en Montevideo, había reiterado incontables veces el mismo ademán, el mismo breve, desesperanzado sonido, años atrás en zaguanes de prostíbulos, donde mi mano avanzaba lívida bajo la luz alta en el techo.

Elena Sala había elegido, al poco tiempo, la pequeña butaca contra la pared del consultorio, de espaldas a la ventana; tenía las vitrinas a su izquierda y la camilla frente a los ojos. Avanzaba desde la puerta para sentarse, después del saludo, de la media sonrisa ofrecida con el perfil, como si regresara a casa de un paseo agradable y un poco fatigoso y tratara de reposar unos minutos en la butaca, sin conversar, sin la atención de Díaz Grey, que se acercaba al escritorio, revisaba papeles y anotaba honorarios, fingía ocuparse y olvidarla. Era entonces como si yo pudiera verla, como si yo me transformara en la curiosidad dominada del médico y la espiara abandonar el cuerpo, cruzar las piernas, tocar con los dientes las cuentas de su collar, con los ojos brillantes y reflexivos dirigidos hacia el biombo, hacia el espacio entre la camilla y el biombo donde había estado con los brazos caídos, la mitad del cuerpo desnudo.

Me alegraba comprobar que se mantenían fieles a los ritos tácitos de sus relaciones platónicas, insinceras, comerciales. Los ritos que comenzaban con las uñas de ella rascando el vidrio, con la sonrisa que ofrecía a medias y Díaz Grey se negaba a aceptar; continuaban con el descenso de su cuerpo hasta acomodarse en la butaca, con el cruzarse de piernas, el mordisqueo del collar, la expresión distraída apuntando al biombo; dos o tres minutos después dejaba caer el collar en silencio y cambiaba la pierna montada. Entonces el médico comprendía que era necesario terminar la farsa del escritorio, alzar los ojos y mirarla —ella conservaba el cuerpo quieto, tamborileaba suavemente en un costado de la butaca con las uñas pintadas de rojo—; la miraba y comprendía, reencontraba cada vez la comprensión, alcanzada el día anterior, de que ella no había estado evocando la primera visita, de que sus pensamientos no se vinculaban con él. Ahora debía aguardar, sólo un momento, a que ella moviera la cabeza para mirarlo y volviera a sonreírle con dulzura, con un parpadeo, como disculpándose por haberse entregado a una vieja ensoñación, familiar a ambos.

Entonces Díaz Grey se levantaba —«es como si subiera a pedirme una taza de té, a pedirla a un viejo amigo, un padre ablandado por la ternura, un Díaz Grey respetable, aconsejador, inofensivo, orgulloso de su arte para preparar el té»— y caminaba lentamente hacia el rincón donde ella estaba, encendía el alcohol y desinfectaba la jeringa.

Casi nunca se hablaban antes de las frases de la despedida, acompañadas de diminutos gestos ubicados con oportunidad; el médico cerraba la puerta, lentamente; le miraba, furtivo sin necesidad, la nuca, las caderas, las pantorrillas, las caderas, la espalda; la deseaba débilmente y por primera vez en el mediodía. Luego recogía los billetes y pasaba al interior de la casa para almorzar. No podía suceder nada más hasta que apareciera el marido, y Díaz Grey no se animaba a evocarlo con preguntas.

De manera que un mediodía y otro, dócilmente, y sin memoria del pasado inmediato, sin entusiasmo pero aún sin hastío, Díaz Grey hallaba el fin de su impaciencia cuando Elena arañaba el vidrio y le mostraba su nostálgica, prostibularia sonrisa, que él no podía entender. Siempre en mediodía ella atravesaba el consultorio, iba a sentarse en la butaca junto a la ventana más alejada, montaba una pierna, chupeteaba sin avidez la cuenta más gruesa del collar, sonreía después al médico con una vaga súplica de perdón. Una y otra vez, imaginando ambos —porque los ruidos de la pequeña ciudad se aminoraban a aquella hora— que el piso del consultorio había ascendido a una altura imposible de soledad y silencio; imaginándolo Díaz

Grey con tanta fuerza, que pensaba: «Ahora, sin ruidos y tan lejos de todo, tan solos, y como definitivamente solos, ella puede descruzar la pierna en la butaca, levantarse (no tiene por qué soltar el collar de la boca), caminar hasta el rincón del biombo. Convendría traer el diván de cuero del comedor; pero está roto y manchado. Si ella sintiera esta soledad, yo podría verla avanzar desnuda hacia mí desde el biombo, aunque no dispondríamos de nada más que nuestras piernas, la alfombra o la camilla; la luz es excesiva, de veras; pero quedaría, en el recuerdo, sobre mí, sobre ella, convenciéndome de que sucedió aquí y de esta manera».

En cuanto a ella, Elena Sala, podía intuir lo extraordinario de los silencios de los mediodías y murmurar desde la butaca, un segundo antes de que llegara el momento de volverse y sonreírle:

—¿Oye? No se escucha un ruido. Si no pasa el pullman haciendo sonar la bocina o se enloquece la pianista del conservatorio, no vamos a oír nada antes de que llegue la balsa. Estamos solos en este silencio. Usted puede acercarse y besarme, puede suceder lo que usted quiera que yo quiera y será, en este silencio, como acontecido fuera del mundo.

Siempre en el mediodía, porque me era imposible ver la cara del marido; repitiendo sin variantes el estilo de la visita para que yo no lo perdiera todo al desprenderme de lo que ya poseía; el médico pequeño y envejecido; la mujer rubia y alta que esperaba mirándose las uñas en el vestíbulo sombrío, examinando con disgusto el perchero, la mayólica manchada y vacía, el pasamanos de la escalera. Tantas cosas, definitivamente mías, y que empezaban a ser lo más importante y verdadero: toda la ciudad y la colonia, el consultorio, la plaza, el río verdoso, ellos dos en un mediodía, alimentados por la culminación de la gran blancura solar, hechos concretos por las sombras redondeadas y retintas en las calles, conservándose para mí gracias al silencio y la especial soledad de la hora.

XI. LAS CARTAS; LA QUINCENA

Pensé con indiferencia que no estaba equivocado cuando volví una noche y encontré, no sobre la mesa, sino en la almohada descubierta de la cama, un papel que decía: «Querido: Estuve triste hasta las lágrimas pensando en mamá y me voy a Temperley por unos días. Hablame o vení. No me animaba a decírtelo (aunque no tiene importancia, no pienses locuras), ni a llamarte por teléfono. Es muy posible que consiga un empleo, ya hablaremos, y todo irá entonces mejor. Sé que después de unos días en Temperley estaré contenta y todo volverá a ser como antes».

Llamé a Temperley y escuché la voz de la madre, tan vieja y conforme, tan segura, sin embargo, cuando sonaba para el no mejor de los machos que podían haberse casado con su hija; la voz me explicó que Gertrudis estaba en casa de unos amigos que no tenían teléfono, que tal vez fuese al cine y no regresara hasta muy tarde. Comí en el restaurante más cercano y me apresuré a volver al departamento, a tenderme en la cama donde ambulaba, impreciso, el olor de Gertrudis. Releyendo el papel, comprobé que la invitación a llamarla por teléfono estaba antes del pedido de que fuera a verla a Temperley. Comprobé que la frase «estaré contenta y todo volverá a ser como antes» era hija de la misma rabiosa resolución con que ella lograba, en la misma cama, hacer crecer en su pecho un seno izquierdo, ofrecérmelo, obligarme a creer en su realidad y, sobre todo, obtener la seguridad de que podía ofrecer a cualquier hombre del mundo una idéntica sensación par y simétrica.

Tirado en la cama, mientras vigilaba los movimientos de la tristeza y la alegría, mientras movía la lengua en la boca llena de pastillas de menta, admití que el mutuo amor estaba, sin dudas, tibio y encanallado, tan lejos de su origen como un emigrante al que hubiera arrastrado furiosamente la vida; protegido y alterándose en el refugio de las sábanas, de la alimentación en común, del hábito. Pensé en aquel «es muy posible que consiga un empleo», en que si esta posibilidad se realizaba, si ella quería y lograba hacerlo, todo habría de simplificarse; me bastaría con aportar minuciosamente pequeñas justificaciones cínicas para poder aceptar mi fracaso —no el de ningún inexistente determinado propósito, no el de ninguna forma particular de vida—, aceptarlo con la resignación anticipada que deben traer los cuarenta años. Si ella sustituía la gran libertad de su muerte por la pequeña de no necesitar de mí, ya en ningún sentido, me sería posible enfrentar mi fracaso sin melancolía, especular impersonalmente acerca de cómo habría sido mi vida —tanto daba, tanto daría, ya que me era forzoso morir— si en lugar

de venir a Buenos Aires con Gertrudis hubiera subido solo desde Montevideo hacia el norte, el Brasil, o hubiera
buscado un lugar en un barco de carga, cuando todavía
era tiempo, cuando conservaba la diminuta fe indispensable para hacerlo.

Podría despreocuparme, sentirme otra vez solo y
completo, incubar cierta curiosidad por lo que me traje-
ran los días. Porque Stein me había insinuado la probabi-
lidad de que me echaran de la agencia a fin de mes, y el
viejo Macleod me llevó a tomar una copa y me habló con
su voz sorda, con la garganta llena de niebla, de los años
de oro de la propaganda en Buenos Aires, y los confrontó
con estos tiempos de restricciones, de absurda compe-
tencia, de indecisión. Y desde entonces yo había estado
fluctuando entre un miedo abyecto y la idea de tres o
cuatro meses de libertad relativa; había deseado y temido
el cheque que acompañaría el despido, los ciento veinte
días de inconsciencia, de estar conmigo mismo y a solas
en las calles donde se movía el viento de primavera, detenerme, por fin, a pensar en mí como en un amigo al que
no se ha prestado nunca la debida atención y al que, tal
vez, sea posible ayudar.

Me llegó por correo otra carta de Gertrudis, sospechosa desde la dirección en el sobre, sospechosa por haber sido escrita. La leí, adormilado, mientras me desa-
yunaba, sintiendo que cada partícula de estupidez que
yo había descubierto en ella y desechado, desde la primera vez que la vi hasta ahora, durante cinco años, resurgía a mis espaldas, se agrupaba con las demás, y una
espesa, ineludible atmósfera de estupidez empezaba a
rodearme.

«Estoy segura de que podré recobrarme mucho antes y todo volverá a ser igual si puedo quedarme unos días más, no sé cuántos, en Temperley con mamá. No veas en esto, porque sería absurdo, nada contra ti, mi pobre querido. Nadie podría haber tenido mayor comprensión ni delicadeza, tantas atenciones que consuelan y fortifican. En fin, ya te explicaré todo. Estamos a pocos minutos de distancia, pero no insisto en que vengas, ni siquiera por mamá, debido a que siento que ahora me alejaré rápidamente del clima de pesimismo y renunciamiento en que me estaba hundiendo. Estamos a media hora de distancia y hay aquí un gran dormitorio en el que podremos vivir cómodamente. Pero podrás comprender, tú que has comprendido todo siempre, que deseo estar un tiempo sola, no me resolvía a decírtelo, y comprender simultáneamente que no hay en esto nada, absolutamente nada, al contrario, contra ti. De todas maneras, quiero que me llames por teléfono y pienso que ya debías haberlo hecho, además de la primera noche, en que me fue imposible negarme a salir.»

La llamé por teléfono y traté de consolarla, le aseguré una vez más que todo se arreglaría; apoyado en la esquina del mostrador donde estaba el teléfono, mientras esperaba que me dieran comunicación, recordé el tiempo en que las cartas de Gertrudis se reducían a una frase enredada y obscena sin explicaciones ni preguntas, sin necesidad de respuesta.

Se quedó en Temperley, y yo iba a visitarla dos veces a la semana, dormía con ella los sábados, la abrazaba por la espalda hasta sentirla dormida, convenciéndome, sin celos, sin sufrimiento, de que algún hombre se escondía en su resolución de vivir allí, era responsable de que ella la mantuviera. Las demás noches me encerraba en el departamento, desconcertado por no tener junto al mío el gran cuerpo de Gertrudis, como un dique contra el que se detenía mi tristeza; me empeñaba en recordarla porque ahora, noche a noche, iba descubriendo mi capacidad de olvido, solo, sin su calor ni su respiración, la cabeza próxima a los torbellinos del dormitorio de Queca.

Y así transcurrió una quincena durante la cual salí a la calle todas las mañanas, estuve en la agencia, recorrí hasta el anochecer las oficinas de los clientes, sentí abandonarme a repentinas miserias mientras estiraba las piernas en las salas de espera para contemplar mis zapatos nuevos, mientras me levantaba casi de un salto cuando la voz indiferente de una empleada muy pintada me hacía pasar; mientras conversaba, transformado en un cretino jovial, sonriente, locuaz, cortés y animoso, con cretinos gordos y flacos, viejos y jóvenes, deliberadamente jóvenes, todos bien vestidos y seguros, temporariamente hospitalarios, con comunes preocupaciones patrióticas y sociales que eran confesadas detrás de las puertas con cristales opacos, frente a un fondo de carteles que hablaban de días de pago, sentencias sobre el tiempo y la actividad, almanaques, mapas, fotos de paisajes y litografías en colores.

Volvía al anochecer a la agencia para entregar informes y explicar con paciencia y humildad en qué había empleado la jornada, sin debilitar mi vigilancia sobre el firme tono de voz con que desarrollaba promesas de futuras cuentas, anticipaba negocios satisfactorios, iba explicando cómo y por qué las negativas de hoy habrían de convertirse en los contratos de mañana; hablaba acariciándome el bigote, levantándolo para que el labio exhibiera una sonrisa de transmisible confianza, sin dejar de escuchar las voces, los timbrazos y los ruidos de las puertas, tratando de no ser tomado de sorpresa por la invitación a «pasar por el despacho del señor Macleod, el señor Macleod le ruega, antes de retirarse», la primera frase de la serie enternecida, protectora y mentirosa con que el viejo me haría saber que estaba despedido.

Y aunque hubo muchas otras cosas en aquella quincena —copas bebidas con Stein, otra cena con Stein y Miriam, un viento, un olor marítimo en las calles, una luz brumosa en el cielo—, sólo importaba para mi recuerdo una invariable actitud de abandono de mi cuerpo en la cama, a solas, mientras chupaba pastillas de menta en la oscuridad, mientras afianzaba mi posesión del consultorio en la ciudad junto a un río, mientras envidiaba a Stein por haber penetrado en Gertrudis sin quedar prisionero. Lo único importante de la quincena fue mi cuerpo echado en la cama, mi cara levantada contra la pared, con la boca abierta para que no me molestara el ruido de la respiración, el dolor en la espalda y la cintura, mi oreja recogiendo las voces y los ruidos del otro lado de la pared.

La quincena quedó atrás y debe de haberse perdido junto con mi actitud forzada y perseverante en la cama; pero en algún lugar perdura lo que la Queca hizo y dijo entonces pared por medio. Y el sentido de los quince días permanece y se revela en la confusión, en la forma circular del recuerdo, en la posibilidad de que el recuerdo tenga principio o fin en cualquiera de los elementos que lo construyen. Golpeaba una puerta, y una mujer reía mientras el chirrido de la fritura en la cocina desaparecía un momento cubierto por la voz de un hombre que citaba la letra de un tango. Las tres manzanas de la frutera rodaban unos centímetros, aplastadas y heridas, malolientes. Borracho, el hombre repetía para sí los versos del tango, con las manos en la cintura, tratando de adivinar si podría tomar otra copa sin descomponerse. «Que no se diga que tenés miedo», gritó la mujer. Uno, menos borracho, recogió la faja de seda y goma y la arrojó sobre la cama. «Todos son lo mismo», dijo desdeñosa, con fatiga, la Gorda. Alguien golpeó la puerta del armario, se acercó, descalzo, para saltar encima de la cama, poniendo un pie a cada lado de la faja. Desde un fondo lejano, como si el departamento tuviera tres o cuatro habitaciones y ellos se encontraran en la última, cuatro hombres se turnaban para repetir frases de póker. La Queca alzó de la mesa el reloj de oro, sin agujas, y empezó a besarlo mientras el que estaba descalzo sobre la cama movía el cuerpo y hacía sonar los elásticos. El primer borracho sacudió la cabeza, hizo un esfuerzo para pensar si debía o no prestar los cincuenta pesos; pero no le preocupaba el riesgo de que no se los devolvieran. «Tenés miedo, ¡que no se diga!», repitió la Queca. Depositó el reloj sobre la mesa y se fue calzando trabajosamente los guantes forrados de piel. «Siempre hay para los amigos», afirmó el hombre que había recogido la faja. Sonaba la campanilla del teléfono y una voz de mujer, más fresca que todas las otras, muy alta sobre el ruido de sus pasos, anunció desde la puerta: «Mensajero para vos. Flores o bombones». El primer borracho empinó la botella de Chianti hasta recibir en la lengua una sola gota ácida. «Es una cartera —dijo la Gorda—. Le podía haber puesto billetes.» Para concluir con el silencio que se extendía sobre un papel de seda sacudido, sobre una lámina de acero que chocaba y vibraba contra el piso, la voz fresca dijo: «Le dio fuerte, parece». Aunque en apariencia distraída, la Queca la oyó y repuso con amargura: «Y tenés miedo». Lo repitió tres veces, más suavemente, más desesperada, y luego aumentó su estatura, fue inclinando el cuerpo hacia la derecha y golpeó por sorpresa, con la mano abierta, una nalga. Todos la rodeaban, las mujeres agrupadas y en enaguas, los borrachos con sonrisas que evidenciaban el deseo de no comprometerse, los jugadores de póker, mal afeitados, soñolientos, contando sus fichas. La Queca empezó su discurso, deteniéndose para reír cada tres sílabas, cada nueve, cada veintisiete, cada ochenta y una. Pero no era una risa alegre: anunciaba tiempos difíciles, hacía llegar una inequívoca nota de prevención y alarma. «¡Qué juventud ésta! —dijo la Queca—. En mis tiempos no teníamos tanto miedo. Al fin y al cabo, alguna vez tenía que ser. ¿O no es cierto? ¿Y por qué no decir que bastantes ganas teníamos de que fuera cuanto antes? También lo digo por vos, mosca muerta, que tenés más ganas que miedo. Puro chiqué, el miedo. Conocemos. No, no llores. Que se lo crea ese infeliz está bien; pero no nosotras. ¿Eh, Gorda? Es que ya me tenía cansada con los gritos y, últimamente, no la trajimos a la fuerza. Supo venir solita y hasta bañada y con tantas puntillas que ni una princesa. ¡Todas iguales, todas iguales, todas iguales! Sólo les interesa una cosa, la misma cosa a todas. Mirando el suelo como si se te hubiera perdido algo. Te juro que si yo pudiera ayudarte a buscarla... Ya me lo imaginaba; tanto que la otra noche le dije a Roberto que a lo mejor, a último momento... Pero una cosa es engañarlo a él y otra a mí. Si tomás un trago te vas a sentir mejor.» La botella de vino quedó sin paja, desnuda, rodó bajo la mesa y se detuvo con un pequeño sonido junto a la otra. «Reconozca que estuvo grosero —dijo la Gorda—. Yo sé perdonar.» Después de sustituir al que saltaba sobre el colchón, la mujer de la voz fresca contó la historia del conscripto impotente. Cuatro estaban bailando, dos trabajaban en la cocina; desde el cuarto de baño la Queca aconsejó: «Tratalo bien y no te preocupes, que yo me encargo. Te hago una seña, me dejás a solas y le hablo». En el centro de la habitación, de pie, cuando el hombre dejó de suspirar, la Queca dijo: «Me voy a morir pronto, nadie me convence. Una vida de sacrificio. Que ese canalla de Ricardo quiera ensuciarme. Matame, que no me importa: sos único, único, criatura divina». Sollozó con la última *i* de la última palabra y todos desaparecieron sin golpear la puerta. Estaba sola en la cama, llorando, o caminaba en puntas de pie por la habitación vacía, con las manos estiradas para invocar cuerpos y las menudas felicidades perdidas; para acariciar la cabeza del borracho pensativo, para recoger el dinero que pidiera prestado, para apoyarse en la pared, tomar impulso y correr descalza, dar un salto y reír sofocada en el aire. Se puso a saltar sobre el colchón, se revolcó como definitivamente adherida a la precisión del hombre, hasta que el mensajero llamó a la puerta y en la cocina chisporrotearon los huevos en el aceite.

En la mitad de la segunda semana estuve media hora
con Gertrudis en Temperley, entre dos trenes. Pensé
que estaba muerto o aún no había nacido para ella, y que
ella terminaba de atravesar, en su retroceso, también el
tiempo de las citas clandestinas en Montevideo. La si-
tué, aproximadamente, guiado por la fresca y antigua
expresión de sus ojos, por el matiz de esquivez y expectación de sus movimientos, en la época en que se encontraba con Stein en las organizaciones del Partido; quizá
unas semanas antes de la aparición de Stein, viviendo
impaciente pero sin apresurarse, tan segura de la abundancia y la calidad de extraordinario de lo que le sería
dado conocer.

Exactamente el último día de la quincena, cuando
ya estaba resuelta la fecha del regreso de Gertrudis, la
Queca lanzó una risa enternecida, luego de un silencio,
después de media hora de quietud. Era un domingo de
tarde. La oí reír y hablar con la voz trabada de las mujeres que inclinan el cuerpo sobre un hombre en la cama.
Estuve seguro de que sus puños se hundían en las sábanas, que el pelo le colgaba, cosquilleando en la otra cara;
seguro de que la carcajada le había dejado una sonrisa
densa con la que acariciaba y a la vez menospreciaba su
pasado, una sonrisa desvinculada del corto ardor celoso
del hombre cualquiera que yacía debajo.

—¿Para qué voy a llorar, decime? —exclamó—. Uno
se va y aparece otro. Yo tendría que estar muerta para no
tener hombre. Desde que era una chiquilina, me acuer-

do, aunque parezca mentira, supe que iba a ser así. No voy a llorar. Antes me va a faltar el aliento que un hombre.

Salté de la cama, repentinamente sudoroso, estremecido por el odio y la necesidad de llorar. Era como si acabara de despertar de una pesadilla de quince días; como si la frase de la mujer rematara en el momento exacto el torbellino de la quincena, la suma de las horas en que estuve inmóvil, junto al escándalo pero fuera de él, alargado en la cama, la cabeza apoyada en la pared para escuchar.

Me acerqué a la luz del balcón para mirar la hora; necesité pensar en la fecha de aquel día, en la calle de la ciudad donde estaba viviendo, Chile al 600, en el único edificio nuevo de una cuadra torcida. «San Telmo», me repetía para concluir de despertar y ubicarme; en el principio del sur de Buenos Aires, restos de cornisas amarillas y sonrosadas, rejas, miradores, segundos patios con parras y madreselvas, muchachas que pasean por la vereda, hombres jóvenes y taciturnos en las esquinas, una sensación de enormes espacios, últimos puentes de hierro, y pobreza. Zaguanes poblados, viejos y niños, familiaridad con la muerte.

«Aquí estoy», dije, creyendo que comprendía lo que nombraba. Queca se movía canturreando mientras ordenaba la habitación; el hombre salió del cuarto de baño y pidió de beber.

—Ahora me trabajás de última copa —dijo ella con alegría; fue y volvió de la cocina, silbando.

Vi la vergüenza en mi cara mientras me afeitaba y me ponía una corbata; la llevé conmigo al bajar la escalera, dejé que se gastara frente a la cara del portero que me retuvo para conversar de una cañería rota. Después caminé con lentitud por la cuadra tibia, bulliciosa, donde aún no habían encendido las luces. Entré en el Petit Electra en la hora en que los muchachos volvían del fútbol y las carreras, del paseo con la novia, y se agrupaban en el café, lacónicos, gastado el domingo desilusionante, uniendo los hombros para ayudarse a soportar la visión de la mañana del lunes. El patrón me saludó y me hizo traer el pocillo de café, la jarrita con leche fría y cruda. Desde la mesa junto a la ventana podía vigilar la cuadra, la puerta de mi casa, ver el saco blanco del portero en la sombra celeste. De vez en cuando un hombre salía de la puerta, se acercaba a mí o echaba a andar calle abajo. Yo jugaba a remover la superficie espesa de la leche con la cucharilla, a modificar su blancura, poco a poco, dejando caer gotas de café en la jarrita, alegre y solitario, disipando mi vergüenza, atendiendo aquella alegría que necesitaba la soledad para crecer. Miraba a los hombres que llegaban desde el portal hasta la esquina del Petit Electra y suponía sucesivamente que habían estado con la Queca; trataba de adivinar qué porción de sufrimiento traían consigo o lamentaban haber dejado en la mujer.

En cuanto a mí, sólo podían convenirme el júbilo y la inocencia, la voluntad de no pensar; sacudirme de los hombros el pasado, la memoria de todo lo que sirviera para identificarme, estar muerto y contribuir a la perfección del mundo con el marido exacto de Elena Sala, un hombre ansioso, mitómano, indeciso, un hijo inmortal de mi pasada desdicha y de los vientres de Gertrudis y la Queca. Ahí estaba, por fin, un poco rígido, desviando los ojos; dócil, de todos modos. Condenado, desde el principio del tiempo, a nacer durante mi espera y mi vigilancia absurdas, en el salón ruidoso del Petit Electra, en un momento del anochecer en que se movían olores de aperitivos y de sopas. En cuanto a mí, otra vez, también había sido condenado a este nacimiento, a ser arrastrado por esta ajena audacia a la que no atinaba a resistir; meditar un rápido adiós a Gertrudis, como el saludo a una bandera, símbolo del país del que me expatriaba.

Condenado a dejar mis moneditas sobre la mesa del café, retribuir con el movimiento de dos dedos la sonrisa del patrón y volver a mi casa como si me alejara para siempre de un aire empobrecido, de ambientes, rostros y presentimientos habituales. No distinto ni cambiado, mientras rehacía el camino bajo las primeras luces nocturnas, el campaneo de la iglesia de la Concepción; no distinto, no otro Brausen, sino vacío, cerrado, desvanecido, nadie en suma. Me alejaba —loco, despavorido, guiado— del refugio y de la conservación, de la maniática tarea de construir eternidades con elementos hechos de fugacidad, tránsito y olvido.

Hice sonar el timbre, dos veces; oí los pasos sobre la alfombra, sobre las maderas, oí el silencio. Yo debía estar sonriendo frente a la puerta mientras erguía el cuerpo tanto como me era posible y pensaba en cánceres, apoplejías, infartos; en caldeos, asirios y etruscos.

—¿La señora Martí? —pregunté a la mujer que abrió la puerta; creí ver mi voz trazando entre nuestras caras, con idéntica caligrafía, las señas del sobre que había llegado para ella desde Córdoba.

—Sí. ¿De parte...? —contestó; era más joven que el perfil que yo había visto el día de Santa Rosa; más pequeña y débil que la mujer que yo había imaginado. Pero la voz era la misma.

—Soy Arce. Vengo de parte de Ricardo. Ricardo debe haberle hablado de mí.

No me reconocía, no me había visto nunca entrar o salir del edificio; la parte superior de su cabeza me llegaba a la boca, a la mitad de la nariz, tal vez. Pareció comprender de golpe que alguien había llamado a su puerta, que ella había abierto y le estaban hablando. Más allá de sus espaldas la habitación era irreconocible: la cama estaba escondida, sobre la mesa sólo había la carpeta de felpa azul y la frutera, el estante de los libros era más alto y angosto que el que yo había examinado. Sin curiosidad ni desconfianza, solamente fijos, sólo descansando en los míos, los ojos oscuros de la mujer se empequeñecieron.

—¿De parte de Ricardo? —repitió ella, alzando la voz, como si hablara para alguno a sus espaldas. Nada sucedió adentro.

—Sí, un amigo de Ricardo. Arce... Tal vez él le haya hablado. ¿Usted es Queca, verdad? No quiero decir que Ricardo me haya mandado.

Hablé lentamente, como si las cosas pudieran mejorarse eligiendo las palabras, como si no fuera ya visible la impaciencia en la pequeña boca redondeada.

—Sólo quiero hablarle un momento —agregué—. Pero si la molesto...

Entonces la Queca sonrió divertida, alzó y dejó caer una mano, se hizo a un lado para dejarme entrar. No sé si se burlaba al inclinar sonriente la cabeza. Llegó antes a la mesa, se apoyó en ella y me ofreció el sillón.

—Sólo un momento —repetí, ya enfriado, arrepentido.

Me miraba descansando contra la mesa, las manos escondidas detrás del cuerpo, repitiendo el gesto de bienvenida.

—Pero siéntese —dijo—. ¿Quiere una copa? —Murmuró rápidamente una excusa y caminó hasta la cocina. La puerta blanca quedó balanceándose.

Moví la cabeza, fui anotando cada cambio de la habitación, recordé mi primera visita al departamento, la fisonomía del desorden, de la acumulada experiencia. Pero algún desconocido elemento continuaba imponiéndose, emanaba el mismo clima de alegría sin motivo, de artificio; la sensación de una vida fuera del tiempo y rescatable. Ella volvió sin prisa, reflexiva, con un porrón de ginebra en una mano y dos copas en la otra. Los vidrios no tintinearon; también en silencio, la Queca acomodó las copas sobre la mesa y se inclinó para servir.

—Siéntese, por favor. No me haga cumplidos —dijo sin mirarme.

Traté de situar y valorar, desde el sillón, el repentino matiz de hostilidad y grosería que descubrí en su voz.

—Así que lo conoce mucho a Ricardo —dijo, alcanzándome una copa.

—En un tiempo, sí. Fuimos muy amigos. ¿Está en Córdoba ahora?

—Nunca me habló de usted. ¿Arce, dijo? —alzó la copa sin dejar de mirarme—. No sé por dónde anda. Ni me interesa. Salud.

Le devolví la copa vacía, me ofreció otra, dije que no. Reía mirándome, estirados hasta casi desaparecer los labios, sin dejar de mirarme, como si conociera mi pasado, mi ridículo, mi vida de una sola mujer y se burlara de todo eso, pero no de mí, llena de extrañeza y sin maldad.

—Pero si éstas no son copas, son dedales... —dijo, y volvió a esconder las manos detrás de las nalgas—. ¿Qué apuro tenemos? Porque le juro que si viene a sacar el tema de Ricardo no acabamos más. ¿Tenía que hablarme?

Yo fracasaba cada vez que me proponía mezclarla con todo lo que había escuchado a través de la pared. «Esta boca hizo y dijo, esos ojos miraron, las manos tocaron»... Y de la imposibilidad de confundir a la mujer de carne y hueso con la imagen formada por las voces y los ruidos, de la imposibilidad de conseguir la excitación que necesitaba extraer de ella, surgía hasta invadirme un creciente rencor, el deseo de vengar en ella y de una sola vez todos los agravios que me era posible recordar. Y los agravios que habían existido aunque yo no los recordara, los que habían formado a este hombre pequeño, ya no joven, desde los pies que llegaban justamente al suelo hasta la desproporcionada cabeza que ignoraba cómo perder el respeto a una prostituta.

—Así que me quiere hablar de Ricardo...

—Sí. Si no le molesta, voy a tomar otra copa.

—¡Faltaba más! —dijo, y se volvió con rapidez para servirla; tenía las pantorrillas bajas y fuertes y sus movimientos borraban la sensación de pequeñez que me había atraído en su cuerpo. «Y no sólo ignorando cómo tratarla, sino realmente intimidado como un niño, temiendo que se vuelva demasiado audaz, que repita para mí las palabrotas que tuve que escucharle tantas veces.»

—Salud —dijo ella.

—Usted no me conoce —empecé—. Tiene que resultarle extraño... Ricardo no sabe que yo vine a verla. Hace tiempo que no lo veo. Pero me habló muchas veces de usted y sé que la quiere y que algo pasa entre ustedes. No quiero hablar de más: si están separados tendrán motivos. Indudablemente.

Me callé, repentinamente tranquilizado por la convicción de que no podía seguir hablando, de que me iba a abandonar silencioso en el sillón y obligaría a la mujer a tomar la iniciativa. «Es más joven que su voz, es sencilla a pesar de todo, sólo en sus ojos entornados puedo encontrar egoísmo y la cobardía que la ensucia. Que haga lo que quiera. De ella depende y va a elegir sin saber lo que está haciendo.»

Ella esperó, atenta a mi silencio, equivocándose.

—Si es tan amigo de Ricardo —dijo por fin—, sabrá los motivos. Le habrá dicho que nadie puede soportarme, que lo engaño, que no se puede vivir conmigo. ¿Es cierto o no? —Sonreí desde el respaldo del sillón, equívoco y orgulloso de mi astucia—. ¡Ha visto! Se lo dice a todo el mundo. ¿Es de hombre eso? Si no se lo dijo a usted, será el único. Lo conozco a Ricardo desde hace más de seis o siete años. Si no va para diez. ¡Si lo conozco! Nunca hubo más tolerancia que la mía, esté seguro.

La voz familiar se alzaba ahora, aguda, firme, impetuosa, sostenida por la ordinariez y el cinismo como por un esqueleto. A veces dejaba de oírla para contemplar los duros, indispensables movimientos de la boca, el brillo inalterado de los ojos entre los párpados.

—Yo sé que Ricardo la quiere —dije en la pausa, dominando mis ganas de reír—. Tal vez todo se puede arreglar. Hace un tiempo, un mes y medio, estuve con él, y me habló de usted.

—Usted no sabe. Todo eso se acabó. Pase lo que pase, se acabó... Yo me tomo otra, si usted no quiere. —Bebió y se puso a reír, permitiendo apenas que le temblara la boca, ocultándola con la mano para secarla—. ¿Y usted qué va en todo esto? Si Ricardo no le pidió que me hablara...

—Se me ocurrió hacerlo. Es un amigo. —Sentí que el aire irresponsable de la habitación avanzaba para rodearme; y, meciéndose en la liviana atmósfera, una sensación grotesca, casi cómica, apta para consolarme del fracaso ante la mujer.

—Usted debe estar medio loco —dijo ella, amistosa; hizo con los labios una mueca veloz y decisiva, como si borrara a Ricardo y los motivos de mi visita, como si creara para nosotros un encuentro casual—. Bueno, no me hable más de Ricardo ni de Cristo que la fundó. Ya le dije que es un asunto terminado... Tómese otra copa, no sea así. Cuénteme cómo supo donde yo vivía. —Sonrió con los ojos brillantes, muy abiertos, esperando la sorpresa.

«Ahora yo también estoy dentro del escándalo, dejando caer ceniza de tabaco por todas partes, aunque no fume; usando copas, moviéndome con ardor entre los muebles y objetos que empujo, arrastro, cambio de lugar; inmóvil, cumplo mi tímida iniciación, ayudo a construir la fisonomía del desorden, borro mis huellas a cada paso, descubro que cada minuto salta, brilla y desaparece como una moneda recién acuñada, comprendo que ella me estuvo diciendo, a través de la pared, que es posible vivir sin memoria ni previsión.»

—Eso es —dije, alcé un dedo para señalarla, mostré la resignación con mi sonrisa—. Usted iba a hacerme esa pregunta, todo se iba a complicar. ¿Cómo decirle la verdad, y que usted me entendiera, sin equivocarse y pensar mal? Por eso estuve tanto tiempo sin resolverme a venir.

—Está loco —dijo la Queca riendo, buscando a alguien con los ojos—. Loco... ¿Qué dice ahora? Sepa que puedo entender cualquier cosa, todo.

—No me interrumpa. —Una copa más y estaría borracha—. Vine mil veces hasta la puerta y no me animé a entrar. Quiero explicarle; quiero que me oiga sin enojarse.

Sacudió la cabeza lentamente, con una expresión de felicidad que parecía definitiva, inseparable de su cara, tan suya como los huesos de la calavera bajo la carne; alzó imperiosa una mano para detenerme, vuelta hacia la mesa me mostró las nalgas, más grandes, más redondas ahora. Me dio una copa y bebió la suya de un trago, derramándola en la boca temblorosa.

—Siga —dijo riendo—. Creo que me voy a reír. ¿No se animaba a verme? Pero no me hable más de Ricardo. Son un asco los hombres. —Con una sonrisa breve y resplandeciente me apartó del resto de los hombres, logró aislarme sin mancha en el sillón—. Siga. ¿Usted no está apurado? —Tenía un pequeño reloj pulsera de oro; lo miró y se fue acercando, apoyó una pierna en el brazo del sillón. Estaba inclinada hacia mi cabeza, atenta y maternal, sin otro rastro de alegría en la cara que el brillo de la humedad en los labios; pensativa, dilataba y encogía los agujeros de la nariz, como si me oliera y tratara de comprender mi olor.

—No fue por Ricardo que vine... —dije.

—No me hable de Ricardo.

—Vine por usted, quería verla.

La Queca se levantó de un salto y retrocedió hasta tocar la mesa. Oímos juntos el ruido del ascensor, un rumor de llaves, una puerta cerrada. Ella había vigilado los sonidos con la boca abierta como una tercera oreja; después la cerró con un golpe seco, apartó los labios para sonreírme y vino a instalarse en el brazo del sillón. Con una uña me tocó el pelo, la nuca, siguió la forma de mi mandíbula, mientras yo evocaba su cara absorbiendo los ruidos del pasillo, la mirada de terror y crueldad, la máscara de cobardía, tan velozmente puesta y desaparecida.

—No se vaya todavía —dijo cuando me volví para mirarla. Me era imposible alcanzar el sentido de su expresión perpleja, interrogante, del apasionado examen de sus ojos, frenéticos y sin cálculo. Los delgados labios avanzaron, desvanecieron enseguida la tristeza alargándose para sonreír.

—Diga. ¿Por qué vino? —murmuró.

Respiré otra vez el aire de la habitación, me bastó separar los dientes para que acudiera y me llenara. Quedé junto a ella, en el sillón, abandonado y feliz, dueño repentinamente de un largo hábito de estar con la Queca, de ver y usar los objetos y los muebles del cuarto. Ya no estaba obligado a mentirle para excusarme; sentía, en cambio, el placer y la necesidad de mentir.

—Una noche estuvimos en el mismo restaurante —empecé—. Usted no se acuerda, no me vio. Estaba con un hombre, no me acuerdo de la cara, joven. Se tocaban las manos sobre el mantel. Tampoco me acuerdo de si yo estaba triste o alegre; había comido solo y después de pagar la cuenta la vi a usted, con un peinado distinto al de hoy, el pelo alrededor de la cabeza. No diga que no; usted no sabe, no se acuerda. Ya le dije que no sé cómo era el hombre, estaba de espaldas. Un restaurante, no en Corrientes, pero cerca, uno de esos que se llenan de noche. Usted estaba seria, le acercaba al otro la cabeza por encima de los platos, no hacía otra cosa que mirarlo. La estoy viendo. Miraba con tantas ganas, que los ojos debían arderle, tan abiertos y fijos. A veces parpadeaba y le apretaba los dedos arriba del mantel; la mano quedaba blanca, se iba aflojando y entonces la sangre volvía a correr. Entonces era él el que apretaba; una vez uno, otra vez otro. Pensé que usted deseaba llorar y no podía. Sacudir la cabeza y llorar. Después la seguí hasta aquí en un taxi; supe, otro día, por el portero, cuál era su departamento.

—¿Cuándo fue eso?

—No sé. Tal vez haga un mes.

Sentí que ella sacudía la cabeza, negando, y que se apartaba de mí; de pie, más oscura y pequeña la boca, me miró pensativa, incrédula, resuelta a defenderse.

—Es cierto que tuve un peinado así —dijo después de un rato; otra vez se recostó contra el borde de la mesa y renovó su expresión dudosa—. ¿Por qué no me dice en qué restaurante era? —Se inclinó sobre la mesa sin esperar mi respuesta—. Vamos a tomar la última.

Me levanté del sillón y di dos pasos hacia ella, apreté mi mano contra su brazo, la vi aquietarse, alzar después la copa y beber. Se balanceaba sin mirarme, sin alejarse de mi mano. «¿Quiero saber, verdaderamente, si baja los párpados o revuelve los ojos abiertos? ¿Puede ser tan fácil, fue tan fácil durante todos estos años, desde siempre?» La tomé del otro brazo y ella se echó hacia atrás, temblando, con una mueca de sufrimiento, hizo oír un ruido que parecía un sollozo, osciló, sabiéndose sostenida, y se me fue acercando como si se derrumbara. La apreté, seguro de que nada estaba sucediendo, de que todo era nada más que una de esas historias que yo me contaba cada noche para ayudarme a dormir; seguro de que no era yo, sino Díaz Grey, el que apretaba el cuerpo de una mujer, los brazos, la espalda y los pechos de Elena Sala, en el consultorio y en un mediodía, por fin.

XIII. EL SEÑOR LAGOS

Desde las ventanas del consultorio era posible ver la plaza con su pedestal blancuzco y vacío, rodeado por la ingenua geometría de los árboles, en el centro del paisaje desierto, próximo e irreal como el tema de un sueño. Se veían los grupos de gente que aumentaban y se empequeñecían, más abajo, junto al muelle blanco de sol.

«No la estoy esperando con un sentimiento de amor; simplemente, ella destruye mi soledad, me acompaña y se va desvaneciendo en el curso del día. No se me ocurre besarla cuando la veo, cuando se alza la falda para la inyección. Pero cuando descansa un momento en la butaca y mordisquea el collar, siguiendo con ojos cuidadosos un pensamiento invariable e ignorado; cuando estoy en libertad de imaginar el grosor de sus piernas y la intensidad del calor que tienen al cruzarse; cuando, sin mirarla pero necesitando su presencia para poder hacerlo, agrego, modifico, exagero, suprimo, atenúo la forma y el peso de sus muslos aplastados contra el asiento, y pienso en los posibles brillos de la seda y el vello, en excesivos perfumes, en la repentina y servil juventud que ella podría prestarme, con cargo de devolución y por unos minutos, se me ocurre elegirla como motivo de mi muerte y morir enseguida. Sin amor, sin verdadero deseo siquiera.»

Desde la segunda ventana miraba la forma, aguda, blanca y negra de la balsa, rodeada por espumas y reflejos que la distancia fijaba como excrecencias. La embarcación se aproximaba al muelle, lenta y sin balanceo, como si resbalara su fondo plano sobre una superficie sólida y engrasada. Díaz Grey se alejó de la ventana cuando sonaron los pacientes golpes en la puerta.

El hombre era bajo y ancho, con una cara redonda, de rasgos despiertos que empañaban las rápidas, incesantes olas de expresión que descendían desde la frente, hacían brillar los pequeños ojos —lo único oscuro, lo único que parecía construido con materia dura en el rostro—, los rodeaban de arrugas profundas, formaban, con ayuda de la solícita blancura de la boca, efímeros desprecios, provocaciones, sugerencias, burlas, melancolías, reticencias, asombros, dudas y furiosas afirmaciones, síes definitivos que amontonaban los labios.

—¿Tengo el honor de saludar al doctor Díaz Grey? —preguntó el hombre, inclinando el cuerpo y uniendo los pies; mantuvo la cabeza erguida y detrás de los ojos escrutadores la cara fluctuaba entre la dignidad y la oferta de una amistad indestructible.

El hombre, movedizo, rápido, sin brusquedades, avanzó hasta alcanzar la mitad de la alfombra, la mitad del consultorio. Entonces se volvió, decidido ya por la franca sonrisa amistosa, la promesa de no ocultar nada, sea como sea lo que nos reserve el futuro.

—El doctor Díaz Grey —afirmó ahora.

Se inclinó nuevamente, con los labios alegres y curvados, los ojitos derramando su brillo, una mano contra el costado del pantalón, la otra sosteniendo junto al pecho el sombrero gris y el par de guantes amarillos, innecesarios. El médico sonrió sin mover la cabeza.

—Lagos —dijo el visitante—. Elena Sala de Lagos es mi mujer.

Acabó de decirlo y avanzó con su sonrisa, abierta ahora la boca, jubiloso, como si terminara de hacer una revelación sorprendente, como si los nombres pronunciados bastaran para crear una vieja intimidad hasta la hora de nuestra muerte.

—Mi querido amigo...

Abrazó a Díaz Grey, le hizo, suavemente, dar un paso hacia atrás y otro hacia adelante, retrocedió después hasta el centro exacto de la alfombra para contemplar y admirar al médico.

—¿Lagos? —fingió Díaz Grey; sólo quería ganar el tiempo necesario para separar y unir a la mujer con este hombre rechoncho y maduro, que parecía esperar su risa y su agradecimiento—. Sí, ahora recuerdo. La señora de Lagos. La estuve atendiendo hasta que volvió a Buenos Aires.

—Exactamente. Yo soy el marido.

Volvió a acercarse y se apretaron las manos. Lagos examinó la cara del médico, bajó los párpados y fue a dejar los guantes y el sombrero en la biblioteca.

—Exactamente —repitió paseándose—. Pero ahora ha vuelto, hemos vuelto por tren, ayer.

Estaba de perfil, hablando a los lomos de los libros; se interrumpió para mirar con desconfianza a Díaz Grey.

—Está un poco indispuesta, nada grave, tranquilícese. Por eso no ha venido. ¡Oh!, nada que merezca sus servicios profesionales, doctor. Y confiamos en que usted sabrá perdonar que estando desde ayer en Santa María... —Eligió, con un gesto de excusa, la butaca junto a la ventana—. Todavía necesito muchas horas de sueño para compensar el viaje. Y también ella. Puedo asegurarle que ella deseaba venir a visitarlo anoche mismo. Y confieso que este propósito encontró mi firme negativa; no sólo estaba muy cansada, sino que lo sigue estando. Pero ya vendrá, vendremos. La indisposición de Elena es, y usted me comprenderá mejor que nadie, pasajera e inexistente. Entretanto, estamos seguros de que su caballerosidad le hará disimular...

—No se preocupe, por favor —dijo Díaz Grey desde el escritorio. «Otra vez la mentira, la necesidad de la farsa desproporcionada; marido y mujer»—. Es absurdo. ¿Por qué había de estar ella obligada a hacerme saber que ha regresado?

—No, no, no. De ninguna manera —porfió el otro, removiéndose severo en la butaca.

«De modo que este cargoso imbécil con cara de goma, colocado, inadaptable, en el recuerdo del cuerpo de ella, sentado en la misma butaca, es el marido. Y todo lo que yo construyo e imagino en mis débiles lujurias de mediodía es, para él, milímetro a milímetro, historia antigua, sabida de memoria, olvidada ya. De modo que ella se fue acercando a mí, a la ciudad, a traición; llegó en tren por la noche, se metió en la cama del hotel y separó de las sábanas a este imbécil para que viniera, justamente en esta hora, a darme la buena nueva del regreso, a mentir y suplicar que contemple y atienda, en cambio, su muslo o su nalga.»

—No, no, no —insistió Lagos—. Debía haber venido ella. O yo mismo, en cuanto llegamos. Sé que ustedes son amigos y me atrevo a creer que seré admitido en esa amistad.

—Naturalmente. Pero olvide el resto. Precisamente, entre amigos...

Lagos sonrió, su cara dio las gracias en silencio y fue echando la cabeza hasta tocar el respaldo de la butaca. Continuaba sonriendo en la pausa, los ojos casi en la dirección que prefería ella.

—¿Usted ya almorzó? —preguntó el médico.

—Sí, sí. Gracias. ¿Pero usted no? ¿No ha almorzado aún y yo estoy aquí robándole tiempo? No sé cómo excusarme —se levantó con cautela, como temeroso de que fuera a derramársele la sonrisa, y recogió el sombrero y los guantes—. Mi querido amigo... Un molesto importuno, eso ha debido pensar usted. Estoy retardando su almuerzo. Vamos a ver... ¿Puedo obtener su perdón invitándolo a comer conmigo esta noche? En el hotel. He tenido ya ocasión de descubrir que la cocina es aceptable. Si uno tiene buen sentido y un poco de intuición para guiarse... Estaremos solos y podremos hablar cómodamente. Aunque no elimino la posibilidad de tomar el café con ella. Pero no me tome la palabra. ¿Vendrá, verdad? ¿A las ocho y media, para el aperitivo? ¿Le conviene a las ocho y media? Muchas gracias. Hasta luego, entonces.

Se inclinó —nuevamente, una expresión indecisa bajó y subió por la piel de la cara— juntando los talones, amistosos los ojos, mientras tendía la mano al médico; y Díaz Grey olvidó el tiempo pasado entre los dos idénticos saludos y los diminutos sucesos íntimos que este tiempo había contenido cuando volvió a estrechar la mano de Lagos, a las ocho y treinta en punto, en la entrada del bar del hotel.

—Si para usted es lo mismo —dijo Lagos, palmeándolo—, y mejor aún si lo prefiere, vamos a ubicarnos en el mostrador. Es como el símbolo de una etapa de la vida. Juventud, soltería, los amigos... Califico de bueno el sanmartín que mezcla ese hombre. Así que si usted no se inclina por el whisky o el jerez...

Díaz Grey guiñó un ojo al hombre sonriente detrás del mostrador.

—Buenas, doctor. ¿Dos sanmartín, entonces?

—Dos —contestó el médico—. Dos secos, enseguida.

—Muy bien —dijo Lagos—. Me adhiero a su prisa. Sufrimos la misma sed. Aquí estamos, en el mostrador, por su amabilidad. ¿O usted acostumbra beber así, de pie?

—No acostumbro —sonrió el médico—. Muy rara vez bebo.

—Es usted un cuáquero. Mal hecho, no puedo aprobarlo. —Habló sin mover casi los labios, buscando la sonrisa, la aprobación del barman—. Decía que ésta es la etapa de la juventud y la soltería. Vamos a brindar por ella. Después viene la etapa de las mesas de confitería, los salones reservados. Allí se bebe sin el sentimiento de la camaradería, se practica una poco convincente imitación del beber. Allí bebemos frente a un par de ojos críticos, a pesar de todo. A pesar del amor, que no descarto. Un par de ojos que se mantienen lúcidos, al margen de nuestro abandono y apreciándolo. Y quien dice esto, ¿no dice ojos despectivos? Por eso me complazco, cuando es posible, y hoy me es posible gracias a su bondad —sonrió, alejó la sonrisa hacia la copa y la fue vaciando sin casi echar la cabeza hacia atrás—, me complazco en dar un paso sobre la línea divisoria y volver a la etapa del mostrador. ¿Usted desea que hablemos de Elena?

—No quiero más, por ahora —dijo Díaz Grey al barman, y volviéndose hacia Lagos—: No especialmente. Aunque no sólo como amigo me interesa saber...

—Sí, sí —repuso Lagos—. Lo comprendo sin dificultad. Yo tomaría otro, si es posible un poquitín más seco... Sí, comprendo. Pero esperemos un momento, le ruego; el momento exacto de la cordialidad. Respecto a mi teoría sobre la etapa del mostrador, ya he pensado que podría argüirse que no es extraordinario, por lo menos en Buenos Aires, encontrar parejas bebiendo su copa de pie en el mostrador. Pero no —alzó un dedo para reforzar la negativa; después el mismo dedo señaló las dos copas vacías.

—¿Le sirvo, doctor? —preguntó el barman; Díaz Grey asintió con la cabeza, encogiendo los hombros.

—Pero no —insistió Lagos; ahora, de perfil, cabizbajo y reflexivo, tal vez un poco borracho, parecía tener más de cincuenta años—. No y no. Si está usted bebiendo en un mostrador como éste, con su barra de bronce destinada al descanso alternativo de los pies, y acompañado por una mujer... Si están así, frente a las copas, es porque usted corteja a la dama... Creo que vamos a tomar la última. Me he permitido encargar la comida, ya que usted no acostumbra comer en el hotel. Me he informado. No se arrepentirá. He tomado en cuenta el carácter fluvial de la ciudad y me he inclinado, lo confieso, ¿por qué no, si habrá de descubrirlo enseguida?, me incliné por el pescado. Entonces, mi amigo —dijo al barman que esperaba, siguiendo los movimientos de su boca con una mirada fija, respetuosa y alegre—, entonces nos beberemos, con su colaboración, el último par de la noche. Y si yo lo viera en tal compañía y en tal lugar, mi querido doctor y amigo, dictaminaría que usted corteja a la dama, me negaría a contemplar la posibilidad de otra alternativa. Y en ese caso, compréndame, usted no podrá abandonarse. ¿Y a qué felicidad completa podemos aspirar al pie del mostrador si no nos abandonamos? Siempre en el principio de la borrachera, con el amigo que escucha y nos habla. Aludo, usted no necesita explicaciones, al abandono voluntario a un instante que se nos antoja eterno. Cuando repetimos la misma frase y esta frase no pierde novedad y sirve para explicarlo todo.

Encaró directamente al médico, sonriendo con la expresión del que ha ganado mucho dinero jugando a las cartas y se disculpa por su buena suerte. Y sólo cuando el alcohol volvió en las copas de coñac, después de la comida, junto con el café —para Díaz Grey, que no quiso vino y contempló crecer la excitación del otro a medida que iba vaciando su botella de Sauternes—, sólo entonces el marido de Elena Sala recordó su ofrecimiento de hablar de la mujer. Apoyó la cabeza en el respaldo de la silla, para que se aquietara y fuera recuperando aquella calidad de blandura que contenía todas las posibilidades.

—Ahora sí, ahora vamos a hablar. Elena está enferma, sin estarlo. Mencionaría, si no estuviéramos de sobremesa, la indisposición mensual femenina. Quiero decir que ésta y la que nos priva en este momento de la compañía de Elena, son inevitables, regulares, pasajeras y no son enfermedades. ¿Sí? Ella, permítame, ¿se llama Elena para usted?

—No —dijo el médico—. Señora de Lagos.

—Bien; ella, entonces. Ella, hace un tiempo, digamos un par de años, conoció a un hombre. No voy a ocultarle nada; otra actitud sería una ofensa para su inteligencia y su caballerosidad. Aspiro, además, a que esta noche, estas copas que estamos bebiendo sean el principio y la consagración de una verdadera amistad. Llego, pues, a eso, tan terriblemente difícil si fuera posible: definir a un hombre. ¿Sí? Yo podría contarle anécdotas, formular observaciones y aventurar después mi definición o dejar que usted encuentre la suya. Pero voy a emplear un método radicalmente opuesto. Voy a decirle quién era aquel hombre y luego le demostraré por qué. Y no hay necesidad de mencionar el secreto profesional —sonrió excusándose.

—Claro que no. Pero no creo que me sea de utilidad, profesionalmente, conocer esa historia.

—No, no. Permítame no estar de acuerdo. Ya verá usted. Aquel hombre (se llama Oscar, Oscar Owen, el Inglés), lo definí: era un gigoló. Y lo seguirá siendo hasta la muerte, pase lo que pase. No sólo porque haya vivido un tiempo de mi dinero y del de ella. Un gigoló aunque no nos hubiera sacado un centavo; aunque nos hubiera dado dinero, alimentado y vestido. Nació gigoló como otros nacen matemáticos o pintores. Cuestión de almas, no de circunstancias. ¿No lo aburro? Gracias. ¿Otro café y otra copita? Permítame. —Habló con el mozo y extrajo del bolsillo una gruesa libreta, apartó una hoja de papel y escribió en ella rápidamente; cuando regresó el mozo con el café y el coñac, le entregó el billete doblado y dijo un número—. Gracias. Era un gigoló, como le decía, como sospeché, vagamente, la primera vez que lo vi. Como podía habernos contagiado una enfermedad nos transmitió esta costumbre de las drogas. No necesidad, afortunadamente. Y en el fondo, por lo que a mí respecta, se trata más bien del deseo de acompañarla a ella, por lealtad, en una desgracia. Podría renunciar a este hábito en cualquier momento. Pero ¿para qué? No me hace más daño que el tabaco. Ese hombre apareció repentinamente en nuestra vida. ¿Triunfó? Sí; desde su punto de vista debo admitir que triunfó. Jamás hubo entre ellos ni la sombra de una intimidad reprochable. Me consta. Su triunfo consistió en deslumbrarla, en hacerse imprescindible, digamos, como la costumbre que nos transmitió. Era joven, muy hermoso. Ese tipo del muchacho sin pecado que insiste en hablarnos de su virilidad, tanto, que terminamos por sospechar que hay escondida cierta femineidad. Están descartadas en este caso, repito, las relaciones físicas. Y aparte de eso, ¿qué da el gigoló en cambio de dinero? Esas mil atenciones, esa actitud de servidumbre constante. Las flores, los regalos oportunos y baratos, la ayuda para sentarse o levantarse, para ponerse un abrigo o subir a un coche. La compañía incondicional para ir de compras, al teatro, al cine, a tomar el té. En cambio, él recibía algo más que dinero. Recibía la admiración de ella. Un hombre, inexistente hasta entonces, incapaz de interesar en forma duradera y mucho menos de deslumbrar, se encuentra de improviso con que la bondad de mi mujer, el inexplicable hechizo en que ella se dejó envolver, le permiten, al fin, ser de una manera completa, disfrutar, como los demás, de eso que llamamos una personalidad.

Un chico salió del ascensor y entregó algo al mozo; éste se acercó a la mesa. Lagos desdobló lentamente el papel, lo leyó y se lo puso en el bolsillo donde guardaba la cartera. «No es un imbécil; miente, toda esta historia es fantástica y no puedo adivinar para qué la cuenta. Pero no es un imbécil.»

—Entiendo —dijo el médico—. Pero un hombre así parece inofensivo.

—Sí y no. Ya lo verá. —Bebió, fijos en la mano los pequeños ojos entornados—. No estamos discutiendo eso, permítame. Le decía que pudo existir por primera vez en su vida porque encontró dos personas, infinitamente superiores a él por su cultura, su educación, sus medios y su posición social, que le demostraban afecto y admiración, que lo trataron como a un igual. Pero ya continuaremos con esto, no nos faltará tiempo. Mi mujer acaba de hacerme saber que puede recibirnos un momento. Y hasta ha escrito que tendrá placer en verlo a usted. De manera que no debemos demorarnos.

—Bien —dijo Díaz Grey, y sonrió francamente a la cara enrojecida del otro que se inclinaba sobre la mesa, solemne y autoritaria—. Pero usted tenía que decirme algo sobre la enfermedad de su esposa.

—Es verdad, perdóneme. Puedo resumirlo en una frase, ya que parece interesarle. Mucho le agradezco... Se trata del recuerdo. Regularmente, cada dos meses, digamos, ella sufre pensando en ese hombre como si lo hubiera amado, como si su desaparición significara algo más que las molestias que acarrea el despido de un valet... Permítame. ¿Ha tenido usted, en la adolescencia, esas crisis en que sólo pensamos en la muerte? —Se puso de pie, esperó a que el médico dejara la mesa y volvió a sonreírle mientras le oprimía un brazo—. Insomnios y pesadillas. Sudores fríos, la desesperación sin salida. El recuerdo que viene, se va. —Volvió a detenerlo cuando llegaban al ascensor.

Díaz Grey pensó en la cantidad de recuerdos que cabían y que formaban para Elena Sala el recuerdo del hombre desaparecido. Pensó en su propia pobreza, se reconoció abandonado por la vida en aquella ciudad de provincia, hombre sin recuerdos.

—Hubo un error —dijo Lagos—. Ningún deslumbramiento en el primer encuentro. Ni siquiera un especial interés. Ella aún puede recordar que vio, con mayor penetración que la mía, todos los defectos, la debilidad total del muchacho. Fui yo quien tomó su defensa. Simple piedad. Fui yo. No hay, pues, enfermedad; sólo se trata del recuerdo que viene, sofoca un par de días y desaparece —dijo al salir del ascensor.

La mujer oyó las voces, los nudillos en la puerta, la espera. Dijo que sí y tuvo tiempo parar decidirse, para quitarse la bata y avanzar sonriendo dentro del pesado camisón que parecía un traje de fiesta, rozando la seda con las rodillas. «Pero estoy enferma; Lagos ya le habrá dicho que estoy enferma, aunque no tanto como para que pueda volver a verme desnuda. Sonríe pero no quiere mirarme los ojos; se empeña en mostrarme su amabilidad y su desprecio. Mi pobre, querido lavativero. Lagos chorreando frases sin fin para explicar tonterías o no explicar nada, y el medicucho sonriendo, interesado, amable, despectivo. Sin dejar de abrir la nariz para olfatear la trampa, el pedido de ampollas o de recetas que presiente. Ahora hablan de la pesca y cambian historias, chistes de pescadores, a veces él me mira con disimulo para saber si me hace gracia. Ya está Lagos hablando a gritos, riendo y moviéndose, pidiendo bebidas por teléfono. Y yo puedo verlo, ahora mismo, desnudo, la barriga, las piernas débiles; puedo recordar todos los síntomas de vejez que ha tenido que mostrarme sin saberlo. La vida en común, medicucho. Y usted está más flaco y pálido que cuando lo dejé; tampoco es usted un jovencito. En la comedia de jovialidad de Lagos (ya vuelve a reírse y hablar a gritos) hay siempre un músculo facial que no funciona con exactitud o que no se mueve a tiempo, que proclama que no hay nada tan decrépito como esa representación del buen humor, de la alegría de vivir, de ¡oh la irresponsable inmadurez! Por lo menos, medicucho, usted no se esfuerza; por lo menos no conozco sus miedos, no lo he escuchado mentirse, no le he oído contar cien veces la misma aventura. Nunca he tenido la necesidad de conservar mi respeto por usted poniéndole un buen par de cuernos; nunca he sentido su prudencia a mi lado, nunca he recibido de usted palabras en lugar de un bofetón.

»Ahora reímos todos del excelente cuento del cardenal y la bailarina que acabamos de importar de Buenos Aires. Es excelente, repite Lagos; trata de reírse como se reiría un muchacho, se sacude en el sillón con emocionante buena voluntad. Aquí estamos, los tres, usted mirándome a veces las piernas, tratando de no bajar la guardia, de no ser tomado de sorpresa cuando le pidamos un poco de morfina, por caridad. Usted me vio desnuda, medicucho; usted debió tocarme para evitar que ahora yo sea una madre para usted. Lo malo no está en que la vida promete cosas que nunca nos dará; lo malo es que siempre las da y deja de darlas.

»No hay que burlarse de Lagos, medicucho; es más complejo, más inteligente, más difícil. Miente siempre, miente tanto, que sólo podrá llegar a saber quién es si le toca morir a solas. Y ya ni siquiera miente para mí; lo hace porque tiene miedo, porque está viejo, porque cada Lagos que inventa es una posibilidad. En último caso, una posibilidad de olvido. No te vamos a pedir nada y te vas a ir, medicucho, dejando saludos a los empleados del hotel, al de la pulmonía, al del reumatismo, al del chancro rebelde. Tal vez tomes solitario la última copa y pienses en mi camisón. Veo tus ojos, estamos cansados y tenemos presentimientos, medicucho. Ahora me levanto para darte la mano y observar fugazmente tu infortunio.»

Casi no hablamos, y lo que se dijo no importó; puede ser olvidado y suprimido; ella, el hombre y yo hicimos los gestos precisos, sin un movimiento superfluo, como si hubiéramos ensayado la escena noches y noches.

Mientras estuvimos solos, la Queca bebió tendida en la cama, riéndose, entre negativas y promesas, masticando el secreto que nunca había contado a nadie, los ojos entornados hacia la perspectiva de ser encerrada en el ataúd sin haberlo nombrado. Yo insistía desapasionado y cauteloso, con voz sorda por el temor de que Gertrudis estuviera de regreso y me oyera. A veces me acercaba para acariciar la cabeza de la Queca y recostaba un instante la oreja contra la pared, pretendía descubrir grietas en el silencio de al lado.

—No —decidió la Queca—. No te lo digo a vos ni a nadie. ¿Por qué tengo ganas de contártelo si te vi cinco o seis veces en la vida? No es porque esté borracha; debe ser esa cara de santo que ponés para mirarme. Pero mejor, no. Vos también vas a creer que estoy loca. Arce, te llamás Arce, eso es todo lo que sé. Mundo loco. Y con vos y no con otros que conozco bien, me vienen ganas de contártelo. No te lo voy a decir.

—Como quieras —murmuré—. No te pedí que me dijeras nada. —«Arce, no tengo que olvidarme; tendría que venir a visitarla sin papeles, sin documentos. Aunque algún día, por más cuidado que tenga, me verá salir de mi departamento o se enterará de todo por el portero.»

—No, es mejor no hablar. ¿Por qué no querés tomar hoy? Te digo una cosa: se llaman ellos. A veces le digo a la Gorda: «Adiós, que me tengo que ir a casa con ellos». Vaya a saber qué se piensa ella. Siempre tengo miedo, porque no puedo hacer nada. En cuanto estoy sola aparecen. Si tomo bastante, me puedo dormir enseguida.

—¿Quiénes son ellos?

—Nadie. Ahí está la cosa —dijo la Queca, y empezó o reírse, alzó la cabeza para burlarse de mí—. Son de aire. Ya sabés bastante.

Vació la copa con una sonrisa de misterio y aviso, vino hasta detenerse junto al sillón y se inclinó para acercarme su risa.

—¿Quiénes son ellos? —pregunté. «Si alguien escuchara con atención al otro lado de la pared terminaría por saber con quién está ella; el sonido de su risa y las palabras que dice irían delimitando mi silencio y mi quietud, harían, finalmente, el vaciado de mi cuerpo, mi cara y mis manos en el sillón.»

—¿Así que querés saber? —Se sacudía con la risa, doblada la cintura en rápidas reverencias—. Es una adivinanza. Ellos. Sólo yo los puedo ver y los oigo. No sabés nada. La Gorda tampoco entiende y eso que a ella le estuve hablando y casi se lo digo. A lo mejor un día te sentás arriba de uno y no te das cuenta. Vas a decir que estoy borracha o loca. —Se puso seria y fue alzando el cuerpo, alejando su cabeza, la veloz desaparición de la risa. Retrocedió hasta colocarse, como en la primera noche, de pie y apoyada contra la mesa, las manos escondidas. Me examinó, entristecida, más joven dentro del peinado deshecho.

—Ahora vas y me traés una copa y me la das a tomar. —Ausculté la pared mientras manejaba el porrón de ginebra; Gertrudis no había llegado—. Sin que se derrame una gota, no tan ligero, un momento, así. Dame un beso chico. ¿Arce te llamás? Me gusta, pero Juan María es nombre de mujer. No te enojés. Te portaste bien pero no te voy a decir nada. Es un secreto que más vale me lo llevo a la tumba. No te rías; dame otro beso así. Mirá si soy loca: a veces me duermo sin que vengan porque me pongo a pensar que está lloviendo en un monte y abajo de las hojas podridas en el suelo hay un espejito roto y un cortaplumas todo ferruginoso. Fijate: yo no sé si eso lo vi de chica o si es un sueño que me acuerdo. Pero si pienso bien en eso, en el monte y todo, me puedo dormir sin tener que aguantarlos. Pero no tengo que pensar como si me acordara. No, no me podés entender, no digas que sí. Tengo que pensar como si estuviera sucediendo en ese mismo momento, como si lloviera en un monte de alguna parte y yo lo adivinara.

Entonces, cuando me acerqué para besarla, ella oyó antes que yo el ruido de la llave que tropezaba y removían en la cerradura. Me apretó los brazos, hizo retroceder y caer las manos y repitió hacia el sonido dorado en la puerta la máscara de terror y decisión cobarde que yo le había visto en el primer encuentro. Pero no de perfil ahora, no construida con sólo un ojo, una mejilla, una negra mitad de boca abierta para sorber el ruido. Retrocedió contra la mesa, me obligó a presentir lo que iba a suceder sin otro dato que su expresión, su retroceso, el sonido de una copa caída. Todavía, durante un segundo, me mostró la cara enflaquecida, tres veces agujereada por el miedo;

vi que los ojos trataban de explicar rápidamente, renunciaban de inmediato. Alzó los brazos y me hizo girar, trastabillar y detenerme frente al estante de los libros. Un puño golpeó la puerta mientras ella corría para abrir; vi que la Queca desaparecía en el corredor y escuché la voz masculina alzarse y morir de golpe, perdida en el incansable, rencoroso zumbido de insecto que ella estaba haciendo.

«Un hombre, otro hombre. Yo soy Arce.» Levanté la copa volcada, la llené con ginebra y traté de esperar con la espalda en el estante de los libros, bebiendo. Ella entró antes, con una humedad de lágrimas sobre la máscara de nerviosidad y miedo, disimulando para mí la sonrisa victoriosa, sin alegría. El hombre cerró la puerta y avanzó. Era más alto que yo, más joven, huesudo; llevaba el sombrero echado hacia la nuca y era imposible suponer que lo usara nunca de otro modo; el pelo retinto comenzaba a brillar muy cerca de las cejas, y la cara recién afeitada ofrecía, como con deliberación, su impasibilidad y su blancura. Se acercaron lentamente, emparejados ahora y en silencio. Caminé hacia la mesa, hacia ellos, hacia el centro de la habitación, mientras buscaba la sonrisa adecuada, mostrando por fin una sonrisa cualquiera, dividiéndola entre ambos. Parecieron no verla; los miré dar un último paso y detenerse a un tiempo; ella alzó la barbilla para señalarme, para desafiar un previsible remordimiento, las mejillas encendidas, la pequeña boca removiéndose con suavidad mientras gustaba e iba eligiendo un gesto definitivo. El silencio yacía, triangular, entre nosotros, cubierto por el repentino, remoto murmullo de la llovizna. Después la Queca sacudió la cabeza hacia el hombre recién llegado, sin mirarlo, como si hubiera dejado en el aire, dirigida a mí, la mirada brillante. El otro esperaba algo, sin comprender o decidirse, un poco inclinados los hombros, la cara blanca salvada de convertirse en una simple mancha por las líneas oscuras de la boca y las cejas. Un segundo antes de que ella moviera nuevamente la cabeza, arrastrando el decoro de la boca pero no los ojos, comprendí qué estaba esperando el muchacho; abandoné a ciegas la copa y fui imitando la posición de su cuerpo, los brazos engañosamente colgantes, las espaldas dobladas.

—Ahí lo tenés —dijo la Queca—. Dice que viene de parte de Ricardo, que yo tengo que volver con él. Ya te expliqué, estoy cansada de esta persecución. —No quería mirarme, alzó un brazo y lo dejó caer contra la pierna—. Siempre con amenazas; gracias que vos llegaste.

—¿Por qué se calla ahora? —La voz del muchacho era ronca y vieja; apenas sonó, su cara blanca quedó moldeada, adquirió forma mediante planos y sombras que sugerían el insomnio y la pena—. Hábleme ahora de Ricardo. ¿Por qué no? —Hablaba con desmayo, como si pensara en otra cosa.

La Queca retrocedió, paso a paso, acercándose a la música del violín que languidecía en una radio; quedó apoyada en la pared, la cabeza tocando un cuadro, inmóvil.

—No entiendo —dije—. Ella no puede decir...

Ella no quiso, o tal vez no pudiera, mirarme ni oírme. Estaba fuera de la habitación, lejos, al otro lado de la campana sonora de la lluvia. Vi un movimiento, la sombra alargada y repentina; sentí el golpe de mis costillas contra el respaldo del sillón y, enseguida, el golpe anterior en la cara; fui comprendiendo que estaba sentado en el suelo con las piernas y los brazos abiertos.

—Ernesto —susurró ella sin insinuar nada.

Ernesto conservaba el sombrero inclinado hacia la nuca y yo lo oía resoplar, veía su boca excesivamente abierta, como si hubiera corrido cuadras, como si gozara oyéndose respirar. Dio un paso hacia atrás, los brazos nuevamente caídos, ocultando el cuerpo de la Queca. Llegó el ruido de una puerta; conocí, para olvidarlo enseguida, el sentido de lo que estaba sucediendo. De pie, estiré un brazo y golpeé con el otro el pecho de Ernesto. Volví a sentir el dolor en el costado derecho de la mandíbula, choqué nuevamente contra un mueble. Un dolor enfurecido se extendía circularmente desde mi estómago cuando, solitario y cara al techo, supe que el mundo estaba formado por mi boca abierta y mi desesperada necesidad de respirar, que no había otra cosa en el mundo que la ropa trepando entre mi espalda y el suelo, el desliz contra el piso, la frescura de las baldosas del corredor.

Lentamente, ella se acercó a la gesticulación del hombre; del cuerpo del hombre salió girando mi sombrero, me golpeó en el pecho. Después del portazo no hubo nada más que el ruido de la lluvia. Me senté en la escalera, estuve esperando que me fuera posible respirar, encogido y paciente, mirando la puerta de mi casa, despreocupado de la posibilidad de que Gertrudis abriera y se asomara; corregí las abolladuras del sombrero, me limpié la mano húmeda y sucia, cubierta con el aserrín de la salivadera del corredor.

Volví a conocer, durante medio segundo, el sentido de la escena reciente, del cuerpo y el pasado de la Queca, de la resolución que me había llevado a visitarla y mentirle; creí descifrar todos los enigmas anteriores de mi vida, poder reunir las minúsculas sensaciones cotidianas y obtener con ellas la respuesta, una sola, para cada una de las dudas importantes; una respuesta gozosa, tan útil y convincente para mí como para todos los otros ciegos, enfurecidos o desesperados, que me estaban acompañando en aquel momento, sobre la Tierra. Estuve después sonriendo, en abandono, con el sombrero en la mano, como un mendigo en un portal, sonriendo mientras sentía que lo más importante estaba a salvo si yo me seguía llamando Arce.

XV. PEQUEÑAS MUERTE Y RESURRECCIÓN

Al atardecer, Gertrudis pasó del balcón al cuarto; boca arriba en la cama, yo estaba pensando nuevamente en el revólver, recién comprado, que guardaba en mi escritorio, en la agencia. Los crepúsculos eran ahora largos; muchas veces regresaba a casa antes de la noche, y desde el balcón Gertrudis me iba transmitiendo, con palabras o en silencio, el proceso de la declinación del día. Yo no podía asomarme; era necesario proteger a Arce. Desde la silueta grande y melancólica, desde el perfil vuelto hacia el río me llegaba la visión de las casas grises, la sombra azul, la última franja encendida en el cielo; a través de ella lograba, a veces, intuir una alegría, una mansedumbre, una particular curiosidad en la idea de la muerte.

Ahora estábamos hablando y en la pausa volví a pensar en mi revólver flamante, lo vi en el cajón del escritorio, entre papeles y libretas, junto a los pedazos de vidrio y de hierro, los tornillos y muelles que me había acostumbrado a recoger del suelo cuando iba, una vez por semana, a visitar un posible cliente en el puerto. Dejé de escuchar a Gertrudis para recordar el número del revólver y pensarlo como un nombre. Ella estaba sonriéndome; con los pies descalzos y separados, jugaba con el cordón de la bata.

—¿Y después? —preguntó burlándose.

—¡Oh, después nada! —repuse—. No puedo sentir, no siento la necesidad de considerar un después. Salvo que tú...

—Yo tampoco. Ni siquiera eso.

Torció la cabeza sonriente y oscurecida, alzaba los hombros, de espaldas al crepúsculo. Jugaba y era feliz, su cuerpo repetía la actitud de suavizada provocación que le había sido habitual en la adolescencia; mirando la delantera de la bata, nadie podría adivinar cuál de los lados del corpiño estaba relleno.

—Creo que hablábamos en teoría —exclamé dejando de mirar hacia ella y el cielo del balcón—. Por lo menos a ti te debo lealtad. Aunque con los demás pueda permitirme...

—O a ti te debo, por lo menos, lealtad —interrumpió la frase que yo pensaba terminar—. ¿No es más exacto así?

—No es más exacto. Es idiota. —Me estiré en la cama y entorné los ojos, las manos unidas sobre el pubis. Vi el brillo inexplicable del cañón del revólver. «Si pudiera oler un perfume de flores estaría muerto; cada silencio que ella acepte no significaría mi soledad, solamente, sino también mi incapacidad de oír. Así voy a estar; así estuvieron mi padre, mi abuelo y así los obligo a perdonarme.»

Entre los párpados la vi acercarse a los pies de la cama; la última luz del anochecer le tocaba un ojo, corría adherida a la fracción de sonrisa que ella se empeñaba en sostener.

—Es tan absurdo, Juanicho —murmuró—. Eso sí que es idiota. Lo sé de memoria: «Cada día más lejos de mí. Acurrucándote distraída. Haciendo balance apoyada en mi calor». ¿Me equivoqué? ¡Es tan idiota!...

Yo pensaba en la necesidad de llevar el revólver encima, de descubrir un sitio en la pieza, la cocina o el cuarto de baño, para esconderlo.

—Pero no es eso —dije, saliendo de la muerte—. No se trata de dudas ni de negativas, nada de eso importa. No pregunté nada, no traté de adivinar; te dije lo que veo, lo que siento, lo que tengo que pensar sin voluntad, automáticamente.

—Bueno. ¿Pero no te importaría? —La sonrisa, ahora invisible, estaba presente en su voz—. ¿Nada?

—No es eso —dije rápidamente—. No es eso. —«Por este camino terminamos en la cama y ahora no quiero, ahora soy feliz, puedo estar muerto»—. Dije que estabas fuerte y alegre. Dije que tu cara es la cara de estar pensando en otra cosa, de recordar no sé qué, lo que haya sido antes el origen de tu alegría. Dije que te sentía, lejana, recordándolo, cuando estamos abrazados.

—Sí. ¿Pero te importa o no? Si fuera cierto, ¿te importaría? ¿Cuánto?

—Bueno. No me gustaría soportarlo. ¿Alcanza? No sé si lo soportaría. —Tal vez alcanzara la imprecisa amenaza, tal vez le fuera bastante oírme asegurar que cualquier forma de su infidelidad me haría sufrir; tal vez dejara de hablar y se vistiera—. Vamos a llegar tarde.

Pero no se movió; arriba, en la penumbra, yo adivinaba el brillo de la sonrisa en sus ojos. Recomencé a morir en el silencio, aplastado, perdiendo espesor bajo la negrura de la noche; a mi derecha alguien arrastró los pies en el corredor, se detuvo acaso ante la puerta de la Queca, desapareció; casi contra los huesos de mi cráneo, la habitación de donde me habían sacado a golpes, arrastrándome de los pies, continuaba despoblada y silenciosa; cerca de mi sien izquierda convergían y se intimidaban los ruidos del principio de la noche, una antigua tristeza inofensiva, el rebullir del viento primaveral.

«Más allá de mi padre y mi abuelo desconocido, hasta el inimaginable principio detrás de mi lomo, atravesando terrores y las breves formas de la esperanza, sangres y placentas; yo aquí muerto, cúspide momentánea y última de una teoría de Brausenes muertos, de talones, nalgas y hombros impasibles, aplastados, endureciéndose, prólogos impersonales de la carroña y, no obstante, Brausenes. Elevado por todos ellos (sin generosidad, sin odio, sin propósito) hasta el nivel de la tierra para esto, para nada, para ensayar mi muerte y observarle, discreto, la cara; para estar alargado y en paz en esta noche, suprimiéndome, siendo yo mismo, por fin, en el anonadamiento, cuando me ayuda el silencio que extiende sobre mi precaria beatitud esta mujer que miró con anhelante y convencional nostalgia la última luz rojiza de mi falso último día y que ahora está erguida y desbordante de cosas que me son ajenas, stábat máter, stábat máter, como ha estado siempre el vivo junto al que acaba de morir; un poco agobiado por el misterio, el miedo, por los restos de una vieja curiosidad que agotó las preguntas.»

—¡Ay, ay! —dijo Gertrudis, en si y en sol—. ¿Qué nos importa llegar tarde? ¿Podemos hablar? Sí, naturalmente: podemos hablar. La confianza y la comprensión, etcétera. Pero si podemos hablar, ya no me interesa. Si yo puedo decirlo todo, todo no tiene otro destino que tu inteligencia. Si yo hablo y tú comprendes todo, no vas a entender lo que yo podría desear que entendieras. Para que me entendieras, realmente, tendrías que estar tan enfurecido, que te sería imposible entenderme. Y tampoco a mí me importa. Parezco estar hablando a un cadáver; pero a un cadáver que puede razonar sin equivocarse. Es que se acabó el amor, Juanicho. Ya sabemos, lo hemos repetido tantas veces, que el amor es comprensión. Y sin embargo, sólo dura mientras no podemos comprender del todo, mientras podemos prever con miedo la sorpresa, el desconcierto, la necesidad de empezar a comprender, otra vez, desde el principio. Juanicho, empiezo a sentir, como se siente el paso de los años, que los pies se me están enfriando. ¿Así que la fuente de mi alegría no está aquí y no eres tú? ¿Que de noche me enrosco contra tu cuerpo para recordar los motivos de felicidad que inventé durante el día, aparte de ti? No es cierto, Juanicho. No es cierto todavía. ¿Voy a la cama o me visto? Voy un momento.

La sentí avanzar y tenderse, los pies helados se apoyaron contra mis tobillos; ovillada, hizo sonar una risa cálida, me golpeó la oreja con la punta de la nariz. Era probable que alguien se estuviera moviendo, atento a no hacer ruido, del otro lado de la pared. La voz de Gertrudis y su aliento me obligaron a resucitar, a desgano, con pena.

—No te muevas, Juanicho. Puedo mirarte, hasta los pies. No quiero tocarte. Te quiero tanto y todo lo que dijiste es absurdo. ¿Puedo tocarte? Yo sé que puedo, pero quiero que lo digas. Me gustaría que lo pidieras. No hay nadie, no hay ningún hombre, no hay ni la sombra de una posibilidad. ¿Está bien así? ¿Te gusta que no haya? Te gusta. Si crees que estoy mintiendo, no comprendo que no me pegues. Estaría bien que te enfurecieras y me pegaras. Pero no que hables; no hables. Si fuera cierto y también no siendo cierto, ¿cómo podríamos comprendernos con palabras? Pero Juanicho es bueno, tiene principios. Yo ya no los tengo; si hay un cambio, debe ser ése.

Entonces sacudí la cabeza para despedirme de las innumerables llagas sacras, ronquidos y sudores brausenes que me habían precedido, de los periódicamente repetidos Juan, José, Antonio, María, Manuel, Carlos Brausen que iban de hueso a polvo, disueltos bajo humus y gredas de Europa y América.

—No me toques más —dije.

—Sí —aflojó los dedos, fue alejando la boca de mi oreja y mi cuello—. Nada más quería saber si te importaría. Voy a vestirme.

«Puede ser verdad que no me importa. Pero ella va a necesitar, además, mis celos, la dosificación astuta de un rencor que no llega a mostrarse, el ensimismamiento, los ojos que se desvían sin terquedad, ninguna explosión que la obligue a retroceder. Va a necesitar mis celos y también la seguridad de que no sufro demasiado para poder revolcarse sobre ella con el otro, si hay otro; una seguridad que la sostenga por otra parte, cuando esté acostada conmigo, enternecida y excitada por el arrepentimiento.»

—Pero no creo que sufrieras. Si pudiera creerlo sería feliz —dijo en voz alta, hacia el techo. Esperó; en la oscuridad ahora completa sentí que estaba rígida y esperando.

La puerta de la Queca se cerró con un golpe y cuatro pies avanzaron; oí una risa desconocida, una combada frase de interrogación. En el escritorio, pequeño y liviano, tan parecido a un pupitre de colegial, el revólver estaría dormido, sabiendo ya por qué una vez a la semana, cerca del puerto, me inclinaba junto a la angosta vía del tren para recoger vidrios, pedacitos inútiles y oxidados de maquinarias.

—Voy a vestirme —dijo por fin Gertrudis; la oí abrir el placard, bajar la celosía, entrar en el cuarto de baño. Nada al lado, ningún ruido, cuando vino el silencio. No sabía cuándo, no me interesaba averiguar por qué, yo iba a volver al departamento de la Queca y mataría al hombre, Ernesto. Sabía, en cambio, que estaba dispuesto a pagar cien Gertrudis adolescentes y con dos senos y la totalidad de este Brausen como precio por la repetición del momento en que la Queca estuvo bajo mi pecho, doblada sobre la mesa, ayudándome con las manos, o por volver a mirar en su cara, sólidas, palpables, la cobardía y la abyección.

Oí cantar a Gertrudis dentro del rumor de la ducha, imaginé su cuerpo, comprendí que su presencia y todo lo que hiciéramos y habláramos no serían más que repeticiones tediosas y deslucidas de momentos que tenían un lugar en mi pasado. Inútil hacer esfuerzos, entristecerme.

Alternativamente, su voz dominaba el ruido del agua y descendía como una hoja bajo la lluvia. Desde entonces y para siempre evité las posibilidades de discusión, admiré impasible sus nuevos vestidos, respiré en silencio perfumes inesperados, me acostumbré a echarme en la cama cuando el anochecer subía de la calle, para escuchar los ruidos en el cuarto de la Queca y esperar a oscuras el regreso de Gertrudis.

Mientras aguardaba sin impaciencia, sin deseo, con nada más que un anticipado sometimiento el anuncio de la hora de ir a llamar a la puerta de la Queca con el revólver en el bolsillo, me habitué a remedar decenas de brausenes yacentes y desinteresados, colocando la nuca, con respetuosa confianza, en el sitio en que habían estado las suyas, acomodando mi estatura a las ajenas y familiares, sonriendo apenas al repetir con mis labios la forma de las sedantes y, al cabo, ineficaces negativas inventadas para defenderse de la existencia y de la muerte por los Juan, los Pedro, los Antonio Brausen que me habían precedido.

XVI. EL HOTEL EN LA PLAYA

Díaz Grey arrastró el bote sobre la arena y se irguió, fatigado y ridículo; se miraba los pies descalzos, los pantalones doblados en el tobillo, los antebrazos doloridos de cansancio, quemados por el sol. La mujer, Elena, estaba ya a unos cincuenta metros de la costa, con la cabeza envuelta en un pañuelo de colores, calzada ya, fumando un cigarrillo mientras esperaba, de cara al invisible camino que habían hecho sobre el río. La última hora de sol chocaba contra los vidrios oscuros de sus anteojos.

El médico se puso las alpargatas y alzó un remo. «Ya basta; demasiado pesado, demasiado grotesco caminar por la orilla vestido así, junto a ella y sus pantalones, con los remos al hombro. Tanto peor si los roban.» Abandonó el remo contra el bote y avanzó sobre el calor conservado por la arena gruesa y sucia. Elena reanudó la marcha, lentamente, dejándose alcanzar, exagerando la dificultad de sus pasos en la playa.

—¿Está cansado? Es cierto que usted remó todo el tiempo, por capricho. Pero no olvide su promesa: hasta el fin del mundo. Más allá de las dunas tiene que estar el camino; acabo de oír el ruido de un camión. Ahí encontraremos el hotel o a quien preguntar.

—De acuerdo —repuso Díaz Grey—. Estoy un poco cansado, tal vez por el sol; ya pasará.

—Vamos por aquí —dijo ella, mientras empezaba a subir la duna—. En el hotel tomamos algo fresco. Bien podría ser que nos bañáramos.

Iban trepando en silencio, encogidos, nuevamente sudorosos. Desde lo alto del médano descubrieron el camino, estrecho y curvado, entre alambres y postes nuevos. Descansaron, tratando de disimular el jadeo, los rostros encajados en el aire quieto, ardiente.

—¿Y si esperáramos un rato? —sugirió ella.

Díaz Grey encogió los hombros, pero se agachó hasta quedar acuclillado; se desprendió la mochila para apoyarse en ella.

—Debe ser a la izquierda —murmuró Elena—. Hay un edificio grande y una cancha de tenis. Del otro lado no veo más que granjas.

—Siéntese y fumemos un cigarrillo.

—No, tengo las piernas cansadas de la posición en el bote. Pero páseme un cigarrillo. —Él se alegró; podría descansar, fumar, mirarle las nalgas—. Estamos al pie de las murallas —bromeó ella—. Piense en el tiempo de las ciudades con portones, almenas y guardias.

—Pienso —murmuró él. «Cuento de Oriente. Alí Díaz Grey, el eunuco.»

—Si quiere descansar un poco más...

—No, es mejor aprovechar la luz. En el hotel, si hay hotel, será más cómodo.

Bajaron corriendo, dejándose resbalar en la arena. Acordaron un paso regular y lento por el camino, silencioso y desierto, limitado por extensiones de tierra rojiza y seca que chupaba el último calor del sol.

—No entiendo a Lagos —dijo Díaz Grey.

—Es como para preocuparse. ¿Por qué? ¿Por esta excursión? ¿Porque él no me acompaña?

—También por eso. Ya sé la respuesta; tiene que estar en Buenos Aires y en mí puede confiarse como en un hermano. Pero no le pregunté algo importante. ¿Cuándo recibió la última carta de Oscar?

—Hace menos de un mes. Cuando yo lo buscaba en Santa María, él estaba ahí, en el hotel. Encontré la carta cuando volví a Buenos Aires. Entonces decidimos con Lagos regresar a Santa María, averiguar la dirección exacta del hotel y buscarlo. Con su ayuda, naturalmente.

—Gracias. Es una prueba de confianza comprometedora y decididamente inolvidable, como diría su marido.

—No se burle —dijo ella riendo, con la mirada hacia adelante, desinteresada del médico.

—No me burlo; no sería capaz; le tengo miedo. Hace un mes, entonces. Es posible que ya no esté.

—Es posible. Decía que había encontrado un hotel más barato y solitario.

—Hotel es la palabra que se usa aquí. Oscar, el inglés, puede estar en cualquier casa donde reciban pensionistas. Hay muchas en verano, en toda la costa.

—También es posible —dijo ella con sequedad.

El recodo del camino donde estaba el edificio parecía retroceder contra el cielo sereno y oscurecido a medida que ellos caminaban. «No te molestes, no quiero molestarte. Aquí estoy, lleno de dolores y envarado por la gimnasia del bote, llevándote paso a paso, de la mano, con humildad, hacia el refugio del Príapo insustituible y haciéndolo con licencia marital.»

—Yo fui injusta con usted. —Se volvió para sonreírle, sin dejar de andar—. Usted tiene derecho a saberlo. Pregunte lo que quiera. ¿Qué le dijo Horacio Lagos?

Apresuró el paso, mirando hacia el paisaje a la derecha, hacia la vaca manchada, el perro que se alejaba al trote, las ropas de colores tendidas en la parra.

—Ya le conté todo lo que me dijo Lagos. Una infidencia inexcusable.

—Pero sobre esto, la fuga de él a Santa María, a ese hotel que no aparece. ¿Qué dice Lagos?

—Sí —dijo Díaz Grey, deteniéndose—. Perdone.

Se quitó una espina del talón, se pasó por la cara el pañuelo abierto. «No pueden nombrarlo, ni él ni ella.» Descubrieron, adelante y hacia la izquierda, mástiles y popas al aire, una diminuta bahía atestada de botes y *snipes*.

—El hotel debe de estar cerca; frente al club náutico, dijeron en el muelle. ¿Qué le dijo Lagos?

Díaz Grey la miró, con un pequeño odio por no desearla, por estar ella suprimiendo el deseo, con su cuerpo inclinado, el abrigo de pana rígido, como de metal, en los hombros, con los ajustados pantalones, los anteojos negros.

—Distintas versiones, como era de esperar —contestó el médico—. Usted puede imaginarlas. Si las ordenamos resulta que, primero, el fugitivo le robó algo a usted para venderlo y pagarse unas merecidas vacaciones con una señorita cuyo nombre no recoge la historia; segundo, robó dinero en la empresa donde trabajaba, cobró y se guardó un dinero que pertenecía a sus amos, nobles personas que lo soportaban por caridad y a pedido de Lagos; después, más simplemente, trató de desaparecer para librarse de usted, de la ninfomanía, puramente espiritual, claro, que su juventud despertara en usted. ¿Alcanza con esto?

—Siga, no me molesta. Siga, siempre que todo eso lo haya dicho Lagos, de veras.

—Es así. Yo no tengo imaginación. Hay otra versión; parece que las tendencias sexuales del fugitivo estaban en una encrucijada y era más que probable que Lagos (u otro Lagos más joven) resultara finalmente preferido, en perjuicio de usted. Y hay aún otra, la última, que tiene el mérito de ser doble: simultáneamente, huyó de su amor por la jeringa y huyó para entregarse en soledad a este amor hasta que la muerte sobrevenga. Si es así, no se va a divertir, le aseguro. Y si es así... En todo caso, no entiendo por qué no vino a visitarme, como usted, cuando estuvo en Santa María.

—Él está curado. Además, no sabía ni que usted existiera. Él ya se había ido cuando Quinteros nos habló de usted.

—Entiendo. ¿Nunca le dijo Quinteros que caí preso por culpa de él?

—Nunca.

Ella se detuvo un instante, se alzó en puntas de pies para mirar el edificio en lo alto del terreno en declive, la mancha rectangular que formaban los ladrillos desnudos, el principio de una arboleda.

—Es curioso —murmuró el médico—. Estaba seguro de que usted conocía eso y, en cierto modo, lo usaba para chantajearme.

—No sé una palabra —dijo ella con voz de rabia, y volvió a caminar.

—Entonces... Porque yo olí desde el principio la mentira y el chantaje. Entonces se trataba de algo así como una presión por vía diplomática; usted nombró plenipotenciarios a sus pechos. A propósito, ¿nunca sufrió de los pezones? ¿Ardor, irritación?...

—Bueno... —ella volvió a detenerse con una sonrisa resignada y tolerante—. ¿Sabe lo que pienso a veces de usted? ¿Quiere que se lo diga?

Díaz Grey asintió moviendo la cabeza. Ella le puso las manos en los hombros y lo miró con superioridad y ternura.

—No vale la pena, medicucho. Tenemos que ser amigos. La culpa es mía, suponiendo que haya culpa. Pero no hay por qué sufrir; yo puedo terminar con su sufrimiento cuando usted quiera, esta noche misma, en el hotel.

Díaz Grey pensó golpear la cara rodeada por el pañuelo donde el anochecer ennegrecía la pintura; golpear, una vez sola, debajo de los vidrios negros y redondos que se dirigían a sus ojos.

—Sí —dijo por fin, sumisamente—. No se preocupe.

Tranquilizada, ella le dejó en los hombros una presión rápida y fraternal. Volvieron a caminar, ya sobre un suelo crujiente, hacia el trote de un caballo y el movimiento circular del brazo del jinete que se acercaron y pasaron.

—Ése debe ser el hotel —dijo Díaz Grey—. Yo le transmití las versiones de Lagos, falsas todas, o todas menos una. Pero usted no me ha dicho la verdad sobre esta persecución y este fugitivo. Lagos, es su estilo, esperó a que el tren se pusiera en marcha para pedirme que la acompañara a usted «a visitar los alrededores». Y sabía qué era lo que se proponía buscar usted; usted también lo sabía. No, no es eso; no pregunto nada, no tengo curiosidad. Prefiero quedar fuera de esto. Sólo que pensé que, a mayor información, mayor posibilidad de serle útil. No me dé las gracias; si usted me pidiera consejos o me hiciera confesiones, yo podría tener (alimentar, diría Lagos), por un momento, la ilusión de que usted depende de mí. Ahí tiene el hotel, buena suerte.

La escalera, también de ladrillos, trepaba por un declive, más suave, del terreno arenoso. Vieron arriba las mesitas de hierro en un jardín con manchas irregulares de césped, el gran anuncio del hotel sobre el techo, la galería de madera, ya en la sombra, donde descansaban formas indolentes, donde ladraba un perrito, donde la engolfada frescura estaría invitando a cerrar los ojos y olisquear la muerte del día.

—Bueno —concluyó ella—. Ni confío ni desespero, no estoy siquiera nerviosa. ¿Puede creerlo?

Empezaron a subir, y Díaz Grey, a cada escalón, sentía aumentar la insoportable conciencia de su cuerpo débil y doblado, vestido con los pantalones mojados, la camisa marrón manchada circularmente de sudor; la conciencia de la mochila que se balanceaba tocándole los riñones, de la innegable compañía de la mujer que ascendía, dos escalones delante, con los ceñidos pantalones, libre de él, sin embargo, independizada y segura, ascendiendo ágil y regular hacia su necesidad, deseosa de forzar la reproducción de un pasado, convertida ella misma en nada más que la sensación anticipada de la entrevista en una calurosa pieza de hotel, viviendo ya la hostilidad ficticia de los primeros minutos, las frases de explicación y reproche, el epílogo inmejorables.

Díaz Grey ya estaba en la mitad de la escalera, empezaba a comprender la distribución en forma de L de las habitaciones del hotel, unas de madera y otras de ladrillo; veía el viejo edificio al costado y su gran puerta pintada de verde, probablemente un depósito para trastos o para coches y bicicletas de los veraneantes; podía ya distinguir la retenida curiosidad en las caras de hombres y mujeres que tomaban bebidas o simplemente descansaban en la frescura de la galería, en la creciente penumbra, todos en silencio, con las tostadas caras inexpresivas vueltas hacia la escalinata de ladrillos que unía el hotel con el camino. Elena había llegado al nivel de la galería y estaba detenida, enderezando el cuerpo, cuando el médico recordó asombrado un viejo sueño, una fantasía tantas veces repetida, única cosa que lo unía al futuro. Un sueño en el que se veía sentado en la terraza de un hotel de decrépita madera, más próximo al agua que éste, más húmedo y roído, con la negrura de los mejillones adheridos a las vigas semipodridas que lo sustentaban; sentado, solo y sin deseos, casi horizontal, mirando con la dulce curiosidad de los dichosos la escalinata por donde una pareja desconocida regresaba de la playa, imposibilitado de sospechar que el hombre y la mujer cargaban, junto con las bolsas de colores, la sombrilla y una cámara fotográfica, la alteración del destino del solitario Díaz Grey, distraído bebedor de refrescos ante un atardecer marítimo. Era a principios del otoño, en el sueño.

Pero ahora estaba subiendo él, ayudando tal vez a torcer un destino ajeno, expuesto a las caras que conservaban la indolencia al mirarlo. Llegó junto con Elena a la galería, buscó en vano el desprevenido Díaz Grey en alguna mesa. Se sentaron sin hablar; ella lo desembarazó de la mochila y le preguntó si estaba cansado; esperó sonriente la negativa, se quitó el pañuelo de la cabeza y retiró del bolsillo del pantalón una mano con el espejo y la barra de rouge.

XVII. EL PEINADO

Lo supe por la tarde, al terminar mi trabajo en la agencia, mientras charlaba en el lavatorio con Stein.

—Ahora gano mucho dinero —dijo Stein jabonándose las manos—. Y podría ganar mucho más, el que quisiera, estoy seguro, si me instalara por mi cuenta. Pero aunque uno haya hecho de su vida una alegre porquería, en opinión de los más severos biógrafos, de ascetas, bebedores de agua y monógamos...

—No tan alegre —repuse yo, mirándome en el espejo, desinteresado de Stein y su confesión, previendo en forma impersonal lo que iba a suceder, adivinando que Brausen-Arce volvería a su escritorio para llevarse el revólver—. Tal vez no tan alegre como las deliberadas apariencias se empeñan... —«Hoy Gertrudis duerme en Temperley.»

—Andá al diablo —rió Stein, manoteando la toalla de papel—. Es que no puedo, por ahora, aceptar la idea de tener empleados, de explotar gente. Fui sincero todo el tiempo que viví en Montevideo, y lo sigo siendo aunque trate de olvidar mi fe. Plusvalía sigue siendo mucho más que una palabra. Es tolerable ser sólo una ruedita de la máquina, puedo tranquilizar mi conciencia cuando el viejo Macleod me estafa una comisión. Entonces le cuento la anécdota a Mami, la única persona sobre la tierra capaz de creerme. «¿Ves cómo me explotan?», le digo. «¿No te das cuenta de que toda esta organización social es monstruosa?»

Recostado en las baldosas de la pared del lavatorio, Stein reía a carcajadas.

«Me voy a sentir dueño del mundo con el peso del revólver contra la pierna; voy a entrar a la fuerza, esperar al tipo y matarlo. Va a ser muy fácil, desilusionante; pero alguna vez me daré cuenta de haberlo hecho, me sentiré lleno del significado de lo que hice. Por ahora no se trata de mí.»

—¿Salimos? —dijo Stein, tocándome el brazo—. Y Mami me da la razón, se convence de que la sociedad capitalista está monstruosamente organizada para retacearme tantos por ciento; se indigna, admirándome, cuando logra comprender la cuestión social. Es decir, todo el mundo confabulado para practicar la injusticia con el pobre, bueno, incomparable Julio de Mami. Es así, no debería reírme. Cuando pienso que, en el fondo, no me interesa el dinero; que sería más feliz si...

—Un momento —lo interrumpí—. Olvidé un papel que necesito para mañana.

Fui a buscar el revólver; entré en la oficina donde estaba mi escritorio, sin encender la luz, con los ojos cerrados; llegué sin tanteos hasta el cajón y recogí, además, un pedazo de vidrio verde, muy oscuro, muy filoso, que había encontrado el día anterior cerca del puerto. Tal vez fuera Arce este hombre seguro y lento que avanzaba con una sonrisa, los brazos caídos, sobre la tira de linóleo, sinuosa entre los escritorios y mesas del salón vacío, repitiendo mentalmente los compases del único foxtrot que conocía.

Stein estaba cabizbajo, el dedo rabioso en el timbre del ascensor. Saludamos al muchacho, yo entré segundo.

—Además —prosiguió Stein—, uno no sabe hasta cuándo. Por ahora es fácil postergar el problema de un día a otro. Pero tiene que llegar el día de mandarlo todo al diablo.

Con el sombrero doblado contra el espejo del ascensor, miré su mandíbula voraz, sus ojos brillantes y blandos.

—Sí —dije sin propósito—. No te interesa el dinero. En el fondo serías más feliz si volvieras a estar muerto de hambre en Montevideo, trabajando para el Partido, compensado a veces por alguna Gertrudis de dieciocho años.

Me miró con desconfianza, haciendo que se adelantara su risa para ganarme, los labios salientes en un gesto infantil.

—Seguro que sería más feliz —dijo, también la voz aniñada.

Estuve inmóvil frente a la puerta de la Queca, sin escuchar, calculando los movimientos necesarios para trazar una leyenda obscena en la madera oscura. Hice sonar el timbre y conté números impares en la espera, entré empujando a la mujer que abrió, rechacé hacia ella la sorpresa, el susto, el odio. Golpeando el piso con los tacos avancé hasta el lugar donde yo había estado, por última vez, de pie. Respiré el aire de la habitación, recorrí lentamente con los ojos la forma de los muebles, los espacios que los separaban sin energía, la gradación de la luz en los muros. Después me volví hacia la mujer, gozoso, con un principio de paz. Era la Queca.

—Aquí estoy —exclamé—. Cierre la puerta.

Me sonrió sin miedo, hizo golpear el pestillo, se inclinó en una reverencia; apoyada en la puerta, me miraba sin preguntar, los ojos fijos y entornados, calculando, la boca abierta simulando la entrega.

—No tenga miedo —dije—. No debe tenerme miedo. Quería volver a verla.

Ella no contestó; había colocado el cuerpo —una pierna doblada, las manos en la espalda— en una posición de descanso, y esperaba sin inquietud, apenas curiosa.

—Usted sabía que iba a volver —afirmé—. Yo recién lo supe esta noche, hace un rato.

Volví la cabeza en dirección a la pared que separaba su habitación de la mía, pensé que la mujer que había estado canturreando en la lejana víspera de la primavera nada tenía que ver con ésta, inmóvil, adherida a la puerta como una figura pintada con colores apagados, la imagen de un cartel de propaganda correspondiente al texto pornográfico que yo había pensado escribir. Ella seguía esperando, consideraba las ventajas de resolverse a sonreír; vestía una bata vieja, cerrada con resolución desde el cuello; el único pie visible mostraba entre las correas de la sandalia las uñas rojas. La indecisión se había quedado en su cara, sin conflicto, como para siempre.

Volví a sonreírle, sin poder evitar la alegría y la amistad, pero no le hablé; tiré el sombrero sobre la cama y me puse a hojear revistas y figurines que formaban el desorden sobre la mesa.

—Usted está loco —murmuró la Queca.

—Ya no nos tuteamos —repuse con tristeza.

Ella pareció sufrir al despegarse de la puerta; vino a retirar el sombrero de la cama y lo puso sobre el brazo de un sillón.

—Estás loco —dijo, observándome.

—Una historia tan curiosa... —Me interrumpí riendo, miré a mi alrededor, busqué la presencia o los rastros de «ellos»—. ¿Va a venir tu amigo? ¿Ernesto? Va a venir, me va a echar. Tiene carácter, es cierto. Nos vamos a divertir los tres, esta noche.

—¿Anda buscando un escándalo? Pero si se ha pensado... —La voz chocó contra el ahogo, se apagó.

—En todo caso, hay que hacer bien las cosas. Podíamos empezar con un poco de ginebra.

Estuvo mirándome sin poder enfurecerse; después, dulcemente, una alegría, una limitada y suficiente comprensión, una fácil bondad le iluminaron los ojos, se exhibieron en el gesto de la boca abierta.

—¡Qué tipo! —dijo—. Mundo loco...

Me senté en el sillón donde ella apoyaba un brazo; mi sombrero cayó al suelo; sentí la dureza del revólver contra el muslo y abandoné el cuerpo, sonriendo, con el silencio vertical de la mujer a mis espaldas, el ruidito de una de sus uñas royendo la felpa casi junto a mi oído.

—¿Por qué no trae la ginebra?... Era todo mentira, nunca conocí a Ricardo. Usted habló de él aquella noche en el restaurante, cuando la seguí. Usted tenía un vestido rojo, oscuro.

—Bordó —precisó ella—. Pero nunca tuve un peinado como usted me dijo. Estuve pensando, y desde chiquilina que no me peino así. ¿Sabe que tengo ganas de reírme y no puedo? Nunca conocí un tipo como usted. La otra noche yo no tuve la culpa. Estuve inventando cosas para dar con usted y explicarle.

—¿Por qué no traés la ginebra? —pregunté desperezándome—. ¿No hay más ginebra en la heladera?

El perfume de la Queca empezó a esparcirse; la luz de la lámpara era débil y caía sobre la punta de uno de mis zapatos, sobre el triángulo violáceo y colgante de la carpeta, sobre un paquete vacío de cigarrillos en el suelo. Oí el ruido de las puertas del ascensor; cada vez que lo recordaba, el viento entraba por el balcón y retrocedía; la uña rascaba la felpa, secreta y tenaz.

—Y yo dejé la mesa y fui hasta el mostrador, para escuchar. Nunca volviste a comer en aquel restaurante.

—No me acuerdo de un peinado en trenzas, con el pelo levantado alrededor. Sólo de chica, en una foto.

La voz pensativa alteró levemente la cara que yo imaginaba detrás del sillón.

—Podemos tomar un poco de ginebra y después llega Ernesto —dije—. Hay sueños así, que se repiten; uno sabe lo que va a suceder, pero no puede cambiarlo.

El dedo dejó de rascar; la cortina de tela gruesa resonó en el balcón como una rama en el fuego.

—Ése ya no va a volver —dijo ella—. Nunca más. ¿Cómo pudo entrar después que cerraron? Seguro que esperó a que llegara alguno; a veces me olvido la llave y estoy esperando quién sabe hasta qué horas... Tengo ginebra en la cocina.

—No esperé a nadie. La puerta estaba abierta; yo sabía que iba a estar abierta.

Tembló la risa de ella, distante, sofocada de golpe, idéntica ahora a la que yo oía desde el otro lado de la pared.

—Casi me dan ganas de creerle —dijo—. Voy a buscar la ginebra. Deme un fósforo. Ernesto no va a venir más. Nos peleamos y lo eché. No va a creerme, pero estuve pensando cómo buscarlo para explicarle. Demasiado sé que no tengo disculpa. Espere.

Cruzó la habitación con un rápido paso insospechable, arrastrando una sandalia desprendida; chocó con la puerta de la cocina. Volví a estar solo en el cuarto; el aire irresponsable llenaba los espacios, se apoyaba sobre los objetos como rasguños y manchas de un largo pasado; una libertad inconquistable, impuesta, se alzaba desde la alfombra polvorienta, descendía del techo en penumbra. Junto a la puerta del cuarto de baño estaba aún el torcido estante con los libros comprados en remate, recogidos en la habitación de un muerto; yo miraba sonriendo las encuadernaciones rojizas de las novelas que protegían finales dichosos y el triste olor del tiempo.

La Queca volvió, sin apresurarse, con un porrón de ginebra y las copas.

—Mejor que levante el sombrero —dijo, mientras servía—. Déjelo en cualquier lado, pero no en la cama. Aunque el piso está barrido.

Le vi el peinado rehecho, en flacas trenzas rodeando la cabeza, el vientre puntiagudo rozando la carpeta.

—Así que era mentira lo de Ricardo. No se crea, no le hice mucho caso. Conozco a un mentiroso cuando empieza a hablar.

La risa de ella y el viento temblaban, concluían por sorpresa, se mezclaban girando. Pensé desnudarme, reír en silencio, desnudo; me aflojé la corbata y desprendí el cuello de la camisa.

—Y bien que me gustaría saber dónde anda Ricardo; pero no por lo que usted se piensa.

Se volvió de golpe, defendiendo de su risa el equilibrio de las copas.

—Salud —brindó, imperativa, esperándome—. Enseguida tomamos otra. Éstas son más grandes.

Bebí muy despacio la segunda copa, mirando el vientre apenas hinchado que se alzaba con suavidad bajo el cordón de la bata hundido en la cintura.

—No va a venir nadie —insistió con placidez—. Mundo loco... Usted pensará de mí lo último que se puede pensar. Quiero explicarle.

«No es posible que esté preñada y yo no lo haya notado antes. Demasiado tarde para un aborto, si está.» Como la sonrisa y el cálculo en la cara de la Queca, como el viento en la cortina de cretona, el furor y la pereza se sucedían en mi cuerpo, triunfaban y huían sin dejar huellas. «Quiero arrancarme la ropa como una piel de invierno.» Entonces ella empezó a pasearse, jugando con la copa vacía, desde la pared donde se había recostado para ver cómo me golpeaban, hasta los pies de la cama revuelta.

—No se me ocurre con quién podía estar yo aquella noche en el restaurante hablando de Ricardo —murmuró—. No sé qué muchacho. Casi siempre voy de noche al restaurante con la Gorda. Una amiga. ¡Qué quiere que le diga! Cada vez estoy más desilusionada de los hombres. Cómo me gustaría que la conociera. Si no hubiera sido por ella, en un tiempo... Siempre fue un apoyo. Una noche vamos a salir juntos y va a saber quién es ella... Yo hablo y hablo, y usted nada. Claro, está contra mí por lo de esa noche y no me deja que le explique.

—Escucho, hablá.

Me levanté para llenar mi copa y me acerqué con el porrón a la Queca. Su mano tenía dos anillos, era pequeña y de dedos gruesos, varoniles; cuidada, con los nudillos envejecidos. La barriga me pareció más pequeña, insignificante, apenas el símbolo de una virgen gótica. Esperé a que alzara la copa y sonriera: «Salud». El nuevo peinado atenuaba la animalidad de la cara; los delgados labios trataban de hincharse; los párpados se corrían como gruesas membranas callosas, como valvas cuyo golpe seco podía adivinarse. Bebimos y regresé a mi abandono en el sillón, sonreí al recuerdo de Gertrudis joven: «Pienso en tu odio a las mentiras, lleno de arrebato; cómo te exasperabas y te fallaba la voz cuando era necesario salvar el sentido de la vida, cavando, convenciendo, quebrándote las uñas para desenterrar y destruir como insectos aquellas mentiras ubicuas que actúan sin que nadie las nombre».

—¿Por qué no me deja explicarle? —preguntó la Queca, sentada en la cama.

Volví la cabeza para mirar su frenesí, su convicción de que era posible ahora, de una vez por todas, definir lo que no puede ser creído.

—No me importa —le dije—. No es necesario que expliqués.

—¿Qué quiere saber? ¿No ve? No me deja hablar. Usted creyó que a mí me gustaba lo de aquella noche, que yo era dueña de hacer lo que quisiera. Usted vino con una mentira y yo lo estuve escuchando; me pareció un hombre distinto, medio loco pensé al principio. También pensé esta noche, cuando estaba atrás del sillón, oyéndolo hablar, sin saber si hablaba en serio o estaba loco. Comprenda. Me gustaba oírlo aquella noche y se me pasó la hora, culpa suya. Ernesto juró que me iba a matar si me encontraba con un hombre... Ríase, yo lo conozco. Fue un espanto cuando lo oí llegar, y no se me ocurrió otra cosa para decirle porque le tenía miedo, ya no, un miedo loco. Nada más que eso, se lo juro por la Santa Virgen. Ahora me río de haberle tenido miedo. Lo eché y se acabó, me hacía la vida imposible. ¿No me cree? ¿Por qué no quiere creerme?

Lejos y apático como en un fin de jornada, como si inaugurara las horas del alba, el ascensor golpeó sus puertas y se aquietó. El aire sin compromiso y sin futuro planeaba sobre mi cuerpo, se ahuecaba para contener la barriga que la Queca sostenía sobre el borde de la cama, entre las piernas separadas. El aire me llegaba del recuerdo de las frases miserables, de la simple y sórdida relación de macho y hembra que las frases habían bosquejado, acentuando con torpeza la dependencia, el mutuo egoísmo, el mezquino sacrificio, un adiós.

Se levantó y fue hasta la mesa, llenó su copa sin ofrecerme.

—Usted no me cree, va a seguir pensando, claro. Todos son iguales —terminó con un tímido desafío.

—Es que no me importa —dije enderezándome en el sillón—. Vos y yo, nada más.

—Querido —contestó la Queca después de volverse y mirarme, de estirar los labios y humedecerlos—, tenés que creerme.

—Es mejor cerrar el balcón.

La vi mirarme otra vez y vacilar, con la copa en el aire; bebió de un trago y puso las manos detrás del cuerpo, buscó cosas para decir y no se le ocurrieron.

—Querido —repitió antes de moverse; se fue alejando sobre el ruido de la sandalia desprendida, con el cuerpo encogido, sin humillarse, empequeñeciéndose como cualquier mujer acariciada. Oí caer el ruido del balcón y de la celosía. Le miré el vientre y las caderas, el rostro que estuve espiando en una vieja tarde sofocante, el mismo perfil con su corta nariz curvada, la angosta raya de la boca.

—Sí —dije en voz alta al levantarme.

Ella continuó inmóvil junto al balcón cerrado, doblada como si soportara un peso, la oreja pegada a los ruidos de la noche, a la historia de los arrugados, desvanecidos pájaros y ramazones en la tela de la cortina. Me quité la corbata y el saco, volví a la mesa para beber. Silbé, mientras me desnudaba, un vals que le había oído cantar. No pareció escuchar el ruido de mis zapatos contra el suelo, no pudo adivinar que yo escondía el revólver bajo la almohada. Cuando volví a ponerme de pie y miré el estante de los libros («Odiabas, Gertrudis, recuerdo, los desenlaces de las novelas viejas; tal vez, simplemente, estuvieras adivinando que terminarías por tener miedo»), la Queca empezó a enderezar su cuerpo a medida que giraba, me hizo una pequeña sonrisa de desesperación y nuevamente su boca se agitó sin hallar palabras. Avanzó enseguida, anticipándome con la cara su necesidad, chocó con la mesa y se apoyó en ella, sin dejar de mirarme, respirando con ruido. Movió la cintura para soslayar el rectángulo azul de la carpeta y continuó andando hacia mí, las manos en el aire como si tanteara en la sombra.

—Querido —roncó al tropezar, aplastando con una rodilla el paquete vacío de cigarrillos en el suelo. Balan-

ceaba la cabeza enceguecida; intentó sonreír, los gruesos
dedos acariciaron las trenzas enroscadas sobre la cabeza,
y empezó a besarme.

XVIII. UNA SEPARACIÓN

Yo ya había aceptado la muerte del argumento de cine,
me burlaba de la posibilidad de conseguir dinero escribiéndolo; estaba seguro de que las vicisitudes que había
proyectado con precisión y frialdad para Elena Sala, Díaz
Grey y el marido no se cumplirían nunca. Nunca llegaría-
mos ya los cuatro a aquel final del proyecto de argumento que nos esperaba escondido en el cajón de mi escritorio, a veces junto al revólver, otras a un lado de la caja de
balas, entre vidrios verdosos y tornillos inútiles.

Pero, a pesar del fracaso, no me era posible desinte-
resarme de Elena Sala y el médico; mil veces hubiera pagado cualquier precio para poder abandonarme, sin in-
terrupciones, al hechizo, a la absorta atención con que
seguía sus movimientos absurdos, sus mentiras, las situaciones que repetían y modificaban sin causa; para poder
verlos ir y venir, girar sobre una tarde, un deseo, un desánimo, una y otra vez; para poder convertir sus andanzas
en torbellino, apiadarme, dejar de quererlos, comprobar,
mirando sus ojos y escuchándolos, que empezaban a saber que estaban afanándose por nada.

Aquella tarde Gertrudis llegó al departamento antes que yo, usurpó en la cama mi posición de cadáver;

y mientras avanzaba quitándome el sombrero estuve pensando que yo era ella, que no me había movido de la cama en toda la tarde, que estaba horizontal y quieto mientras creía trotar por las calles, visitar oficinas con ventanas abiertas sobre una primavera más lujosa que la que conseguía hallar al aire libre o contemplar desde el balcón de mi casa. Ella me sonrió, entornó los ojos para saludarme como si nuestros pasados no se hubieran tocado nunca, como si repentinamente apareciera ante mí, emergiendo de profundidades cuya esencia me era desconocida, larga y amplia en la cama.

—Quisiera seducirte —dijo cuando dejó de mirarme; se observaba las uñas, acercándolas a la luz del balcón—. Sería posible. Pero es que no puedo querer. No puedo. Ahora, esta tarde, hasta que llegaste, estuve recordando tu cuerpo desnudo, tus manos, tu respiración. Entonces quería. Pero ya no cuando veo tu cara, cuando puedo acordarme de toda la historia, saber que hace exactamente tantos centenares de días que estamos juntos. Y conozco tu cara, la mezcla de dureza y debilidad de tu mentón; los ojos que no confiesan nada, la boca que siempre parece ansiosa y no es cierto. Sé que no vas a darme nada nunca, ni tú ni tu cara. Entonces no puedo querer seducirte.

—Sí; eso entiendo —repuse sentado junto a la pared, entre ella y el balcón, recordando que según Stein el viejo Macleod había decidido echarme—. Pero la importancia que pueda tener para ti seducirme... Sin contar que es imposible, siempre que hablemos de una verdadera seducción.

—No, no —porfió ella—. Es que yo no quiero, no puedo querer. ¿Por qué imposible? ¿Porque nos conocemos tanto y hemos dormido juntos cinco años? Si mi hermana quisiera seducirte, lo haría, estoy segura. ¿Porque Raquel tiene veinte años, porque no vivió cinco contigo? Eso me interesa: saber si para un hombre hay sensación de misterio en toda intimidad que no conoce o si basta saber que la intimidad fue dada a otros (qué mujer después de los veinte no la dio, cuál podría vivir sin darla) para que el misterio se desvanezca. Dejando de lado la posibilidad de que Raquel te haya seducido. Nunca quisiste decirlo.

—No lo hizo —contesté; el teléfono estuvo sonando al lado sin que nadie atendiera. «Tal vez no esté, tal vez esté en la cama.»— Es imposible la seducción; no importa ahora por qué, puede ser que por todo eso. Fundamentalmente, me parece, porque ya no podemos jugar.

—¿No podemos? —repitió Gertrudis levantándose—. Yo puedo jugar; voy a jugar.

A la luz débil del balcón vi brillar su vestido, los adornos, las manos con anillos.

—¿Venías de la calle? —pregunté.

—No. No salí en todo el día. Estuve pensando y me vestí para esperarte. Cuando creí que quería seducirte. Juanicho: ¿yo te seduje alguna vez?

—Sí, del todo, en cuerpo y alma.

—¿Y no puedo volver a hacerlo?

—No se puede jugar. Cuando lo hiciste no jugabas.

—Siempre se empieza por jugar un tiempo; de golpe nos damos cuenta que ya no jugamos. Pero lo hice y puedo volver a hacerlo.

Creí que iba a caminar hasta el balcón; pero el gran cuerpo oscuro se dobló y quedó sentado sobre mis piernas.

Me besó suavemente, siguiendo con la boca el hueso de la mandíbula.

La Queca entró cantando, alguien caminaba del otro lado de la pared, detrás de ella.

—No comprendo que no lo comprendas —prosiguió Gertrudis—. Me puse el vestido nuevo, la ropa de seda. Todo debe estar perdido, ya que te lo confieso.

—¿Por qué voy a estar triste? —dijo la Queca; rió, separada de mi nuca por la pared. La voz del hombre subía y bajaba, despreocupada. Uno de los dos hizo sonar los elásticos de la cama al sentarse.

—Sí, Juanicho —murmuró Gertrudis mordiéndome la oreja—. Hasta me hice este peinado. Serían las cinco de la tarde cuando creí que quería seducirte; pensé que no iba a salir esta noche. Tengo una cita, no del todo segura, con una amiga, Dina, ya te hablé, y otra gente.

—Pierda cuidado —decía la voz de la Queca—. Seré cualquier cosa, pero no juego con la religión. En cuanto tengo un poco de plata le hago encender una vela.

Mientras Gertrudis volvía a besarme, siempre suavemente, ahora en el mentón y en el cuello, imaginé la paciencia del hombre frente a la Queca empezando a desvestirse.

—Como una chiquilina —prosiguió Gertrudis—. Cuando recordé tu cara supe que nunca me ibas a dar nada, que nunca podría seducirte por completo, que tampoco lo hice antes, en Montevideo. Podría aplastarte, encerrarte en una mano y siempre lo que yo quiero habría de escaparse.

—Yo no vivo mirando la hora —afirmó la Queca—. Pero tenemos que ir a comer y me gustaría encontrarla esta noche a la Gorda, que hace años no la veo.

—No es así —le dije a Gertrudis—. Te digo que fue por completo, en cuerpo y alma.

Nos levantamos y estuve mirándole la cara, pálida en el anochecer, apenas más alta que la mía, oliéndole un débil perfume que no recordaba nada concreto.

—El error está en querer hablar, así, sin espontaneidad.

—Es que no se puede hablar —dijo Gertrudis—. Ya no tiene sentido.

—Sí, sí, sí... —empezó a repetir la Queca tras el muro, cada sílaba un poco más alta que la anterior, la última interrumpida para descender moribunda.

—Parece que se divierten —comentó Gertrudis sin sonreír—. Por lo menos vas a besarme una mano.

Besé la mano, la tomé por los hombros y la empujé hacia la cama.

—No —dijo Gertrudis; sonreí y volví a empujar—. No —repitió gravemente, sin resistir; la miré y fui bajando los brazos. Escuché el silencio de la pared, estuve imaginando las sílabas de afirmación que regresaban a la boca abierta, pude ver, por fin, a la Queca bajo el peso del desconocido.

—Voy a salir esta noche —explicó Gertrudis rápidamente—. Tengo que ver a Dina. Ahora no me importa nada, no quiero mentirte, sé que puedo jugar.

—¿Jugar y olvidar que es un juego? —pregunté.

—Sí, estoy segura. Es triste, pero es maravilloso.

Se apartó para encender la luz; nos miramos, pálidos y deslumbrados, y sonreímos a un tiempo.

Volví a sentarme junto a la pared. «Tal vez sea verdad y ella, por lo menos, vuelva a ser feliz.» La vi ir a la cocina y volver, preparando la mesa. Estuve inmóvil, mirándola, la boca llena de pastillas de menta, hasta que oí el adiós y el portazo, la risa de la Queca en el teléfono. Entonces me levanté y me impuse la obligación de desear a Gertrudis y sufrir por ella. Estaba inclinada sobre la mesa, manejando los platos y la ensaladera, con una sonrisa que sólo expresaba la calma.

—No te voy a hacer preguntas —dije.

—Sí, es mejor. Podemos sentarnos.

Se detuvo un momento para mirarme, sin animosidad, curiosa, libre de mí.

Mientras comíamos estuve observando en la cara redonda de Gertrudis el suave gesto victorioso y el brillo que lo bañaba, como un vaho, como la resolución de mantener y gustar en silencio su victoria. Y aquella máscara de felicidad era ya demasiado madura, estaba tan perfectamente ajustada a las líneas del rostro, al color de las mejillas, a la forma de los ojos, que no podía haber nacido recién, aquella noche. Se había estado extendiendo cotidiana a mi lado sin que yo la viera, durante una o dos semanas. Apenas pude imaginarla, una hora antes, cubriendo en la sombra la cara que comentaba la seducción con voz inadecuada y tranquila. Pero ahora estaba, realmente, un poco inclinada sobre el plato, al otro lado de la mesa; y había estado durante días, exhibida e invisible. Quizá la máscara hubiera nacido en el tiempo que ella vivió en Temperley, hija de una mirada, una frase, una rodilla impaciente, y había sido alimentada durante tardes sucesivas en confiterías, calles apartadas y hoteles. Miré piadoso, con desesperada curiosidad, esa cara tan irremediablemente extraña al perfil, que amagaba trepar en la fotografía de la pared, unido a él, sin embargo, por una repentina y perecedera hermandad; esa expresión digna, ansiosa y plácida, invulnerable a las amenazas del mundo, esa alegría que buscaba derramarse en retribución.

Ahí estaba nuevamente la vida, dócil a sus manos y sus piernas jóvenes, estremeciéndola con el viejo zumbido poderoso que había supuesto apagado para siempre. No me era posible desearla, sentir celos, sufrir por ella. Pero la miraba con una excitación impersonal, un diluido y oscuro orgullo de la especie; alta y fuerte, la vi cerrar la puerta del armario, detenerse silbando en la imprecisa zona de viento que rodeaba al balcón, mientras se ataba el delantal a la cintura. «Si la olvido, podría desearla, obligarla a quedarse y contagiarme su silenciosa alegría. Aplastar mi cuerpo contra el suyo, saltar después de la cama para sentirme y mirarme desnudo, armonioso y brillante como una estatua, efebo por la juventud transmitida a través de epidermis y de mucosas, desbordante de mi vigor de tercera mano.»

En el diván, desde atrás del diario, le pregunté si iba a salir. Vino en silencio, pasó a mi lado sin detenerse, cuidadosamente estuvo plegando el delantal antes de guardarlo.

—¿No quieres que salga? —preguntó.

—No es eso —murmuré—. Quiero que hagas lo que quieras.

—¿Lo que quiera? —repitió.

Me levanté y me acerqué al balcón; no había luz ni voces en el departamento de la Queca.

—Quiero decir —dije— lo que te haga feliz.

—Eso —comenzó ella.

Estuvo un momento inmóvil, de pie, mirándome como si yo le recordara algo, atenta y paciente. Después buscó un abrigo y empezó a calzarse los guantes, con las manos muy separadas del cuerpo, la cabeza inclinada en la vieja actitud de Montevideo. La nombré, tratando de sonreír.

—Y así se explica todo —murmuró ella; hundió las manos enguantadas en los bolsillos y se enderezó, casi desafiante, atribuyéndome una culpa desconocida.

—No se explica nada —dije—. Pero como no es posible vivir sin actuar... —La vi sonreír burlándose, pero no me detuvo. «Cualquier cosa es preferible a que vuelva a intuir la piedad.»— Y como nos falta la grandeza necesaria para poner otro objetivo en lugar de la felicidad...

Ahora sonreía sin burla, apenas aburrida. Pareció decidirse, trajo hacia mí una expresión confusa de disculpa.

—Y tú eres feliz —dijo.

—Yo no cuento ahora —repuse con cautela. «Sería divertido que el manejo de la piedad cambiara de manos.»

Me miró un momento, maniobró para quitarse los guantes y enseguida se arrepintió; sentada en el diván fumaba con nada más que una pequeña sonrisa en la cara, la alusión a un secreto trivial. Apoyado en la mesa, temeroso de echarlo todo a perder, quedé mirándola en silencio.

—No quiero hablar de nosotros ni de los años, Juanicho. Supongo que cada uno puso lo que pudo, lo mejor que tenía.

Asombrosamente, me hablaba con un visible miedo de lastimarme, comenzaba a ejercitarse en la delicada administración de la piedad.

—Tú sabes, Juanicho, todo lo que implica que yo me vaya ahora; no para esta noche, sino para después.

El portazo había sido en otro lugar del edificio, no en el departamento de la Queca. Estábamos solos, representando, exprimiendo, tratando de comprender una simple situación humana. Ella fumaba, resuelta a conservar la sonrisa mientras durara el cigarrillo, defendiendo los guantes de encaje de la brasa y la ceniza. «Odiabas los ruidos violentos, las voces fuertes. Puedo acordarme de tu cuerpo de muchacha solamente si lo acuesto boca abajo, lo apoyo en los codos, dejo caer el pelo, dirijo su cara pensativa hacia una luz lejana y diminuta. No sé si puedes recordar todo eso que está destruido, aquella fila de libros, el cuadro en el muro, las frases de una discusión perezosa. Yo sólo puedo recordar lo que está destruido; aplicarme a crearlo según moldes vagos e imperiosos.»

Gertrudis dejó caer el cigarrillo y se restregó largamente los dedos del guante mientras se levantaba, hacía oscilar el cuerpo. «Y es tan difícil lograrlo; porque lo más importante, las infinitas cosas que nos rodearon son todavía más simples, casi ajenas. Tengo que crear el pequeño mundo destruido con sólo una mancha en un vestido nuevo, una uña rota, días de fiebre, garúas repentinas, pies enfriados, el aire de la costa, la cintura que había en tu cuerpo.»

—Entonces me voy a Temperley —dijo ella, como si se burlara de sí misma ahora, se estuviera compadeciendo con tibieza.

Le ofrecí dinero y me acerqué para mirarla; vi que no me había librado de la lástima y la responsabilidad, que esta nueva Gertrudis era en realidad más vulnerable que la anterior, la que había estado hundida en una concreta desgracia, ya familiar y que la protegía.

XIX. LA TERTULIA

El pequeño vestíbulo de la casa de Miriam estaba caluroso y perfumado. «No es sólo por la reunión —pensé mirando la cara de Julio—; no me invitó sólo por la vieja guardia, el ridículo cotarro. Algo más hay; tal vez el viejo Macleod haya decidido, en vista de las pocas satisfactorias perspectivas que presenta el próximo año...»

—Pensaba que ya no ibas a venir —dijo Julio—. Pero, como siempre, Mami sostuvo mi fe.

Era un Julio un poco distinto; hablaba en voz más alta, tenía mayor necesidad de moverse, no deseaba que le mirara los ojos.

—No entres todavía —prosiguió Julio—. Vamos a cambiar opiniones sobre el calor, vamos a tomar una copa solos. No están todas, pero alcanza con las que vinieron. Sería terrible que entraras y vieras sin un poco de alcohol en el cerebro. —Bebimos sobre el ramo de rosas en la mesita; me pareció verlas ajarse en el calor—. ¿Estás pronto? Pero es necesario quitar el polvo de las sandalias, renunciar a tu sensibilidad de publicitario. Se exige la paciencia y una atención desesperada a los matices.

La ventana, a espaldas de Miriam, en el fondo del salón tenía los estores corridos. Junto al asiento de Miriam estaba encendida una lámpara, un globo sonrosado.

Precedí a Julio en el aire pesado, traté de sonreír a las tres mujeres alineadas en la penumbra, a mi izquierda. Julio se adelantó para llegar antes que yo a la zona de suave luz que contenía a Mami; apartó la canastilla con lanas y agujas, se apartó para ofrecerme el espectáculo de Mami que enderezaba el cuerpo, se acariciaba el peinado y el camafeo sobre el pecho, alzaba una mano para ser saludada.

—¡Tanto tiempo deseando verlo aquí! —murmuró Mami reteniendo mi mano; los ojos entornados mostraron una rápida mirada de desesperación y amor más poderosa que la voluntad y la natural reserva, oculta, sin embargo, a todos los demás durante el medio minuto que duró—. Pero, como le decía a Julio, comprendo que una vieja es tan poco interesante...

—No lo tomes al pie de la letra —dijo Julio—. Es una preocupación intelectual, simplemente, y que, en cierto sentido, muchísimo la honra. Es el producto de la comparación de los actuales días de paz con las hazañas de los tiempos heroicos. Un carácter agostado por la estadística.

Bondadosa y sin comprender, Miriam sonrió:

—Este Julio...

—Cumplida esta parte de la ceremonia —dijo Stein—, ¿puedo presentarlo a las chicas?

Eran gordas las tres y estuvieron haciendo ruidos de alegría, discretos y coincidentes, mientras se bamboleaba la pluma del sombrero de la que estaba sentada en el medio.

—Éste es Brausen, el puro, el estilita que mezquina a la columna por cobardía, por simple miedo al remordimiento del mañana. Casto, ascético, pero inagotable en el amor —dijo Stein—. Por lo mismo, ergo, en consecuencia... —Movía, al señalar, el vaso mediado—. Ya lo comprobará quien merezca. Esta mujer de ojos tímidos... —Era la más gorda; los polvos humedecidos en la cara tenían un color grisáceo en la impuesta claridad de crepúsculo, empezaban a resquebrajarse y caer—. Ésta es la bella Elena, tan inmortal como la otra. Todos se quejan de eso. Ésta —la mujer del sombrero emplumado cabeceó, con un gesto de paciencia, observando la boca de Stein—, ésta es Lina, Lina Máuser, un arma de repetición. Y me consta. Hace años que repite que no, a pesar de mi generosidad, a pesar de la fantasía de mis proposiciones. Tal vez contigo...

A partir de la mención de su nombre, la mujer había construido una trompa sonriente y acariciaba mi mano sin deponer la desconfianza de sus ojos.

—Usted lo conoce bien —dijo Lina Máuser—. Sabe que está loco, entonces, que no hay que hacerle caso.

La última tenía un vestido blanco, desnudos los brazos redondos; sonreía con la boca abierta y una expresión infantil le cubría la cara desde la estrecha frente hasta el flojo mentón tembloroso.

—Ahora llegamos, la vida es así, a Bichito —empezó Stein.

—Bichito, tanto gusto —se apresuró a decir ella.

—Bichito —repitió Stein—. Siempre impaciente, como una virgen. Llega a estropear todo propósito artístico por culpa de su precipitación. Pero tal vez, tal vez, no quiero engañarte, con los años...

—Julio, no seas cargoso —intervino Mami desde el sillón; había recogido la canastilla de labores y dirigía, sin seguridad, los ojos miopes hacia la reunión.

—*Missa est* —dijo Julio—. Vamos a tomar una copa de ti a mí. Tal vez, más tarde, Mami tenga la bondad... ¿No estás cansada, querida?

—¿Cansada para qué? —preguntó Mami.

—Para cantar algo en homenaje a mi amigo.

Las tres mujeres interrumpieron la risa modesta de Mami para aprobar y suplicar, alternando monosílabos.

—¡Vamos!... —exclamó Mami; encogiendo los hombros, sostuvo alta la cabeza que pedía perdón, abiertos los ojos que parpadeaban su humildad. Dominando nuevamente las agujas de tejer desvió la conversación—. Una copa para tu amigo y las chicas, Julio. Yo no voy a tomar aún.

—Tal vez quiera cantar más tarde —dijo la mujer de los brazos gruesos.

—Hace tanto calor... —insinuó la inmortal Elena.

Sentado en un taburete con sólo la mitad del trasero, pude descubrir, bajo una brazada de rosas, un pequeño piano de madera clara.

—Tendremos que esperar a que se emborrachen —dijo Stein repartiendo los vasos—. No por Mami, que no lo necesita, cuyo corazón, eternamente...

Mami había alzado la cabeza y prodigaba a la ventura miradas y sonrisas, intuyendo, dando las gracias por las galanterías de Stein.

Volvimos a beber; yo jugaba a medir mi sudor examinando la superficie empañada del vaso. La mujer de la pluma en el sombrero terminó de hablar en un susurro, sugirió con su voz la nostalgia, un estremecimiento supersticioso, lágrimas.

—Fíjese que las historias de fantasmas son todas iguales, una sola historia —me puse a decir, sintiendo que todas me miraban, que Stein reía retrocediendo, que me era imposible detenerme—. Uno las cuenta como si fueran distintas, como si no hubiera oído diez veces la misma cosa. Fíjese en la importancia que damos a los detalles; si el fantasma es un caballero o una señorita, si empezó a ser fantasma viejo o joven, si tiene cara de angustia o de felicidad sobrehumana...

—Sobrehumana —coreó Stein.

—No tan iguales, me parece —reaccionó Lina Máuser, con la cara hacia el suelo, la pluma hacia mí—. Además que esto era en pleno día.

—Todas las que cuentan son historias de fantasmas —susurró Stein a mi lado—. Pero las otras son mucho más interesantes. Más macabras, aunque no lo sospechen.

—Es cierto —dijo la inmortal Elena—. Acababan de almorzar, contó. Y en el campo se almuerza temprano.

—No era mediodía —asintió Lina Máuser—. Y no sólo lo vi. Le toqué la mano, el anillo. ¡Si conocería aquel anillo!

Stein dijo algo, Mami levantó una cara radiante para celebrar o aguardar. Lina Máuser agitó blandamente la cabeza y la pluma, con una sonrisa de tolerancia:

—¿Que no estaba muerto? —repitió—. Yo era muy chica pero todavía me acuerdo como si hubiera pasado hoy. Era la siesta cuando vino uno de la estancia, un propio, para avisar que se había muerto de noche. Mi padre dijo: «Te daría de lazazos por mentirosa, si no fuera que puede ser un aviso».

—¿Y qué culpa podías tener? —dijo Bichito, riendo—. Todavía, si fuera yo, que miento siempre...

—La mosca muerta —comentó Mami enternecida, agitando unos dedos blandos en el aire.

—Mi padre era muy recto —respondió Lina Máuser.

Vi relampaguear una honrada, casi austera expresión campesina bajo la pintura de su cara, bajo años de cabaret o prostíbulo. Dije:

—Además, sería muy niña para inventar una cosa así.

—Me parece verlo a padrino con un pañuelo negro en el pescuezo; se golpeaba la bota con el rebenque.

Volví a beber con Stein, solos en el pequeño vestíbulo sombrío junto al cuarto de baño, con las paredes ocres cubiertas de fotografías, retratos de casi seguros difuntos, un osario de amantes y amigas, capítulos de años de promiscuidad, frenesíes y sollozos, reducidos ahora a desteñidas cabezas con el pelo partido en crenchas, a perfiles que habían mantenido un gesto de ardor y languidez durante el largo minuto de la pose, el ojo invisible amenazando mostrarse para depositar en beneficio de la posteridad una mirada rotunda, toda la posibilidad de amor y comunicación. Un solo momento erróneo, una ilusión de definitivo entendimiento segregada en una ocasión irreproducible, perpetuada en sepia contra el muro, sostenida a pulso por el juramento y la memoración del goce que contenían, implícitos, las dedicatorias. Stein, en mangas de camisa, hacía chocar las uñas contra el vaso, estirado incómodamente en el pequeño sofá de madera del vestíbulo, sonriendo bajo los exhaustos testimonios de las dichas lejanas de Mami.

—De manera que no hay motivo de preocupación —insistió—. El viejo Macleod se comprometió a mantener tu puesto por dos meses. Y después de los dos meses habrá un cheque, que es lo que estamos discutiendo. Él, Nueva York, hablan de tres mil, y yo de seis mil, claro que con la intención de hacer generosas concesiones. Tenés, por lo menos, unos ocho meses de vida asegurada. Y en ocho meses... Todo esto, sin contar que puede ser que antes de los sesenta días el cáncer lo deje definitivamente mudo. Tratando de justificarse con sordina en el infierno. Lo que, personalmente, no me gusta, ya que con el viejo me entendí siempre bien.

—No me preocupa —dije—. En cierto sentido, me alegra.

—Ya encontraremos algo mejor. Hasta puedo ayudarte y nos instalamos con nuestra agencia.

—Claro que está Gertrudis... —insinué para fortalecer su piedad, para que siguiera luchando por los seis mil pesos; quién sabe si la frase no me la habían dictado las caras sucias de tristeza que me contemplaban desde el muro.

—Sí —murmuró Stein—. Yo, en tu lugar, no le diría nada por ahora.

Retrocedí, pensativo, sobre mi vaso; vi la cara soñolienta y alegre de Stein, repentinamente disminuida, atenuada, coincidiendo con los demás rostros de la pared, convertida en otro testimonio de la existencia de Mami, de su paso por la tierra, por camas, divanes, automóviles, rincones, parques.

—En el fondo no me preocupo. Verdaderamente —dije—. Pienso en Gertrudis por un movimiento reflejo, inevitable.

Pero no pensaba en ella; trataba de valorar la posible amenaza que la noticia de mi despido contenía para aquellas necesidades secretas: seguir siendo Arce en el departamento de la Queca y seguir siendo Díaz Grey en la ciudad al borde del río. Tal vez no se me hubiera ocurrido nunca. En aquel momento —desagradablemente aprisionado entre la expresión amistosa, indagadora y evocativa de Stein en el diván, bajo el abanico de los rostros muertos de sus compañeros de causa y la sombra acumulada en el extremo del estrecho vestíbulo, donde creía ver hundirse las palabras que pronunciaban las mujeres en el salón— comprendí que había estado sabiendo durante semanas que yo, Juan María Brausen y mi vida no eran otra cosa que moldes vacíos, meras representaciones de un viejo significado mantenido con indolencia, de un ser arrastrado sin fe entre personas, calles y horas de la ciudad, actos de rutina.

Yo había desaparecido el día impreciso en que se concluyó mi amor por Gertrudis; subsistía en la doble vida secreta de Arce y del médico de provincias. Resucitaba diariamente al penetrar en el departamento de la Queca, con las manos en los bolsillos del pantalón, la cabeza exagerando una arrogancia juvenil, casi grotesca, inflada por la sonrisa de gozo con que avanzaba hasta el centro justo de la habitación, para girar con lentitud y comprobar la permanencia de los muebles y los objetos, del aire en eterno tiempo presente, incapaz de alimentar la memoria, de ofrecer puntos de apoyo al remordimiento. Yo renacía al respirar los olores cambiantes del cuarto, al echarme en la cama para beber ginebra mientras escuchaba los comentarios y las noticias que machacaba la voz de la Queca, y la risa, ya familiar, interrumpida como si se aplastara contra una acogedora blandura.

Yo era Brausen cuando aprovechábamos una pausa para mirarnos y la convertíamos en un particular silencio que se remataba con el ruido de la respiración de la Queca, con una afirmación y una palabra sucia. Y volvía a vivir cuando, alejado de las pequeñas muertes cotidianas, del ajetreo y la muchedumbre en las calles, de las entrevistas y la nunca dominada cordialidad profesional, sentía crecer un poco de pelo rubio, como un plumón, en mi cráneo, atravesaba con los ojos los vidrios de las gafas y de la ventana del consultorio en Santa María para dejarme acariciar el lomo por las olas de un pasado desconocido, mirar la plaza y el muelle, la luz del sol o el mal tiempo.

XX. LA INVITACIÓN

La Gorda, no muy gruesa, pesada, se plantó en jarras, riendo desde la puerta de la cocina.

—¿Me la presta un momento? —pidió con dulzura—. Me olvidaba de un chisme.

—Llévesela, es suya —le dije.

—¡Qué más quisiera! —rió la Gorda—. Y no se le ocurra venir a escuchar.

Ni la cara, ni la voz ni aun la risa de la mujer coincidían con el brillo canallesco de los ojos, osado y en guardia.

La Queca pasó a la cocina y me quedé solo con la provocada conciencia de mi cuerpo en pantalones, el tórax desnudo, yaciendo en la cama. Podía mover un brazo y alcanzar el vaso con ginebra. Podía poner en marcha el pequeño ventilador de la mesita. Podía conservarme quieto y oler la cama y mi cuerpo, recién usados, respirar el aire tibio de la habitación.

La primavera estaba ya madura y daba días ardientes y secos; los crepúsculos descendían, compactos, de cielos excesivamente limpios, para ocupar la ciudad, extenderse entre los edificios, rozar las paredes y las calles, tan palpables como si fueran lluvia. Podía respirar el aire que habían segregado y alimentado desaparecidas sombras sudorosas, furias momentáneas, cortas resoluciones, juramentos de amor y de castigo, alientos de borrachos. Me era posible reconstruir rostros y figuras, escuchar las frases que habían sonado en la habitación, las tradiciones orales legadas por Sem a Arphaxad, por éste a Sala, por Sala a Heber, por Heber a Peleg. Era fácil distinguir sus ruiditos a pesar del estrépito del mundo; alcanzar con la oreja: «sufro tanto, y lo hacés más difícil», «besaría los pies de Dios si me mata cuando estamos en la cama», «en todo caso, pase lo que pase, aunque se hunda todo», «¿por qué tendremos tanta suerte?», «a veces te mataría y otras quisiera que me destrozaras». Las frases, las voces queriendo vociferar desde el polvo de la alfombra, las paredes, la oscuridad bajo los muebles, temerosas de las carcajadas y las corrientes de aire, resueltas a perdurar hasta su renacimiento en la parte inferior de un rostro patético, hasta ser descubiertas e inventadas por nuevos ojos y bocas deslumbrados.

«Ellos», los diminutos, despreocupados, veloces, inubicables monstruos que acorralaban o atraían a la Queca apenas se encontraba sola —«yo sé que no hay nadie, sé que no están ni hablan; pero en cuanto me quedo sola de noche empiezan a conversar y a moverse, tan rápido que me marean, sin hacerme caso nunca ni hablar de mí, pero es por mí que están en el cuarto; y si los atiendo, no se van ni se callan, pero se tranquilizan»—, «ellos» debían de haber sido abandonados allí junto con los sudores, las fobias y las mentiras de los visitantes. Tal vez se necesitara la presencia de dos o tres hombres y mujeres para formar un pequeño monstruo, proporcionarle una voz, una característica en el desplazamiento. Tal vez fuera imprescindible agregar un ataque de terror animal a la muerte, el arrepentimiento por alguna suciedad olvidada en el pasado de la Queca o cumplida por ella fuera de la habitación. Acaso la vida y la viscosidad y el susurro de cada uno de «ellos» necesitaran, además, para ser engendrados, crisis de total desesperanza, momentos en que la Queca era capaz de comprender la vida como una despiadada burla urdida para su personal humillación.

Cada uno de los movedizos enanos parlantes provenía de padres numerosos, en todo caso. Tumbado en la tarde calurosa, oyendo el ruido constante del agua que caía en la pileta de la cocina, fui reconociendo al gordo inseguro y bien vestido, aquel cauteloso fumador de habanos baratos que supo retirarse a tiempo de los negocios. Vi al buen mozo de las taloneras, de la doble suela, del traje a la moda, de la corbata que hace juego. Vi al cincuentón de los guantes y la perla, del pago mezquino, del discurso romántico murmurado en la penumbra del postcoito. Vi al muchacho de las convicciones políticas, casi siempre judío, acercando con impaciencia o con método un manifiesto, una plataforma donde apoyar su necesidad de descargarse en la Queca. Vi al hombre de la sonrisa, de las sienes grises, del único lujo de la camisa de seda, el experto en vivir y en mujeres. Vi al que fumaba junto al cuerpo sosegado de la Queca, haciéndose juramentos definitivos, tratando de creer en su derecho a un acto de justificación antes del fin. Vi al metódico, al jovial, al resuelto, al resignado, al incrédulo, vi al triste, vi a todos los que morirán sin haberse enterado.

Yo sabía que la Queca y la Gorda estaban besándose y acariciándose en la cocina; abrían largos silencios para hacerme llegar los ruidos convencionales de una actividad inocente, imitaban con torpeza, sin fantasía, la abundancia de la realidad que se proponían crear. Caía rabiosa el agua en la pileta, abrían y golpeaban la puerta de la heladera, la cortina de mimbres subía y bajaba contra la ventana. Apenas curioso, con la extraña sensación de los semicuernos, adiviné en las pausas polleras y blusas alzadas, los pequeños pechos de la Queca buscando ciegos y ávidos las grandes puntas de los de la otra. «Pero nunca demoraron tanto», pensé. A medio metro del suelo, extendido y sudoroso, mirándome los pies descalzos que colgaban fuera de la cama, volví a tener conciencia de que respiraba el aire del cuarto, la ineficacia de los recuerdos muertos, sus rastros transformados. Sumergido en este aire, podía reír sin causa, libre de la piedad, del deber, de cualquier otro nombre de la dependencia.

—A las nueve —resopló la Gorda, equivocándose, ya desaparecido el ruido del agua.

Bebí un trago y esperé; contra los vidrios se estaba entristeciendo una sugestión de extensas tierras caldeadas, de una llanura con pasto corto y amarillo que aplastaba un repentino viento seco. La Gorda se asomó la primera, riente y ancha, cubriendo y mostrando al andar la cara sonrosada e inexpresiva de la Queca.

—Al fin —dije, seguro de que les iba a gustar, de que no sospecharían.

La Queca se acercó a la cama y juntó las manos sobre el vientre mientras me miraba, amistosa, maternal.

—¡Qué haragán! —exclamó—. ¡Qué hombre tengo; vive en la cama!

De rodillas, empezó a besarme el cuello, habló alternativamente hacia mi oído y la espalda de hilo blanco de la Gorda que se estaba pintando. Casi cantaba al hablar, casi sumergía lo que iba diciendo en la música de una tonada infantil, mientras su aliento me refrescaba y calentaba la piel.

—Es mejor que me vaya —dijo la Gorda—. Cuando ustedes empiezan... Te llamo el lunes.

—El lunes o el martes —repuso la Queca, que ahora me mordía la oreja; hablaba sin separar los dientes, haciendo bailar la lengua y las palabras dentro de la boca.

—Así que se van al cine... —comentó la Gorda enderezándose el sombrero frente al espejo.

—No sabemos todavía si vamos —pronunció la Queca.

—Cada cosa que me pongo me hace más gorda —coqueteó la Gorda—. Hoy vi, fijate, tres mujeres más gordas que yo y el de la carnicería me quiso estafar con el cambio. Me olvidé de contarte.

—Nos vamos a comer afuera porque no tenemos comida aquí —soltó la oreja, se rió y me fue besando la mandíbula desde una sien a otra.

—Me parece que a este paso no van a ningún cine —dijo con tono protector la Gorda—. Ya son las siete. Me voy volando.

La Queca se incorporó para besar las mejillas empolvadas de su amiga. «Tienen que encontrarse a las nueve, de hoy o de mañana. Si es hoy, faltan dos horas. ¿Qué va a inventar para echarme?» Volvieron a besarse en la puerta.

—Aféitese y aprenda a saludar a las visitas —me gritó la Gorda.

—Cómo habla esta mujer —dijo la Queca al regresar de la puerta; se desprendió la bata y estuvo agitándola para refrescarse el cuerpo desnudo—. Es buena amiga; eso sí. Si vamos a ir al cine, quiero limpiar antes. Podías llamar a la esquina para que traigan un porrón y cigarrillos. Vino para la comida, si alcanza la comida, tenemos. Ginebra, digo, si querés. Pero los cigarrillos se acabaron. ¿No te quedan en el saco?

Se volvió sonriendo, obtuvo mi sonrisa en respuesta, empezó a abanicarse las piernas con las puntas de la bata. Era una bata con franjas verdes y rosadas, buena para ser vista de mañana, las alegres listas de tiza en la luz del sol. Fue a la cocina y volvió a salir; traté de verle los ojos, la boca, la rodilla izquierda que asomaba al andar, deseándola y con celos. Detrás de la cortina había muerto la tarde; en la parte superior del balcón, un azul intenso y fugaz anunciaba el principio de la noche. Sin dejar de hablar, ella encendió la lámpara de pie, se rascó la cabeza para ayudarse a contemplar el desorden y decidió desplegar una hoja de diario en el suelo, para ir vaciando allí los ceniceros.

—Te figurás que cuando dice que le gustan las mujeres embarazadas debe ser un degenerado. Me estuvo contando la Gorda. ¿Así que te habías creído que yo estaba embarazada? Debía ser la ropa o que estaba hinchada. Nunca voy a tener un hijo. Y como vive en una pieza con el chico ya grande, me contaba la Gorda, le inventa historias, le dice que es el médico. Pero con seis o siete años, el chico se tiene que dar cuenta. —Llevó el paquete de basura a la cocina y volvió con un trapo para quitar el polvo de los muebles—. Está bien que a una le gusten los hombres, es ley de la vida. Pero hay cosas que... Imaginate el angelito. Mundo loco, la vida esta. No te rías porque siempre lo repito. Imaginate. Porque ser madre es algo, ¿no es cierto? Todavía si el tipo fuera el padre del chico que ella lleva adentro, siete meses, creo. Pero así... No te pienses que voy a tener nunca un hijo. Es mucha esclavitud. ¿Llamaste a la esquina? Todo lo tengo que hacer yo porque el señor no se molesta.

Tal vez la cita fuera para esa noche, y la Gorda estuviera ya consultando relojes, golpeándose el cisne de los polvos contra la nariz brillosa. La Queca hizo el pedido por el teléfono, se sentó en la cama y me mordisqueó el pecho.

—¿Por qué me gusta tanto la ginebra? —El pelo suelto, un poco sucio, tenía un olor amargo mezclado con el perfume—. Creo que me acostumbré por vos y ahora me parece que nunca más podría vivir sin ginebra. ¿Qué puedo hacer? Desde que te conozco estoy cada día más loca. Lo único que no me gusta es que no quieras fumar. A veces pienso cómo era mi vida antes.

Atendió al muchacho que trajo el porrón y los cigarrillos; después empezó a sacar los pocos libros del estante y a limpiarlos con el trapo. Le miré las curvas de las listas de la bata en las nalgas, la pequeña cabeza de donde colgaba el pelo; la estuve compadeciendo por su servidumbre a la falsedad y al engaño, admiré su capacidad de ser dios para cada intrascendente, sucio momento de su vida; envidié aquel don que la condenaba a crear y dirigir cada circunstancia mediante seres míticos, recuerdos fabulosos, personajes que se convertirían en polvo ante el amago de cualquier mirada.

Me trajo destapado el nuevo porrón de ginebra y me hizo una mueca, con un libro y el trapo en las manos.

—Nunca quise decirte —dijo—. ¿Estuviste en Montevideo? Yo nunca estuve. Tengo un amigo, no te pienses nada, un señor viejo que me quiere llevar a Montevideo a pasar unos días. Como amigos, nada más. Él necesita mi compañía, me estuvo explicando. Yo siempre le dije que no porque no me interesaba ir así y después porque no sabía qué ibas a pensar. Pero tiene mucho dinero y va siempre por negocios. Así que vos también podrías venir y nos pasamos unos días divinos. No tenés que preocuparte por los gastos. Es un señor viejo que ni me toca, te digo. No enseguida, si alguna vez querés; él va cada quince días, pero si vos no venís, yo tampoco.

Encogí los hombros sonriendo; ella bebió un trago de mi vaso y me golpeó el pecho con la mano abierta:

—A veces te mataría. Podemos ir cuando se te dé la gana, si vos podés arreglar en tu trabajo por unos días. Yo me encargo del dinero. Cuando haga más calor, ¿no te parece? Te digo que es un señor viejo y me tiene un respeto único... No puedo más del calor.

Se encerró en el baño y escuché casi de inmediato el rumor de la ducha, pensé en una inubicable lluvia de verano, en una noche de la adolescencia o junto a Gertrudis; pensé en Gertrudis que se había ido a vivir a Temperley, retrocedí hacia los días remotos de la confianza, de la dureza y la elección: «Estás nuevamente sola y separada, resuelta a olvidar que la soledad sólo puede servirnos cuando nos resulta imposible sufrirla y luchamos y rogamos para terminarla. Aquí estoy yo, en esta cama en que puedo descubrir antiguas presencias mezcladas, contradictorias, oyendo el ruido del agua que cae sobre una mujer desdeñable que es mi amante, que me llevará un día de éstos a Montevideo para devolverme, mediante el dinero de un viejo amigo respetuoso, a los años de juventud, a los amigos que la están custodiando, a las esquinas donde estuve contigo; a Raquel, tal vez. Tú estarás cumpliendo en este momento el rito del pobre amor en la tarde y la noche del sábado o distinguiendo en la cara de tu madre la única cosa cierta que te promete el futuro. Podrás verte en la nariz codiciosa, en la boca vencida y suspirante, en las frases de mezquinos cinismo y tolerancia; te preverás viviendo para un cuerpo que ya no sirve, para lágrimas sosas y repentinas. Aquí estamos, entretanto. La vida no ha terminado, hay posibilidades para el olvido, podemos reconocer el olor del aire en las mañanas, podemos pasar revista a la jornada, adormecernos ignorando los antecedentes de cada recuerdo y sonreír cuando despertamos, recién separados de la felicidad del absurdo».

XXI. LA CUENTA EQUIVOCADA

Díaz Grey pasó la noche en un sillón, frente a la angosta ventana del hotel por donde entraba un resplandor frío y grisado. Durante horas miró la forma sólida y sin detalles de la cama, tratando de imaginar qué expresaba, despierta o dormida, la cabeza de la mujer sobre su pelo y la almohada. Amanecía cuando empezó a recorrer, furtivo y en silencio, el edificio casi a oscuras, buscando a cualquiera que pudiera darle de beber y esquivando, al mismo tiempo, al sereno que fumaba acodado en la galería, de cara a la sombra del río. Después se tiró sobre dos sillones de mimbre cerca de la entrada del comedor, sintiendo, como si lo comprobara con los dedos, que la brisa enfriada se adaptaba, una y otra vez, al ardor de sus ojos empequeñecidos y al cansancio inmóvil en los pómulos.

Porque cuando terminó de bañarse, por la noche —había estado resoplando, jugando con el agua como un niño, modelando varias veces su cuerpo con la espuma del jabón, empeñado en distraerse, impidiéndose adivinar los gestos y las palabras que lo aguardaban ya en el dormitorio—, cuando terminó de bañarse y entró en la habitación, persistiendo en frotarse el cráneo con la toalla empapada, vio, recortada con exactitud en la sombra del cuarto, la sonrisa con que la mujer contemplaba, en la pausa de la butaca del consultorio, la pared a medias cubierta por el biombo. Ella no lo había mirado; tal vez sólo pudiera distinguirlo confusamente, en pantalón y camisa, restregándose con la toalla, apenas separado de la puerta del baño y del rumor de la canilla mal cerrada.

Allí estaba la inmóvil, ausente sonrisa haciéndole saber que podía ocurrir cualquier cosa y que no tendría importancia para ella; que la misma indiferencia —ni siquiera desdeñosa, ni siquiera tomándolo a él en cuenta— estaría todo el tiempo en el fondo de la mujer, en su complacencia, en su colaboración, ya decidiera abrazarla o extenderse para dormir. Ella no habló; media hora después apagó la pequeña luz del velador. Al pie de la cama, en el sillón, Díaz Grey estuvo meditando en la imposibilidad de entrar, conscientemente y por propia voluntad, en la atmósfera, en el mundo de la mujer; no sólo porque él carecería de significado allí adentro —y el vientre de ella le ofrecía un destino idéntico—, sino, además, porque su presencia estaba condenada a ser efímera y ofensiva.

Así que prefirió dejar el dormitorio sin odiarla, triste, nada más, por la necesidad, la locura y la esclavitud que acababa de palpar, repentinamente vivas, todopoderosas ahora. Abandonado en el aire libre al cansancio, al frío, a las olas de sueño que a veces lo arrastraban para devolverlo enseguida, contemplaba la mancha negra del pequeño fondeadero, trataba de distraerse evocando las formas y los colores de las pequeñas embarcaciones, llegaba a intuir mi existencia, a murmurar «Brausen mío» con fastidio; seleccionaba las desapasionadas preguntas que habría de plantearme si llegara a encontrarme un día. Acaso sospechara que yo lo estaba viendo; pero, necesitado de situarme, se equivocaba buscándome en la mancha negra de las sombras sobre el cielo gris. Dormía y despertaba para volver a su idea fija, para pensar en las infinitas e improbables formas de la abyección que estaba dispuesto a cumplir y a implorar a cambio de una vez, de un momento en que ella se le echaría encima, enfurecida. No pensaba en la mujer, invocaba mi nombre en vano. Dormía y se sobresaltaba al despertar, movía piernas y brazos para calentarse, buscaba un cigarrillo y consideraba su obsesión, la necesidad que lo llenaba, lo tenía sujeto y lo acuciaba, la teoría de pequeños suicidios que ansiaba ofrecer. No recordaba el cuerpo de Elena Sala; medía su deseo doloroso como algo concreto, más real que la mujer misma, nacido de ella pero separado, otro, como un olor de su cuerpo, las marcas de sus zapatos en la arena de la costa, las palabras que la gente pronunciara al hablar de ella. El deseo era, ciertamente, hijo del cuerpo, pero éste ya no bastaba para aplacarlo. Nada podía modificar ella dejándose usar o usándolo como un varón sin rostro; con nada era posible sustituir las imposibles iniciativas y conquista, la sensación de dominio.

Despierto y dormido, llegó al momento en que las cosas empezaron a surgir de la noche. Un hombre con ropas blancas cruzó el paisaje, alzó una manga de riego y se inmovilizó, perdido en la blancura de una pared encalada. «La parte de mi obsesión que puedo distinguir llamándola amor no es en realidad mía, no logro reconocerme en ella, sólo me es posible representarla con palabras ajenas, comunes: toda mi vida esperé este momento, sin saberlo; sus ojos estaban velados, pero triunfantes; en la base de la locura una dulce paz comienza a extenderse. La parte de mi obsesión llamada odio es igualmente extraña; es como si buscara vengarme y aniquilarla enviándole por correo recortes de diarios con crónicas policiales, fotografías de mujeres asesinadas; hacerle saber, impedir que olvide que el acto que yo no cometeré nunca está sucediendo, continuará cumpliéndose largamente en el mundo.» La sombra engolfada aún en la caleta compendiaba la totalidad de la playa y el río, la costa que Díaz Grey había mirado el día anterior; a la derecha, entre los troncos oblicuos de los limoneros, una vaca inmóvil era todo el campo.

Ella vino con el pelo humedecido, encajó su sonrisa en la última de la noche anterior y encendió el primer cigarrillo apoyada en un árbol. Díaz Grey llamó al mozo para pedir el desayuno, cambió saludos con gente que entraba y salía, bebió el doble café hirviente. El aire se hizo sofocante y perfumado. Con el cuerpo encogido, exagerando el cansancio, Díaz Grey miró el borde de los pantalones de la mujer, las pequeñas medias enrolladas, los zapatos de gruesas suelas donde la humedad, la arena y briznas de hierba construían un confuso emblema bucólico, un poco grotesco, como exhibido con deliberación. El médico se desperezó, sintió que se sofocaba, aspiró aire. «Ya no tengo nariz para oler la primavera —pensó bostezando—; sólo alcanzo el recuerdo, la inútil sensación de las viejas primaveras en las que acaso estuve olfateando otras ya pasadas, prometiéndome alcanzar la intimidad con un octubre futuro.»

Elena tenía la voz un poco ronca por el sueño y la hacía sonar con lentitud, alta sobre él y remota.

—Las cosas se complican porque el dueño no ha vuelto todavía. Estará recién para el almuerzo. Y yo voy a morirme de calor; no traje ropa para cambiarme. Tendré que combinar algo con la mucama. Ya me veía saliendo

en el amanecer, safari, alejándonos de la costa, metién-
donos entre troncos y mosquitos. Ya me veía llegando a
Tumbuctú antes del almuerzo.

—Pero usted no puede saber. No es seguro que ten-
gamos que alejarnos de la costa. Puede estar junto al río,
más abajo o más arriba de aquí. ¿Por qué se olvida de
preguntarme cómo pasé la noche?

—Basta verle la cara. Ojeroso, febril, mucho más joven. ¡Qué idiotez! Yo dormí toda la noche. Sí, puede ser
que haya remontado el río. Pero yo me veía alejándome
de la costa, una selva y negros. Tal vez lo haya soñado.
¿Pero no durmió nada?

—Algo, lo suficiente. No tenía sueño, hacía mucho
calor en el dormitorio. Bajé hasta el río y estuve paseándome en los pajonales —dijo él, como si mentir sirviera
para algo, como si con la mentira le negara alguna cosa
deseada por ella.

Elena aplastó con cuidado el cigarrillo en la suela
del zapato y lo tiró hacia el borde de la arena. Montada
en la baranda, empezó a reír repentinamente, las manos
entre las rodillas, las piernas endurecidas para conservar
el equilibrio.

—¿No quiere que hablemos? —invitó, seria, sacudiendo aún la cabeza.

—No.

—¿No o ahora no?

—No —repitió Díaz Grey—. Es inútil. Lo más triste es que usted no sienta que es inútil.

—Está bien. Usted es un hombre. Esa vieja incapacidad de los hombres para revisar una cuenta cuando sa-
ben que la cuenta está equivocada...

—No entiendo —murmuró él; miraba hacia abajo, el estrecho camino costero por donde caminaría alguien viniendo hacia él sin saberlo—. Y si entiendo, siempre creí que era una particularidad femenina.

—No, no. Una mujer, no. Ni siquiera aprendió eso, pobrecito. Una mujer seguirá creyendo que, de alguna manera, por alguna cifra que está actuando sin figurar en la cuenta, la suma es exacta. Pero hará la comprobación cada día, en cada oportunidad, y sabrá siempre que en apariencia, en el papel, está equivocada. Yo sé que usted va a ofenderse si le acaricio la cabeza; por eso no lo hice nunca. Además, una mujer sabe qué cifra es la que estropea la cuenta.

—No lo haga —dijo él sin moverse.

—No lo voy a hacer ahora; sólo la palma de la mano rozando el pelo, un par de veces. Vamos al río; a la derecha, más allá de los botes, hay casillas de baño. Podemos cambiarnos en la pieza. Fíjese cómo anda todo el mundo casi desnudo.

—Voy a bañarme más tarde, cerca del mediodía.

No quiso mirarla cuando ella saltó al suelo y empezó a correr. «Solamente con ella, como si todas las demás mujeres estuvieran cerradas, como si hacer el amor significara, desde siempre, universalmente, hacer el amor con Elena Sala. Haría cualquier cosa en cambio y después no podría reclamar mi recompensa porque ya ella no puede dármela. Y tampoco puedo explicárselo; porque tiene razón, porque es verdad que mi cuenta está equivocada, porque tal vez deje de sufrir y sentirme sucio por ella, porque quedaría vacío, obligado a admitir que estoy muerto. Es, también, la vieja imposibilidad de actuar, la automática postergación de los hechos. Y no me serviría la voluntad porque es mentira que baste la persistencia en el rezo para que descienda la gracia. Es igualmente mentira esta postergación, para un año cualquiera, del acto de inspección general de la primavera que yo podría hacer ahora mismo y salvarme, con sólo caminar descendiendo hasta el sitio donde estuvo entumecida la vaca en el alba. Y si esto no alcanza, aunque tiene que alcanzar, seguir andando hasta la tarde y la noche e inspeccionar también tarde y noche. Ir moviéndome como un animal o como Brausen en su huerto para examinar y nombrar cada tono del verde, cada falsa transparencia del follaje, cada rama tierna, cada perfume, cada pequeña nube apelotonada, cada reflejo en el río. Es fácil; moverme mirando y oliendo, tocando y murmurando, egoísta hasta la pureza, ayudándome, obligándome a ser, sin idiotas propósitos de comunión; tocar y ver en este cíclico, disponible principio del mundo hasta sentirme una, ésta, incomprensible y no significante manifestación de la vida, capricho engendrado por un capricho, tímido inventor de un Brausen, manipulador de la inmortalidad cuando el impuesto ejercicio del amor, cuando la circunstancia personal de la pasión. Saberme a mí mismo una vez definitiva y olvidarme de inmediato, continuar viviendo exactamente como antes pero cerrada la boca que ahora me abre la ansiedad.»

Solamente en los sueños venía Gertrudis ahora, las mejillas redondeadas y duras por la risa juvenil, reconquis-
tando el estremecimiento nervioso con que la cabeza separaba las carcajadas.

La invitación que me hizo la Queca para ir a Montevideo me había separado de Arce, me hizo irresponsable
de lo que él pensara o hiciera, me llenó de la tentación de
mirarlo descender con lentitud hasta un total cinismo,
hasta un fondo invencible de vileza del que estaría obligado a levantarse para actuar por mí. También sirvió la invitación para que descubriera, maduro, mi antiguo deseo
—tantas veces insinuado y rechazado— de reencontrar a
Gertrudis en Raquel, de volver a estar nuevamente con
mi mujer, con lo más importante suyo, por medio de la
flaca hermana menor, tan distinta pero en la edad que tenía Gertrudis entonces, más tonta y llena de la sangre nór-
dica del padre, pero, recién ahora, en este año, verdadera
hermana de la otra.

Chupando su pipa vacía, el viejo Macleod había su-
surrado a Stein que me echaría a la calle a fin de mes; había transado con un cheque de cinco mil. Entretanto, yo
casi no trabajaba y existía apenas: era Arce en las regulares borracheras con la Queca, en el creciente placer de
golpearla, en el asombro de que me fuera fácil y necesario hacerlo; era Díaz Grey, escribiéndolo o pensándolo,
asombrado aquí de mi poder y de la riqueza de la vida.
Ahora el generoso amigo viejo de la Queca venía a visitarla las tardes de los sábados y —harto de escuchar contra

la pared del departamento un silencio que inhibía la imaginación porque le ofrecía todo— me echaba a la calle, compraba un ramo barato de flores, desafiaba el ridículo durante el largo viaje en subterráneo e iba a ofrecerlo a Mami, a contemplar con un pequeño disgusto la indolente bondad con que Stein, en mangas de camisa, atendía como dueño de casa a los fantasmas de la vieja guardia, cargados de cicatrices y de heroísmo.

Saludé a Mami y a las inmortales muchachas; había, además, un judío pequeño, calvo y con lentes de oro; tal vez fuese Levoir, el de las partidas de rummy y los desafíos sobre el plano de París. Stein se paseaba, riendo con las mujeres, la camisa desprendida y el vaso en la mano, rompiendo acaso deliberadamente el ambiente que creaba Mami, sábado a sábado, con destreza y paciencia. Como si las mujeres, pensaba yo, los colores de sus vestidos y los tonos de sus voces, junto con ella misma y el pequeño judío taciturno, se redujeran a flores acomodadas por Mami en la sala con un gusto idéntico al que revelaban los floreros colmados sobre la mesa, el piano y el suelo.

Me aburría allí pensando en las consecuencias de la pérdida del empleo, en la Queca, en Arce y en el viejo silencioso, en una Raquel más gruesa, una Gertrudis más joven. Mami aceptó que entreabrieran una ventana sobre el cielo del anochecer, que Stein encendiera una lámpara junto al piano, y finalmente se resignó, parpadeando equitativamente hacia mí y el visitante calvo, a dejar las agujas y acercarse al piano. Se balanceaba pesada en la marcha, iba estirándose la faja, paseó ante nosotros la sonrisa de la condescendencia; golpeó al pasar la mejilla de Stein, me asoció con una mirada burlona, se fue doblando para cuchichear junto a la cabeza de Lina Máuser. Mami se irguió sobre las carcajadas y transportó hasta el ángulo del piano una nueva sonrisa, igualmente triste, pero de mayor brillo, en la cual la tolerancia había sido apartada de los demás y se dirigía ahora a ella misma. Esperó con la cabeza inclinada sobre el fondo de rosas y varas de nardo.

—La de los guerrilleros —gritó Bichito.

—¡Por favor!... —contestó Mami, sin moverse, casi sin alterar la cara con que aguardaba el resultado de su silenciosa invocación.

Stein fue a colocarse detrás de la inmortal Elena y le puso una mano en la cabeza.

—Lo que Mami quiera —dijo; alzó el pelo de la mujer y lo envolvió alrededor del vaso—. La primera y la última son de Dios.

—Siempre de amor —rezongó Bichito—. Y viejas, las que cantaba mi abuela.

—Las que cantaba yo, las que cantaba yo... —repitió Mami dulcemente; alzó una sonrisa distinta, más apagada y humilde, la movió hacia mí—. Si usted fuera tan bueno... —cloqueó al hombrecito de los lentes.

—Por favor —sonrió éste, movió una mano para espantar una mosca—. No me necesita, realmente.

—Es que somos tan amigos... —recitó Stein remedando a Mami—, tan camaradas, que podríamos pasarnos un día insultándonos sin rencor.

—La que le oímos en casa de Esther —dijo el pequeño judío—. ¿No recuerdan? —Y comenzó a tararear balanceando el cuerpo.

—Ah... —recordó Mami; parpadeó, el mentón se le llenó de surcos—. *Une autre fois*, sí. Pero eso, señor, no es una *chanson*...

—De todas maneras, él tiene razón —dijo Stein inclinado para besar la nuca de la inmortal Elena—. Es muy linda.

—¿Verdad? —se apresuró el hombrecito; sonreía, pero no se abandonaba a la cordialidad.

—Es realmente hermosa, Julio —convino Mami, amable y terca—. Pero no es *chanson*.

—Claro —exclamó Bichito—. Para ella, si no es triste, no es *chanson*.

—Tampoco para mí, querida —afirmó Lina Máuser con una sonrisa desgarrada—. Las que una nunca olvida son siempre tristes.

—Estamos esperando —dijo Stein—. Damas y caballeros, hemos llegado al límite...

Mami lo interrumpió agitando la mano como si manejara un abanico. Tenía los ojos entornados, la vieja cara se agitó en el trance; desde el perfume insoportable de las flores encima del piano, desde su corazón sumergido en el pasado le estaban llegando las palabras que debía cantar.

—Entonces, *Si petite* —decidió Bichito—. Hacete el gusto. Triste, algo es.

—Sí, tiene ternura —dijo Mami—. Pero no tienen que estar adivinando. Nadie puede saber qué quiero cantar ni por qué.

—Este bruto me está mordiendo, Mami —chilló la bella Elena.

Entonces Mami volvió a tener la sonrisa condescendiente, propia de la persona madura y preocupada a la que la bondad lleva a jugar con un grupo de niños; hizo girar la sonrisa y la detuvo por fin sobre el hombrecito que ejecutaba en silencio *Une autre fois* golpeándose las rodillas con las yemas de los dedos. Y repentinamente, como si acabara de escuchar los compases que le daban entrada, echó la cabeza hacia atrás sin violencia y pareció sumergirla, mientras empezaba a cantar, en una reducida atmósfera nostálgica, en un muerto mundo personal. Y allí, metida allí la fofa cara de bebé, tan solitaria y lejos de todos y, sin embargo, para nosotros, para los seis representantes del presente, los tres hombres y las tres mujeres que la escuchaban, para las empavesadas prostitutas que torcían expresiones dramáticas y pensativas bajo las frases de la vieja *chanson*, Mami revivió a la muchacha que había emigrado de un París victorioso, treinta años atrás, para conocer la lengua y el alma de un pueblo nuevo a través de los clientes melancólicos de Rosario, San Fernando, Mataderos y los cabarets; que había tropezado con su hombre, Stein, y lo había llevado de regreso a Europa —en una corta, agridulce excursión al pasado, tan parecida a esta que realizaba ahora de pie junto al piano, con su fija sonrisa, triste, dichosa y desafiante—, alimentándolo y vistiéndolo mediante la repetición de *chansons* y de posturas ancestrales.

Tal vez no lo supiéramos nosotros que escuchábamos, tal vez alguno lo intuyera con un sentimiento de piedad y ridículo; durante los cinco largos minutos de la canción, durante las pausas que concedía fielmente a la imaginaria orquesta, ella, despojada de grasas, años y estragos, cantaba con la agresiva seguridad que presta la piel joven, con el amor por la entrega y el riesgo que nace de un cuerpo que sólo ha sido gozado por quien él eligió.

Yo la miraba, emocionado e incrédulo; un codo tocaba la tapa del piano, el brazo izquierdo colgaba, arqueado, siguiendo la forma de la cadera; lánguida pero firme, haciendo brotar la voz del hueco que la cabeza en desmayo socavaba en el pasado, dolida y en gozo, cantaba:

Reviens, veux tu
Ton absence a brisé ma vie
Aucune femme vois tu
N'a jamais pris ta place dans mon coeur, Amie
Reviens, veux tu?
Car ma souffrance est infinie
Je veux retrouver tout mon bonheur perdu
Reviens, reviens, veux tu?

Sin regresar a nosotros empezó otra canción, y porque tenía las mejillas húmedas y rojas, alguna de las mujeres murmuró: «¡Pero si se está matando!». Entonces Stein abandonó a la bella Elena y fue a besar vorazmente el cuello de Mami; riendo, sin soltarla, empezó a hablar:

—Ustedes conocen el juego; las niñas, digo. Claro que es mejor jugarlo de noche y borrachos; claro que hoy están estos caballeros de respeto. Es un juego en el que participan todas las cualidades que enorgullecen al hombre. Y no sólo los cinco sentidos; en el juego entran en juego la destreza manual, la imaginación, nuestras potencias de lógica y deducción. Reglas fáciles, aunque severas. Juego incomparable si se puede contar con la buena fe de los contertulios. Se elige un objeto, conocido de todos, preferiblemente pequeño por razones obvias para todo aquel que haya intervenido en tales justas. Se designa un buscador, el buscador abandona la habitación; el objeto se esconde, el buscador vuelve. Sabe que tiene que buscar; sabe la inicial del sitio en que el objeto se esconde. Puede perseguirlo en todo lugar, sin excepciones, mueble o inmueble, animado o no, cuyo nombre, alguno de sus nombres, empiece con la letra que se le ha dicho, la inicial del gran secreto.

Pero ellas no quisieron —miraban a Mami, inmóvil aún, sonriendo con los ojos humedecidos— y el pequeño judío sacudió negativamente la cabeza. Stein volvió a besar el cuello de Mami.

—No quieren jugar conmigo —se quejó—. Mami querida, ¿estás llorando?

—No, no es nada —murmuró ella, apartándolo dulcemente—. Soy bestia, Julio. —Se inclinó sonriente hacia el hombrecito—. Usted sabrá perdonar...

—¡Por favor, señora!

—Apuesto —dijo Stein— a que él está pensando en cuántos idiomas es capaz de jugar al juego.

El hombrecito empezó a reír en su asiento, las manos bajo las piernas, llevando el cuerpo de un lado a otro. Mami suspiró en el primer silencio y abultó su pequeña boca redonda:

—Si usted quisiera, señor...

Se acercó al piano y descubrió el teclado. Sentado en el taburete el hombrecito se apretaba los dedos y los hacía sonar; hundió dos teclas con los anulares.

—Cuando usted guste, señora.

—¿Es Levoir? —pregunté a Stein.

—No —murmuró—. Maravilloso. Cada día la quiero más. ¡Cuánta espontaneidad y delicioso arrebato!

—Cualquier cosa —dijo Mami—. Espere. Vaya tocando, divague... Cuando yo sienta que tengo la cosa justa que quiero cantar...

—Impromptu —me susurró Stein—. Y ayer estuvieron toda la noche ensayando. A eso llamo una mujer. La última sobre la tierra.

El pequeño judío entreveraba compases con lentitud, movía desganado las manos frente al pecho. Adivinó que allá arriba, entre su hombro y el jarrón con flores, la cabeza de Mami acababa de caer hacia atrás; entonces empezó a tocar con notable claridad, suavemente, casi en sordina.

> La vie est brève
> un peu d'amour
> un peu de rêve
> et puis bonjour.
> La vie est brève
> un peu d'espoir
> un peu de rêve
> et puis bonsoir

cantó Mami.

XXIII. LOS MACLEOD

Cordial, sonrosado aún, el viejo Macleod me dio la bienvenida con un codo sobre el mostrador del bar que había
preferido para decirme adiós. «Soportarlo con paciencia,
con la desenvoltura, la irresistible simpatía que atraen
amigos y contratos; interesándome por sus problemas, co-
mentándolos con optimismo, sin rebasar nunca la discreción. No puedo adivinar por sus ojos si sabe que va a morirse o si cree en la historia de la irritación y la nicotina.»

—¿Un whiskycito? —sonrió el viejo—. ¿O se anima
usted a acompañarme en una combinación personal? Una
muy famosa combinación.

Ya no tenía voz o sólo tenía una vocecita de niño envejecido en la crápula, un susurro que no llegaba nunca a
la confidencia. El barman esperaba con el pulgar alzado
sobre la coctelera. Dije que sí; el viejo aplastó un labio
contra otro, satisfecho, alzó la pipa vacía para respirar
junto al hornillo. Me puso una mano en el hombro.

—No me era agradable hablarle en la oficina. Tampoco, de esto, aquí. Usted comprende que me es difícil.
Pero aquí... —señaló el mostrador, el par de copas empa-
ñadas con la base envuelta en papel de seda—. Ha sido
necesario. Como le dije a Stein, Brausen es distinto, you
are my friend. Un viejo amigo al que me hubiera gustado
conocer más, conversar. Pero, usted sabe, ésta es mi vida.
Estoy atado a las cuentas como... —miró alrededor, alzó
una mano para ayudarse y fracasó; dejó caer la mano para
ofrecerme la copa—. Atado a las cuentas, un viejo caballo
y el carro.

Meneó la cabeza sosteniendo, horizontal, la pipa vacía entre los dientes. No pude descubrir la muerte en los ojitos claros y cansados, en las varices de las mejillas, en la piel suelta entre la mandíbula y el cuello almidonado; solamente años de alcohol y de actos estúpidos. Quise auxiliarlo y pensé mientras le sonreía: «Atado como Prometeo a la roca, como el perro a la perra, como nuestras almas inmortales a la divinidad».

—Salud, che —me invitó—. Usted me va a decir qué le parece.

«No entiendo nada, apenas hace unos meses que conozco la ginebra. Puede ser un manhattan con cualquier porquería intrusa; en todo caso, debe salirle más barato que el whisky.» Pero ya había bebido dos sorbos de la copa de la amistad eterna, y el pasado y la larga guerra no declarada quedaban enterrados. Dócilmente, hice sonar la lengua sin lograr el perfecto chasquido seco que el viejo me dejó oír como ejemplo; miré ensimismado hacia adelante y remedé sin esfuerzo la expresión jubilosa de Macleod.

—Muy bueno —me asombré—; pero muy bueno. Tiene que darme la receta. —«Acaso la edad y la jerarquía me impongan el deber de golpearle la espalda, empujarle las costillas con un codo, bajarle el sombrero hasta los ojos.» Escuchó mi opinión sin envanecerse, guiñó un ojo al barman y estuvo un rato entregado al examen de su cara en el espejo. «¿Qué ve cuando mira a ese viejo de sesenta años, condenado a morir pronto, con las manchas de pelo gris bajo el sombrero, piel enrojecida, ojos candorosos y azules, chupando el aire a través de la pipa?»—. Excelente —insistí, servil, devolviendo al mostrador la copa vacía—. Tal vez sea demasiado fuerte; para mí, que recién lo pruebo. —«Mostrar y exagerar mis temores por las emboscadas de la vida a la sombra del recio Macleod, forzar los consuelos del prudente anciano, nuestro protector guía, columna de fortaleza.»

—No, no. —Abandonó el espejo para palmearme—. No es muy fuerte. Es apenas justamente fuerte. Mi famosa obra maestra, ¿no? —volvió a guiñar un ojo al barman, exigió confiado su aprobación.

—Es muy bueno —dijo el barman, mezclando nuevamente—. Ya muchos lo piden. Y no sólo los amigos del señor; hay clientes que me piden ahora «uno de Macleod». Perdone.

—Cuidadito, mucho cuidado —dijo el viejo—. Top secret. A nadie la receta. Pueden tomar si pagan; pero a nadie la receta.

—Sí —dijo el barman—. Aquel señor de los neumáticos, de la otra noche, me porfiaba que el secreto estaba en el bitter. —Se unió a la repentina, fangosa risa del viejo.

—¡Bitter! —repitió Macleod—. Psh... Idea rara. ¡Bitter!

Se volvió para mirarme y estuvimos extrañándonos, sacudiendo las cabezas.

—Bitter —murmuré al empezar la segunda copa.

El viejo meditaba vuelto hacia el espejo; aplastaba los labios, los pequeños ojos fijos y atentos. «Tal vez sepa, tal vez se pregunte qué parte de la cara acusará el primero de los golpes definitivos. Allá está, hundido en el espejo, rodeado por los rectángulos de colores de las etiquetas, como un mosaico, tratando de adivinar cómo lo encontrará esta noche la hembra, casi conyugal, que mantiene, o qué figura hará bajo el hervor de los gusanos.»

Eran las siete, y el bar empezaba a llenarse de macleods ruidosos y seguros, apenas despectivos. Se fueron acomodando en fila inquieta contra el mostrador, piafantes sobre la barra dorada, tocándose con hombros y caderas, ofreciéndose rápidas excusas, exagerando la intimidad con el barman, mascando granos de maní, haciendo sonar entre los dientes el apio que vigoriza, ayuda y conserva. Hablando de política, de negocios, de familias, de mujeres, tan seguros de la inmortalidad como del momento que estaban ocupando en el tiempo. El calor crecía, excitado por el ruido de las voces, las órdenes, los dados golpeados contra las mesas; lentas y en apariencia erráticas bajo la luz del neón pocas mujeres iban de la cerveza al tocador, de la copa dulce y frutal al teléfono.

Macleod se arrancó del espejo, saludó a alguien con la mano y una sonrisa y acercó su cabeza a la mía; tenía gotas resplandecientes sobre el labio y una leve aprensión en la mirada azul. «Ahora empieza a hablar; ya está todo dicho, pero tiene que hablar. De hombre a hombre, de corazón a corazón. ¿Por qué no conversa, ya que de alguna manera hay que pasar el tiempo, de slogans y campañas de publicidad? Nadie podría, por ejemplo, decir que no a una campaña inteligente acerca del deber social, higiénico y patriótico de abrirse el escroto cada primavera con los famosos bisturíes Unforgettable adoptados mundialmente, preferidos por el ejército norteamericano, viejos conocidos de la Clínica Mayo. Cuando florezcan las lilas. Éste es el momento. No espere al verano. Corte limpiamente su escroto y deje que la brisa primaveral...»

—Pero yo lo sé desde hace tiempo —decía el viejo; su sonrisa estaba ahora destinada a hacerse perdonar a sí mismo, a su cuerpo moribundo y a los errores que le había impuesto la vida—. No quiero engañarme. Tantos otros, ¿eh?, no lo admitirían nunca. Por vanidad. Yo sé que no soy... quiero decir que no me pertenezco. No del todo libre. Yo soy lo que resuelva New York. Puedo pelear, sí, y usted sabrá por Stein que no me asusta pelear. No me asustó nunca. Pregunte a Stein: por usted estuve luchando más de dos meses. Hasta el ultimátum. Economías y economías. No entienden las explicaciones, la verdad, lo que en realidad conviene hacer. No lo toman en cuenta. Nueve alrededor de una mesa, cinco minutos para Buenos Aires, para that fellow Macleod. Economías. Y si no, sale este Macleod y viene otro. ¿Eh? Es así. ¿Le dio Stein el cheque? Lo tiene él; tan alto como pude. ¿Otra? Bueno, yo tampoco. Tengo que hacer esta noche. Bueno, no le voy a decir que no. En el fondo este trabajo me gusta. Buenos Aires, la rama B.A. estaba muerta, la convertí en lo que es. Que comparen en New York las cuentas de hace tres, cuatro años con las de ahora. Pero no me quejaba, le estaba explicando cómo son las cosas. Un hombre no hará nada si no se olvida de sí mismo. No tengo ninguna queja contra usted; no estaríamos aquí, entonces. Pero le doy ese consejo: si usted no se olvida de Brausen y se entrega por completo a un negocio... Es la única manera de trabajar, de hacer cosas. Ya hablaremos, el último Macleod. No estamos encima del octavo. Escuche esto que es muy bueno: Stein sabe quién lo dijo. —Mientras esperaba la copa hizo una corta zambullida en el espejo. «Algo muy bueno, Stein sabe quién lo dijo. Me va a pagar la diferencia entre el cheque que yo esperaba y el que firmó, con alguna fórmula infalible de Platón Carnegie, Sócrates Rockefeller, Aristóteles Ford, Kant Morgan, Schopenhauer Vanderbilt.» El viejo emergió, refrescado, sonriente, salpicando confianza—. Es así. Hace años, usted sabe, el arte era un subproducto de la religión.

—¿El arte? —pregunté con la copa en el aire.

—El arte. La música, la pintura, los libros. En la Edad Media todo estaba al servicio de la Iglesia. —Gozó con mi admiración, sacudió la cabeza para confirmar lo que había dicho—. Era así. Ahora, no todavía, pero vamos en ese camino, el arte está al servicio de la propaganda. Música para la radio; dibujos, pinturas para los avisos, los afiches; literatura para los textos, los booklets. ¿Eh? En París y en New York ya se ha hecho propaganda con versos de poetas de primera línea. Entonces, no es sólo asunto de conseguir cuentas y cobrar el dinero. Hay muchas otras cosas, es una línea complicada.

Resplandeciente y serio, el viejo Macleod afirmaba con cabezadas que yo repetía con menor vehemencia. Simplemente amistoso, volvió a ponerme una mano en el hombro; previó y desbarató mi aparatosa tentativa de pagar la cuenta y me condujo hasta la puerta, suspirante ahora, compadeciéndose de la incomprensión neoyorquina, de la escasez de papel para periódicos, de lo que reservaba el futuro a los hombres de la línea de publicidad, a los que no habían tenido la suerte de encontrarse libres y con un buen cheque en el bolsillo, muchacho.

Consiguió un taxi en la esquina y vi el último adiós de su mano, lo vi alejarse, en el comienzo de la noche, hacia el mundo poético, musical y plástico del mañana, hacia nuestro común destino de más automóviles, más dentífricos, más laxantes, más toallitas, más heladeras, más relojes, más radios; hacia el pálido, silencioso frenesí de la gusanería.

XXIV. EL VIAJE

Al abrir la puerta vi caer el papel; silbé, la Queca no estaba. Detrás de los estores corridos, el aire caliente había estado encerrado toda la tarde. Encendí las luces, me quité la ropa y me tendí en la cama con el papel. Apenas una línea: «Te voy a telefonear o venir a las nueve. *Ernesto*». Estuve sonriendo, como si aquello fuera la mejor de las noticias posibles, como si hubiera estado esperando durante mucho tiempo la seguridad de que volvería a encontrarme con él, como si mis relaciones con la Queca, la misma necesidad que me ataba a ella y al aire de su habitación no fueran más que pretextos, pasatiempos útiles para aguardar sin impaciencia el momento en que volvería a mirar, avanzando hacia mí, la cara blanca, impasible, sin frente. Descubrí el odio y la incomparable paz de abandonarme a él.

Busqué el revólver en el pantalón, jugué a examinar la carga de balas en el tambor y a mirar la luz entubada en el caño. Guardé el revólver bajo la almohada, traje ginebra de la cocina y volví a tumbarme. Faltaba poco más de una hora para las nueve; comprendí que todo dependía de la Queca, que me estaba prohibido forzar los sucesos, que era necesario esperar, como en una mesa de juego, el sí o el no. Me levanté para dejar el papel junto a la puerta y mantuve los ojos fijos en el cuadrilongo blanco que se recortaba en el piso —bebiendo y evocando los fantasmas que me habían precedido en la habitación, exigiendo un tratamiento equitativo y sin prejuicios a los fantasmas venideros encargados de componer mi historia— hasta que la oí llegar y escuché la llave hurgando en la puerta. Con los ojos entornados la vi detenerse y mirarme, recoger el papel y acercarse para saludarme y reír.

—Alguien estuvo llamando —murmuré—. Se aburrió y se fue.

—¡Qué me importa! ¿Estabas durmiendo? No te esperaba tan temprano. Me entretuve con la Gorda. Estoy loca de calor. ¿Por qué tenés todo tan cerrado? ¿Cómo no vas a tener sueño, si te tomaste medio porrón? Me voy a mojar un poco.

Abrió el balcón y respiró ruidosamente el aire mientras yo gastaba una parte infinitesimal de mi odio en su estupidez, en sus pasos entorpecidos por los enormes tacones, en los sonidos secos, cortos, rápidos que iban haciendo en la marcha. Tuve miedo de dejar de desearla y me volví en la cama para evocar, sin ver su espalda, su estatura, su vestido de hilo inarrugable, la imagen de la Queca desnuda, rendida, la pequeña boca abierta y engrosada.

—Me estoy muriendo de calor —repitió—. Me disculpás un momento. No me puedo imaginar quién estuvo llamando.

Iba a bañarse, buscaba el encierro del cuarto de baño para leer el billete. Solo, pensé que la cara de Ernesto había estado rondando alrededor de mí desde el principio, desde la noche de septiembre en que me limpié la suciedad de la salivadera sentado en el corredor y adiviné fugazmente que el recién llegado Arce compendiaba el sentido de la vida.

La Queca salió desnuda del cuarto de baño, con la cabeza envuelta en una toalla, trayéndome hasta la cama el olor reconfortante del jabón.

—No sé —dijo—, me vino la idea de que esta noche va a pasar algo. ¿No te sucede?

—Sí. Yo siento lo mismo.

—¿Que va a pasar algo? ¿Malo o bueno? —Apagó la luz del techo; con las manos abiertas se estuvo aplastando las gotas de agua contra la piel del vientre. Arrodillada junto a la cama empezó a besarme; subterránea, la voz insistió—: ¿Que va a suceder algo malo o bueno?

—No sé, no puedo saber. Algo.

—Es raro —murmuró la Queca—. Vos y yo, la misma idea. Mundo loco...

Medí en el reloj la distancia que separaba al minutero de las nueve y evoqué la sensación primera, ya esquiva, nublada, remota del cuerpo de la Queca, pequeño y duro, los redondos brazos y piernas, la curva sobre las caderas. Medí la disminución de mi furia y el aumento de mi necesidad; me asombré al considerar los mil rasgos y nuevos significados con que la intimidad y la costumbre habían casi cubierto a la primera Queca desnuda. Pensé que algo importante iba a suceder, que los dos falsos presentimientos que habíamos formulado eran capaces de provocar al destino.

—¿Cómo te va con «ellos»? —pregunté.

—No me hables. Vienen; cuando no estás vienen. Tenés que entender que no se puede explicar. No son gente, sé que es mentira, que no hay nadie. Pero si los vieras, todos chiquitos, mover las bocas cuando hablan y andar de un lado a otro y traerme conversaciones que yo sé que oí de veras alguna vez pero no puedo acordarme cuándo. Y todas las cosas mezcladas, las de cuando era chica y las de ahora. También se burlan diciendo cosas que yo nunca dije, que sólo pensé decir. Dame la ginebra.

El pelo suelto y húmedo le escondía la cara y la mano con la copa; empecé a sentirme solo, abandonado por todos los motivos, temeroso de que el principio de odio y el fundamental desprecio que me ataban a ella, a su voracidad y a su bajeza, pudieran terminar en cualquier momento, aquella misma noche. Invoqué la paz y la alegría de estar vivo que habían descendido siempre hacia mí desde el techo de la habitación. Calculé los movimientos necesarios para descansar encima de la Queca; mientras la acariciaba la oí murmurar e ir ensayando la temblorosa risa habitual que terminaría en un llanto sin lágrimas. Saltó de la cama; junto a la mesa estuvo negando ferozmente, en silencio.

—¿Sí? —pregunté; supe enseguida que estaba mintiendo.

—Es horrible, horrible...

La vi retorcerse, pequeña, imbécil hasta el tuétano, la cara sostenida con las manos. Llené la copa y empezaba a beber cuando sonó el teléfono; ella dejó caer los brazos y detuvo una pierna en el aire, miró el reloj; las nueve y dos minutos. Con la copa en la mano rocé al paso el calor de su cuerpo y fui a levantar el tubo. Era la misma voz, la misma cara amorfa, la redonda mancha blanca.

—No —dije—. No esta noche. No está para vos. No está —repetí volviéndome para mirar a la Queca que avanzaba boquiabierta—. No va a estar aunque vengas.

Dejé el teléfono y bebí a pequeños sorbos, mirando las carpetitas, los retratos en las paredes, las partes descascaradas y familiares de los muebles, la mancha verdosa en la pared y el techo, aprendida de memoria.

—Un hombre cualquiera —dije—: Tal vez Ernesto. ¿Te acordás de Ernesto?

La cara le empezó a temblar, se fue llenando de arrugas desconocidas mientras acumulaba la furia.

—¿Quién era? —preguntó para ganar tiempo.

—Nadie, cualquiera, no dijo.

—¿Por qué dijiste que yo no estaba?

Alcé los hombros, me llené con el aire hasta sentirme feliz. Pensé distraído que tal vez la deseara por ser más pequeña que Gertrudis, más pequeña que yo; me gustaba suspirar y sonreír, mirarla desde arriba.

—¿Por qué me negaste?

Pero no era esto, todavía, lo que ella buscaba decir; la pierna derecha estaba adelantada, los dedos del pie rozaban el piso. Apoyada en la mesa, un poco inclinado el busto hacia atrás, parecía pronta para dar un salto o gritar.

—Te dije que tenía un presentimiento. Muy curioso, ni bueno ni malo —le expliqué lentamente. El aire se hizo más leve y despreocupado, los objetos sobre la mesa insinuaban el movimiento, un alfiletero sucio se erizó apenas en el brazo de un sillón—. Algo iba a suceder, te dije. Se me ocurrió que Ernesto te iba a llamar a las nueve. Si tiene llave, puede ser que venga. ¿Te parece que va a venir?

—No podía hablar aún; respiraba haciendo un silbido

con la boca entreabierta, me miraba y bajaba la cabeza; cuando alzaba los ojos hacia mí parecía desesperada por oír o recordar algo: los labios sedientos, las cejas asombradas, un suave temblor en la juntura de las mandíbulas. Cada madera, cada pedazo de metal en la habitación vibraba, se encogía y dilataba, iba agregando al aire su pequeño tributo de irresponsabilidad; un viento perezoso, un remolino lento se alzaba desde mis pies descalzos y me ceñía. Excitado, estremecido de alegría, tartamudeé—: Sería bueno que se animara a venir.

Entonces aflojó la cara y el cuerpo, volvió a entrar en el cuarto de baño y vino envuelta en la bata de anchas listas de colores. La vi temblar contra la pared, equivocar los movimientos de los dedos en el cinturón.

—¿Quién sos vos para decir que no estoy? —empezó, y se detuvo enseguida para respirar; no me lo había dicho a mí ni a nadie, sólo trataba de caldearse, perder la conciencia, echarse a un lado para que avanzaran los insultos—: ¡Guacho, grandísimo guacho! —arrancó.

Yo me paseaba de un lado a otro, alternando los flancos que ofrecía a la silueta sin espesor, a las verticales verdes y rosadas adheridas al muro, recibiendo las palabrotas en la espalda cuando me acercaba a la puerta y al balcón, ofreciéndoles el pecho al volver. Comprendía al aire del cuarto como se comprende a un amigo; yo era el amigo pródigo de este aire y regresaba a él después de una ausencia de toda la vida, me empeñaba en celebrar el regreso enumerando todas las veces que, en el pasado, estuve olfateándolo y me negué a respirarlo; la oía ahogarse e interrumpirse, mezclar el rabioso llanto con el jadeo, maldiciones con arrepentimientos definitivos. Infatigable y profética, ayudada por impensadas revelaciones, insultando a Arce, a la vida y a ella misma; analizaba a hombres y mujeres, establecía paralelos sorprendentes, revisaba antiguas opiniones sobre el amor y el sacrificio y —negando y afirmando la utilidad de la experiencia— preconizaba novedosos estilos vitales, desconocía las fronteras entre el bien y el mal, una y otra vez terminaba sus frases con su nihilista «mundo loco». Me detuve junto a la mesa, llené mi copa.

—¡Y que una lo sacrifique todo por un guacho que nació cornudo! Que no pueda tener amigos. Como si él fuera bastante. —Lo decía por Arce; bebí junto al balcón, espiando por un costado de la cortina el cielo ennegrecido, el pedazo rectangular de la noche donde eran distinguibles la distancia, el recuerdo, una esperanza sin ansiedades. A mi espalda ella recurría al llanto para descansar, hacía sonar la humedad de la nariz.

«Y esto no es un final, hay que tenerlo presente; cuando se agote vamos a reconciliarnos. Ernesto no va a venir, nunca creí realmente que viniera.» Vi algunas estrellas y las luces de la calle; un ruido semejante al del viento en la lluvia se detuvo en el balcón. La Queca rompió contra el suelo una copa o un cenicero; la oí reír y caminar hasta la cama.

—Cornudo —dijo, repitió, me obligó a volver la cabeza; sonreía con el porrón de ginebra entre los pechos—. ¡Cornudo! Tan cornudo... Sos un cornudito.

Jadeaba, débil y contenta; dejaba de reír y hablar para beber del porrón. Silbando *La vie est brève*, recordando el rostro piadoso y grotesco que Mami echaba hacia atrás para alcanzar su pasado y descansar en él, empecé a vestirme. La Queca hablaba, reía, hacía restallar los labios al separarlos del porrón.

—Ahora la camisita, cornudo. No te olvides la corbatita, cornudo. Arréglate la solapa, cornudo. ¿No querés saber cuántas veces te hice cornudo? Y ahora me voy a ir a Montevideo. Nunca te hice cornudo en el Uruguay. Lo llamo y nos vamos mañana.

Cuando llegué a la puerta la oí correr y caerse, sollozar como entre sueños.

—Mañana mismo —dijo; tenía una mejilla contra la alfombra, las piernas desnudas, una mano alzada para evitar que el porrón se derramara, lloraba y hacía globos con la baba. El aire de la habitación empezó a soplar desde su cuerpo encogido en el suelo. Me acerqué lentamente, el sombrero en la cabeza, el revólver pesándome en el pantalón; me senté sobre la alfombra para mirarle la cara ruborizada, el temblor regular de la boca.

—Me voy mañana con él. Me voy a morir ahora. Maldito el día. Voy a vomitar... —secreteó refregando los labios contra un brazo.

Le quité el porrón y la fui levantando, la empujé hasta tenderla boca arriba en la cama. Supe que mi odio estaba muerto, que sólo quedaba en el mundo el desprecio, que Arce o yo podíamos matarla, que todo había sido organizado para que yo la matara; examiné mi júbilo, el vigor que casi me hacían sonreír mientras me inclinaba sobre la cara inhumana y susurrante que gesticulaba encima de la sábana. «Puedo matarla, voy a matarla.» Era la misma sensación de paz que había sentido al entrar en el cuerpo de Gertrudis cuando la amaba; la misma plenitud, la misma corriente embravecida que apaciguaba todas las preguntas.

Empapé una esponja en el cuarto de baño y la escurrí sobre la cara de la Queca, en los ojos y la boca, hasta que la tuve despierta, recostada en la pared, bamboleándose. Esperé en silencio, sin dejar de mirarla, acerqué una rodilla para sostenerla; hasta que ella murmuró, hasta que pudo recordar la palabra y volvió a insultarme. Entonces, aumentando gradualmente mi ardor, empecé a golpearle la cara, primero con las manos abiertas, con los puños después, hasta arrancarle un asombroso llanto infantil y dos mezquinos hilos de sangre, teniéndola siempre sujeta con la rodilla para que no se derrumbara.

Al salir desprecié la precaución de bajar en el ascensor y volver trepando sigiloso por la escalera. Bebí un vaso de agua y me tiré sobre mi cama, resuelto a pensar sólo en aquello que podía ser pensado, seguro de que tenía que matarla, sabiendo que no me correspondía decidir cuándo. Gasté la noche examinando las posibilidades de que alguien pudiera identificarme con Arce; me recordé, momento a momento, desde la tarde del día de Santa Rosa en que la Queca vino a vivir pared por medio. Dormí al amanecer, tranquilizado. Al día siguiente fui a visitarla y le llevé un frasco de perfume; le quedaba una herida en los labios, dignidad bastante para postergar la reconciliación, una corta serie de frases que insistían acerca de sus merecimientos, la injusticia y la mezquindad de la vida.

En el fin de semana nos fuimos a Montevideo, ella y su amigo en avión, yo en barco; allá nos encontramos de mañana, cerca del puerto, y me obligó a ponerle la cabeza sobre el pecho para comprobar que usaba el perfume que yo le había regalado. Intimidado por los mozos y los clientes del cafetín, olí el perfume en el vestido y en las sienes de la Queca, impedido de sospechar que, a partir de cierto momento, tendría que recordarlo para siempre. Era un aroma tranquilo que no se relacionaba con ella, que no evocaba ninguna flor.

Segunda parte

I. EL PATRÓN

Elena Sala y el médico almorzaron en una glorieta con el dueño del hotel, un cincuentón grueso, con una luz vanidosa en los ojos, en el brillo de las mejillas y el mentón, rojizos, quemados por el sol.

—Y yo estoy tan preocupada —explicó la mujer— porque sé que estaba desesperado.

El patrón no sabía dónde estaba el fugitivo; no podía referirse a él sin insinuar una sonrisa, sin fruncir el entrecejo, divertido e incapaz de comprender. Desde el pescado en escabeche, desde la primera copa de vino, Díaz Grey descubrió que el dueño del hotel era el viejo Macleod; un Macleod sin la afeitada reciente, despojado del cuello duro y de las ropas caras, limitado y más fuerte, más verdadero tal vez.

Abandonado en su asiento, buscando no participar, no ser tenido en cuenta, Díaz Grey contemplaba los movimientos del hombre —más bruscos—, oía sus palabras —más directas y arriesgadas—, reconocía los pequeños ojos azules y acuosos. El viejo Macleod en mangas de camisa, con el cuello desprendido, el pelo gris, la piel roja, despatarrado bajo la convención poética de los ramos de glicinas.

—Claro que me acuerdo —dijo el dueño; se limpiaba los dientes, apartaba el palillo para contemplarlo, esperanzado, reincidiendo—. No se me despinta más, lo estoy viendo. Tirado en la playa, sentado en la galería, vagando por ahí enfrente. Casi nunca hablaba, yo le decía «el sonámbulo». Y no que haya pasado algo especial; es aquella forma de ser del hombre lo que no se me olvida. Además, la manera de conocerlo, la primera vez que lo vi. Nada raro, no se preocupe, señora, no me esté mirando así. —Era la misma sonrisa de Macleod disculpándose por los sufrimientos humanos, haciendo saber que, a pesar de todo, vale la pena vivir o la vida merece ser vivida, y que existe una diseminada legión de enérgicos macleods que poseen la clave y son capaces de dar ánimos; para eso vinimos a la Tierra—. El hotel estaba casi vacío, aunque los días iban poniéndose lindos; en los fines de semana venía alguna pareja o una banda de amigos, gente de Santa María casi toda. Para qué hablar; pero estos suizos de ahora no son los que hicieron la colonia, créame. Estoy casi seguro de que era un lunes y todos se habían ido cuando me senté a mirar el camino y unos botes que se desafiaban a correr en el río. La lancha había pasado sin atracar, así que ya no tenía esperanza de que llegaran pasajeros. No me importaba porque aquí se vive del verano; pero si vienen en otra estación, le puedo asegurar que no me molestan. —No sonrió, arrastró por ellos, por la distancia reseca, una mirada vacía y candorosa—. Me senté aquella tarde donde estuvo usted toda la mañana —miró a Díaz Grey, sin burla, comunicando que comprendía y que era capaz de superar todo lo que comprendiera—, y aunque tenía sueño y siempre hago una siesta, no podía dormirme. Yo estaba con el presentimiento de que alguien iba a venir, una pareja, un pasajero solo; cualquiera iba a subir de la playa, a llegar por el camino. Y no era por la ganancia, un cliente no me va a hacer más rico. Y fue él, su amigo, el que vino. Claro, ustedes lo conocen; pero a lo mejor no lo vieron nunca como yo aquella tarde. Tendrá poco más de veinte años. ¿Me equivoco?

—Veintidós o veintitrés —susurró Elena; sólo sonreía con los ojos y este mismo brillo era apenas cortés, contributivo, temeroso de interrumpir.

—Eso digo. Poco más de veinte. Yo he recorrido mucho mundo, he visto de todo, no hay persona que no me recuerde a otra, hace tiempo que nada me asusta. Pero nunca vi a un hombre mejor vestido que aquel muchacho. Siempre me da risa un tipo que pierde el tiempo en preocuparse por qué ropa se va a poner, las corbatas y todo eso a la moda; pero no éste. Era, pensé al verlo, como si se hubiera puesto todo aquello para pasearse en Buenos Aires por Florida o irse a una fiesta a encontrarse con una muchacha, y que de golpe, por un milagro, apareciera arriba del camino. Estaba sucio, claro, lleno de polvo; había venido en lancha y caminando desde Santa María, y aunque no había viento basta con los autos o algún caballo. Yo, en la galería. Su amigo venía andando ligero, con las manos en los bolsillos, sin valija, ni paquetes, ni nada, caminando con el cuerpo tan derecho, con la cabeza tan levantada, que estuve seguro de que iba a seguir de largo, no me puedo imaginar adónde; pensé que él estaba loco o yo soñaba.

Acaso el patrón sospechara algo o, simplemente, obedeciera a la vieja desconfianza; porque luego de llenarse la boca con una ciruela se inclinó directamente, con deliberada exclusión, hacia la mujer que había formado con sus labios una sonrisa de enternecida burla y esquivaba los ojos.

—Es como si volviera a verlo —prosiguió—, como si él estuviera aquí en carne y hueso. Caminó sin mirar a los lados hasta llegar a la escalinata, dobló y empezó a subir, tan seguro, tan naturalmente como si viniera todos los días. ¿Me entiende? Como si fuera una costumbre andar paseándose por aquí, fuera de temporada, con un traje de quinientos pesos, camisa de seda y aquellos zapatos de andar en automóvil. Así, como si uno anduviera paseándose por la capital, por la calle Florida, pongo por caso, y se le ocurriera meterse en un café a tomar una copa. Tenía la cara demasiado seria para la edad y después vi que estaba pálido y flaco; no enfermo, sino como si hubiera estado enfermo, ya no, y viniera aquí a reponerse, sin equipaje y con aquellas ropas. Me gustaría que pudiera verlo. Muy serio y cansado, como si estuviera escapando de algo, pensé, pero sin miedo. Pensé una punta de cosas, pero no me moví. Porque lo que se me ocurrió con más fuerza, usted va a reírse, fue que en todo aquello había algo de broma. Así que me quedé quieto, como dormido, pero sin dejar de verlo mientras él subía silbando los escalones y venía a pararse allí al lado, con el sombrero para atrás, las manos en los bolsillos, las piernas separadas.

—Sí —murmuró ella—. Siga. —Se mordía los labios como si recordara y no pudiera soportarlo.

—Bueno, así era. Yo esperaba oírle decir una grosería o querer burlarse, y calculé en qué escalón lo iba a mandar caer de cabeza. No sería el primero, usted sabe, sobre todo en verano, cuando no hay más remedio que dejar que el hotel se llene de toda clase de gente. Pero no, no había broma, lo supe en cuanto le miré los ojos. Se estuvo quieto y esperando, como si creyera que yo estaba de verdad dormido y no quisiera molestarme. Me levanté y hablamos; quería quedarse un tiempo en el hotel, pero no sabía cuánto. Creo que todo dependía de algo que podía suceder o no y que no me explicó bien. No me preguntó el precio y después supe por una de las sirvientas que tenía más de cinco mil pesos en la cartera. Estuvimos hablando y yo cada vez más curioso; sobre todo porque no traía equipaje. Pero después que nos hicimos amigos y tomamos una copa me alegré de no haberle preguntado nada. Todo esto es raro y no sé cómo decirlo. Ustedes lo conocen, claro, y además uno no es igual para todo el mundo. Yo podría decir que al poco de conocerlo pensé que todo lo que él hiciera, la cosa más loca, no me iba a llamar la atención. Hay gente que siempre sabe lo que hace y por qué lo hace y otra que no, aunque se lo crea. Más de una vez me dio por pensar, perdone, que el muchacho estaba loco; pero éste sabía lo que estaba haciendo. Creo yo. Lo sabía todo el tiempo, en las cosas más chicas, y eso que uno se distrae; cuando tomaba una copa de más o cuando se pasaba el día durmiendo o cuando le daba la loca por zambullirse en el río, de madrugada, y quedarse morado de frío. Sabía siempre por qué lo estaba haciendo; conozco a la gente; a mí me bastaba con mirarle los ojos, la manera de caminar, cómo se quedaba en un rincón del comedor oyendo cien veces el mismo disco. Y cuando uno tenía que decirle algo que a él no le iba a gustar, lo adivinaba enseguida y sonreía como pensando en otra cosa cualquiera, algo que yo como hombre también tenía que conocer aunque no pudiera saber cuál era en el momento; y no le decía nada, me callaba la boca y le preguntaba si el servicio era de su gusto, si el lugar le parecía lindo. Cuando me dijo que pensaba irse... —derramó el vasito de grapa en el café y se recostó con un suspiro en las maderas de la glorieta—. Cuatrocientos pesos, más o menos, había gastado en el mes que estuvo.

—¡No! —exclamó Elena—. ¿Pero estuvo un mes aquí?

—Un mes largo.

—Entonces no entiendo. —Se volvió para pedir ayuda a Díaz Grey.

—¿Por qué no? —preguntó el médico.

—Sí, es cierto —dijo ella—. Tiene que ser así.

—Un mes largo —repitió el patrón—. Puedo mostrar el libro.

—No, estaba confundida, no hace falta. ¿Cómo era eso de que todo parecía natural cuando él lo hacía? ¿Y la manera de sonreírse?

—Le acabo de contar —dijo el dueño del hotel, frío, sin agresividad, como ateniéndose, Macleod, a las cláusulas de un contrato.

—Sí, y lo dijo muy bien; es exactamente así —coqueteó ella.

—Voy a servirme otra grapa —anunció Díaz Grey. «Primero estuvo él mismo, el patrón, usurpando mi lugar, sentado en la galería, mirando con esperanza el camino, presintiendo que algo iba a suceder, que alguien concurriría fielmente para cambiar mi destino.»

Un rayo de sol atravesaba el vino de un vaso; Elena había encendido un cigarrillo y fumaba, con las piernas cruzadas, resuelta a no suplicar, expresando con la cara aburrida «Yo estoy sola, ninguno de ustedes está allí, no oigo lo que puedan decir, no supongo qué piensan»; el dueño quiso más café, una chicharra empezó a cantar dibujando, para Díaz Grey, intermitente, la silueta de la vaca inmóvil vista en el amanecer. «Y después —pensó el médico— aparece el otro; también éste me roba; comprendo ahora que era yo quien debía avanzar por el camino con zapatos de baile, a grandes pasos, la cabeza erguida, como si sólo la resolución me empujara el sombrero hacia la nuca. Yo, quieto, perniabierto, mirando desde arriba a este puerco que fingía dormir.»

—Sí, estuvo más de un mes —dijo el patrón—. Y ni siquiera se despidió, me hizo saber que se iba por una de las sirvientas, de un día para otro. Y si me enteré de que estaba en lo de Glaeson no fue porque él me lo dijera. Algo de raro tenía.

—¿Entonces hace una semana que se fue? —preguntó Elena.

—El viernes. Anteayer estaba todavía en lo de Glaeson. Vivirá borracho con el inglés y las hijas, hasta que le vengan las ganas de disparar, otra vez. Porque para mí que andaba disparando de algo, aunque sin miedo.

—Es posible —concedió ella y no pudo contenerse—. ¿No recuerda cómo se llamaba ese disco que él escuchaba cien veces?

—No era eso —dijo el dueño con rapidez—. Le voy a explicar. No quise decir que ponía un disco hasta gastármelo, siempre el mismo disco. No; estuvo oyendo así discos que no conocía, cualquier cosa. No siempre el mismo disco, porque le recordara algo. Andaba por aquí, de un lado para otro, o metido en la pieza todo el día. A veces contento, a veces serio y casi grosero, como si pudiera pasar entre los demás sin verlos. Ése no estaba triste o alegre por algún motivo, sino porque se le daba la gana; aunque yo me dejaba engañar como un estúpido. Pero no tenía nada de desesperado, como usted dice.

Elena se puso de pie y mostró a los dos hombres una sonrisa feliz; miró al dueño del hotel como si tuviera que agradecerle algo y prefiriera hacerlo en silencio.

—El camino para llegar a lo de Glaeson es muy malo —dijo el patrón—. Tendrán que cortar por el monte. Pero ya que quieren ir caminando, en menos de una hora llegan. Después de la siesta les hago enseñar el camino. No tienen cómo perderse.

Díaz Grey salió de la glorieta detrás de ella, casi tocándola, oliéndola, como si estuviera realizando, por fin, la postergada inspección de la primavera y avanzara examinando los júbilos diminutos de los olores de la resina, las flores, el río y el estiércol; olía el mundo, el deseo, su propia vida en el aire que rodeaba la blusa de la mujer, el aroma del cuerpo recién bañado y sudado que se iba mezclando con el perfume desvaído de los cabellos, se perdía y era renovado enseguida, en el próximo paso, en cada oscilación de la marcha. Atravesaron un salón desierto y sombrío, subieron las escaleras, entraron, nariz y aroma, en el dormitorio. Ella se sentó en la cama y fue desprendiéndose la blusa; no quería acostarse ni mirarlo, esperaba que Díaz Grey hiciera algo o se fuera, aguardaba confiada el primer movimiento en falso del hombre, pequeño, débil, enrojecido pero no tostado por la excursión al campo, y que había retrocedido hasta casi tocar con la espalda la mancha oscura de una puerta condenada.

—Será mejor dormir una hora —dijo ella—. Después podemos ir hasta allá. Póngale llave a la puerta y cierre la ventana. No quiero luz.

—Sí, vamos a ir. Oiga, quiero decírselo. No pida explicaciones, usted sabe por qué. Quiero decirle que es una perra inmunda. ¿Se entiende? —Ella se volvió para mirarlo, casi sonriendo, atenta; Díaz Grey sintió que el ridículo le caía encima como derramándose desde el dintel—. La más sucia perra que conocí nunca. La más sucia que puedo imaginar.

Ella volvió a abrocharse la blusa y se tumbó en la cama, las piernas colgando, un taco en el piso.

—Y yo sabiéndolo todo el tiempo —tuvo que insistir él—, desde la primera vez que la vi. Sin posibilidad de engañarme; sin ganas tampoco, entienda.

—Pero usted está loco —murmuró ella, fatigada, con sencillez—. ¿No quiere seguir acompañándome? ¿Es por eso?

—Lo supe desde que la vi, desde que apareció en el consultorio con la primera farsa. Todas las mentiras, tan innecesarias, tan inevitables para una sucia perra. Y aquí estoy, ayudándote a encontrar al desesperado bien vestido, dispuesto a cualquier cosa por tu cuerpo, ni siquiera por eso, por nada, por la necesidad de algo que no deseo realmente, que no puede servirme.

—Te invité a conversar y no quisiste —dijo ella; puso las piernas sobre la cama y encendió un cigarrillo.

Él continuó hablando, lento y sin pasión, incapaz de abandonar el hueco de la puerta ni la zona palpable del ridículo que se iba endureciendo contra su cuerpo y le entorpecía los movimientos de la boca. «Como un soldado en su garita —pensé—, un santo en su hornacina; un San Juan en la sombra de la cisterna.»

II. EL NUEVO PRINCIPIO

La tormenta empezó cuando el tren salía de Constitución: un trueno, un golpe de lluvia enseguida interrumpido, el estrépito sin convicción del viento partiendo ramas, yendo y viniendo, indeciso. Fue más tarde, en la terraza de la casa de Temperley, de espaldas a Gertrudis, que preparaba el café vestida con un camisón que arrastraba un borde de puntillas, cuando llegó la verdadera tormenta y me dejé mojar y empujar por el viento, sintiendo la rapidez con que se disolvía mi principio de borrachera. Respiré el primer olor de la tierra humedecida, oí la risa de Gertrudis en la habitación.

Me metí adentro, casi exhausto, como si regresara de una crisis resuelta en nada, secándome las manos en el pañuelo, con una pequeña hoja muerta pegada a la mejilla.

—Todo lo que puedo traer de la montaña. —Me reí, tirándome en un sillón, alzando los pies embarrados para acomodarlos en la chimenea fría y tiznada—. No sé qué te pasaría si volvieras a Montevideo. Es una lástima que no puedas saberlo. ¿Podría ser esto, nada, peor que nada?

Tener que convencerse de que uno no estaba allí, que absolutamente nada de uno se conservaba en las calles, en los amigos. Leer los diarios y no encontrarse, ni siquiera en la tipografía, en los defectos de compaginación.

—No grites —dijo Gertrudis—. No está muy caliente el café. Te debe pasar eso porque fuiste a buscar. Yo no lo haría nunca. Dijiste que Raquel estaba igual.

—Hubo una Gertrudis antes que ella. Podría pasarme cinco años mirándola, verla finalmente ofrecer café y coquetear por costumbre con un camisón que parece un traje de fiesta. Pero los que están iguales no me sirven, los que cambiaron no me sirven. Es que no tengo nada que ver con ellos, no estoy en ellos.

Gertrudis detuvo las manos encima de la cafetera y se volvió para mirarme, examinándome y desconociéndome; pero su sonrisa estaba destinada a recibir con alegría y aprobación al hombre desconocido, mojado y absurdo que apoyaba los zapatos en la chimenea, que se rozaba con un dedo la hojita de rosal pegada a la mejilla, temeroso de desprenderla.

—No sé —dijo—. Algo te pasa; estás distinto; algo sucedió en Montevideo.

—Nada —murmuré—. Si realmente hubiera sucedido algo no estaría aquí. Todos están iguales, y sin embargo... No es que hayan cambiado; sólo que se pudrieron un poquito más, cinco años más. Y que yo me pudrí desconectado, con distinto estilo.

—Parece que fuera forzoso pudrirse.

—Parece —dije; bebí de un trago el café tibio. Sentí que resucitaba mi excitación, impetuosa, sin propósito, como un chorro de agua que escapara de un caño roto.

—No hubieras ido —dijo Gertrudis—. Mamá está mejor. —Le miré el alto cuerpo doblado en el asiento, pesado y ágil, los codos sobre los muslos, dejando caer sobre la taza una mirada tranquila, un poco triste, un poco infantil, que removía y arrastraba, sin embargo, una liviana burla al tocar las mejillas; la miré preguntándome qué estaba ocurriendo, no en ella ni en mí, sino en la habitación, en la distancia que nos separaba—. El médico está contento. No quiere, ella, hablar de nosotros; agotó el tema al principio, no sé qué pensaría si supiera que viniste a visitarme a esta hora. ¡Todo es tan absurdo! Trabajo todo el día, trata de no molestarme. Los domingos son para ella. Sabe que soy feliz y no te odia. Pero no puede aceptar que lo comprende, porque está vieja; no va a renunciar a la parte suya que se obstina en decir que tales cosas no se hacen, no deben hacerse, no son decentes.

No me miraba; había dejado la taza, pero continuaba con los ojos bajos; la burla que arrastraba la mirada se convertía en una sonrisa para cualquier recuerdo. Habláramos o no, estábamos colocados como delgadas figuras, como recortes en papel contra el fondo profundo de la lluvia, el ruido imperioso del viento en los árboles. «Como la fui a buscar en Raquel puedo librarme de Raquel en ella.»

—Que todo está bien, en resumen —empecé.

—Todo está bien, hoy está bien. No me querías.

—No —dije; acerqué el cuerpo al rumor del agua, creí que iba a comprender los cinco años vividos con Gertrudis, el muerto Brausen, la historia iniciada en la casa de Pocitos cuando ella cerró la puerta y se desprendió la bata. Ahora que me encontraba libre del pasado, ajeno a todas las circunstancias que había transitado Brausen, mi vida con Gertrudis se apartaba del misterio y del destino. Desde la primera noche hasta esta en que estábamos hablando o callando, sin convicción, junto al estrépito de la tormenta, ella me había elegido, me había tomado. Y había continuado eligiendo y tomando durante años en cada una de las cosas que forman los días, en cada uno de los dos mil días que vivimos juntos, en cada una de las noches en que ella desnudaba su enorme cuerpo o me obligaba a desnudarla, sin necesidad de palabras, sin mirarme, tal vez con sólo pensar en el apareamiento, con sólo verse la cara en el espejo del cuarto de baño antes de avanzar en el dormitorio. Aunque no se lo hubiera propuesto, aunque no lo deseara, aunque hubiera preferido la energía de otro hombre, un distinto código de llamadas y respuestas. Acaso no hubiera tomado y elegido ella sino el gran cuerpo blanco, los huesos y los músculos, desde los talones sangrientos hasta el cuello firme y ancho; los grandes huesos de la cadera y la redondez de los brazos, los procesos revelados sin disimulo por la piel tirante, la sensación de los kilos que transportaban las piernas.

—Puedo hacer más café —dijo ella bostezando—. ¿En qué pensabas? También hay por ahí una botella de algo. Si sigue la lluvia, puedes quedarte a dormir en el diván. Todo está bien y nada me importa. —Me miró sonriendo; un poco de sueño le resbalaba desde los ojos a los labios, derecha en su asiento y en paz.

«Yo podría contarle cómo seduje a Raquel sin tocarla, cómo me bastó saber que era cierto, y explicarle cuánto había de miedo y de fuerza en el impulso que me obligó a escapar. Podría describirle el cuerpo flaco de su hermana junto al mostrador del café y el gesto sin alegría con que me mostraba los dientes antes de vomitar; tal vez Gertrudis reconociera y llegara a comprender. El gran cuerpo bajo el camisón, consciente de la facilidad, el vigor y el equilibrio de los movimientos. No lo va a hacer, no va a pedirme que la bese y a desprenderse la bata, y si lo hiciera, nada me importaría la presumible frustración de mi mano derecha. Como no le debe importar al otro, o a los otros, quién sabe, tal es mi humildad. Pero no lo va a hacer; y porque lo hizo otra noche, no tan remota, extraña a mí pero en ningún detalle olvidada, porque lo hizo entonces y continuó haciéndolo, es verdad que yo no la quise, definitivamente, nunca.»

—Me alegra que todo esté bien, que lo digas —continué—. Para mí todo estuvo mal; pero recién ahora, cuando nada tengo que ver contigo, con nadie, tampoco conmigo. El hombre llamado Juanicho te quiso, fue feliz y sufrió. Pero está muerto. En cuanto al hombre llamado Brausen podemos afirmar que su vida está perdida; lo digo así, como si diera mi nombre a la policía o declarara el equipaje en la aduana.

—¿A tu edad? —preguntó ella; pensé que no podía comprender, recordé que ya no me quería.

—No es eso; puede ser un fracaso pero no es decadencia. Ahora sí tomaría de esa botella de algo.

—Tal vez fuera eso, Juanicho. Tal vez no se tratara del pecho que me sacaron ni de tu desamor ni del fin inevitable de todas las cosas.

—No se trata de hombre concluido —dije—. No se trata de decadencia. Es otra cosa, es que la gente cree que está condenada a una vida, hasta la muerte. Y sólo está condenada a un alma, a una manera de ser. Se puede vivir muchas veces, muchas vidas más o menos largas. Tú debes estarlo sabiendo. Tomaría un trago de ese algo. Pero si te molesto, me voy.

Ahora el viento —mientras Gertrudis hundía más allá de la cortina que nos separaba del comedor el largo cuerpo blanco, alejando en la sombra los puntos de referencia que yo necesitaba para reconstruir su desnudez— se alzaba en una temblorosa simulación del furor, y la lluvia parecía obligada a no tocar los jardines ni las calles, a detenerse y curvarse en su caída para golpear ventanas, hojas y cortezas de árbol, los mortecinos faroles que la mostraban. Ahora el viento —mientras Gertrudis extraía el camisón de la habitación oscura y se acercaba balanceándose, tarareando una canción irreconocible, la botella contra el pecho, una soñolienta sonrisa para anunciar y burlarse de la comedia que estaba representando: la docilidad, la paciencia, con la tolerancia que no aspira a comprender—, ahora el viento se estiraba horizontal, hacia todas direcciones, como las ramas de los pinos que sacudía y cantaban.

—Un trago, entonces —ofreció Gertrudis.

Alcé los ojos para mirar la cara sonriente de donde resbalaban, casi impersonales, la simpatía y la protección. Volví a ver los pies desnudos, las venas que trepaban hacia los tobillos, las uñas que perdían su pintura. Pensé que ella había estado descalza desde el principio, desde que bajó a recibirme sobre las losas de la entrada, pisando las hojas arrancadas y la lluvia. Puso un almohadón en el suelo y se sentó frente a la chimenea, abrazándose las piernas; apoyaba en las rodillas la bondad de la sonrisa. Susurró:

—Entonces acabas de morirte de una vida. ¿No es así? ¿Y qué vas a hacer con la otra, la que empieza?

—Nada —dije; no me interesaba hablarle, tenía el escrúpulo de hacerlo antes de levantarme para besarla—. Voy a vivir, simplemente. Otro fracaso, porque puede presumirse que hay una cosa para hacer, que cada uno puede cumplirse en determinada tarea. Entonces la muerte no importa, no tanto, no como definitiva aniquilación, porque el hombre con fe supone haber descubierto el sentido de la vida, haberlo obedecido. Pero para esta pequeña vida que empieza o para todas las anteriores si tuviera que empezar de nuevo, no conozco nada que me sirva, no veo posibilidades de fe. Puedo, sí, entrar en muchos juegos, casi convencerme, jugar para los demás la farsa de Brausen con fe. Cualquier pasión o fe sirven a la felicidad en la medida en que son capaces de distraernos, en la medida de la inconsciencia que puedan darnos.

—Pero estamos vivos —susurró ella—. Nombraste la felicidad.

—¿Es, de veras, tan importante?

Entonces ella endureció los brazos y empezó a hamacarse apoyada en las nalgas mientras se reía en silencio, tierna y desafiante:

—En el tono con que se pregunta una dirección, una calle, a quien está obligada a conocerla. No sé dónde está la calle, no me importa, no quiero decírtelo.

El viento avanzaba, húmedo, movía los bordes del peinado de Gertrudis; la lluvia redoblaba sobre un oscuro paisaje de grietas, musgo, terrones ahítos. Con el complicado camisón, estaba ella sentada sobre alguna de las envejecidas semanas que siguieron a la primera noche en

Pocitos; más joven que Raquel, tan dueña, como entonces, de su entusiasmo y su dicha; tan segura de la domesticidad del futuro como de la del austero Brausen que podía aprisionar con las piernas. «No podemos volver al comienzo, y toda curiosidad quedaría saciada en dos noches. Pero yo podría modificar el principio. Su gran cuerpo blanco está siempre pesando sobre una iniciación; ese don femenino de la permanencia, esa falta de individualidad, ese parentesco con la tierra, eternamente tendida de espaldas y nueva, debajo de nuestro sudor, nuestro paso, nuestra breve presencia. Podría modificar el principio forzándolo a suceder, esta vez, de manera distinta; nada más que para sustituir el recuerdo del primer comienzo con el de esta noche y confiar en que el nuevo comienzo será bastante para alterar el recuerdo de los cinco años. Sólo para que me sea posible, más cerca de la muerte, evocar una intimidad profunda, adecuada a lo mejor de nosotros, sin tentaciones de revancha.»

—Voy a apagar la luz, voy a besarte —le dije; la cara no se alteró; sonreía adormecida, mostraba sin disimulo el sueño. Me levanté rodeado por el ruido del viento y el viento mismo; sentí la frescura de la lluvia en la nuca. Apagué la luz y esperé hasta distinguir la forma de Gertrudis acurrucada, balanceándose.

—No te muevas —dijo, y nada podía saberse por la voz—. Todo está bien. Pero no te deseo. —Me arrodillé para besarla; ella hizo asomar entre los labios, rígida, la punta de la lengua—. No te deseo —repitió separándose.

Cubierto y excitado por las móviles capas del aire húmedo, traté de coincidir con el rumor lejano del viento, solitario y lúcido encima del gran cuerpo que se prestaba sin entrega, inmóvil. Volví a pensar en su muerte cuando tuve que reconocer el fracaso, cuando estuve de espaldas, junto a ella, sabiéndome olvidado. Escuché, sentí en los ojos y en las mejillas el renovado furor de la tormenta, el rencoroso ruido del agua, el viento ululante que llenaba el cielo y golpeaba contra la tierra; la fuerza del mal tiempo, capaz de atravesar el alba, de invadir la mañana, barriéndome e ignorándome como si mi muerta exaltación no pesara más que la diminuta hoja que yo había acariciado y mantenido pegada a mi mejilla; tan indiferente y ajena como la mujer que descansaba, en quietud y silencio, arqueada sobre el almohadón.

III. LA NEGATIVA

—Ésta es la hora del miedo y del pequeño «Señor, ¿por qué me has abandonado?» —había dicho Stein mientras comíamos.

—Así es —asintió Mami, equivocándose; con la sonrisa hacia la puerta de entrada se distrajo, casi adormecida.

—Y si nos detenemos un poco —prosiguió Stein—, si tu salvación puede esperar, diría que muy probablemente el otro se restregó las manos y murmuró entre las barbas: «Mis designios son insondables, hijo mío». —Se echó a reír mientras palmeaba el hombro de Mami—. ¿No es genial? Hoy me siento judío. Cuando me robes la frase no olvides el hijo mío final. Es indispensable, concentra la intención y la ofrece, como yo esta punta de espárrago. No tan bueno como el anterior, pero notable. Si pudiera ser otro y llenarme de pasmo al escuchar... En todo caso, hay una cosa que hacer, algo concreto. No sé qué te pasa, no fuerzo las confidencias, ya vendrás al buen Porfirio sin Sonia que te empuje. Ya vendrás al buen Porfirio sin Sonia que empuje... —recitó escuchándose—. Tal vez sobre una sílaba, no importa. Estabas joven y nervioso; pensé que tenías excelentes noticias o el dinero de Macleod multiplicado por cien. Volví a verte y estabas cambiado; se te veía el principio de esa forma de calvicie que origina el remordimiento. Sospeché que eras tan idiota como para preocuparte de tu empleo, te propuse instalar la Steinsen Limitada, dijiste que no. Te pregunté si era por Gertrudis, dijiste que no. Pero, sea lo que sea, hay algo que tengo reservado para mí mismo desde hace años. La verdadera vía de salvación y el crimen perfecto. Pero Mami y sus encantos me impiden desesperar, el tiempo pasa y mi fórmula no se emplea. Es así: el penitente alquila una pieza en un hotel, envía a alguien a comprar ropa. Toda la ropa, incluyendo zapatos, sombrero, pañuelos. Nada se salva cuando sudamos desgracia. Hay que hacer una fogata con la ropa vieja, es necesario destruirla; no por amor al prójimo, sino porque es seguro que el traje arrastrará a su nuevo dueño y nos perseguirá. Conozco ejemplos categóricos e impresionantes, sé de ropas perseguidoras que atravesaron continentes para devolver su veneno. Basta con un roce. Destruida la ropa vieja, en nuestro poder el flamante ambo y accesorios, es necesario, con perdón de vuestros oídos y de la ocasión, darse un baño muy caliente y beberse un vaso de sal inglesa. Aunque pueden admitirse variantes, de acuerdo con las particulares idiosincrasias. El penitente duerme, despierta con una sonrisa, se engalana y se echa a vivir, tan nuevo como un recién nacido, tan ajeno a su pasado como al montón de cenizas que deja tras de sí. Puedo empeñar mi palabra.

Pero yo no quería fregarme ni quitarme manchas ni ocultar lo sucio con una lechada. No quería disimularme, buscaba mantenerme despierto y tenso, nutrir a Arce con mi voluntad y con el dinero, repartido en muchos billetes, que había escondido en una cajita de acero, en el sótano de un banco, junto con el revólver, tornillos y muelles, pedacitos de vidrio. Fui sabiendo que estaba resuelto a sostener a Arce, como si, muerto, mi descomposición alimentara una planta; lo sostenía con los cien billetes verdes, con la frecuentación de la Queca y las noches y los amaneceres en que me aplastaba contra la pared de mi cuarto para escucharla enredarse con hombres o mujeres, mentir también a éstos, dialogar velozmente y agitarse, borracha, sollozante, cuando «ellos» invadían su soledad; sostenía a Arce por medio de Díaz Grey y la mujer que exploraban el territorio que yo había construido y poblado. El dinero, la Queca, Santa María y sus habitantes. Pero yo sabía, sin temores por la comida y el techo futuros, que la fuente indispensable a la vida de Arce era el dinero escondido en el banco, los billetes que yo debía conservar y gastar a tientas hasta que llegara el momento inevitable, y que no podía ser diferido ni apresurado, en que Arce retrocedería para examinar a la Queca inmóvil.

Éramos yo, mi desprecio y mi abnegación los que descendíamos las escaleras del banco en las mañanas calurosas, cuando necesitaba dinero o necesitaba solamente verlo, tocarlo con la punta de los dedos. Íbamos entrando en la frescura del corredor subterráneo; un hombre con una pistolera en la cintura se acercaba para atenderme, me guiaba entre rejas y espesas paredes, entre un aire de pereza, una domesticada expectación; otro hombre se aburría en un banco, el sombrero negro ladeado en la cabeza. Entraba en la habitación, me encerraba con la caja sobre una mesa, hacía funcionar la llavecita. Me inclinaba sobre los billetes, sin avaricia, como sobre un espejo que habría de reflejar mi cara, alguna vez, impensadamente. Pero no confiaba sólo en mis ojos; los cerraba antes de bajar la tapa y movía los dedos entre los papeles y los objetos acumulados, trataba de reconocer el billete de Ernesto: «Te voy a telefonear o venir a las nueve». Creía que los bordes del billete estaban encargados de avisarme con anticipación la llegada del momento de Arce; lo atrapaba y lo sostenía entre las yemas, pensaba: «Mundo loco, mundo loco...», recordaba la cara de la Queca sonriendo, hablando, gozando, mintiendo. Mis dedos no recibían el aviso. Lograba ver la cara de la Queca con una realidad tan asombrosa, con expresiones tan intensamente personales y nunca descubiertas, que a veces volvía al banco, a encerrarme con la caja, para verla gesticular, sorprender miradas que no se me habían mostrado, creer que durante un minuto lograba conocerla, hacerla mía, sin pasión, como un alimento.

Entonces algo amenazó destruirlo todo. Llamaba a su puerta y la tenía, respiraba el aire de la habitación, me era posible ver y tocar los objetos, uno a uno, sentirlos vivos, fuertes, aptos para construir el clima irresponsable en que yo podía ser transformado en Arce. Pero, de alguna manera, el viejo orden había sido alterado; algo faltaba o se interponía, estaba muerto. «Está todo, imbécil, todo», pensaba avanzando con una sonrisa de burla, procurando excitar la furia de la Queca y su pasado.

Estaba ella, con humor variable, contenta de verme, o taciturna y rabiosa. Me movía, examinaba los muebles, los libros, los cacharros, como un técnico que buscara la pieza que falla en una maquinaria, confiando alternativamente en la deducción y en la casualidad; sabiendo que ella estaba inmovilizada en cualquier punto de la habitación y mantenía hacia mí, hasta que yo la mirara, un gesto cansado e irónico, unos ojos empequeñecidos que simulaban el misterio y que fingían juzgarme. Y no sólo a mí, que entraba cordial y grosero, agitando las llaves, musitando sin fe: «Mundo loco, mundo loco», sino a mi destino, a la humanidad, a las diferencias entre ella y los demás. Esperaba hasta encontrar mis ojos; entonces me volvía la espalda y se echaba en la cama o desempolvaba los muebles, los libros que no leería nunca.

Yo avanzaba buscando la armonía perdida, evocaba el antiguo ordenamiento, la atmósfera de eterno presente donde era posible abandonarse, olvidar las viejas leyes, no envejecer; avanzaba compensando la falsa inteligencia del gesto de la Queca con la mentira de mi implacable cordialidad; avanzaba junto a los muros, ofrecía sobornos al desconocido elemento que se negaba a actuar. Como un vencedor en tierra conquistada, sufría, sin poder engañarme, la oposición inubicable, resuelta, silenciosa, de sus habitantes. «Cuando mis dedos en la caja del banco sepan que llegó el momento, la habitación será la misma de antes, el mecanismo rebelde volverá a encajar; pero será una sola vez, un día o una noche, no durará más de veinticuatro horas.»

La saludaba y me ponía a besarla con una distraída lujuria; a veces la cara y la voz de la Queca reproducían con exactitud la entrega urgida y jubilosa de las primeras semanas. Sospeché que lo que había muerto en la habitación estaba dentro de ella y podía ser resucitado; o que sólo obedecía a su voluntad. De modo que no mentía del todo al reclinarme en la cama para escuchar con ojos interesados el torrente de pequeñas personas, pequeños sucesos, cinismos cotidianos que la voz ansiosa de la Queca me derramaba entre caricias, alguna carcajada prevista y trunca; no mentía, porque mis ojos estaban dilatados por la esperanza, porque me empeñaba en creer próximo el regreso al añorado mundo perdido.

Recordé que había descubierto, casi palpado, el aire de milagro de la habitación, por primera vez, una noche en que la Queca no estaba; que el tiempo particular de la vida breve me había llegado desde un desorden de copas, frutas y ropas. «No es ella, no lo hace ella —me convencía—; son los objetos. Y yo los voy a acariciar con tanta intensidad de amor, que no podrán negarse, uno por uno, tan seguro y confiado que tendrán que quererme.» Iniciaba mis tentativas de seducción repasando en silencio los nombres de las cosas; resolví que estaban divididas en dos categorías: las decisivas y las que nada podían en favor o en contra de la existencia de Arce. Lo más difícil era acertar con el estado de ánimo en que debían ser pensados los objetos y sus nombres; huir de la humildad y del excesivo imperio. «Cuadro, mesa, esta distancia, estante, lomos de libros, carpeta, sillón, cama, vaso usado, vaso con flores, vaso, estatuilla, felpudo, lámpara, flor barata marchita, zapatilla al revés.» Me detenía un segundo para cada cosa, tomaba conciencia de lo nombrado, le transmitía mi amor, mi voluntad de sacrificio. Y después de haber mostrado los objetos salía de la cama para tocarlos, darles ubicaciones más cómodas y prominentes, murmurarles un destino de fetiches.

Pero terminaba por comprender que nada había sido logrado, que mi memoria o mis manos no lograban dar con la cosa clave. Todo estaba allí, pronto para llenar la habitación con el olvido, con la paz, la alegría incomparable de mis primeras visitas. Pero algo obedecía a un misterioso agravio y se negaba.

Allí estaba yo, temeroso y en desconsuelo, recorriendo el cuarto con ojos lentos y cuidadosos, como si examinara a una amante que inexplicablemente hubiera dejado de desearme, como si la explicación debiera encontrarse en ella. Y entonces regresaba a mi primera teoría, aceptaba que la falla estaba en la Queca y que era deliberada; la obligaba a emborracharse y a ofenderme, la golpeaba por sorpresa, siempre después de una frase amistosa o de una caricia, cada vez con más gozo, repitiendo con paciencia de aprendiz ángulos y velocidades, sofocando vigorosamente la tentación de la obra maestra, resistiéndome a la promesa de contento definitivo e invariable que me anticipaba la idea de matarla y verla muerta.

IV. ENCUENTRO CON LA VIOLINISTA

La puerta, bajo la llamarada colgante de las fucsias, la abrió una niña; tenía un rostro habituado al espanto, trenzas rígidas, una corbata azul. Era pequeña, y Díaz Grey pensó después que ésta era enana de la otra, la copia en escala menor de la violinista, la muchacha que encontraron tocando junto al enorme piano de la sala cuando la ahora para siempre enana los hizo pasar sorbiéndose como lágrimas, una para cada ojo, la desconfianza y la aprensión.

La enana anunció que el señor Glaeson dormía, y trató de sonreír. «Pero no», dijo la muchacha de tamaño natural; sujetaba a los lados del cuerpo el violín y el arco y se inclinaba para hacer el tímido saludo que corresponde a los aplausos corteses anteriores al concierto. Un leve saludo impuesto por las buenas maneras y que eventualmente, si las dotes de la joven concertista no alcanzaran la altura señalada de antemano por esperanzas y antecedentes, podía ser echado al olvido sin dificultad, por ambas partes.

—Pero no —repitió como un tema que resurgiera en oportunidades adecuadas—. Está durmiendo la siesta, pero es el momento de despertarse. Si ustedes quieren esperar un poco... Todas las tardes estudio a esta hora, y él no se despierta, no me oye. Pero se acerca la hora, si no es ya. Papá está acostumbrado. Hay que ver si está despierto y anunciarle que tiene visitas... ¿No van a sentarse?... Donde estén cómodos. —Sonrió apartando un poco del cuerpo el arco y el violín.

La definitiva enana calcó la sonrisa de la muchacha; dirigió una mirada de avidez —no a ellos, a ninguno de los tres, no a la sala que iba siendo conquistada por la magnitud del piano, sino a la situación de dramáticas posibilidades que tenía que abandonar— y salió sin ruido.

Sola pero fortalecida, la muchacha volvió a inclinarse, los tacones juntos.

—Señora, señor... —dijo—. ¿No les molesta oírme?

Elena y Díaz Grey contestaron que no, se robaron mutuamente las frases, sacudieron las cabezas para aventar sospechas. Ella volvió a enfrentar la música abierta en el atril, se afirmó sobre las piernas, sobre los delgados tobillos, y con el violín ya acomodado bajo el mentón y el arco inmóvil, detenido a mitad de camino, aguardó paciente que Díaz Grey imaginara la introducción confusa, falsamente desinteresada que correspondía al piano. (Alguien pisa, extranjero, las hojas caídas en el bosque; damos sepultura, sin pompa, a la última rosa de este verano lluvioso.) El violín alzó antes de tiempo una furiosa súplica, se detuvo enseguida, arrepentido, se resignó a esperar. Díaz Grey pensó las remendadas palabras del piano mientras ella aguardaba, casi de espaldas ahora, sin impaciencia, abultadas las grandes nalgas, única riqueza de su cuerpo. Contestó al reticente discurso del piano diciendo, tratando de decir lo que no puede expresarse; comprendió su nuevo error y se dispuso a mentir sin otra ambición que una aproximada, alcanzable exactitud. Lo dijo como pudo y soportó sin irritarse el rezongo escéptico del piano, la música que Díaz Grey imaginaba con los ojos fijos en las caderas de la muchacha, trasladando a ellas el deseo engendrado por Elena Sala —irónica a su lado, apenas curiosa en la modorra de la siesta, esperando la aparición del fugitivo desesperado o la negativa de míster Glaeson; fingiendo oír mordisqueaba la cuenta más gruesa de su collar.

La muchacha hizo sonar en el violín una interminable frase nostálgica que trataba de imponer, sin violencias, el prestigio de un recuerdo; y enseguida, sin esperar reacción ni respuesta, aulló dos notas de alegría, aguardó al piano, volvió a gritar, cedió paso al silencio del piano, y de pronto, desentendiéndose, mezcló su voz a la de las teclas, transigió lo indispensable para ser escuchada y fue diciendo —junto con las pequeñas claudicaciones, astucias, preguntas amables, opiniones sobre la temperatura, buenos deseos para los enfermos— lo que estaba resuelta y condenada a decir. Luego creyó o se avino a creer que era posible llegar al entendimiento por medio de un ritmo de charla de viejos junto al fuego. Díaz Grey le miraba las caderas, tan anchas que podían dejar salir hijos con sólo golpearlas; aprovechaba las pausas para contemplar el perfil asexuado, la nariz recta, los ojos enceguecidos bajo el casco de pelo rubio y rizado; la sensualidad, escasa y trágica, le rezumaba por el ángulo de la boca.

Ella dejaba hablar al piano con la esperanza de coincidir, de poder expresarse remedando las notas confiadas a la imaginación del hombrecito desconocido, con grandes anteojos, pelo escaso, sentado junto a la antipática mujer. Pero el piano, el desconocido —con los ojos fijos en sus nalgas vicarias— no podrían entender nunca. De modo que la muchacha terminó por apoyarse en las tripas del violín y se lanzó hacia adelante —siempre compensada la actitud del vuelo por las sobresalientes caderas que la obsesión y el enfriado sufrimiento de Díaz Grey dotaban de confesiones y reticencias—, embistió con el mentón apoyado en el violín, se elevó sin esfuerzo para recitar su pasión, resuelta e impúdica. Y mientras volaba lenta en la gran sala de música llegó a desdeñar hasta el ser oída y comprendida por ella misma, ella, que había sabido de memoria la pasión que proclamaba, que la ignoraba ahora, que iba y venía, decía y sonaba.

Díaz Grey pensó las tartamudeadas notas que correspondían al embarazo y la derrota del piano; tenía los ojos húmedos —«Puedo ver en sueños, por lo menos, el rostro de lo que no sé», repetía ella— por la seguridad y el júbilo contenidos en lo que estaba oyendo, por la confianza, la energía de calidad póstuma encerradas en la frase, las siluetas y manchas de afligidos y flores sobre su tumba que la frase insinuaba.

La muchacha dejó de volar con dos gritos breves y se plantó nuevamente frente a ellos, las piernas juntas, inclinada, escamoteando las nalgas.

—Gracias —dijo con naturalidad—. La otra parte es más suave —y quería decir «resignada»—. Mucho más linda, tal vez —quería decir «melancólica»—. Ya viene papá. Tendrán que perdonarme esta forma de atenderlos.

Míster Glaeson, con un saco de tela delgada sobre la camiseta, los observó achicando los ojos celestes, único brillo en su cara, única cosa que parecía haberse lavado para borrar los sueños de la siesta y el mal humor del despertar. Anunció que el fugitivo desesperado se había ido a La Sierra, un día antes. Iba en busca de un obispo, tenía una carta para él; o el obispo era pariente suyo: no podía precisar.

Mientras sus hijas cuchicheaban en inglés en la sombra que rodeaba al piano, él contempló la habitación con vigilante tristeza, como si apreciara los daños causados al aire por la música del violín, las huellas de las notas equivocadas; miraba los estores corridos, imaginaba los accidentes del paisaje seco y ardiente, su significado.

—Debían haber tomado algo fresco —comentó sin volver ya a mirarlos, acariciándose los pelos grises que descubría sobre el pecho la camiseta, haciéndoles saber que el momento de las bebidas frescas había pasado para siempre—. Un obispo de La Sierra, señora. No sé cuál.

V. PRIMERA PARTE DE LA ESPERA

Era el tiempo de la espera, la infecundidad y el desconcierto; todo estaba confundido, todo tenía el mismo valor, idénticas proporciones, un significado equivalente, porque todo estaba desprovisto de importancia y sucedía fuera del tiempo y de la vida, ya sin un Brausen que aquilatara, todavía sin un Arce que impusiera el orden y el sentido.

La habitación decía que no y yo golpeaba a la Queca, más desinteresado cada vez, más amortiguado el arrepentimiento, con menos odio y desprecio, menor necesidad de que estuviera borracha.

La ciudad había llegado al centro del verano y todos creímos que estaba situada para siempre en mitad del calor inmóvil, echada y jadeante desde un amanecer rojo hasta las noches retintas y exhaustas donde cada uno de nosotros se esforzaba por conservar el último aliento para recibir el impreciso suceso, la realización y el principio que estaban prometiendo las hojas mineralizadas de los árboles, los grandes espacios de las avenidas y las plazas, el furtivo, irritante descenso del sudor sobre la piel.

Yo, el puente entre Brausen y Arce, necesitaba estar solo, comprendía que el aislamiento me era imprescindible para volver a nacer, que únicamente a solas, sin voluntad ni impaciencia, podría llegar a ser y a reconocerme. Tirado en mi cama y oyendo vivir a la Queca pared por medio, o junto a ella, horizontal e impasible bajo los monólogos que abría e iba paseando por la habitación, mantuve mi espera —pensé que había esperado toda la vida sin saberlo y que si hubiera tenido conciencia de esta espera la habría acortado, tal vez en años—, conservé también el abandono, la sensación, un poco femenina y vergonzosa, de que alguien proveía por mí. Me despreocupé de los objetos y empecé a sospechar que eran «ellos» los que mutilaban, para dañarme, el aire del departamento.

—Pero ¿cómo son? —insistía en los momentos de amistad—. Si tuvieras que dibujarlos, si los hubieras visto en el cine...

—Son; nunca los vi —decía ella; sólo hablando de «ellos» se mostró inteligente durante todos los meses que estuvimos juntos—. Son, y yo siento que están; te puedo decir que los veo y los oigo, pero es mentira. No como te veo a vos o a otra persona. Una vez me preguntaste si hablaban muy ligero y me dejaste pensando, como si hubieras adivinado o vos también los conocieras, porque eso es lo que me pone más loca. Hablan y hablan y a veces con una velocidad imposible y, sin embargo, les entiendo todo; y a veces tan poco a poco que es como si se hubieran quedado quietos, como si tan despacio no se pudieran decir cosas. Pero siempre los oigo, sé lo que inventan para molestarme. Empieza uno desde un rincón y ya están todos moviéndose por todos lados, llamándome y no haciéndome caso. Tan despacito al principio, que me pongo a escuchar y a verlos con todo cuidado; y en cuanto se dan cuenta que ya sé de qué se trata, empiezan a toda rapidez para que yo me vuelva loca y corra de un lado a otro para no perderme nada.

—¿Son gente que conociste, recuerdos, parecidos?

—No son; ¿no podés entenderme? Yo sé que nadie puede entenderme. —Era incapaz de mentir si hablaba de «ellos», sólo entonces creía que la verdad era más importante que las míseras fantasías con que iba disfrazando cada cosa que me contaba—. No sé. ¿Qué ganás si te digo que la otra noche esto estaba lleno, hasta el techo, y todo era porque me estuve acordando de una porquería que le hice de chica a mamá y además porque tenía miedo de morirme en el sueño? Pero casi nunca sé qué son; como si yo hubiera vivido dos vidas y sólo me pudiera acordar así, ¿entendés?

Tal vez fueran «ellos» los que me separaban de Arce, los que me negaban la totalidad del aire irresponsable, de la atmósfera de la vida breve. Tumbado en una u otra cama, puesto por la inercia fuera del verano, de la calle y del mundo, yo aguardaba, me distraía a veces en curiosear nombres, caras y recuerdos, en pensar en Gertrudis, Raquel, Stein, mi hermano, calles y horas montevideanas, como si evocara un pasado ajeno, fantasmas condenados a perseguir a otro. Algunos anticipos de Arce y de la verdad iban cayendo sobre mi pereza: supe que no es el resto, sino todo, lo que se da por añadidura; que lo que lograra obtener por mi esfuerzo nacería muerto y hediendo; que una forma cualquiera de Dios es indispensable a los hombres de buena voluntad, que basta ser despiadadamente leal con uno mismo para que la vida vaya encajando, en momento oportuno, los hechos oportunos.

Libre de la ansiedad, renunciando a toda búsqueda, abandonado a mí mismo y al azar, iba preservando de un indefinido envilecimiento al Brausen de toda la vida, lo dejaba concluir para salvarlo, me disolvía para permitir el nacimiento de Arce. Sudando en ambas camas, me despedía del hombre prudente, responsable, empeñado en construirse un rostro por medio de las limitaciones que le arrimaban los demás, los que lo habían precedido, los que aún no estaban, él mismo. Me despedía del Brausen que recibió en una solitaria casa de Pocitos, Montevideo, junto con la visión y la dádiva del cuerpo desnudo de Gertrudis, el mandato absurdo de hacerse cargo de su dicha.

Tenía que pensar también en la Queca, porque los infinitos monólogos en que alineaba, sin renovarse, insultos y reproches, se habían hecho ahora habituales, rellenaban casi todo el tiempo en que estábamos juntos y casi me era imposible —aun en el subterráneo del banco— imaginármela silenciosa. Regresaba a ella por medio de las frases aisladas y sucias que me era forzoso oírle, el nuevo tono ofensivo que había ahora en su risa; la miraba, comprobaba su existencia, quedaba seguro de que podría matarla, de que, en aquel juego de dos en que estábamos para siempre metidos, ella comenzaba a presentir que iba a matarla, hacía sonar su estrépito de inmundicias para provocar el momento. Yo estaba seguro también de haberlo pensado antes, seguro de que un porvenir irrenunciable se había abierto cuando ella vino a vivir a la casa, cuando trasladó consigo, como un mueble, como un gato, un perro, un loro, el aire de la habitación que nutría y determinaba a los hombres y mujeres que tuvieron que seguirla, como una corte que muda de asiento. (El aire que era a la vez mantenido y creado por los mismos hombres y mujeres que lo respiraban y lo devolvían; por la respiración, las palabras y los movimientos de hombres y mujeres, por los cigarrillos que consumían y aplastaban, por sus entusiasmos y sus temores, por los rudimentos de ideas que no podían evitar.)

Entonces —y ya había algo de Arce en mí— inventé la Brausen Publicidad, alquilé la mitad de una oficina en la calle Victoria, encargué tarjetas y papel de cartas, le robé a la Queca una fotografía donde trataban de sonreír con gracia tres sobrinos cordobeses. Puse la foto en un marco y la coloqué encima del escritorio que me cedieron y ni un solo día olvidé mirarla con orgullo y con la seguridad de la muerte vencida por mi triple prolongación en el tiempo. Conseguí que Stein, Mami y Gertrudis me llamaran por teléfono cada día y ocupé mi puesto con energía y sana ambición desde las diez de la mañana, dispuesto a luchar sin descanso, a conseguir un lugar al sol. Stein me llamaba puntualmente cerca de mediodía y discutíamos las probabilidades de campañas obscenas, nos desafiábamos en la perfección de los dibujos, los textos y las leyendas que debían imponerlas. Imaginaba citas, comidas de negocios, salía a recorrer los cafés de la avenida de Mayo o me sentaba en un banco de la plaza para tirarles comida a las palomas; nunca hubo un cielo más azul; poco a poco, los hombres que cruzaban la plaza empezaron a sentir la atracción de la amistad que yo les ofrecía desinteresadamente, sin verlos, bostezando y sonriendo, rascándome, los ojos perdidos en las novedades que mostraron por aquel tiempo los árboles, las fachadas de los edificios, los puestos de revistas y de flores. A veces escribía y otras imaginaba las aventuras de Díaz Grey, aproximado a Santa María por el follaje de la plaza y los techos de las construcciones junto al río, extrañado de la creciente tendencia del médico a revolcarse una y otra vez en el mismo suceso, a la necesidad —que me contagiaba— de suprimir palabras y situaciones, de obtener un solo momento que lo expresara todo: a Díaz Grey y a mí, al mundo entero, en consecuencia. Otras veces, después del almuerzo, bajaba hasta el puerto y recogía tuercas y bulones, deslumbrantes pedazos de botellas que sustituían en la caja de metal del banco al dinero que no tenía más remedio que llevarme.

Sobre el escritorio, la fotografía estaba entre el tintero y el calendario; las cabezas de los tres repugnantes sobrinos de la Queca esforzaban sus sonrisas a la espera del momento en que el hombre que me había alquilado la mitad de la oficina —se llamaba Onetti, no sonreía, usaba anteojos, dejaba adivinar que sólo podía ser simpático a mujeres fantasiosas o amigos íntimos— se abandonara alguna vez, en el hambre del mediodía o de la tarde, a la estupidez que yo le imaginaba y aceptara el deber de interesarse por ellos. Pero el hombre de cara aburrida no llegó a preguntar por el origen ni por el futuro de los niños fotografiados. «Lindos, ¿eh?, hubiera dicho yo; la hembrita es deliciosa»; y miraría sin pestañear a la muchachita de gran cinta en el pelo y ojos sin inocencia que alzaba el labio superior para toda la eternidad. No hubo preguntas, ningún síntoma del deseo de intimar; Onetti me saludaba con monosílabos a los que infundía una imprecisa vibración de cariño, una burla impersonal. Me saludaba a las diez, pedía un café a las once, atendía visitas y el teléfono, revisaba papeles, fumaba sin ansiedad, conversaba con una voz grave, invariable y perezosa.

Los días iban avanzando en el calor, mi dinero disminuía, a veces me juntaba con Stein para comer y lograba remedar ante él a su viejo, apocado amigo Brausen. Nunca sospechó nada y nuestros encuentros eran felices, con Mami o sin ella. El dinero disminuía y los hierros y vidrios viejos que depositaba en la caja no bastaban para tranquilizarme; veía poco a Gertrudis, trataba de adivinar por medio de su risa o el punto de su belleza la buena o mala suerte que tenía en el amor, calculaba el tiempo que debía transcurrir para que estar con ella significara, realmente, engañar a otro.

VI. TRES DÍAS DE OTOÑO

Siempre lo mismo, un día y otro; un gesto repetido y la espera, una imitación de Brausen y la espera, distraída, como vibrando fuera de mí, en el aire y en los objetos, descubierta de pronto en el pequeño temblor de mis manos ociosas.

Tal vez estuviera ya en el final cuando comenzó a perseguirme la idea de que el verano iba a ser seguido —en un abril o en un mayo que sólo podía imaginar defectuosamente— por tres días fríos, estremecidos, atravesando las calles como caballos que el miedo enloqueciera. Tres días que yo no iba a ver, una falsa ventisca que no lograría tocarme, amaneceres y tardes desapacibles en las que otros habitantes de la ciudad podrían llevarse una muchacha a la cama sin presentir el ruido de chapaleo de los pechos sudados, confiando en que el frío de los pies y las rodillas engendraran la necesidad de aproximaciones sin deseo. Andaba por las calles, miraba los edificios desde mi casa o desde la ventana de mi escritorio, abandonado al vago ensueño de aquel amor a primera vista que iba a nacer en el primero de los tres días de frío, en el otoño ciudadano que yo no conocería; imaginaba la llovizna y el desconsuelo dulzón, el encuentro, la mutua urgencia; veía al hombre fumando junto a la ventana del hotel, a la muchacha esperando acurrucada en la cama, las rodillas contra el mentón; veía al hombre mirar ansioso, con una sola mirada circular, el paisaje humedecido de afuera, los letreros de las tiendas y los cafés, las arquitecturas afrancesadas, los vehículos y los ciclistas, los impermeables y los paraguas, la garita del vigilante, la confusión de pisadas y hojas de árbol al borde de las aceras. De pie, un solo instante, junto a las cortinas de la ventana, auscultando la fertilidad que esta primera lluvia de otoño podía ofrecer al nuevo amor, la riqueza proporcionada por las capas de recuerdos que removía el mal tiempo.

Veía al hombre sin cara, la forma del cuerpo de la muchacha en la cama; empezaba ya a distinguir los dibujos y los colores del empapelado de la pieza del hotel. Los tres días de humedad, frío y viento pasaban incesantes sobre mí, entorpecían mis pasos, agitaban y hacían confuso todo lo que trataba de decir. Hasta que en la tarde de un domingo Díaz Grey vino a librarme de la obsesión, hizo por mí y por él lo que yo no podía hacer, saltó un año de su tiempo, abandonó Santa María como si se cortara un brazo, como si le fuera posible alejarse de la ciudad provinciana y de su río, colocó a Elena Sala en un pasado que no iba a suceder nunca:

«El taxi viene por la avenida Alvear hacia Retiro, hacia el Bajo, y la primera frescura de la noche, el aire que se quiebra vibrando en la ventanilla me golpea la cara, aumenta la felicidad de mi cuerpo, tanto, tan peligrosamente, que temo que la felicidad termine y me vuelvo, sin ganas, para mirar a la muchacha. Ella me esperaba y sonríe; los faroles de la calle entran, se encienden y se apagan en sus ojos; no quiero mirar dos veces la boca oscura, hinchada. Me abandono contra el respaldo del asiento, contra el hombro de la muchacha, e imagino estar alejándome de una pequeña ciudad formada por casas de citas; de una sigilosa aldea en la que parejas desnudas ambulan por jardinillos, pavimentos musgosos, protegiéndose las caras con las manos abiertas cuando se encienden luces, cuando se cruzan con mucamos pederastas, cuando ascienden la escalinata del museo para atravesar los salones, flanqueadas por cuadros casi invisibles, estatuas dormidas, la fila de camas abiertas, salivaderas, mesas de noche, toallas y espejos. "Aquí estamos, aquí estoy —me digo— otra vez." La muchacha me roza la mano, adelanta un dedo para trazar en mi palma húmeda un dibujo enseguida olvidado.

»—Querido —dice.

»—Sí —respondo.

»—Degé —murmura (es un nombre que hizo con mis iniciales).

»—Sí...

»Sonrío al aire que me toca los dientes; no quiero pensar, no quiero saber qué hizo mi felicidad ni qué puede destruirla. Recuerdo, podría medirlos con exactitud, los restos de alcohol que quedaron en los vasos.

»—Querido —dice ella. "Debía haberme emborrachado un poco más", pienso.

»—Sí —le contesto. Me inclino para besarle la cabeza, la huelo.

»—Si pudiera decirte... —empieza y se interrumpe.

»—Ya sé —digo. Restriego una mejilla en su cabeza y ella suspira y se acerca; comprendo que dentro de poco me animaré a besarla.

»—¿Puede pasarme algo?

»—No, no creo —le digo.

»—Nada me puede importar. Sé que no va a pasar nada. Degé. —Alza la cara para que la bese—. Nada va a pasar, pero todo tiene importancia. Todo —insiste. Me doy cuenta de que estamos los dos, durante cuadras, pensando con atenuada desesperación en la inutilidad de las palabras, en la insuperable torpeza con que las manejamos. Desde arriba, con el ojo que no me cubre el pelo revuelto de la muchacha, le miro la cara, reconozco la corta nariz dilatada en el entrecejo, veo la forma sensual y triste de los labios, la redondez de la sien.

»—¿Aquí o damos la vuelta? —pregunta el chofer.

La ayudo a bajar, quedamos un momento en la esquina deslumbrados y vacilantes, vamos andando hacia abajo, hacia el aire que viene del río. La miro, separada y a mi lado, los párpados bajos; me asombra verla caminar igual que siempre, igual que antes: el cuerpo torcido hacia un costado, un brazo balanceándose con exageración para ayudar la marcha, el pubis salido y sin gracia. Recuerdo que una hora antes estuve seguro de modificar para siempre sus pasos, su sonrisa, su mismo pasado: me avergüenzo al evocar el orgullo que me inspiró la fuerza de mis brazos, la exactitud y la felicidad con que me abrí un camino en ella. "Tal vez haya creído también que estaba modificando la expresión que tiene en las fotografías de la infancia", pienso y me burlo.

»Innecesariamente, la guío entre las mesas del café y vamos a sentarnos junto a una ventana. Pido cualquier cosa al mozo, la copa de alcohol que me faltaba; ella asiente, alza los hombros, resuelve dirigir hacia la calle, el mundo, su sonrisa de misterio. Pienso en Elena Sala, mi mujer; cuento las horas que hace que me espera, examino la solidez de la mentira que voy a decirle.

»Ahora la muchacha me toma una mano, conduce su sonrisa hacia mí, enumera en silencio las alegrías de la vida, me tranquiliza revelándome que es normal que encontremos dificultades, cuando regresamos a ella, para acomodar la longitud de nuestras piernas, la filosofía que nos hemos construido en el extranjero. Todo se andará, afirma con su sonrisa y la presión de sus dedos; no sólo recordaremos el idioma nativo, sino los modismos, la pronunciación caprichosa, las omisiones y abreviaturas que nos hicieron jóvenes, que volverán a hacernos.

»—Degé... —dice ella; bebe un trago, se interrumpe para toser.

»Pienso en el doctor Díaz Grey, inmóvil en esta mesa, contra un lado de la noche de otoño tormentosa, mirando la risa, el interior sonrosado de una boca de muchacha, envanecido por la seguridad de ser capaz de toda injusticia. Me mira, acerca a mi cara la expresión de una furia sin destino, amarga las puntas de su boca con aquel corto trazo curvo que cada uno quisiera reproducir en el otro, grabarlo como una impronta imborrable hasta la muerte, visible años después del final del amor. Todo es posible, podemos pensar; o pensar sin tristeza que nada alcanzaremos de lo posible y que esta fatalidad no nos preocupa. "Ahora vuelves a sonreírme, a jugar con la copa vacía, a ordenar los recuerdos de la noche. Trato de fortalecerme repitiéndome, como una mujer, que el amor es más importante que nosotros mismos; me fortalezco imaginando las palabras sucias del mucamo que entró a cambiar las ropas de la cama. Te quiero y no digo nada, reproduzco los movimientos de tus dedos al acariciarme la mano, intento descubrir en tus ojos la huella de la sana mirada obscena que vi una, dos horas antes; también ella me fortifica, me hace creer en ti. No la encuentro y no me importa, porque pienso en el doctor Díaz Grey, quieto en este lado de la mesa; un hombre, uno cualquiera, éste, designable con la palabra *cuadragenario*, arrastrado ya por la necesidad de proteger, de protegerse. Un hombre de cuarenta años, al otro lado de la mesa, que abre su billetera para pagar al mozo, que perfecciona la primera coartada, que se siente, con un suave mareo, con una agradable inseguridad, de regreso en la vida".»

VII. LOS DESESPERADOS

Nunca fue escrita aquella parte de la historia de Díaz Grey en la cual, acompañado de la mujer o siguiendo sus pasos, llegó a La Sierra, fue recibido en el palacio del obispo, vio y escuchó cosas que tal vez no haya comprendido hasta hoy. La visita tenía muchas variantes; pero, en todo caso, tuvieron que caminar, con simulada decisión, entre una doble fila de alabarderos de baja estatura, apenas marciales, conscientes del mal estado de sus uniformes, de los desvaídos colores del paño. Fueron, siempre, recibidos en el primer salón por un gigante con medias blancas, sonriente y lacónico, que los guiaba hasta entregarlos a un familiar ensotanado, de nariz ganchuda, con una cara en la que la astucia trepaba hasta devorar el cabello. No hubo más dilaciones, en uno u otro caso. Llegaban hasta el comedor donde almorzaba el obispo, y éste se levantaba veloz y con alegría, entregaba el anillo a los cortos besos y los invitaba a comer. Ella se negaba con la exacta, la nunca vista sonrisa que Díaz Grey había soñado provocar; el médico apreciaba la ridiculez invencible, se arrepentía, callaba mirando la gallina hervida y el vino rojo. Sólo había un criado detrás de monseñor; el sol del mediodía y el tañido de las campanas se apresuraban a morir en el fondo del enorme corredor.

El obispo insistía una sola vez, apartaba las manos hacia las fuentes; quería luego saber si habían notado la calidad única del aire de la ciudad, aquellas características de vejez y suavidad proporcionadas por la ininterrumpida piedad de los habitantes. Y sí, lo habían notado; tal vez un poco desconcertados al principio, con una arruga inquisitiva en el entrecejo, oliéndolo después francamente mientras orientaban las narices hacia el centro de la ciudad. El obispo iba asintiendo mientras escuchaba y comía; aumentaban las zonas rosadas de su cara, el brillo irreductible de los ojos.

—El tiempo, la fe, tantas muertes ejemplares... —decía para explicar.

Reconocía, casi de inmediato, haber sentado a su mesa al fugitivo y alzaba las manos para agregar que ignoraba su destino a partir de la última taza de café de aquel almuerzo, no muy lejano.

—¿Es pariente suyo? —preguntaba a Elena Sala.

—Su madre era íntima de la mía. Nunca pude saber qué le pasaba; esa necesidad de huir... Me preocupa porque estaba desesperado.

—Encontrará la gracia. Ese muchacho... —decía Su Ilustrísima apartando el sillón de la mesa—. Sí, estaba desesperado. Hablamos mucho aquella vez. En su lugar, yo no tendría temor.

—Pero él estaba mal —aventuraba Elena Sala—. ¿Por qué quería huir de todo? Era como una locura mansa, como una furia melancólica, como si lo estuvieran llamando para nada y, sin embargo, él tuviera que ir.

Vestido de luto, almidonado, Díaz Grey aprovechaba el segundo plano de la silla que había elegido para mirar con burla a la mujer, despreciarse, tratar de entenderse, comparar los muslos de Elena Sala con la cara inocente y martirizada que levantaba hacia el obispo. Su Ilustrísima se lavaba las puntas de los dedos con un aire distraído, bondadoso y de suave regocijo; encendía un cigarrillo, lo chupaba una sola vez y lo dejaba caer en el aguamanil; el chirrido de la brasa separaba con decisión dos silencios.

—Desesperado —silabeaba el obispo—. Existe el desesperado puro, lo sé. Pero no lo he encontrado nunca. Porque no existe motivo para que el camino del desesperado puro se cruce con el mío. Y si lo hubiera, es probable que nos rozáramos los hombros sin reconocernos. Y no creo que yo merezca, siquiera, conocer alguna vez... —aquí reía con puntualidad, sin malicia, se mostraba más joven— conocer la razón de nuestro aparentemente estéril encuentro. —Anulaba los rudimentos de protesta de Elena Sala con su mirada poderosa y humilde, la envolvía con ella como para protegerla de lo que la mujer pensaba y decía—. Lo que no merecemos no lo merecíamos desde el principio del tiempo y así estaba proyectado para nuestro bien. Muchos pecados serán imposibles si eliminamos el pecado de la vanidad. No hay problemas, no busquemos cuentas y no habrá problemas. Después vamos a pasar a la biblioteca —informaba dirigiendo la frase, con sólo los ojos, a uno y a otro, repartiendo con equidad la promesa implícita; el criado inclinaba la cabeza, se alejaba costeando los ventanales encortinados, desaparecía de golpe en la blandura de la sombra—. Dios ha querido que yo deba eliminar al desesperado puro. En el pasado he pedido con frecuencia la gracia de este encuentro; tuve la soberbia de creer que estaban en mí todas las fuerzas necesarias para su consuelo y su salvación. No lo conozco y aun ahora suele tentarme; lo imagino desposeído de todo, abrumado por lo que él llama desgracia, incapaz de erguirse hasta la altura de su prueba. Sin la inteligencia bastante para besar la teja con que se rasca costras y llagas. Otras veces lo imagino colmado de lo que los hombres llaman dones y de los dones verdaderos; e igualmente incapaz de gozarlos y agradecerlos. No voy más allá. Un tipo u otro de desesperado puro. Solamente, a veces, tiendo mis brazos para llamarlo, para recibirlo, para dar forma al impulso de soberbia que me hace creer que yo sería el puerto adecuado para él. No debo hacerlo, tal vez; o acaso yo esté aún en el mundo sólo para ese encuentro. Pero no crean en lo que oyen o leen, desconfíen de la propia experiencia. Porque aparte de éste no hay más que el desesperado débil y el fuerte: el que está por debajo de su desesperación y el que, sin saberlo, está por encima. Es fácil confundirlos, equivocarse, porque el segundo, el desesperado impuro, de paso por la desesperación, pero fuerte y superior a ella, es el que sufre más de los dos. El desesperado débil muestra su falta de esperanza con cada acto, con cada palabra. El desesperado débil está, desde cierto punto de vista, más desprovisto de esperanza que el fuerte. De aquí las confusiones, de aquí que le sea fácil engañar y conmover. Porque el desesperado fuerte, aunque sufra infinitamente más, no lo exhibirá. Sabe o está convencido de que nadie podrá consolarlo. No cree en poder creer, pero tiene la esperanza, él, desesperado, de que en algún momento imprevisible podrá enfrentar su desesperación, aislarla, verle la cara. Y esto sucederá si conviene; puede ser destruido por este enfrentamiento, puede alcanzar la gracia por este medio. No la santidad, porque ésta está reservada al desesperado puro. El desesperado impuro y débil, en cambio, proclamará su desesperación con sistema y paciencia; se arrastrará, ansioso y falsamente humilde, hasta encontrar cualquier cosa que acepte sostenerlo y le sirva para convencerse de que la mutilación que él representa, su cobardía, su negativa a ser plenamente el alma inmortal que le fue impuesta no son obstáculo a una verdadera existencia humana. Terminará por encontrar su oportunidad; será siempre capaz de crear el pequeño mundo que necesita, plegarse, amodorrarse. Lo encontrará siempre, antes o después, porque es fatal que se pierda. No hay salvación, diría, para el desesperado débil. El otro, el fuerte (y me apresuro a decir que el hijo de la amiga de su madre es un desesperado de este tipo), el fuerte puede reír, puede andar en el mundo sin complicar a los demás en su desesperación, porque sabe que no debe aguardar ayuda de los hombres ni de su vida cotidiana. Él, sin saberlo, está separado de la desesperación; sin saberlo, espera el momento en que podrá mirarla en los ojos, matarla o morir. No estaba su amigo abrumado de dones ni había sido sometida su paciencia a pruebas reiteradas y en apariencia insufribles. Desgraciadamente, no hay una sarna que lo coma desde la planta de los pies hasta la mollera; no está sentado sobre ceniza, no se le ha dado la oportunidad de besar la teja con que se rasca... No hay a su lado una mujer que le diga: «Bendice a Dios y muérete». No alcanzará la emocionante verbosidad del desesperado puro ante un predestinado Elifaz el Temanita. Cualquier inimaginable circunstancia, cualquier persona pueden llegar a encarnar la desesperación para él. Habrá entonces una crisis, podrá salvarse matando, perderse matándose. Tal vez estamos capacitados, ustedes o yo, para enfrentar al desesperado puro, luchar con él y contra él, salvarlo. Pero el impuro débil no tiene salvación porque es pequeño y sensual; y el fuerte se salvará o sucumbirá solo.

Se levantaba, irregular y violáceo como una mancha de vino, y esperaba, invitante, sonriendo; se hacía obeso, revestido por una indiferente paciencia.

—Aunque hay matices, subgrupos, causas de confusión —agregaba cuando se ponían en marcha; sonreía excusándose al tocar el hombro de Elena Sala para guiarla, camino de la biblioteca—. ¿Puede el desesperado impuro y fuerte convertirse en un desesperado débil? O, si lo hace, ¿no lo habrá sido siempre, en el fondo?... Me he desvelado pensando en esto.

Sacudía la cabeza, confesándose, una sola, enérgica vez y sin esperar respuesta; tocándolos con las uñas los conducía hasta la biblioteca donde el criado apartaba el atril con la colección de diarios encuadernada y movía la mesa con el servicio de café, copas, la botella de coñac.

Y esto sucedía siempre, con pequeñas variantes que no cuentan; una vez y otra, fingiendo trabajar en mi mitad de oficina, vigilando las espaldas de Onetti, yo colocaba a Elena Sala y el médico en la luz blanca de un mediodía serrano, los llevaba de un criado a otro, del familiar al obispo, del discurso sobre los desesperados a la digestión y la pausa en la biblioteca; aquí Su Ilustrísima imponía temas frívolos a la conversación, y Elena se torturaba repasando las preguntas sobre el fugitivo que no se atrevía a hacer. Yo había descubierto una rara felicidad en demorar a los tres en la vacía modorra de la biblioteca, en hacerles creer que la entrevista se reduciría a lo que ya había sucedido. «Ella y él tienen tiempo para estarse y bostezar, todo el tiempo de mi vida; un minuto antes de mi muerte puedo volver a pensarlos, los encontraré tan jóvenes como ahora, igualmente aburridos, y la misma serena malicia vibrará en la voz, chispeará en los ojos del obispo sin que ellos la hayan notado.» Pero terminaba por apiadarme, por reconocer deudas, por imaginar que al sacarlos de la pausa acortaba mi propia espera; recompensaba entonces a la mujer y al médico con la presencia del ángel pensativo, con la recitación que remozaba al obispo, con un perfil pavoroso, con un resplandor celeste y lila.

Y aquí, sin que contara mi voluntad, el episodio nunca escrito debía bifurcarse. Porque si lo que recitaba el obispo bajo la estatura sin sombra del ángel era nada más que una admirable bufonada, Díaz Grey y la mujer debían ir a sentarse en el fondo de la biblioteca, rozando las espaldas con libros de viaje, diccionarios, las obras completas de Jonás Weingorther. Estaban entonces en la sombra, sostenidos por un piso más bajo que el que ocupaba Su Ilustrísima, y el ángel podía ser sustituido por una mancha de tiza. Pero si lo que decía Su Ilustrísima —espiando el asentimiento o el disgusto en el perfil único del ángel— constituía (aunque sólo fuera para ellos) la verdad y la revelación, era forzoso que el médico y Elena Sala sorprendieran la escena por casualidad. En este caso, aparecían en una habitación del palacio destinada a tocar música en los meses de invierno. Muchas notas habían quedado, más perceptibles sobre los bordes, como manchas en la pesada cortina que ambos separaban —entonces, en el segundo supuesto— rozándose con las manos y los alientos, para aterrorizarse atisbando la belleza del ángel; llegaban a creerla posible, la extendían como una luz sobre la escena que contemplaban. Se resolvían a escuchar, poseídos por esa curiosidad que, en los sueños, se muestra más fuerte que los temores nacidos de cualquier peripecia y nos arrastra hasta los finales siempre ambiguos, y el despertar.

El perfil del ángel mantenía la sonrisa rizada mientras el discurso del obispo sonaba sin errores; el único párpado visible caía, golpeaba sin desánimo, debilitaba la luz de la sala cuando Su Ilustrísima equivocaba las palabras. Encima del pergamino donde estaba copiado el monólogo, la boca victoriosa del ángel se estiraba, dura y horizontal, como un dedo acusando.

—No fueron antes, no serán después —decía el obispo con énfasis prematuro—. Pasados o aún no venidos, es como si no hubieran sido nunca, como si nunca llegaran a ser. Y, sin embargo, cada uno es culpable ante Dios porque, ayudándose mutuamente desde la sangre del parto hasta el sudor de la agonía, mantienen y cultivan su sensación de eternidad. Sólo el Señor es eterno. Cada uno es, apenas, un momento eventual; y la envilecida conciencia que les permite tenerse en pie sobre la caprichosa, desmembrada y complaciente sensación que llaman pasado, que les permite tirar líneas para la esperanza, y la enmienda sobre lo que llaman tiempo y futuro, sólo es, aun admitiéndola, una conciencia personal. Una conciencia personal —repetía Su Ilustrísima, un brazo recto hacia el techo, tranquilizándose con un vistazo al perfil sonriente del ángel—. Es decir, justamente aquel sendero que se aleja de la meta que ellos han fingido anhelar desde el principio. Cuando hablo de la eternidad, aludo a la eternidad divina; cuando menciono el reino de los cielos, me limito a aseverar su existencia. No lo ofrezco a los hombres. Blasfemia y absurdo: un Dios con memoria e imaginación, un Dios que puede ser conquistado y comprendido. Y este mismo Dios, esta horrible caricatura de la divinidad, retrocedería dos pasos por cada uno que avanzara el hombre. Dios existe y no es una posibilidad humana; sólo comprendiendo esto podremos ser totalmente hombres y conservar en nosotros la grandeza del Señor. Aparte de esto, ¿hacia dónde y por qué? —En la cara encendida y húmeda los ojos acusaron el pantallazo del párpado del ángel; se corrigió—: ¿Hacia dónde? Y si alguien encuentra una dirección que parezca plausible, ¿por qué hemos de seguirla? Yo besaré los pies de aquel que comprenda que la eternidad es ahora, que él mismo es el único fin; que acepte y se empeñe en ser él mismo, solamente porque sí, en todo momento y contra todo lo que se oponga, arrastrado por la intensidad, engañado por la memoria y la fantasía. Beso sus pies, aplaudo el coraje de aquel que aceptó todas y cada una de las leyes de un juego que no fue inventado por él, que no le preguntaron si quería jugar.

Elena Sala dejaba caer la cortina, abría su cartera y empezaba a empolvarse; trabajosamente, abriéndose paso entre la muchedumbre de fumadores en el vestíbulo, avanzaba hasta la salida. Un viento rápido entibiaba el aire de la plaza, descendía hacia el barrio de la estación.

—¿No le pareció muy interesante? A mí, sí —decía ella colgándose del brazo del médico—. No creo, claro, haber entendido todo. No, no quiero entrar en ninguna confitería. Él es así, un hombre como dijo el obispo, un hombre que quiere ser él mismo y acepta las reglas del juego.

Caminaban sobre un costado de la plaza, oliendo los perfumes nocturnos de los árboles, apenas unidos por el murmullo de la arena rojiza que iban pisando; miraban, sin comprenderlos, los cartelones de los cines, se abandonaban a la facilidad de la calle en declive que los llevaba hacia el hotel.

—No sé por qué —dijo ella—. Es idiota, pero estoy segura de que él está aquí; de que, si tengo suerte, voy a verlo sentado en un café o voy a tropezar con él en cualquier momento.

—¿Por qué no se queda en La Sierra? —sugirió él.

—No puedo, tengo cita con Horacio en Santa María, en el hotel del río. Además, no serviría quedarme; nada sirve. Sólo si la casualidad... Yo no debería haberme puesto a correr detrás de él. Estoy segura de que no lo voy a alcanzar. Hablé por teléfono con Horacio; tiene un negocio para usted.

En la media cuadra que los separaba del letrero y las luces redondas del hotel, Díaz Grey decidió escapar en el primer tren de la mañana, volver al consultorio y al hospital, descansar un tiempo en la atmósfera imbécil de los amigos; olvidar a la mujer y las promesas sin posible cumplimiento que ella había significado, remar alguna mañana en el río hasta la caleta del hotel de madera, trepar la escalinata y sorprender al dueño adormecido, volver a la sala de música de míster Glaeson, mirar las ancas de la violinista y rectificar el mito de la enana.

—Yo lo traigo a dormir —dijo Elena deteniéndose en la entrada del hotel—. Para mí terminó. —Hizo oír una risa avergonzada, mientras cruzaba los brazos sobre el pecho y miraba alrededor, omitiéndolo—. Terminó todo. No sé cuánto hace, acabo de comprenderlo. Pero tal vez usted quiera hacer otra cosa. Siempre me porté mal con usted. ¿Qué le gustaría?

—Me gustaría estrujarla —murmuró Díaz Grey—. Un poco.

—Bueno, vamos —dijo ella, tomándolo del brazo.

Llevaba, alta y separada, como un objeto frágil, una sonrisa calmosa, los restos adormecidos de una larga intensidad en la boca y en los ojos, cuando pasaron frente al escritorio del portero. Díaz Grey no se atrevió a hablarle y tampoco dijo una palabra mientras subían en el ascensor, sintiendo que él —el hombre que Elena Sala sostenía oprimiéndole el brazo hasta el sufrimiento— era para ella, al igual que la expresión maravillada que fue paseando por los corredores y recostó suavemente en la cama, nada más que un precario símbolo del mundo y de la relación con el mundo, inmejorable por las circunstancias, imprescindible para la dádiva.

VIII. EL FIN DEL MUNDO

Pero los tres días de mal tiempo llegaron cuando yo estaba todavía en Buenos Aires; olvidé la farsa de la agencia de publicidad y estuve en casa todas las horas posibles, contemplando el aire gris, el charco de agua que crecía junto al balcón mal cerrado, sintiendo cómo la soledad iba extendiéndose dulcemente hacia el momento en que me obligaría a mirarme, aislado, desnudo y sin distracción, en que me ordenaría actuar y convertirme mediante la acción en cualquier otro, en un tal vez definitivo Arce que no podía conocerse de antemano.

Tendido en la cama, paseándome en el desorden de la habitación, ayudándome a dejar de ser, a apagarme, empujando o aislando a Brausen en el aire húmedo, removiéndolo como a un pedazo de jabón en el agua para que se disolviera.

Escuché en la tarde, pared por medio, el llanto de la Queca. No la había oído entrar, pero estaba seguro de que lloraba a solas, sobre la cama, revolviendo la boca abierta contra la almohada. Acaso también ella se dejara abrumar por los fracasos que significaba el día lluvioso, o la humedad los multiplicara a «ellos», o presintiera el surgimiento de Arce y su propia destrucción. Podía estar adivinando el fin en la repentina, dominante presencia de los recuerdos, sintiendo cómo llegaban, uno a uno, y se iban dilatando hasta ser insoportables, hasta hacerse duros y pesados, fundirse y desaparecer, esta vez para siempre, cada rostro, cada escena, cada uno de los sentimientos ya vividos; de manera que ella —como yo— no podría volver a cubrirse con la trama de los días anteriores, no podría deducir de ésta el futuro y terminaría por reconocerse, por primera vez en su vida, obligada a llevar sus ojos de un rasgo a otro, a sentir en los dedos el verdadero, siempre sorprendente, siempre desconsolador significado de la forma de la carne y de los huesos. Pero, sobre todo —yo escuchaba el sonido de su llanto—, al otro lado de la pared estaban «ellos», desenvueltos y joviales como en una primera cita, como simples hijos de la tarde lluviosa.

Quizá la Queca hubiera encendido, lejos de la cama donde lloraba y trataba de escapar, el velador con la pantalla roja para atraerlos como a insectos, alejarlos; ellos revoloteaban o se dejaban estar, pesados, ahítos, blandos, burlándose del hecho de que no podían ser contados, agitando para ella, madre generosa, causa y efecto, dulce totalidad, una sola mueca que convenía a todos sus rostros o a la zona fluctuante que ella imaginaba como asiento de los rostros. Moriré sin conocerlos. Podían estar agrupados como frente a la chimenea de una posada, una noche de tormenta, construyendo una pirámide con la diversidad de sus estaturas, agradecidos por el refugio y la vida que les concedían, demostrando su agradecimiento con la mueca, única, invariable, que estiraba y contraía el sebo blando de sus caras, hacía estremecer el agujerito redondo de los hocicos.

Y sólo cuando ella saltara de la cama para tratar de espantarlos con manotazos, cuando la vieran detenerse, derrotada e impotente en mitad de la habitación —los puños apretados contra los muslos, rígida y ordenándose sonreír—, sólo entonces comenzarían a hablarle con la monótona e incansable persistencia de las voces que no procuran comprensión ni respuesta y suenan solamente por la gratuita alegría de ser.

Allí estaban, llamándola con las *eses* que le silbaban junto a la oreja o aullando su nombre desde sitios remotos, desde estrellas heladas, desde la hoya submarina en que se hundió el primer hueso; llamándola con despego, con ternura, con urgencia, con súplica, con burla, con necesidad, separando las dos sílabas del nombre como si lo gorjearan, repitiéndolo hasta hacerlo sonar como un estertor y transformarse ellos mismos en el nombre. «Son mi nombre, son Queca, son yo misma», terminarían por hacerle pensar, desapareciendo mientras ella se palpaba tranquila y sonriente —«Ellos soy yo, no hay nadie más, no están»— para correr a esperarla en la cama y tocarle velozmente el cuerpo, remedando el ritmo de la lluvia con las puntas de los índices, suavemente, sin expresar otra cosa que la intención de mantenerla despierta y aterrorizada.

Ya era de noche, y ella continuaba llorando del otro lado de la pared —el ruido apagado por las lágrimas, por la cortina del cabello pegada a la boca, por los nudillos mordidos— cuando decidí, uno de los tres días de mal tiempo, levantarme y masticar una corteza de pan y otra de queso en la cocina; aplasté una banana negra entre los dedos y tragué un poco de agua sobre el olor fúnebre de la heladera. «Puede ser que sea mañana, tal vez no deba seguir confiando en la superstición del aviso. Pero no seré yo quien la mate; será otro, Arce, nadie. Yo era todas esas cosas que no están más, una forma personal de la melancolía, una intermitente ansiedad sin objeto, crueldades apacibles y útiles para herirme y saberme vivo.» Fui a buscar entre los perfumes del armario el paquete de cartas de Raquel; las quemé una a una en la pileta de la cocina, sin desdoblarlas, leyendo en voz alta las frases que pasaban ante mis ojos, sin comprender lo que veía ni lo que estaba haciendo, interrumpiéndome a veces, en vano, para evocar la tristeza: «Días en que Mamá me hablaba apenas. Exactamente igual que mi placer de estar con él y mi deseo de estar sola. Había estado en el Brasil y me hablaba del amigo con que estuvo encerrado. Después de la "conversión" siempre me recuerdo tratando de dar a Mamá aquellas cosas. Superior y mucho más inteligente que yo, pero Gertrudis nunca podrá comprender. Entonces la atmósfera cambiaba por completo y alguna alegría. Estar arrinconada en la reunión y pagar el precio por algo que no me...».

Abrí la llave del agua y ayudé a deshacerse al papel carbonizado, las incomprensibles palabras que habían quedado intactas, orladas de luto, fortalecidas y ominosas. Caminé hasta el balcón y pisé el agua de la lluvia con los pies descalzos, me impuse el deber de pensar en mi viaje a Montevideo, verme sosteniendo la frente de Raquel para ayudarla a vomitar, meterme en la habitación del hotel de la Queca y representar la comedia de celos que ella aguarda, que considera uno de mis deberes.

La Queca lloraba, interrumpida, entre los ronquidos del sueño, entre las frases absurdas de las cartas de Raquel. «Lo mismo sería si las hubiera leído despacio antes de quemarlas, si me encontrara ahora al cabo de cinco años de vida en común con ella. El chorro de agua sobre los frágiles, endurecidos restos del papel, el golpe grave y alegre del agua, los fragmentos negros que se pulverizan y giran sobre el borbollón del sumidero. Ya no llora, debe de estar dormida con una pierna bajo la luz de la lámpara que sólo a mediodía descubrirá encendida.»

Volví a la cama, sin sueño, resuelto a suprimir a Díaz Grey aunque fuera necesario anegar la ciudad de provincia, quebrar con el puño el vidrio de aquella ventana donde él se había apoyado, en el dócil y esperanzado principio de su historia, para contemplar sin interés la distancia que separaba la plaza de las barrancas. Díaz Grey estaba muerto y yo agonizaba de vejez sobre las sábanas, escuchando el murmullo del agua que sudaban dulcemente las nubes; había empezado a arrugarme desde la noche en que acepté abrazar a Gertrudis por primera vez en Montevideo, con el celestinaje de Stein, en una casa de dos pisos cuyas maderas estaban impregnadas de decencia o de las formas de la decencia, que habían chupado respetabilidad y la reiterada idea de que «mi hogar es el mundo» durante veinte años de ritos caseros y festejos familiares; había provocado la vejez en el momento en que admití quedarme en Gertrudis, repetirme, dar la bienvenida a los aniversarios, a la seguridad, regocijarme porque los días no eran vísperas de conflictos y elecciones, de compromisos novedosos. Arrastraba en mi descomposición a Díaz Grey, Elena Sala, el marido, el desesperado ubicuo, la ciudad que yo había levantado con un inevitable declive hacia la amistad del río. Iba muriendo conmigo aquel conflicto, apenas presentido, entre los pesados, enérgicos y austeros habitantes de la colonia suiza y los pobladores de la ciudad; entre los indolentes criollos de Santa María y los que la alimentaban, comprando en ella, visitándola en masa los días de grandes fiestas (no las que ellos, sus padres y abuelos se habían traído de Europa junto con la voluntad y la esperanza, los deslomados libros de oraciones, las desvaídas fotografías con los dorsos fechados; sino las grandes fiestas ajenas, que ellos respetaban a medias y que toleraban compartir), recorriendo entonces, aprensivos, con reprimida excitación, la plaza, el paseo junto al río, el cinematógrafo, las cuadras dedicadas a casas de negocios, que llamaban el centro, y en cuyas paredes los hombres de pelo atezado apoyaban las espaldas, burlones, con una leve y romántica envidia, para verlos pasar, lentos, endomingados, en grupos familiares que pregonaban la calidad de lo indestructible. El conflicto nacido del mutuo y disimulado desprecio, mostrado apenas en las sonrisas y las entonaciones irónicas de los hombres oscuros, sonrisas y voces que los rubios lograban convertir en actitudes obsequiosas, preocupadas, próximas a la duda cuando cambiaban billetes en los negocios, compraban automóviles y trilladoras, dejaban sobre las mesas de los cafés, sin amabilidad, sin convicción, propinas exageradas, sólo útiles en definitiva para fortalecer el desdén.

Todo había desaparecido sin dolores ni posibilidad de nostalgia: «Aquí estamos, aquí está este hombre recién nacido de quien sólo conozco por ahora el ritmo de las pulsaciones y el olor del pecho sudado. La Queca duerme y ronca —si recordara su sueño, si quisiera hablarme mañana de él, me diría: "Entonces 'ellos' se levantaron como una ola en el mar para taparme antes de que pudiera hablar porque adivinamos al mismo tiempo que si los nombro los mato, si le voy diciendo a cada uno el nombre que tiene"—; terminó la lluvia, el viento entra por el balcón y golpea, nariz y nuca, la fotografía de Gertrudis contra la pared. Será mañana, es asombroso saberlo con tal seguridad, el cielo estará limpio y este hombre se echará a la calle. Voy a dormir y voy a despertar; intentaré descubrirme mirándome con disimulo en el espejo del cuarto de baño, sorprendiendo y fijando los movimientos de mis manos; trataré de saber a qué atenerme, como si fuera necesario, preguntándome con astucia y fingido desinterés si Dios, si el amor, si la eternidad, si mis padres, si los hombres del año tres mil; con una sonrisa torcida que sólo indicará la pequeña vergüenza de estar vivo y no saber lo que esto quiere decir, me sentaré para desayunar, comprobaré que nada que importe ha sucedido desde que alguno escribió los versículos de las palabras del predicador que recitaba el finado Julio Stein cuando la borrachera lo sorprendía sin mujer y, mientras mire el nuevo sol en la calle, probaré sustituirlos con frases que aludan a las esquelas de defunción, a las cabezas de los niños y la lujuria de los seres amados.

»Caminaré hacia el sur y me dejaré tentar por la idea de excluir a Díaz Grey del fin del mundo iniciado esta noche, tal vez definitivamente cumplido en la mañana. (Mujeres con bolsas y canastas, hombres malhumorados y urgidos estarán atravesando la luz de la mañana sin sospechar que murieron de mi muerte, que las calles que pisan han desaparecido bajo lava, bajo mares.) En Constitución volveré a sentarme en un café próximo a la plaza y compraré cigarrillos para dejar que uno se queme inmóvil colgado de mi boca, para que el humo se estire entre mis ojos y el paraje de árboles, las idas de changadores, viajeros, taxímetros y feriantes, haga incomprensible toda actividad que yo mire. Entonces —no será necesario que yo mueva un dedo ni la cara— Díaz Grey se despertará en la habitación del hotel de La Sierra, descubrirá que la mujer a su lado está muerta, se lastimará un talón aplastando las ampollas vacías, la jeringa en el suelo; comprenderá con humillación y un admirado sentido de la justicia por qué Elena Sala dijo que sí la noche anterior; se someterá al imperio de una sensación melodramática, imaginará al amigo futuro destinado a escuchar su confesión: "Ya estaba muerta, ¿entiende?, cuando yo la abrazaba. Y ella lo sabía". En la penumbra gris, retrocederá unos pasos para alejarse de la mujer muerta y contemplar su forma sobre la cama. Cuando la luz crezca podrá mirarle la cara, la verá tranquila y afable, de vuelta de su excursión a una zona construida con el revés de las preguntas, con las revelaciones de lo cotidiano, no recogidas por nadie. Muerta y de regreso de la muerte, dura y fría como una verdad prematura, absteniéndose de vociferar sus experiencias, sus derrotas, el botín conquistado».

IX. VISITA DE RAQUEL

Salió un poco de sangre, era posible creer que la nariz se iba hinchando, segundo a segundo, visiblemente; la Queca se abandonaba a los golpes metódicos y desanimados, sin otra tentativa de rebelión o defensa que la risa pareja, sostenida casi sin interrupción, cuyo origen de odio se revelaba por el cuidado y la tenacidad con que ella la separaba, sonido a sonido, del fondo de llanto donde nacía, el cuidado y la atención con que iba limpiando la risa de blanduras y lágrimas.

Desde la almohada, ahogando con regularidad la risa para tocarse el labio con la lengua y detener el cosquilleo de la sangre y el sudor, me seguía con los ojos brillantes de entusiasmo.

—Sí —dijo después—. Soy una perra borracha. Mundo loco... Soy una perra borracha.

Reía y repitió la frase mientras entraba en el cuarto de baño para mojarse la cara, mientras se iba vistiendo, se hundía algodones empapados en agua de colonia en los agujeros de la nariz, roja y brillante a pesar de los polvos.

—Una perra borracha —dijo desde la puerta y sonrió—. No me importa que te vayas o te quedes. Los voy a buscar y los voy a traer. De todos colores.

Me vestí y anduve dando vueltas en la habitación, revisándome los bolsillos, estremecido por la necesidad de regalarle algo, de dejar cualquier cosa que representara el supersticioso amor que comenzó a ligarme violentamente a ella apenas golpeó la puerta y me dejó solo, tan pronto como el portazo agitó el aire de la habitación y la atmósfera removida avanzó hacia mí desde los rincones, permitió que mi cara y mi pecho sintieran nuevamente el clima milagroso, tanto tiempo desaparecido, negado. Encontré en el bolsillo de la cadera, debajo del pañuelo, una herrumbrosa tuerca hexagonal; la hice saltar en la mano, la dejé rodar bajo la cama.

Inútilmente estuve escuchando junto a la pared de mi departamento; la Queca no volvió aquella noche, y durante el alba, empujado por mi repentino amor creciente, necesitando agregar dádivas al pedazo de hierro que había tirado bajo su cama, busqué una hoja de afeitar y me hice un tajo oblicuo en el pecho, frente al espejo del cuarto de baño, evocando la sonrisa con que ella se había despedido antes de golpear la puerta; entonces pude dormirme, consolado por el delgado ardor donde sólo habían surgido gotas aisladas de sangre.

Pero durante días y noches siguientes la Queca estuvo subiendo de la calle acompañada por hombres; y a cada nuevo, desconocido andar, a cada repetición del sonido de la llave en la cerradura, yo sentía aumentar aquella agradecida, piadosa, implacable forma del amor que me unía a ella. La escuchaba batallar contra los minutos preliminares de timidez y torpeza, apresurar la reunión sobre la cama, echar casi enseguida a los visitantes, dirigirlos hacia la puerta con mentiras y promesas. La oía repetir las antiguas voz y risa, los ruidos que se detenían de pronto, como una velocidad frenada. La escuchaba vigilar los pasos del hombre en el corredor, el paso del tiempo necesario para que se alejara del edificio, trepara a un vehículo o se metiera en un café para beber un trago fuerte, hacer un avaricioso balance de lo gozado, temer sus consecuencias, ceder a la exaltación del orgullo, afanarse por encajar lo sucedido en la vida cotidiana, emparedado entre el transitorio remozamiento y la desconfianza. Porque ella sólo, en cada caso, había aceptado un sucio, verdoso, pardo, simbólico billete de un peso; y cuando yo entraba a visitarla, sonreía, miraba mis ojos rozar el montón de billetes arrugados sobre la carpeta morada de la mesa, apreciar su paulatino progreso.

—Soy una perra borracha —se limitaba a comentar, mostrándome un poco los dientes, casi con cariño.

La imaginaba retocarse la cara entre hombre y hombre, contraer reflexiva los delgados labios, meditar y renunciar a meditar con un movimiento de los hombros; la escuchaba abrir la puerta y cerrarla golpeando, como si sospechara que yo podía oírla, como si el estrépito fuera imprescindible para llevar la cuenta, se agregara a los anteriores, subrayara una cifra.

Llegué a la puerta del banco poco después de mediodía y me agregué al grupo que esperaba la hora de la apertura, me deslicé entre hombros y nucas, volví la cabeza para mirar la blancura del sol en la diagonal, el monumento de la plazoleta, las líneas filosas de los edificios entrando en el cielo claro, tal vez el último azul del verano. Después mis ojos resbalaron en las expresiones mezquinas y altivas, en la inmovilidad de las caras que me rodeaban; como si palpara un arma, movía los dedos dentro del bolsillo para tocar la hoja de papel donde había escrito el programa del día, donde las letras y los números con que había señalado cada uno de mis próximos movimientos y las horas en que serían ejecutados, indicaban y desembarazaban mi camino hasta el final, hasta que me apartara, a las 21:30, del cuerpo de la Queca y empezara a respirar sonoramente, paseándome en la habitación, convertido en un hueco, en una impaciente curiosidad, a la espera de la conciencia de haberlo hecho.

Ordené los billetes y los fui guardando en los bolsillos, sin contarlos; cerré la caja y llamé al empleado. «¿Qué pensarán cuando venza el trimestre y abran la caja y encuentren los tornillos y los pedazos de vidrio?»

Nada había cambiado en mí ni en la ciudad cuando yo avanzaba, indiferente al sol, una mano en el bolsillo del pantalón, por la diagonal Norte hacia el obelisco; nada me diferenciaba de los ajetreados transeúntes del mediodía durante las dos cuadras que hice hasta Esmeralda, mirando al pasar mi cara sudorosa en los vidrios pulidos de los negocios, llevando de uno a otro el recuerdo fugaz e impreciso de la nueva expresión juvenil que iba trasladando con mi cabeza, un aire de seguridad y desafío, un gesto de despreocupada crueldad. Prudente, temeroso de espantar al recién nacido fantasmal que flotaba, acompañándome, detrás de los cristales, dirigía de vez en cuando rápidas miradas de reojo a los escaparates, me detenía junto a ellos, alzaba apenas la cabeza para conocerme y estudiarme, sin pasar nunca de la mandíbula, de los extraños labios que avanzaban para remedar, en silencio, la actitud del silbido.

Comí unos sándwiches refugiado en el rincón de un café. Estuve imaginando un jubiloso Díaz Grey contra el fondo de la muerte de Elena Sala, un jovial y decidido Horacio Lagos con derecho a imponer música de baile al violín de miss Glaeson y a palmearle la más próxima saliente del cuerpo, un ex fugitivo desesperado que hubiera descubierto la necesidad de consumirse junto al marido de la mujer muerta. El estuche del violín viajando cargado de ampollas de morfina, zapatillas de baile que fueran punteando sobre las calles de una ciudad en fiesta —un pie y otro pie, una rápida vuelta—, hacia un final brusco y presentido.

El horario que llevaba en el bolsillo disponía el almuerzo para las 13:30; yo estaba comiendo con un atraso de veinte minutos. El próximo movimiento —afeitarme, darme una ducha, elegir en el ropero la mejor camisa blanca— debía ser ejecutado a las 14:00; dejé unas monedas sobre la mesa del café y salí a la calle para tomar un taxi, soporté por un momento el odio racial de los que poblaban las aceras. «Tal vez sea preferible —pensé en el coche— renunciar al cumplimiento del horario; acaso lo mejor sea bañarme y esperar tendido en la cama, buscar en el fondo del ropero el viejo metrónomo de Gertrudis, tratar de hacerlo funcionar en tiempo de larghetto y dejarme ir, sin actos y sin más que la idea fija de la eternidad que el aparato irá dividiendo en menudos pedazos hasta que lleguen las seis de la tarde. Volver entonces a respetar el horario, echarme a la calle para buscar una prostituta, separarme de ella a las 20:30 y volver a la calle Chile, observar por las ventanas a los muchachotes gritones y lánguidos del Petit Electra, detenerme a conversar con el portero, subir hasta el departamento de la Queca. Ella estará de vuelta y sola; sabré quién soy, quién es este otro.»

Cuando salí del ascensor vi el cuerpo de la mujer, de espaldas, la mano alzada hasta el timbre de mi departamento; no la reconocí hasta que se volvió y comprendí, simultáneamente, que había algo en ella que me apartaba de la emoción y el asombro.

—Hola —dijo—. ¿Qué pasa? Parece que no te alegrara...

La estreché la mano en silencio, sonriéndole, buscando en la cara y en el cuerpo qué había traído Raquel de extranjero y repugnante, qué cosa grotesca y desvinculada de mí, de lo que me era dado recordar, estaba ella segregando en el rincón oscuro donde la puerta de mi departamento casi se unía en ángulo recto con la de la Queca. Tal vez este nuevo hombre que era yo la desconociera, tal vez aquella cara huesuda y pálida no fuera la misma que yo había visto y evocado, la que convenía a Raquel, la que debía estar colocada bajo el pequeño sombrero que le cortaba en media luna la frente.

—Me sorprende tanto encontrarte aquí —murmuré—. Gertrudis no vive conmigo.

—Ya lo sabía —dijo ella asintiendo con la cabeza; fue separando los labios hasta que se me hizo imposible dudar de que sonriera, hasta que miré junto a mi cara una sonrisa bondadosa, impersonal, formada para expandir la tolerancia—. Es la tercera vez que vengo; estuve por la mañana, apenas llegó el barco. Llamé a la oficina pero me dijeron que no estabas más allí.

—Sí —dije; abrí la puerta y la hice pasar. Estaba seguro de la ausencia de la Queca. «Me gustaría decirte lo que voy a hacer», pensé mientras avanzaba detrás de su lentitud, del golpe de los tacones que se detuvieron bajo el retrato de Gertrudis—. Ésa es historia concluida; y es un tema que no me interesa. Pero se me ocurre que no habrás venido por eso; tampoco para comentar la última vez que estuvimos juntos.

—Tampoco —repuso sin volverse, con la nariz rozando el retrato de la hermana—. Yo sé por qué me dejaste de aquella manera, comprendo todo lo que sufriste entonces. Quiero darte las gracias.

Se volvió de golpe, dramática, la indefinible cosa repugnante extendiéndosele y cobrando intensidad en su cara. Fui a sentarme, acomodé el bulto del dinero en el bolsillo; algo me estaba amenazando desde ella, desde el contacto de su ridículo sombrero con la fotografía de Gertrudis; algo disgustante me iba a dejar cuando se fuera, como una mancha en la piel, una forma del remordimiento.

—No —dije—, no creo que comprendas. Sabía que estabas vomitando en la letrina del café, que me ibas a necesitar al salir. Pero no te tuve lástima; tal vez fuera cobardía; en todo caso, el deseo de librarme, de no comprometerme. Nada más que eso.

Volvió a sonreír y se me acercó con pasos cortos, arrastrando un poco los pies, atendiendo al roce de cada pie en el suelo; buscó una silla y se sentó, muy lenta, ayudándose con los brazos.

—Nadie sabe que estoy en Buenos Aires —las palabras atravesaban la sonrisa extática sin alterarla, los ojos anticipaban mi sorpresa—. Ni Gertrudis ni mamá. Ni siquiera les hablé por teléfono. Quería verte antes que a nadie.

Le sonreí en silencio, estuve seguro de haber repetido con exactitud el viejo gesto de comprensión, la mirada de asombro que siempre tuve para ella.

—Quería verte y hablarte. Lo quise desde el momento en que comprendí por qué lo habías hecho. Llegó a convertirse en una necesidad, y aquí estoy.

La cosa inmunda que ella se había traído estaba ocupando la habitación, era ya más corpulenta y más real que nosotros mismos.

—Sí —dije—. Entiendo.

Compuse una oración para rogar que se quitara el sombrero y la fui repitiendo mentalmente; necesitaba verle la frente desnuda y el pelo suelto. Hubiera pagado todo el dinero de mi bolsillo por volver a quererla.

—Es muy posible que ya no sufras —insistió—. Pero quiero borrar hasta el sufrimiento que padeciste entonces.

Dejé mi oración y me puse a jugar con la palabra *padeciste*, exprimí su ridiculez, la dejé caer. De pronto tuve que esconder la cara porque comprendí qué era lo que la estaba modificando, pude descubrir el significado de los pies lentos, del cuerpo que se balanceaba en la marcha, de las precauciones que había usado para sentarse; vi el vientre que avanzaba en punta sobre los flacos muslos separados. La sensación repugnante y enemiga había estado brotando de la panza que le habían hecho, del feto que crecía anulándola, que tendía victoriosamente a convertirla en una indistinta mujer preñada, que la condenaba a disolverse en un destino ajeno. Tenía el cuerpo derecho contra el respaldo, la sonrisa de amor se alzaba invariable, dirigida al universo. «Debe de estar pensando, palabra por palabra: mi rostro se ilumina ahora con una luz interior.» Desde el sombrerito adherido a la cabeza hasta los zapatos que amagaban unir las puntas, el fracaso y la extravagante felicidad continuaban fluyendo de ella como un mal olor.

—Y aquella necesidad culminó —estaba diciendo— cuando hace unos días, diez o quince, recibí una carta de Gertrudis. Me contaba de ustedes; claro, yo ya sabía. Pero hablaba, además, de ti y de mí; no en forma directa, dándolo a entender con una broma.

—¿Qué importancia tiene? —aventuré con desánimo.

—No es eso, quiero que me escuches. ¿Qué sabe Gertrudis de nosotros? ¿Qué le dijiste de mí?

—Nada. Cuando volví de Montevideo no le dije una palabra. Antes de eso, le habré dicho que te quería. —Le sonreí francamente, la obligué a ver mis ojos detenidos en su vientre—. Que eras maravillosa, que eras el absurdo, que estabas como nadie unida al entusiasmo y al misterio de vivir. —«Está tan vieja como Gertrudis; la barriga que le crece equivale al seno que le cortaron a la hermana.»— ¿No eras así, acaso? ¿Podía Gertrudis impedir que fueras así y que yo admirara todo eso, lo que eras?

—No es eso —movió la sonrisa con paciencia, de un lado a otro, apartando disonancias y arrebatos—. Se trata de nosotros, de la necesidad de que esto termine.

—¿Esto? —exclamé, acercando hacia ella, sin propósito ahora, la vieja cara de extrañeza y candor.

—Cuando recibí la carta comprendí que era necesario; tuve una crisis y finalmente fui confortada, supe que tenía que venir a verte. No tenemos nada de que arrepentirnos, ya lo sé. Pero estamos situados en un plano...

«Puede ser que se haya vuelto loca, puede ser (bendito sea Dios entonces) que se haya burlado de mí desde el principio, que se burle ahora.»

—¿Vas a tener un hijo? —la interrumpí; bastó el saboreado júbilo con que fue empujando el «sí» entre los dientes para enfurecerme—. Maldito si se me ocurre qué es lo que debe terminar.

—No te enojes —susurró ella.

«Si le digo que voy a matar a la Queca sin ningún motivo que me sienta capaz de explicar, me aconsejará dulcemente: "No lo hagas"; y entornará los párpados, se pondrá en comunicación con la fuente de bondad y tolerancia que le hincha el útero.»

—No te enojes, querido. Yo sé que la mayor parte de la culpa es mía. Yo no debí nunca... Alcides lo sabe todo y fue capaz de comprender. Te quiero mucho, tal vez no conozca a nadie tan bueno como tú.

Me levanté y fui a la cocina, en busca de algo para beber. Me arrepentí y regresé lentamente en dirección a la sonrisa fija, mansa e imbécil.

—No tengo por qué enojarme —dije—. Pero sucede que no te conozco, que no sé quién eres ni qué estás haciendo aquí. No entiendo una palabra de lo que estás diciendo.

—Sí, claro —asintió ella con regocijo—. Yo estaba ciega o loca, como quieras. Te quise siempre, desde que ibas a Pocitos a ver a Gertrudis. Yo era una criatura, y a los quince años, no lo digo por ti, una se enamora de cualquiera, del más próximo o imposible. Tal vez te haya querido por tu bondad, por tu comprensión, tu inteligencia, tan especial, tan humana. No puedo hacerte reproches. Ahora, esta vez, cuando volviste a Montevideo, cada uno puso algo de su parte para agravar el error. Sin darnos cuenta, estoy segura. Tú no eras feliz con Gertrudis y yo estaba confundida, atravesaba un período de prueba. Espiritualmente, nos necesitábamos.

—Pero yo fui a Montevideo con una mujer; una que me pagó el viaje, y no con el dinero de ella, sino con el que le sacaba a otro hombre que no conozco, a cambio de acostarse con él. ¿Se entiende?

—No importa, todos cometemos errores.

—Pero nos besamos —dije riendo—. Te abracé, te toqué la lengua.

Ella parpadeó, hizo surgir la sonrisa interrumpida, ensayó conmigo la mirada que proyectaba dirigir a su hijo.

—Es cierto, nos besamos. Pero lo grave es que tú continúes en el estado de ánimo de aquella noche, y que creas que a mí me pasa lo mismo. Estaba ciega, ahora se abrieron mis ojos. No son los hechos los que importan, sino lo que sentimos. Cada sentimiento inferior, injusto, cada egoísmo nos mantiene imperfectos. Y no solamente a nosotros, también a los que están en contacto con nosotros. Y el mal que transmitimos, ellos lo van transmitiendo a otros. ¿Entiendes?

«Está loca, no tiene derecho a esto, a convertirse en una ruina grotesca, a deformar a la Raquel en que yo pensaba cuando me sentía triste. Tengo que arrancarle el sombrero, tengo que verle la cabeza redonda y el pelo revuelto, tratar de ver la cara de Raquel antes de que sea imposible. Porque así como el traje recto y flojo es el uniforme de todas las inminentes madres del mundo, el pequeño sombrero sin adorno, ceñido como un casco, proclama la resolución de la pureza, el desprecio por las posibilidades sensuales de la vida, su adhesión al deber y a la soberbia estupidez.»

—Tal vez no entiendas —prosiguió—. No te preocupes, yo demoré mucho. Y recuerdo haberme negado; recuerdo que cuando comenzaba a ver claro había algo en mí que se irritaba, que se estaba negando sin razón.

—Es mejor que no hables más —dije, y me senté en la cama; la miré, blanda y pesada en el sillón, hurgué en la calidad de la sonrisa que le dilataba las mejillas, como las había dilatado anteriormente cualquier alegría imprevista, separada enseguida de su motivo—. No hables.

—¿No quieres que hable?

—No, de nada. No te conozco. Todo esto es triste e imbécil, te veo triste e imbécil.

—¿Triste? —se burló sin herirme, con un suspiro—. Tal vez haya hecho mal en venir y ponerme a charlar desde el principio. Pensé escribirte y después... supe que debía verte.

Me tendí en la cama, cerré los ojos, masqué pastillas de menta mientras escuchaba el silencio detrás de la pared, la voz dulzona de Raquel.

—Estábamos equivocados, querido. Ahora sí puedo decirte querido. Yo sé que no queríamos dañar a nadie, ni a Gertrudis ni a Alcides, ni a nosotros mismos. Pero el mal se puede esconder en los sentimientos que creemos más puros.

—Raquel: quiero que te calles, quiero que te quites el sombrero.

—¡Oh, sí! No quiero darte la sensación de estar aquí... Había olvidado el sombrero. ¿Está bien ahora?

—Sí, gracias —dije sin querer mirarla.

—No hubiéramos sido felices —murmuró, y dejó de hablar. «Se quitó el sombrero y es posible que tenga el pelo revuelto y yo pueda reconocerla con una mirada; es posible que se esté desnudando y dentro de un momento avance hacia mí, precedida por el bulto del vientre y con la misma cara transfigurada e inolvidable con que coreaba en Montevideo, en las reuniones partidarias del Stadium Uruguay, *La choza* o *No existe en el mundo otra tierra*; es posible que se le ocurra salvarme cortándome la garganta y yo sólo pueda desquitarme acentuando la burla en las puntas de la boca, dejándola hacer»—. Íbamos a estar envenenados, quién sabe cuánto tiempo. —Otra vez el murmullo lento y pegajoso, incontenible, sonando para nadie, como si ella cumpliera la condena de hablar, hablar, hasta que la muerte le cerrara la boca, la hiciera doblarse en la silla, aplastar el vientre contra las piernas—. Vas a conquistar la felicidad, pero no la felicidad sensual sino otra hecha de deberes, de amor, querido.

El «querido» zumbó dos veces sobre mi cabeza en la cama, tocó mi sonrisa como un lerdo insecto fatigado.

—Quiero que te calles —dije—, que te vayas, no verte ni oírte más.

No me atreví a mirarla; la imaginé rígida con el sombrero hundido hasta las cejas, apagándosele el gesto de perdón que dirigía hacia la puerta y los olores de la cocina, hacia el resto del mundo, los muchachos engominados del Petit Electra, la Queca y la Gorda, el pasado y los inevitables errores que habrían de repetir los hombres. Volví a gritarle y fortifiqué así el silencio; la imaginé levantarse indecisa, fluctuando entre el desencanto y la confianza; pude oír el débil silbido de las bondades y perdones que regresaban a desgana para reincorporarse en Raquel. Escuché los golpes de la marcha del cuerpo que progresaba hamacándose en dirección a la puerta; temí que me llegara una frase despojada de rencor, rezumando fe, una frase que fuera como la otra mejilla ofrecida al bofetón.

Solo, adormecido, llegué a pensar que la visita de Raquel, su barriga y su tediosa locura no habían sido más que elementos de un sueño; olvidé a Raquel hasta que al final de la tarde oí llegar a la Queca y la voz de un hombre, me alcé de la cama y mis ojos encontraron sobre la mesa un cartoncito impreso que decía

The new invocation

From the point of Light within the Mind of God
   Let light stream forth into the minds of men.
     Let light descend on Earth.
From the centre where the Will of God is known
   Let purpose guide the little wills of men

The purpose which the Master knows and serves.
Let light and Love and Power restore the Plan on Earth.

Al pie se leía, escrito con lápiz: «Estaré en casa de mamá; no faltes esta noche».

Entendía casi todas las palabras que comenzaban con mayúscula, traté de pronunciar el último verso y no me opuse a su sentido. Pensé que era incomprensible haber querido a Raquel, que quizá no la hubiera querido nunca y mi voluntad de no tocarla fuera producida, simplemente, por el miedo de descubrir mi falta de amor por ella.

Me desnudé, y hasta el principio de la noche estuve paseándome en la habitación calurosa, convenciéndome de que había elegido aquel mes, aquella semana, aquel día, porque entonces el verano, negándose a morir, elevaba consigo —hasta el nivel apenas señalado pero inconfundible en la piedra del tiempo— hombres y cosas; convenciéndome de que el calor podía ser sentido por medio de la mirada y que se partía en colores sobre los muros y alrededor de mi cuerpo en movimiento, se dividía en franjas, que se cruzaban sin mezclarse, de amarillos y ocres, de verdes oscuros pero frescos, el verde del césped en la sombra de la tarde.

Detrás de la pared estaba el silencio; el hombre ya se había marchado.

X. OTRA VEZ ERNESTO

Se me ocurrió que no podía actuar porque me faltaban los sentimientos, la ansiedad y la esperanza, los miedos correspondientes a la expectativa de lo que iba a hacer. Apretarle la garganta y besarla, encima de ella, mis brazos sujetando los suyos contra el cuerpo, sus piernas impedidas por las mías, era ya para mí una tarea habitual, un oficio aprendido, una indiferente manera de ganarme el pan.

Empecé a vestirme, transformado ya en pobre hombre a quien arrancan del sueño una campanilla de despertador, la de inmediato devuelta conciencia de deberes y responsabilidades. Me movía sin ruido, interrumpiéndome para auscultar el silencio de al lado, imaginarlos a «ellos» flotando encima de la Queca adormecida, charlando y agitándose sin objeto, acaso para sentirse vivos, para no encontrarse entumecidos cuando ella despertara. Arracimados, movían las bocas viscosas, alternativamente infantiles y envejecidos, tragaban y devolvían, muerto, irrespirable, el aire de la habitación.

Me puse la mejor camisa, me distraje jugando con el tambor del revólver; oí un aparato de radio dando las 20:30. Era el momento de separarme de la prostituta, de oprimirle la mejilla y sonreír destilando frustración y respeto, el no resignado acatamiento a la imposibilidad del amor.

Cerré mi puerta sin ruido, hice subir el ascensor, lo abrí y lo empujé para que sonara. Antes de meter la llave en la cerradura de la puerta de la Queca supe que todo iba a ser fácil, que ella se acercaría para que yo la atontara con un solo golpe y que después, cuando estuviera tendida en la cama, me escuchara o no, yo trataría de decirle todo lo que puede ser dicho a otra persona, le apoyaría, agravada, contra la oreja, mi voz, sin el apremio del tiempo, sin cuidarme de su comprensión, seguro de que bastarían pocos minutos para quedar vacío de todo lo que había tenido que tragarme desde la adolescencia, de todas las palabras ahogadas por pereza, por falta de fe, por el sentimiento de la inutilidad de hablar.

Abrí la puerta y entré en el cuarto en desorden, miré los muebles fuera de sitio, las ropas mezcladas, todas las cosas que parecían haberse desperezado para celebrar la reconquista del aire. Volví a respirarlo, di las gracias con una sonrisa. Bajo el velador junto a la cabecera de la cama, única luz encendida, la Queca estaba desnuda —una sábana arrollada le cruzaba el vientre—, las manos reunidas en el pecho, una pierna estirada y la otra alzando la rodilla.

Un chorro de agua sonó en la pileta de la cocina, grueso y breve, partiendo en dos los ruidos que trepaban de la calle; no lo comprendí enseguida: laboriosamente, aparté mis ojos de la Queca, hice resbalar una mano sobre la dureza del revólver, comprobé que el mundo era mío. Perniabierto, sin interrumpir el movimiento circular del dedo que jugaba con la llave, miré hacia el ruido en la cocina; hubo un silencio, una radio lejana manejó el agudo del violín como una lanzadera. Aunque la puerta de la cocina no fue empujada por la Gorda —yo estaba seguro de que era ella, la veía inclinada sobre la pileta con un traje de noche, desnudos los brazos gruesos como muslos, oliéndose en el escote un violento perfume, largos pendientes temblándole en las orejas—, continué inmóvil, lleno de la misma confianza, adaptándola de inmediato a la sustitución. El hombre —supe que estaba más joven, un muchacho casi, lo vi encorvado, salientes los huesos de la cara, el pelo retinto y recién humedecido le nacía un poco arriba de las cejas— empujó la puerta con el hombro; se entreparó y torciendo la cabeza sobre el vaivén, el sordo gemido de la puerta, hizo girar los ojos. En mangas de camisa, agitaba hacia el suelo las manos mojadas, recogía la sombra en cada depresión de la cara blanca, inmóvil, como condenada a mantener a través de las próximas horas un gesto de empecinamiento y torpeza. Avanzó enseguida, siempre un paso atrás de su olor a jazmín, con los ojos dirigidos a mí pero sin mirar; se detuvo cuando estaba por tocarme, dejó fluir el perfume y una infinita incomprensión, el aliento sonoro que absorbía rápidamente la capacidad de olvido del aire.

Ella no se movió, no dijo nada. Los anillos de los dedos contra los senos, la piel de la rodilla y la media luna de los dientes emergían con equivalencia de la zona de débil luz de la cama; comenzaron de pronto a reiterar explicaciones ociosas.

—¿Sí? —preguntó Ernesto, pero no miraba, abría apenas los ojos oscuros y ciegos hacia el lugar que ocupaba mi cabeza. No quise sonreír ni acariciarlo; torció la boca en dirección a la cama, lentamente alzó una mano y la apoyó en mi hombro—. Está —dijo; pareció esperar algo, no desilusionarse con el silencio—. Está.

Juntó los dedos contra el estómago y los fue restregando, unos contra otros, alternativamente; se apartó de mí y empezó a caminar en círculo por la habitación, mirando el suelo, determinando con los ojos la velocidad de los zapatos. Fui hasta la cama y toqué la rodilla que alzaba la Queca; hice resbalar mi mano sobre la piel desnuda hasta llegar al hombro.

—Sí —dije al incorporarme.

Ernesto caminaba sobre un círculo perfecto, los dedos acariciándose velozmente, lejano y aislado. Miré las manchas en el cuello de la Queca, volví a doblarme para olerle la boca. «Lo supe desde que abrí la puerta», me mentí. Sentado en la cama, rogando que mi peso no la molestara, controlando las vueltas del muchacho sobre la sucia alfombra. Toqué el vientre frío y chato, tiré de la sábana para cubrirlo mejor.

—Vamos —dije; él se detuvo poco a poco, quedó dándome la espalda—. Después hablamos, fuera de aquí.

Se volvió sin verme, contempló el sitio de donde había salido mi voz; hizo un movimiento con los hombros y reanudó la marcha, doblado, las manos juntas y retorciéndose. Recogí su sombrero y su saco y caminé hasta pisar el círculo que él recorría.

—Vamos —dije—. No sea imbécil. —Alzó la cabeza, pero no hacia mí, los labios se le movían en silencio; el paseo circular le había puesto la cara más flaca y pálida. Detuvo los ojos en mi sombrero y se fue poniendo el saco; el perfume de jazmín se debilitó como un recuerdo.

—Está... —repitió, casi animándose a preguntar.

Alcé una ropa del suelo y la extendí encima de la cara de la Queca.

—Tenemos que salir —dije; le puse el sombrero y lo empujé—. Hay que salir enseguida, deje la luz así.

Desde el corredor escuché la casa en silencio, dejé morir el golpe de una puerta, un taconeo en la escalera. Sin soltarlo, estiré un brazo y abrí mi puerta.

—Entre, vivo aquí.

Sentí que despertaba —no de este sueño, sino de otro incomparablemente más largo, otro que incluía a éste y en el que yo había soñado que soñaba este sueño—, cuando lo tuve adentro, lo vi caminar rozando los pies de la cama, chocar y detenerse pegado a los vidrios del balcón, volverse con una cara atónita, evidenciar sin proponérselo la emocionante voluntad de nutrirse con sólo el orgullo; cuando lo vi doblarse sin gracia, quedar sentado, depositar sobre la mesa las manos cortas y cuadradas, quieto, sin mirar, pero con los párpados alzados, fingiéndose incapaz del recuerdo, duro, hastiado y en disimulada espera.

Desperté de mi sueño sin felicidad ni disgusto, de pie, retrocediendo hasta tocar un muro y mirar desde allí las formas y los matices del mundo que surgió silencioso, en remolino, del caos, de la nada, y que se aquietó enseguida. Ahora el mundo estaba ante mí, dispuesto para mis cinco sentidos, asombroso antes de poder ser reconocido, increíble cuando volvió a funcionar la memoria. Desde la pared, en la sombra, contemplé sonriendo la inmovilidad del otro, me atribuí la energía necesaria para atravesar amaneceres y jornadas mirando al hombre rígido en su asiento que descansaba las manos sobre la mesa; que empezaba a sudar bajo la luz como ubicado en el punto más ardiente de la noche de verano; que agitaba suavemente la cabeza para poder negarse al deseo de dejarla caer contra el pecho. Me abandonaba a la ilusión de poder mirar eternamente la cara blanca y húmeda, huesuda, donde la juventud era nada más que una calidad viciosa; mirarla comprendiendo que el hombre que la balanceaba con defensiva persistencia era, a la vez, otro y parte mía, una acción mía: mirarla como al recuerdo, el remordimiento de un acto culpable. Hubiera querido tener encerrado allí al muchacho hasta el fin del tiempo, como a un niño o un animal, cuidarlo y consolarme de toda posible desgracia con la convicción de que él estaba vivo y recordaba.

Pero en cuanto sus ojos, inmóviles en la cara, como si sólo los músculos del cuello pudieran dirigirlos, apuntaron hacia mi cuerpo en la pared, avancé sonriendo, moví una mano y le toqué el hombro. Me demoré en la felicidad de rozar la tela que le cubría el hombro, el músculo en descanso; pensé que ninguna sensación anterior podía ser comparada a esta alegría y este desprecio.

—¿Café? —le dije—. ¿O un trago?

Encogió el hombro, protegí con la mano el movimiento; traje el porrón de ginebra y dos vasos. Cuando volví, él estaba alzando los dedos para observarlos, todos a la vez, sin despegar la palma de la mesa. Bebió un largo trago, tuvo un momento la boca abierta para respirar y después me miró, fue aflojando el cuerpo en el asiento, impregnado ya de la resolución de no hablar. Volví a llenarle el vaso; estuve limpiando una pastilla de menta que encontré suelta en un bolsillo. «Si pudiera hacerle pensar ahora en la vida que continúa alrededor nuestro, en los amigotes y las mujeres a los que podría estar mintiendo, codiciando, haciendo oír historias sucias. Si pudiera hacerle sentir que los actos y sensaciones a los que él llama vida no se han interrumpido, que están sirviendo caña con hielo en el Novelty, que los muchachos entizan los tacos apoyándose en la mesa de billar, que María ensaya dengues y ropas frente al espejo, que algunos centenares de cretinos, sus hermanos, están llegando a Corrientes desde los suburbios, avanzan hacia los cines y los cafés y las milongas, hacia el sabor de heroísmo y fracaso del puchero en la madrugada. Si él entendiera que yo estoy aquí, mirándolo sin necesidad de simpatía, ligado a él, empeñado en adivinar el aspecto de su desgracia...»

Vació el vaso e hizo oír un ronquido; movió los dedos para aflojarse la corbata y luego fue torciendo la cara hasta mostrarme la primera sonrisa, convencerme de que podía sonreír. Tenía los dientes blancos, los colmillos largos, dos líneas de saliva blanca en los labios, los ojos fríos y cobardes.

—No se preocupe —le dije—, lo vamos a arreglar. —Cerró la boca, mantuvo los ojos en mi cara, no quiso contestar. «Muerta, al otro lado de la pared.»— ¿Está seguro de que no dejó nada allí?

—No dejé nada. No traía nada para dejar. —Volvió a sonreír mientras agarraba el porrón—. ¿No basta con lo que dejé?

—Piense. De todas maneras, voy a revisar. Tenemos que irnos. Tal vez mañana nadie se entere. Pero si pasan dos días... —«Sólo falta que se le ocurra creerse inteligente, actuar por encima de lo que hizo.»— Y esta misma noche; cualquiera de los que tienen llave pueden venir y entrar.

Miraba como si no pudiera entender, otra vez sudando, incapaz de evitar que la cara se le fuera fundiendo ante mis ojos, se convirtiera en una masa blanca sólo definida por las sombras grisadas que ocupaba la angustia.

—¿Quién tiene llave? No me olvidé nada. —Abrió las manos y me las mostró—. No traje nada, sólo me quité el saco.

—No se puede estar seguro. Hay que ver... Tome otra copa, pero no más. ¿Pensó algo?

—¿Si pensé qué...? —Las cejas retintas resbalaban hacia los huecos de miedo y sudor.

—Cómo escapar de esto.

Pasé frente a él y su terror, hice un esfuerzo para no acariciarle la cabeza. Durante un minuto esperé junto al balcón los ruidos de la puerta golpeada, los pasos, la voz ronca en el teléfono, la risa que se alzaba para sofocarse enseguida. Volví para situarme detrás de la cabeza que reanudaba sus blandas negativas.

—No pasó nada, ¿verdad? Usted no quería hacerlo. Es mejor así. ¿Cree que puede quedarse en Buenos Aires? —Repetí la pregunta riendo, detuve el cabeceo, le vi levantar los hombros y las manos—. No sabe; pero estoy seguro de que cree posible esconderse aquí. Debe tener algún amigo, alguna mujer capaz de esconderlo en su pieza. Y se va a encerrar ahí hasta que lo agarren. Porque lo van a agarrar. Vamos a leer los diarios, a emborracharnos, a morirnos de miedo, y al fin, de aquí una semana o dos, los tiras golpeando en la puerta. Como si lo viera. ¿Y no tiene también un amigo, uno que le limpiaba el escritorio a un abogado y que le va a dar consejos?

—¡Ah! —dijo Ernesto; empezó a levantarse, puso con un golpe los puños sobre la mesa, sin volver el cuerpo.

—Puede ser, además, que el cuñado de un amigo trabaje en Investigaciones...

—¿Y qué carajo le importa? —estalló, siempre de espaldas, dando un puñetazo a la mesa. Le miré la nuca, tan seguro como si tuviera el revólver en la mano—. ¿Qué le importa lo que hago y no hago? —Ahora golpeó suavemente, sin convicción.

—No se olvide —murmuré—. Siempre hay alguien que puede estar oyendo.

Volvió a sentarse, el cuerpo endurecido como al principio, las manos quietas y apoyadas; el olor a jazmín parecía venir ahora de las orejas salientes. Volví a la mesa y llené los vasos.

—Hay que pensar las cosas —aventuré—. No antes, claro; si no, no se hacen. Pero después hay que pensar qué conviene. A mí no me importa, tiene razón. Podría ir a buscar un vigilante. Pero ya se le va a pasar el miedo y nos pondremos de acuerdo.

—Esa yegua —dijo por fin.

—Sí. ¿Quiere morirse en la cárcel por ella? Porque no veo ninguna explicación que pueda dar. En Buenos Aires, lo agarran antes de diez días.

—¿Para qué me trajo aquí? —Volvió a mostrar la sonrisa, la cobardía—. ¿Quiere entretenerme para que no me escape?

—Ya se le va a pasar el miedo. ¿Tiene donde esconderse?

—Me importa a mí. Cuando quiera, me voy sin pedirle permiso.

—Claro —dije—. Cuando quiera. —Toqué el billete en el bolsillo: «Te voy a telefonear o venir a las nueve»—.

Haga lo que quiera. Vuelvo enseguida. No se asuste, voy a ver si olvidó algo. Si se resuelve a dejar Buenos Aires, yo puedo sacarlo de aquí y hacerle cruzar la frontera. Es fácil; piénselo.

—¡No entre! —gritó cuando yo abría la puerta; me detuve para verlo inclinado sobre la mesa, mirar lo que le quedaba de cara, la blancura y el círculo imperfecto, la humedad inconfundible del miedo dirigida hacia mí, la simple costumbre del miedo—. No entre —repitió, copiando en susurro el grito anterior.

Cerré lentamente y abrí la puerta de la Queca, llevé bajo los párpados cerrados la imagen de la cabeza sucia de terror, hasta chocar la mesa con los muslos. Dejé caer la llave sobre la carpeta y me desvié para encender la luz del techo. Vi la toalla amarilla apelotonada en el suelo, saqué el papel del bolsillo y volví a leerlo, estuve buscando el lugar justo donde lo hubiera dejado caer la Queca después de una tarde frecuentada por extraños, por la disputa y la reconciliación. Resolví dejarlo doblado, junto a la llave en la mesa; lentamente torcí el cuello hasta distinguir las uñas pintadas de los pies, los dedos encogidos; el pie que se estiraba fuera de la cama, el que descansaba en las arrugas de la sábana. Estaban después las piernas y su vello; una se extendía rígida y horizontal; la otra, con el hueso de la rodilla semejante al cráneo de un niño, se doblaba y descendía hacia el vientre, hacia la doble curva de las nalgas aplastadas, hacia lo que estaba convertido en sombra, depresión y pelo. Me incliné para hacerme incomprensible la lujuria, para examinar una complicación minuciosa y sin sentido. «Mundo loco...», recé mirando aquello como a una larga palabra extranjera.

Me aparté y retrocedí; recordé que había alguien al otro lado de la pared, admití el deber de llamarlo para que viera lo que yo había mirado. «Ellos» ya no estaban; habían ocupado totalmente el cuerpo de la Queca en el momento decisivo, gotearon como un sudor después de la muerte, se disolvían ahora mezclados al polvo y la pelusa de los rincones. Pero el aire de la habitación, la libertad y la inocencia, se alzaban como un vapor en el alba, alegres y silenciosos reconocían la forma de mi rostro.

Aparté la salida de baño que le cubría la cabeza, y su cara, poco a poco, segura de que disponía de un tiempo infinito, mostró primero la muerte y luego dos anchos dientes que avanzaban mordiendo el aire. Los párpados cubrían casi dos líneas curvas, acuosas. Estábamos solos, empecé a compartir el descubrimiento de la eternidad. Di un paso atrás para observar a la desconocida envarada que ocupaba la cama, aquel cuerpo de mujer, nunca visto, que acababa de ser introducido en el mundo. Los brazos doblados, las manos empequeñecidas y abiertas aplicadas a separar los pechos, a construir un camino para la respiración. La cara volvió a indicar la muerte y la muerte resbaló como un líquido desde el pelo suelto hasta los pies contraídos.

Pero yo no miraba a la Queca ni la actitud absurda que formaban piernas y brazos incrustándose en el aire desaprensivo de la habitación; no miraba el cuerpo frío de una mujer abusado por hombres y mujeres, por certidumbres y mentiras, las necesidades, los estilos fraguados y espontáneos de la incomprensión; no miraba su rostro clausurado, sino el de la muerte, insomne, activo, que señalaba el absurdo con dos cuadrados dientes frontales y lo aludía con el mentón caído en la búsqueda de un monosílabo impronunciable. Y el cuerpo era el de la muerte, intrépido, encendido de fe, manteniendo el obvio escorzo de las revelaciones. Muerta, convertida en la muerte, la Queca había regresado para atravesarse en la cama, doblar una rodilla, tomarse y apartar los pechos. No sonreía porque había sido expulsada sin sonrisas; diestra, guiada ya por una larga costumbre, acomodaba cada parte de su cuerpo a la posición que le fuera asignada, podía reposar en la actitud impuesta. Estaba tranquila y afable, de vuelta de su excursión a una comarca construida con el revés de las preguntas, con las insinuaciones de lo cotidiano. Muerta y de regreso de la muerte, dura y fría como una verdad prematura, absteniéndose de vociferar sus experiencias, sus fracasos, los tesoros conquistados.

XI. PARIS PLAISIR

En el hotel —pegado a un teatro de revistas cuyas risas y música llegaban a la habitación como un ruido oceánico, como una luz amarillenta, fosforescente y fluctuante, como una expectativa nacida siempre antes o después del momento apropiado— esperé a que Ernesto se desnudara, lo escuché tartamudear el proyecto de una conferencia que cubría muchas faces de la aventura humana sobre la tierra; lo oí, lo miré cuando invocaba a su madre, arrodillado junto al inodoro. La pieza olía a bodega y a ginebra; él mimó, estirando el cuerpo blanco y velludo, una actitud de rebelión, un valeroso desafío al destino, casi provocativo; esperé a que sollozara y se tendiera en la cama, le abrigué las piernas, no quise negarle la mano que necesitaba para refrescarse la mejilla. Acaso tuviera una importancia decisiva la frase incomprensible que murmuró antes de dormirse y roncar.

La cara ya no sudaba; pálida, otra vez informe en la penumbra se extendía en la almohada y hacia la cabecera como buscando emerger, forzando los tendones del cuello. «Tengo que suprimir el odio y la vanidad —pensé mientras lo ayudaba a dormir con mi quietud—; tengo que saber sin dudas que él no es más que una parte mía, enferma, que puede matarme y a la que es prudente cuidar. Soy el único hombre sobre la tierra, soy la medida; puedo acariciarlo sin lástima ni desdén ni ternura, con sólo el sentimiento de que está vivo. Puedo palmearlo, susurrarle una canción de cuna, comprobar que se adormece y deja de dolerme mientras pienso que es más hermoso que yo, más joven, más imbécil, más inocente. La mano que lo roza va gastando el recuerdo de la noche en que me golpeó frente a la cobardía de la Queca, el recuerdo de su imaginada furia en la cama, de su potencia para convertirla en una mujer desconocida para mí y que me sería negada aunque ella continuara viva. No es más que una parte mía; él y todos los demás han perdido su individualidad, son partes mías. Los hombres y esta luz, esta veta en la madera, la música que se levanta y desciende, la misma sensación de la distancia que me separa del sitio donde la hacen sonar.»

Dormía con la boca abierta cuando recogí sus ropas y las fui guardando en la valija, separé sin tocarlos los papeles, la medalla, el lápiz, el encendedor y el dinero que contenían los bolsillos. Apagué la luz y salí, golpe a golpe la valija contra mi rodilla, calculando dónde podría esconder o quemar las ropas, dónde me sería posible encontrar a Stein para mentirle con mi silencio, para burlarme sin agresividad al pensar en todo aquello frente a su alegría, su inteligencia, la sucia avidez por la vida que lo inquietaba. Me convencí de que era necesario no sólo hallar a Stein, sino situarlo en la primera tentativa; en la cigarrería de la esquina del hotel fracasé al consultar a Mami por teléfono.

—No lo veo desde ayer, usted sabe cómo es Julio. Me preocupa porque está enfermo, no debe beber. No se cuida, como siempre. Brausen, usted tiene que venir a escucharme: tengo como veinte *chansons* de la resistencia. Es casi seguro que Julio estará en el Empire; pero no le diga que lo sabe por mí. Usted me comprende, Brausen. Recuérdele que vivo, convénzalo para que me llame, sin decirle que habló conmigo. Ojalá no esté todavía borracho. Que esa mujer no le saque dinero, Brausen. Usted sabe cómo es él con la plata... Si no está en el Empire, busque en ese otro más chico, en Maipú, cerca de plaza San Martín. Estoy bien, esta noche, sola; estoy chocheando con el plano de París, usted sabe por Julio. Pregúntele si hace mucho que no ve a la pobre vieja y él se va a levantar para llamarme... Cuídelo, es demasiado bueno y todos abusan.

Resolví seguir a pie hasta Corrientes y luego bajar hasta el Empire, gozoso del peso de la valija, midiendo el significado de lo que podía dejar en cada esquina, en el mingitorio de un café, junto a las rejas de un subterráneo, con sólo inclinarme y abrir la mano. Marchaba sin prisa en la noche tibia, pasaba revista, benévolo, a los detalles que formaban esta noche compuesta para mí, prometida desde siempre. Iba sonriendo a los cartelones de los teatros, respiraba el aire perezoso que sacudían los vehículos, saludaba con los ojos a las caras y los diarios desplegados detrás de las ventanas de los cafés, a los grupos que se movían apenas en los vestíbulos de los cines, a los puestos de periódicos y flores, a las parejas gruesas y graves, a los solitarios y a las mujeres apresuradas que marchaban hacia un moderado éxtasis, un roce fugaz con el misterio, el suspiro de abandono, la materia perecedera que es posible extraer de los filones de la noche del sábado.

Descendí por Corrientes paso a paso, alternando la fatiga de las manos que sostenían la valija, encontrándolo todo bueno, apropiado todo a los méritos, las necesidades, lo que eran capaces de soñar las gentes. Crucé el círculo del obelisco con la decisión de reconstruir una noche de mi adolescencia en la que habría afirmado, en soledad o ante sordos, que el período de la vida perfecta, los rápidos años en que la felicidad crece en uno y desborda (en que la sorprendemos como a una hierba incontenible naciendo en todos los rincones de la casa, en cada pared de las calles, debajo del vaso que alzamos, en el pañuelo que abrimos, en las páginas de los libros, en los zapatos que embocamos por las mañanas, en los ojos anónimos que nos miran un instante), los días hechos a la medida de nuestro ser esencial, pueden ser logrados —y es imposible que suceda de otra manera— si sabemos abandonarnos, interpretar y obedecer las indicaciones del destino; si sabemos despreciar lo que debe ser alcanzado con esfuerzo, lo que no nos cae por milagro entre las manos.

«Toda la ciencia de vivir —estaba en el guardarropa del Empire, estaba resuelto a no separarme de la valija— está en la sencilla blandura de acomodarse en los huecos de los sucesos que no hemos provocado con nuestra voluntad, no forzar nada, ser, simplemente, cada minuto.»

«Abandonarse como a una corriente, como a un sueño», pensaba al adentrarme con la valija en la penumbra de la sala de baile, escuchando el tango desconocido, el solo del bandoneón sobre el distante piano. No pude ver a Stein en la pista ni en las mesas, puse la valija junto a mi pierna y pedí de beber; sabía que era imposible emborracharme, descubrí el cansancio de mi cuerpo al recostarlo en la silla, comencé a imaginar la expresión que tomarían en la muerte cada una de las caras que miraba: las dividí, de primera intención, en ceremoniosas e ingenuas, en la raza de las que se estirarán, duras, secas, adecuadas a la interpretación humana de la muerte, y la de las caras que se someterán, inexpresivas, dóciles.

Apagaron todas las luces, un reflector cayó sobre la pista vacía, una mujer con traje de torero saludó besándose los dedos y empezó a bailar. No pude distinguir a Stein. Mami, como una vaca ciega, las grandes ubres flojas apoyadas en la mesa, junto al teléfono, estaría acercando la cabeza teñida de amarillo al plano de la ciudad de París, itinéraire pratique de l'étranger; haría oscilar las largas faldas para acompañar las indecisiones de sus botitas, el busto escaso y encorsetado, dudosa —ella venía del Sacré-Coeur por la rue Championnet y se había detenido (aquel día, junto con el mundo, era suyo) en la esquina de la Avenue de Saint Quen—, dudosa entre tomar el boulevard Bessières o la Avenue de Clichy para descender por el boulevard Berthier hasta la Porte Maillot, en letras azules, a un paso, puede decirse, del Arc de Triomphe. La tarde, dulce, comenzaba a disolverse en malva, equitativamente, sobre la Rive Gauche y el diminuto bistró situado entre el Jardin des Plantes y la Gare d'Orléans (ou d'Austerlitz), el saloncito oscuro y mal ventilado que no frecuentaba desde meses, que podía estar ya en los antípodas, en Buenos Aires, fuera del plano en todo caso. La mansedumbre de la tarde disolvía también, por inercia, el pasado reciente y los compromisos; Mami podía dedicar —frente a la Porte de Clichy, sumiendo sus ojos jóvenes en las discretas brumas que levantaba la curva del Seine frente a Asnières, golpeteando el piso y la punta de sus botitas con la contera de la sombrilla que no había abierto nunca después de examinarla en el interior del negocio donde la había comprado con el dinero que Julio le obligó a aceptar y donde la seda dorada e impermeable mostró, hizo casi volar, mariposas con alas de un oro más fresco, con cuerpos bordados en el vivo color rosa de las mucosas—, podía dedicar el principio de la noche a flanear por el quai de la Conférence; y desde allí, acompañándose en la marcha con el vaivén que imprimiría a la sombrilla y siguiendo con los hombros, apenas con las caderas, el ritmo de *Katie la bailarina* (¿no le había dicho Julio, mientras sonaba la música, que ellos estaban definitivamente unidos por algo más que el amor, por algo que los hombres no sabían aún nombrar y que estaba más allá del amor?), le sería posible contemplar, según el plano, la Tour Eiffel y Saint Pierre; tal vez, además, los Inválidos, si tenía suerte, si la sombra no se echaba encima muy pronto.

Pero Mami también podía emplear las horas que la separaban de la cita con Julio en cumplir una peregrinación sentimental hasta la rue Montmartre, tan difícil de encontrar y que no debía ser confundida con Pont de Montmartre, sobre boulevard Ney, sobre la guardia griega en fondo verde que señalaba las fortificaciones. En la rue Montmartre había bailado con Julio una noche entera y cuando bailaban el vals de *La doncella de las colinas* él encontró palabras nuevas para hablarle de su deseo; Mami no contestó, no hizo un gesto hasta que llegaron a la oscuridad de la mesa, hasta que pudo estirar un brazo desnudo y suplicar a Julio que la quemara con el cigarrillo. Pero la rue Montmartre, inexplicablemente, sólo podía ser descubierta en el piano por casualidad, tal vez enseguida, tal vez cuando el sueño llegara antes que la campanilla del teléfono. De modo que abandonó —con la relativa paz que proporcionan las decisiones— la esquina de la rue Championnet y la Avenue de Saint Quen y ascendió, prolongada su atención por una aguja de tejer, en el cielo siempre grisáceo, siempre luminoso de la ciudad de París (Gravé par L. Paulmaire, Impr. Dufrénoy, 49 rue de Montparnasse) y fue planeando, con velocidad moderada, de izquierda a derecha, de este a oeste y con una pronunciada inclinación hacia el sur, de Puteaux —letras negras sobre campo verde, entre dos caseríos— a Alfortville, donde el Seine aparece trifurcado junto a Pont D'Ivry y desaparece, lo cercena una línea en cuerpo ocho que reza: Stations des bateaux TCRP. Desde el cielo malva o gris, flotando a una altura de 700 o 1.200 metros, según la escala, Mami contemplaba los edificios y las calles reconocibles, los recuerdos que se le adherían como vendas. Vio el Petit-Palais y el Jardin des Tuileries, el quai Malaquais y la rue de Tournon, el Musée de Cluny, el boulevard Saint Marcel; ya lanzada, atravesó el cruce del ferrocarril de Orléans con el de Ceinture y, repentinamente, un golpe de buena suerte —cuando desconsolaba los labios encima de la torre de la iglesia de Ivry— le desvió el ojo izquierdo hacia la mancha verde del Cimetière de Montparnasse, entre el Observatoire, Notre-Dame des Champs y Notre-Dame de Plaisance.

Comprobando que el inexpresable sentido de la vida se mantenía fiel y ardiente —aunque Julio no la llamara en toda la noche, aunque el rabioso dolor de la vejiga volviera a despertarla en la madrugada—, picoteó con la aguja de tejer los alrededores de la rue Vercingétorix, donde, a media cuadra de la Avenue du Maine, debía sonar aún la última pitada de tren que ella había oído; donde, en una pieza cuyo centro ocupaba una estufa que ninguno de los dos aprendió a manejar, Julio la había abofeteado suavemente antes de murmurar la frase obscena, elogiosa, insultante que toda mujer bien nacida necesita oír antes de la muerte, la única que puede ser grabada para siempre en el corazón y cuya fresca presencia es un consuelo eficaz en todas las horas adversas: «Nunca conocí perra tan perra».

Los aplausos retrocedieron, obligaron a las luces a regresar, devolvieron la pista a los bailarines. Busqué otra vez a Stein en las mesas, en las caras que pasaban girando; sin dejar de bailar, una mujer alzó dos manos verdes a la altura de la cabeza; el pelo lacio y peinado le cubría el perfil. Bebí y dejé el vaso con desencanto, hice resbalar una pierna contra la valija. Como definitivamente fuera del

argumento y de Santa María, Díaz Grey estaba padecien-
do a la muchacha —ella hacía visible ahora su tendencia
a irrumpir en las esquinas de una ciudad en primavera,
casi siempre de espaldas al primero que la descubría, con
sus pasos varoniles e irresolutos, un hombro más alto que
el otro, para ofrecer el pecho izquierdo o protegerse de
la traición—, la padecía y la manoseaba, la suprimía y se
aniquilaba en ella, lograba a veces detener el tiempo sin
otro resultado que el convencimiento de que no es posible suceder en la eternidad. Yo lo veía ensayar con entusiasmo el truco inútil de dejarse alcanzar en las bocaca-
lles por las piernas más ágiles de la muchacha, por la
sorpresa de la mano tímida en el brazo, por la sonrisa y los
silencios; lo veía condenado a sentir cada encuentro como un prólogo a la escena semanal en la casa de citas, al
abandono, el olvido, la dudosa victoria de dejar de ser, al-
canzados en la cama. Y siempre, después, la espera, la
provocación del arrepentimiento. El médico podía palpar, como objetos que se llevara en el bolsillo, los movimientos de ella para esconderse de las luces, los camareros, las otras parejas; el olor a desinfectante que las
almohadas contagiaban a la cabeza de la muchacha; el
nuevo olor, opaco, desanimado que formaba el desinfectante al mezclarse con el alegre perfume familiar; la imposibilidad de besarla o hablar mientras esperaban que el
mucamo llegara para cobrar y anunciarles el taxi. Y como cada uno de estos recuerdos, de estos objetos duros y
aguzados, señalaban e imponían la clandestinidad, Díaz
Grey estaba obligado a dejar de amar a la muchacha para
separarla, separar su amor de la clandestinidad, de la tá-
cita aceptación que daban ambos a lo sórdido y a lo sucio

desde el momento que lo usaban. Dejaba de quererla, entonces, hasta la separación; los signos de lo clandestino se hacían más distintos, vivían estremecidos de vigor, hirientes, solos en el mundo —solos en la noche, en el automóvil que los llevaba como a dos desconocidos—, pero eran ya impotentes para lastimar su sensación de la muchacha, herir un amor que no existía. Y en la madrugada, junto a Elena Sala dormida, el médico iba depositando cerca de la cama —como el reloj pulsera, los cigarrillos, los fósforos— los filosos objetos que había recibido de la clandestinidad; estaba aislado, sin lazos con la muchacha, viviendo sólo para los símbolos de la sordidez, los recuerdos que había traído consigo y que velaban impasibles. Hasta que en la madrugada o al día siguiente comprobaba que era imposible vivir en el pequeño infierno helado que poblaban las luces rehuidas, las vergüenzas, las miradas de los mucamos, el olor de las ropas de cama que volvía a surgir con el sudor. Tenía que salvarse y era puntualmente salvado por la recuperada intensidad de su amor; se arrepentía de cada arrepentimiento, de cada paso atrás; los objetos se hacían blandos, cedían amistosos a la presión de la mano, y Díaz Grey volvía a colocarlos, transformados en representaciones de su amor, en los exactos sitios correspondientes: iluminaba los paredones con los faros del taxímetro y la cara de la muchacha con su reflejo, devolvía la mortecina curiosidad a los ojos de los camareros, coronaba a la muchacha con el olor emocionante del bicloruro y el perfume.

XII. MACBETH

—Esta Macbeth de las manos tintas en clorofila... —dijo Stein de pronto.

Yo había vuelto al Empire, después de buscarlo en otros tres cabarets. Él estaba junto a mi mesa, de pie, con la mujer de los guantes verdes. La presentó con un nombre absurdo, la hizo sentar y quedó mirándome con una sonrisa, como si escuchara noticias buenas e importantes, como si yo hubiera abandonado un destierro para acercarme a él y darle la razón.

—Lady Macbeth empapada en clorofila... —repitió al sentarse; me apretó una mano mientras sonreía, un poco borracho, brillante—. Yo soy aquel que siempre será encontrado aguardando en el lugar oportuno, para bien o para mal. Tal vez lo presintiera: le estuve hablando de ti. —Se volvió a la mujer, que encajaba un cigarrillo en la boquilla—. Éste es Brausen, querida, mi amigo. Pero esta noche, para desmentirme, está aquí y borracho.

Ella alzó la boca, se limitó a cambiar el lugar que ocupaban en el aire sus gruesos labios oscuros y pareció mirar con ellos, observarnos plácidamente.

—Vos también estás borracho. —La voz era lenta, ronca, distraída.

—Yo también —asintió Stein—. Y a cada copa voy a multiplicar mi borrachera para festejar la visita de mi amigo. Me voy a emborrachar de acuerdo con los ritos de la bienvenida, respetando las estipulaciones del ceremonial. Brausen el asceta, alimentado con langostas y miel de avispa, abandona el desierto. Está borracho;

y, sin embargo, no me convenzo de que corresponda alegrarme.

—Si uno viene aquí es para emborracharse —dijo la mujer; alzó la boquilla con una mano verde para que Stein le encendiera el cigarrillo—. Ustedes, por lo menos. Yo también estoy algo, pero no voy a tomar más. ¿Qué le pasa con mis guantes?

—Nada —contesté—. Me gustan. Pensé si no siente demasiado calor en los dedos. Pero eso es cuenta suya.

—Las ideas sueltas —gritó Stein—, las ideas muertas. Todos estos animales habrán pensado lo mismo: guantes, guantes de felpa con este calor. Pero nosotros, además, podemos pensar en Macbeth, siegas, talas, monteas. Y yo pensé en la humedad que la transforma en palmípedo y que tendré que besar al fin de la noche. Voy a celebrar tu regreso al mundo de los vivos. Pero ¿debo alegrarme? ¿Dónde está la traición, la trampa?

—No hay trampa —dije; miré la cara de la mujer y la dividí en dos partes, reconocí a Gertrudis y a Raquel en la zona que iba desde la base de la nariz hasta el nacimiento del pelo; vi la boca de la muchacha de Díaz Grey, blanda, mulata, diseñada para adaptarse a cada una de las limitadas osadías del amor, con las comisuras incapaces de contener la tristeza, sobresaliendo del mentón redondo, firme, que sólo revelaba la inconsciente voluntad de vivir—. No hay trampa ni traición, es justo que te alegres.

—Yo también estoy alegre —dijo la mujer agitando el pelo que le colgaba—. No se me nota, ¿verdad?

—Voy a recordar los versos —dijo Stein restregándose una mano enguantada de la mujer contra la sien; había hecho traer una botella a la mesa, y ella protestó arrojando las roncas sílabas contra el mantel: «Te gusta que te roben, parece. Como si no pudieras esperar a que cierren»—. Es maravillosa. La fui a buscar una noche, me enamoré de ella cuando descubrí los guantes verdes rodeando un vaso en la otra punta del salón. Pero algo hay que no es tu estilo; algo agresivo, algo seguro, algo definitivamente antibrausen. Tengo que recordar los versos, aquí está todavía el olor de la sangre.

—¿Por qué no vamos a bailar? —preguntó la mujer.

—Decías que estabas cansada —dijo Stein—. ¿O el cansancio era para mí y la invitación para mi amigo?

—Yo no tengo ganas de bailar —repuso ella; sopló, hizo caer el cigarrillo en el mantel y lo puso en el cenicero—. Pero ustedes vienen a bailar.

—No vamos a pelearnos —atajó Stein—. Siempre hablamos así.

—Son amigos —dijo la mujer; golpeó la cigarrera al cerrarla, introdujo otro cigarrillo en la boquilla—. Yo sé que no es en serio. Pero cuando uno está de copas hace lo que no sabe.

—No —afirmó Stein—. Sólo hablamos; y no del todo, porque él se esconde. Cree que no lo van a comprender, no le interesa que lo comprendan.

—Si vas a pagar toda la botella, sigo tomando —dijo ella—. Hablen, no me aburro. —Llenó las tres copas y miró hacia la pista.

—Nunca te engañé —repuse, mirando a Stein.

—¿Cómo fue que lo dejaron entrar con la valija? —preguntó ella.

—Dije que tenía mucho dinero adentro. Nunca te engañé; me fatiga rectificar, discutir lo que los otros piensan de mí.

—Pero algo te pasa —insistió Stein—. Porque esta noche, estoy seguro, no te cansa dar explicaciones.

—No me aburro, estoy tomando —dijo la mujer—. Los escucho, algo entiendo y pienso mis cosas.

—¿Por qué no esta noche? —preguntó Stein—. Voy a besarla, dedo por dedo. Hay noches de revelación. ¿Oíste la voz enronquecida, pudiste reconocerla? Brindo por el alma inmortal del viejo Macleod. Hoy hace dos semanas. ¿Cómo se te ocurrió buscarme aquí?

—Estuve aquí dos veces y una vez en otros tres lugares parecidos. Quería encontrarte, invoqué a Mami. No, no hablé con ella; hace meses que no... —Se me ocurrió que me sería imposible dejar de mentir durante toda la noche y que así transformaba el mundo, desinteresado, por el solo placer del juego.

—The passing of way of mister... Una fórmula eficaz para escamotear la carroña. ¿Mal olor en su casa? Escamotee la carroña eligiendo su fórmula personal en el vasto surtido...

—La palabra —asentí—; la palabra todo lo puede. La palabra no huele. Transforme el querido cadáver en una palabra discreta y poética. Los mejores necrólogos...

—¿Lo estás viendo? —gritó Stein a la mujer—. Esa frase, esa broma, esa manera de hablar... Éste no es Brausen. ¿Con quién tengo el honor de beber?

Ella entrelazaba los dedos, hacía girar los pulgares y los mordisqueaba.

—No se haga cargoso —me dijo—. En toda la noche no pienso aburrirme.

—Es así, maravillosa —rió Stein—. Soy libre, afirmaría desde el forzosamente húmedo fondo de la mazmorra. No me comprometo a darle lo que se está ganando, el vigor y la reiteración de la juventud, la artesanía de la madurez.

Ella volvió la cabeza y sonrió a Stein, se hizo encender otro cigarrillo; por un momento mantuvo hacia mí un gesto de reproche en el que la inteligencia de la parte superior de la cara pesaba sobre la boca, convertía en melancólica animalidad el grosor de los labios, la redondez del mentón.

—Voy a besarle la punta de todos los dedos sin necesidad de la ayuda del cisne trasvasado a la pronunciación que enseñan los jesuitas —afirmó Stein con jactancia; nunca supe qué quiso decir—. Juan María Brausen, para usar el estilo de Gertrudis, por la cual propondría un brindis si el más hondo respeto no me paralizara, ¿usted cree en la pasión?

—Ustedes son amigos y no se van a pelear. Los tres somos amigos esta noche. Pero no hay que engañar; si usted lo engañó, tiene que explicarle ahora.

—Yo, tú, él —dijo Stein; alzó la botella y pidió otra—. Todos somos nadie, ¿no es así? ¿O debe hacerse una excepción contigo?

—Yo, tú, él —ratifiqué—. ¿Quién es Brausen? El hombre que se casó con Gertrudis; y todo lo que conocieron de mí tenía que encajar, era necesario conformarlo hasta que encajara, con la idea básica, con la definición anterior. Hablo por el gusto de hablar; es necesario que piense en irme.

—No —corrigió Stein—. Yo digo: mi amigo me sorprende, repentinamente veo a mi amigo en el ataque, animado por un absurdo deseo de revancha. Mi amigo sujeta con las piernas una valija en la que lleva biblias negras. Mi amigo bebe con prudencia, no quiere mirar a la mujer que está conmigo, me sonríe como si yo fuera un niño.

—No se vaya —dijo la mujer—. Falta poco para que cierren. Después vamos a casa y seguimos tomando. ¿Quieren?

—Sí —repuse, y le miré los ojos por primera vez; su boca había llegado al máximo de la blandura y sobresalía mostrando (nuevamente como una mirada) el pequeño hueco en su centro, la abertura que los labios no podían suprimir—. Es muy fácil. El que se ha casado puede traducirse por el que tuvo que pagar el precio. Sólo que ella era extraordinaria y casarme no fue un medio sino un fin; necesité cinco años para comprender de verdad, una a una, todas las cosas que la hacían extraordinaria. A otro puede bastarle una noche, una actitud cínica y su ilusión de conocimiento; a otro, ella le hubiera planteado un problema distinto o ninguno.

—Es así —dijo Stein—, me sucede. Sin tener en cuenta que bien puede ser uno el que está obligado a inventar las dificultades del problema, a confundir y entreverar los términos. ¿Pero por qué tiene que empezar en Gertrudis la historia de esta fe en la pasión?

—¿Gertrudis es su señora? —preguntó la mujer.

—Es nadie —exclamó Stein, rápido, cortés, pudoroso.

—Le preguntaba a él. ¿Es?

—Era —contesté—. Hace mucho de esto.

—Está borracho y se enoja —murmuró ella enternecida—. La debe querer mucho.

—Porque empieza con Gertrudis —dije—. Empieza cuando me creyeron pagando un precio. Pero cuando llegué a conocer de veras el gran cuerpo blanco, cuando lo supe de memoria y me sentí capaz de dibujarlo sin luz y sin saber dibujar, sólo pensé que las cosas, la investigación del problema recién empezaba. La clave del misterio estaba en otra parte, el misterio no era simbolizado por el gran animal blanco en la cama.

—Yo pediría media botella —dijo Stein; se inclinó para besar con levedad la boca de la mujer; ella dejó de mirarme y sonrió a Stein bruscamente, como si despertara—. No puedo reconocerte; es decir, me reconozco en lo que estás diciendo. Nuevamente, en cierto sentido, sos Stein esta noche. Tendría que convertirme en aquel inolvidable Brausen para contradecirte, aunque sólo fuera con el desacuerdo de mi silencio, para que haya discusión, para sacar todo el provecho a este momento. Pero no es desdeñable oírme hablar con tu boca.

—No hay sistema que pueda emplearse para conocer a alguien; es necesario inventar una técnica para cada uno. La fui creando, modificando durante cinco años cuando se trató de saber quién era Gertrudis. Tenía que saberlo para alcanzar la seguridad de que ella era mía.

—Alcanzar la seguridad... —repitió Stein sonriendo.

—Cinco años, y después tuve que volver a la cama. Pero no hay contradicción, sólo entonces supe qué era lo que estaba abrazando. Yo puedo ensayar la misma paciencia, el mismo respeto cada vez que sea necesario.

—Su izquierda debajo de mi cabeza y su derecha me abrace. Pero ya no me oigo en lo que estás diciendo. Ése no soy yo. Bien, de acuerdo: no eras el hombre que pagó un precio.

—No lo era, en aquel sentido. Y era el que no buscaba caminos ni cosas, el habitante del desierto, al costado de la vida. Era el testigo; era, además, el que había hecho un pacto con el tiempo, el compromiso de no urgirnos. Ni él a mí, ni yo a él. Siempre supe que todo lo que me convenía estaba aguardándome sobre el lomo de un día de una semana de un año cuya fecha no me interesaba averiguar. Y yo, el que daba testimonio, me llenaba de lástima viendo a los demás contentarse, necesitar la miseria de los partos provocados. Porque cada uno acepta lo que va descubriendo de sí mismo en las miradas de los demás, se va formando en la convivencia, se confunde con el que suponen los otros y actúa de acuerdo con lo que se espera de ese supuesto inexistente.

—No entiendo —dijo Stein—. Quiero decir que no creo en eso.

—Esta noche van a cerrar más tarde —profetizó la mujer—. Dicen que cuando hay mucho movimiento les conviene más pagar la multa.

—Esta voz ronca —comenté— me recuerda a Macleod. Ejemplos para los niños: Macleod ya no era él, desde hacía muchos años; era el puesto que ocupaba. Estaba determinado por lo que le habían hecho creer que era; antes de pensar, pensaba qué le correspondía pensar a un norteamericano trasplantado, con tal empleo, tal edad, tal sueldo. Antes de desear pensaba... ¿Se entiende mejor?

—Ya veo —dijo Stein—. Pero no funciona. ¿Por qué Macleod fue eso y no director de orquesta o buscador de oro? ¿Por qué los demás deben cargar con nuestra mediocridad?

—No es fundamentalmente cuestión de mediocridad, sino de cobardía. También es cuestión de ceguera y de olvido; no tener despierta en cada célula de los huesos la conciencia de nuestra muerte. Podría hablar el resto de la noche; todo es dócil, todo está separado de mí.

La mujer miró hacia la pista y buscó la hora en la muñeca de Stein.

—Todavía falta, querido. Sabés que no puedo zafarme antes.

—No sólo mintiéndome —aclaró Stein—, todos estos años, en forma directa. Sino con cada gesto, cada actitud, cada frase que no sabías que yo iba a conocer. Un Brausen; y de repente, con la misma voz, la misma inclinación de la cabeza, con una valija de descuartizador entre las piernas, ese u otro Brausen se pone a desmentir, a obligarme a repensar un largo pasado, a restregar mil sensaciones hasta descubrir su verdadera cara. No sé si vale la pena.

—Siempre dispuesto a pagar el precio —dije—. Pero no para comprar las cosas, sino el que se paga para merecerlas después que Dios o el diablo las regala. No antes, como vos, como todo el mundo. Ahora hay una mujer; me voy a ir con ella a Montevideo, voy a ver nuevamente a Raquel, a mi hermano, a todos ellos. Te buscaba para decírtelo. No sé por cuánto tiempo.

»Me voy en el avión de la mañana —continué mintiendo—. Creía que lo importante era volver a Montevideo, verlos a ellos después de todos estos años. Pero ahora comprendo que lo que cuenta es estar ya en marcha, lejos de Buenos Aires, de la "Macleod", de Gertrudis, de ti, de ese tiempo. Porque ese tiempo ya había terminado, pero no del todo; como aseguran los muertos, le crecía la barba y las uñas. Ahora sí se acabó, tan definitivamente como si fuera un sueño soñado por otro. Quería engañarme y pensaba que la ciudad y el café en el rincón de la plaza, y las noches en esa calle que desciende entre otras dos, y tiene canteros, debés acordarte, por Ramírez o Punta Carretas; que eso y cien cosas más, y Raquel, mi hermano y Lidia, Guillermo, Marta, Suárez; todos ellos y todo eso me estaban guardando la juventud y que bastaba ir para recuperarla.

—No te olvides de mirarla de frente cuando vuelva —dijo Stein—. Las piernas, el vestido entre las piernas cuando camina. Me enloquece. Pero eso no sucede; y si sucediera, si hubieran conservado al Brausen de cinco años atrás, no sabrías qué hacer con él.

—Era mentira —repuse—. Lo importante es terminar, con este pasado, con el anterior. Tal vez pase un mes allí y siga para el Brasil. Juro que te voy a escribir.

La mujer llegó a la mesa antes de que yo pudiera mirarla; abrió los dedos verdes sobre el mantel, alternó la dirección de su risa. Ahora estaba colocada en el mundo para esperar algo que no había vivido nunca pero que podía imaginar con exactitud, en cada detalle, en la importancia y la consecuencia de cada detalle.

«Deben cerrar a las tres. Ernesto continúa durmiendo en la pieza del hotel, estoy seguro. Puede escaparse, es cierto, pero siempre estará atado a mí por el billete que encontrarán junto a la llave; lo que me interesa es que pueda escapar y no se anime a hacerlo, que sienta la imposibilidad de separarse de mí. ¿Y usted? Yo, lo que quieran; le tuve lástima, pensé que la aventura valía el riesgo. Ahí está el billete, ahí están las ganas de contarlo todo, el pobre muchacho. No estoy borracho, apenas esta excitación sobre un interminable fondo de paz e indiferencia. Ya nada tengo que hablar con Stein.»

—Todavía un momento, querida —dijo Stein—. Yo también era el pasado para aquellas Santa Juana; me reducían a símbolo de sus pasados ignominiosos y se apartaban de mí, se alejaban siempre con un melenudo de nuez pronunciada, un convicto de la suciedad física, un frenético de veintipocos años que se desprendía del servicio militar como un abrojo y caía, siempre, maldita sea mi alma, a tierra de Buenos Aires, Capital Federal. Y apenas repuesto del golpe descubría que Dios lo señalaba con el dedo, lo perseguía con el ojo encerrado en un triángulo para que hiciera la revolución mundial. Tarea que, como es sabido, no puede ser cumplida sin el apoyo, inspiración y proximidad de una muchacha deseable y capaz de ganarse la vida. Así que yo debía soportar que las no tan Doncellas de Orléans historiaran mis actos de pequeñoburgués, enjuiciaran con prejuicios (que, lealmente, no eran muy pre pues habían sido adquiridos una semana atrás, sin que mi afamada intuición masculina hubiera sospechado el proceso de politización impuesto por el maldito melenudo de turno), enjuiciaran cada uno de mis procederes y opiniones, me demostraran con generosa y desesperanzada piedad que yo era la hechura de una sociedad moribunda, el estertor y la rémora. Y los

paracaidistas, los sospechosamente abundantes impolu-
tos adolescentes no vacilaban en dar a entender, por debajo de las bien fundadas condenaciones y los extractos
del abecé en que apoyaban sus discursos afirmativos, sus
éticas de sacrificio y violencia, por debajo de las extensas,
monótonas homilías mestizas de Cristo y Zaratustra, insinuaban que la sucesión de cuernos obedecía también a
la circunstancia inocultable de que yo estaba más cerca
de los cuarenta que de los treinta.

—Vamos —dijo la mujer—. Ya puedo irme. Estás
más borracho que tu amigo.

—Bostezo, pero no me aburro —repuse sonriendo, y
alcé la última copa. «Tendré que estar absolutamente solo
y en una soledad duradera para recordar a la Queca muerta, hacer otra tentativa de comprensión del cuerpo impersonal y endurecido, enumerar todo lo que se aquietó, las
cosas que desde hace unas horas no fueron nunca, se bo-
rraron del pasado y que yo puedo empeñarme en resucitar.»

—Alejadas de mi letal zona de influencia para coha-
bitar revolucionariamente, avanzar orgullosas entre ayu-
nos y abortos. Insisto, para mi tranquilidad egoísta, en
evocarlas arrimándose al pecho la especie de consuelo
que encontraron.

Dos camareros se acercaban recogiendo manteles;
maniobrando en el centro del silencio que crecía, los hombres de la orquesta terminaban de enfundar los instrumentos. Lentamente, ella se volvió para mostrarme la persistencia de los parecidos que yo había descubierto formaban
su cara; me mostró, desesperada, pecas, asperezas, manchas de la piel, como confesiones que pudieran aumentar
nuestra intimidad.

—¿Ya fuiste a cobrar? —preguntó Stein mientras guardaba el dinero.

—Voy —dijo ella—. Es mejor que me esperen afuera, en el café de enfrente. Tengo que subir a buscar el abrigo.

—Vamos a fumar un cigarrillo —me propuso Stein—. Todavía queda algo en la botella. Que esperen. ¿Estás enamorado de esa mujer con la que te vas a ir?

—No —dije, y me recosté en la silla, inquieto, bruscamente lúcido. Era como si acabara de enterarme de la muerte de la Queca. Sólo podía ver, detrás de las gesticulaciones transparentes de Ernesto en la pieza del hotel, la cabeza de ella, dura, seca y arrugándose, el par de anchos dientes que se alargaban persiguiendo el labio inferior. Comprendí con espanto que la había olvidado, imaginé que la recordación ininterrumpida del cuerpo enfriado era bastante para apartar los peligros. Mientras pensara en ella (con cierta ternura, cierta débil calidad del miedo, un moderado amor) la Queca estaría, más poderosa que los vivos, protegiéndome: una pierna doblada, la otra recta, la boca negra, dos curvas húmedas en las pestañas; muerta, definitiva, con una solidez negada a los vivos y en la que me era posible apoyarme.

—Pero estás triste —dijo Stein—. ¿Te gustaría llevártela?

La mujer estaba de pie a mi lado, con un abrigo brillante y gris colgado de los hombros, estirándose hacia los codos los guantes verdes; se había sujetado el pelo contra las orejas y yo podía verle la sonrisa amable y pensativa, la mansedumbre con que admitía las actitudes desconcertantes de los seres queridos.

XIII. PRINCIPIO DE UNA AMISTAD

Eran las 3:30 en el vestíbulo del hotel y yo avanzaba sin ruido sobre la alfombra, los pies apoyados en el día siguiente, en un tiempo que me había acostumbrado a pensar como imposible. Sonreí al sereno, pero él me entregó la llave sin mirarme; conservé a medias la sonrisa y la dirigí, expresiva, exagerada, al muchacho del ascensor que no pudo evitarla, que no supo qué hacer con ella. «Si me fuera posible entenderme, reunirlo y entenderlo todo y dárselo a éste en una frase corta, sin énfasis.»

La habitación estaba oscura; guardé la valija en el armario, encendí la luz y fui a mirar dormir a Ernesto, ovillado ahora, una mano bajo la mejilla, hinchando y replegando un labio al respirar. Después descubrí el rincón con el escritorio, la lámpara y la pantalla de seda, el papel de cartas, el tintero y la pluma. Recordé la carta que había prometido a Stein, tuve la tentación de legarle Buenos Aires y mi pasado, jugar la comedia de las confesiones póstumas. Bostecé todo mi sueño de una sola vez, me hice amigo de mi cansancio al recuperar la posición encorvada frente al escritorio. Encendí la lámpara y puse un pañuelo alrededor de la pantalla; Ernesto, la mujer con su dureza, su frío y el olor oscuro de la muerte estaban a mi espalda, disueltos en la sombra. Empecé a dibujar el nombre de Díaz Grey, a copiarlo con letras de imprenta y precedido por las palabras *calle*, *avenida*, *parque*, *paseo*; levanté el plano de la ciudad que había ido construyendo alrededor del médico, alimentado con su pequeño cuerpo inmóvil junto a la ventana del consultorio; como ideas, como deseos cuyo seguro cumplimiento despojara de vehemencia, tracé las manzanas, los contornos arbolados, las calles que declinaban para morir en el muelle viejo o se perdían detrás de Díaz Grey, en el aún ignorado paisaje campesino interpuesto entre la ciudad y la colonia suiza. Luché por la perspectiva a vuelo de pájaro de la estatua ecuestre que se alzaba en el centro de la plaza principal —había otra, anterior y en abandono, sólo visitada por niños y próxima al mercado—, la estatua levantada por la contribución gustosa y la memoria agradecida de sus conciudadanos al general Díaz Grey, no inferior a nadie en las proezas de la guerra o en las batallas fecundas de la paz. Dibujé ondas en *ese* y los paréntesis de las gaviotas para señalar el río y me sentí estremecer por la alegría, por el deslumbramiento de la riqueza de que me había hecho dueño insensiblemente, por la lástima que me infundía el destino de los demás; veía la estatua de Díaz Grey apuntando con la espada hacia los campos del partido de San Martín, el pedestal verdoso y manchado, la sobria y justiciera leyenda oculta a medias por la siempre renovada corona de flores; veía las parejas en el atardecer del domingo y en la plaza, las muchachas que llegaban con muchachas por la avenida Díaz Grey, después del paseo bajo los enormes árboles del parque Díaz Grey y donde la mayoría de ellas había pisado las huellas de sus madres, había respirado las inquietudes que una idea fija provocó en sus madres veinticinco años atrás; veía los hombres salir de la confitería Díaz Grey con fingida pereza, los sombreros inclinados, un cigarrillo recién encendido entre los dedos; veía los coches de los colonos trepar hacia Santa María, trasladar suavemente en el principio inmovilizado de la noche una redonda nube de polvo por la carretera Díaz Grey.

Firmé el plano y lo rompí lentamente, hasta que mis dedos no pudieron manejar los pedacitos de papel, pensando en la ciudad de Díaz Grey, en el río y la colonia, pensando que la ciudad y el infinito número de personas, muertes, atardeceres, consumaciones y semanas que podía contener eran tan míos como mi esqueleto, inseparables, ajenos a la adversidad y a las circunstancias. Más allá de las persianas del hotel se estaba formando la mañana y en ella iba a introducirme, seguro y privilegiado, trasladando ante presencias hostiles o indiferentes, ante el mismo rostro supuesto del amor, Santa María y su carga, el río que me era dable secar, la existencia determinada y estólida de los colonos suizos que yo podía transformar en confusión por el solo placer de la injusticia.

Corté el membrete del hotel de las hojas, me volví para asegurarme de la quietud y la respiración de Ernesto y empecé mi carta a Stein, fechada en Montevideo una semana después; comencé a contarme la historia de los días pasados en Montevideo, meses atrás, con la Queca, desde la primera visión de las calles sucias del puerto hasta la imagen definitiva de Raquel, la que yo había apartado entre tantas y decidido conservar y proteger a través de los años futuros, a pesar de ella misma, de lo que pudiera hacer, de las alteradas Raqueles que la vida le obligara a elegir y representar.

Ya era de mañana —podía ver la luz húmeda y agresiva del cielo, escuchar los ruidos de la limpieza en los corredores y la escalera, el creciente entusiasmo de los timbres— cuando me detuve antes de la última frase de la carta, guardé en el bolsillo las hojas escritas y crucé el cuarto lleno de humo para sentarme en la cama de Ernesto, despertarlo, mostrarle con mi cara cansada y nerviosa la cara de la Queca muerta, situarlo de nuevo en el recuerdo y el miedo. Se incorporó velozmente —la boca abierta, los brazos a la defensiva— y volvió a tenderse; la preocupación y el desconsuelo regresaron a los labios, a los ojos, a la piel sin afeitar, al mechón de pelo entre las cejas, menos poderosos que la noche anterior, casi familiares ya por su presencia en una pesadilla.

—¿Qué hora es? —preguntó al techo.

—No sé, seis y media o siete. Tenemos que salir pronto.

—Me dormí. ¿Tiene un cigarrillo?

Fumamos, abrí la ventana hacia el sol en los tejados y tiré mi cigarrillo; el aire estaba ya tibio, tenía un olor a cosa nueva como no había sentido nunca.

—Hay que hacer unas cuantas cosas si queremos que todo salga bien —dije volviéndome; examiné el odio que Ernesto se empeñaba en revivir y que se extendía adelgazado sobre su cara, sobre la actitud del cuerpo, abierto de piernas, una mano bajo la nuca, la otra, lenta, yendo y viniendo con el cigarrillo. Reflexioné acerca de la necesidad y el riesgo de hablar, acerca del breve destino en común que dependía de mis palabras—. Vamos a tomar un tren. Pero no el que tal vez esperen que usted tome para irse. Voy a salir, y entretanto puede bañarse o pedir el desayuno. No se despida de nadie, no use el teléfono. Olvídese de todo, déjeme hacer y las cosas se arreglarán.

—¿Dónde está mi ropa? —dijo sin moverse.

—Se me ocurrió cambiarla, pero...

—¿Dónde está mi ropa? —Se sentó en la cama y tiró el cigarrillo al suelo; moví un pie para apagarlo—. Diga dónde la escondió. En este cuarto no está.

Sentí que el cansancio me subía por las piernas, vacilé ante el deber de construir frases para imponer un futuro que sólo en parte me interesaba. La falta de sueño me ardía en los ojos, convertía en una labor complicada el movimiento de la boca para sonreír.

—Pensé cambiarla para que no lo reconocieran. —Miré el cuerpo blanco y musculoso que se encogía en el borde de la cama, la mueca cautelosa que el muchacho alzaba hacia mí; supe que el miedo estaba dentro de él, no muy debajo de la bravata, instalado para siempre—. La ropa está en el armario, en la valija. Pensaba ir a comprar otra.

—Plata tirada. —Encogió los hombros y se puso a mirarme con los ojos serios, con una sonrisa de contenida burla, mientras se frotaba el pecho con los puños—. Demasiado lío, ganas de perder el tiempo. Ya estuve pensando.

—Y después vamos a tomar un tren —continué—. Y otros. Y automóviles, y, tal vez, barcos. Todo está organizado, no se preocupe. —Fui hasta el armario y saqué la valija. Empujé los restos del plano de Santa María hasta que cayeron en el cesto de los papeles.

—Oiga —dijo Ernesto, con voz tranquila—. Venga esa ropa, démela. Salimos juntos, no me voy a escapar. —Estaba otra vez en la cama y se miraba el pie fuera de las sábanas—. Nadie me vio entrar; es lo mismo cualquier traje.

—¿Está seguro? —pregunté desde la puerta; trataba de mantener mi resolución de que alguien empezara a vivir de nuevo según la receta de Stein: el hotel desconocido, el sueño, el baño, la purga, la ropa nueva—. No puede saber si lo vieron. Además, mucha gente sabe cómo estaba vestido cuando desapareció. —Me puse a reír y dejé la valija en el suelo, para desperezarme—. Es necesario pensar en todo, no hay otro remedio.

—Yo pensé —dijo Ernesto—. Y lo mejor va a ser entregarme y dar la cara. Ella empezó... —Con una mueca meditativa, alzó la cabeza para mirarse más cómodamente el pie. No le hice caso: sólo buscaba contradicción o consuelo o molestarme—. ¿Y los papeles? Los que tenía en los bolsillos.

—Lo voy a poner todo en el traje nuevo. Un baño frío le vendrá bien.

—Pero oiga un momento. No se vaya. ¿Quién la mató? —Puso la cabeza en la almohada y se volvió para mirarme—. No me importa decirlo. Hable o no hable... Anoche creí que andaba buscando que no me escapara. Me desperté y no pude encontrar la ropa. Pero no hice caso y me volví a dormir. Me va a despertar la policía, pensé —empezó a reír mirando el techo; una franja de sol crecía en la ventana, resbalaba lentamente hacia el suelo—. ¿Por qué no la trajiste? Si yo la maté, si tuvimos aquella pelea, no entiendo que te metas en el lío y me quieras ayudar. No entiendo. De todos modos, me voy a entregar. ¿O no puedo? —Sonreía sin agresividad, sin burla casi; me miró un momento y desvió los ojos—. Hacé lo que quieras, lo que se te dé la gana. Comprame dos trajes y un frac; comprame un impermeable.

—No voy a volver —dije, y empujé la valija con el pie—. Te espero en la confitería del Central, en Retiro.

Pago la cuenta cuando baje y te espero de aquí una hora en Retiro. A las ocho en la confitería.

—¿Era así, entonces? —Hizo un esfuerzo para sentarse en la cama y estuvo sacudiendo la cabeza caída—. Pero así no me gusta. ¿O tengo que ir desnudo hasta Retiro?

—Ahí queda la valija con la ropa.

—Arrugada, seguro. ¿Pero no me habían visto entrar? ¿No había cien tipos que sabían cómo estaba vestido?

Lo oía reír —la risa le rebotaba contra el pecho— mientras caminé para dejar la valija en mi cama intacta; al volverme encontré los ojos pequeños y brillantes que trataban de quedarse en mi cara, ofendiendo.

—¿Qué te pasa? —murmuré; el dorso de mi mano rozó la dureza del revólver sobre la nalga. Mi odio estaba limitado a los hombros redondos y musculosos, a su risa y su mirada, al mechón que le colgaba en la frente.

—¡Qué tanto hablar de si me vieron o si se acuerdan de mi traje! ¡Qué tanto dar órdenes y meterse!...

—¿Qué pasa, hijo de perra? —moví una pierna, traté de que no viera mi mano sobre el mango del revólver—. ¿Por qué no te levantás? ¿De qué te estabas riendo?

Parpadeó, me mostró los dientes, fue dejando de sonreír; en la boca abierta le asomó, repentino, como una lengua, el cansancio.

—¿Quién es el que está loco?... —rezongó.

Esperé hasta quedarme sin odio; sentía la mañana en mi mejilla izquierda, sentía nuevamente la necesidad de imponer con palabras un destino común y absurdo.

—Oíme —empecé—. Tenemos que estar tranquilos. Vamos a tomar un tren, vamos a disparar. Sé cómo se puede hacer, dónde hay que esconderse, por dónde hay que ir para que no nos agarren... Vos la mataste. No te voy a explicar ahora por qué te ayudo, por qué me meto en esto. Te voy a esperar en Retiro; podés venir o no, podés entregarte o tratar de disparar solo. A las ocho, en la confitería. Tomamos cualquier tren; no tenemos apuro en cruzar la frontera, pero sí en salir de Buenos Aires. Vamos a llegar a Bolivia, pero no sé cuándo; tenemos que dar muchas vueltas antes, para el este, para el oeste; tenemos que hacer marchas y contramarchas, ir y venir. Pero todo va a salir bien si nadie se hace el loco, si se te pasa el miedo y aprendés a ir por donde yo te diga.

En el camino a Retiro entré en un café para escribir el final de la carta a Stein, una frase en la que había estado pensando durante meses: «Y pienso que ella sospechaba algo porque se detuvo y giró para mirarme desde la esquina del mostrador, con ojos de miedo y una mueca que le descubría los dientes pero no era una sonrisa; y mientras llamé al mozo para pagarle y salí a la calle, mientras corría en la llovizna para alcanzar un ómnibus y escapar a cualquier parte, la seguí viendo, flaca y entreparada junto a la curva de estaño del mostrador, la cabeza torcida e indecisa mirándome, el labio alzado para mostrar los dientes apretados con decisión».

En Retiro puse la carta en un sobre con la dirección de Stein, escribí unas líneas a mi hermano pidiéndole que echara la carta al correo sin leerla, y estuve estudiando los horarios de trenes. Resolví hacer dos transbordos y llegar a medianoche a Rosario. Faltaban veinte minutos para las ocho cuando entré en la confitería y empecé a rastrear en vano el gusto de la Queca en una copa de ginebra, me distraje mirando a las muchachas rubias

y varoniles que llegaban para desayunar, con raquetas
y palos de hockey, con uniformes de colegios.

XIV. CARTA A STEIN

«Ahí va, según promesa, la historia del viaje, la leyenda
del hombre que volvió para rescatar su pasado, escrita
por el mismo hombre que aspira a protegerla del olvido.
Me anima la idea de que podrás dejar de leerme cuando
quieras, pero que nadie puede impedir que escriba. Re-
leo esto y lo encuentro perfecto: puedo estar seguro de
que no creerás que te escribo en serio.

»Hay un boliche en el puerto, junto al Dick's; la segunda sala tiene una enorme mesa redonda y un cuadro
de colores oscuros. Usted pide una botella de vino tostado, especialidad de la casa; se coloca en una mesa próxima
al cuadro y ve: un cielo de azul furioso, barcos de vela cargados de fruta, palmeras y montañas, gente con trajes de
ninguna época. Nadie lo molestará, entre las 9 y las 10 de la
noche. Se empieza a comprender con el primer vaso de
la segunda botella; se empieza a distinguir con claridad la
curva de la costa escarpada, la hilera de árboles oblicuos,
la redonda bahía donde atraca una chalana y a la que se
acerca un barco con la chimenea humeante, una gran rue-
da de palas a babor. Los hombres de la costa llevan pantalones ajustados y chaquetas cortas; otros, con pañuelos en
las cabezas, se ajetrean en la descarga de canastas. Los
primeros hombres no hablan, no conversan, no charlan,

no discuten: departen. Hay mujeres con anchas faldas, criadas y señoras, protegidas éstas por la sombra de los árboles. La situación del landó con caballos blancos es fundamental: es allí donde hay que desembarcar al anochecer, repartir dinero entre el botero y los negros, atravesar el cuadro en dirección al ángulo superior izquierdo. A pocos metros está la yegua zaina y se inicia el galope hacia el declive de la montaña; es necesario atravesar de noche el pueblo de casas de madera, dormido.

»A veces la velocidad de la bestia hiende la confusión de un rebaño espantado y de un hombre que trata de recuperar su autoridad. Se cruza un puente de madera y se alcanza la llanura; allí los cascos de la yegua resbalan, van deshaciendo montículos levantados por las hormigas. Siempre hacia el norte, ahora, hasta encontrar chozas de barro con hojas de palmera en los techos y vallas de bambú. Y más lejos, después de las montañas, después de la orilla de la ciénaga y un nuevo poblado, se descubre la embarcación disimulada por el follaje, se rema con precaución entre las rocas, se pisa la otra orilla. Entre árboles, con la guía de un negro taciturno, se llega a un claro, se distingue a la luz del alba una casa de troncos rodeada por otras cuatro de barro, cónicas. Es necesario avanzar sin que despierten los perros ni los mendigos echados ante la puerta; y ya al pisar el umbral es posible distinguir a alguien alzándose en el fondo de la habitación, tranquilo y orgulloso, tendidos en la bienvenida los brazos donde suenan metales y conchas. El boliche está junto al Dick's; ningún otro tiene en la segunda sala una gran mesa redonda. Tal vez esto —y las mentiras que terminé por resolverme a no escribir— sea lo más importante de esta carta, venga lo que venga en las páginas siguientes. Es Brausen quien escribe, no podría simular la letra durante tantas frases.

»La noche era semejante a otra de aquéllas; mi hermano y Lidia, Raquel, Guillermo, Marta; a veces, Stein y Suárez en la conversación. Horacio me sonríe mientras maneja las botellas y la coctelera. "Manhattan con whisky escocés", se burla. "Puede tomarse", insiste Guillermo. "Pero no se ofrece", dice mi hermano, rápidamente, con una corta reverencia. Sin preguntar, me entero de que Alcides, el marido de Raquel, no está en Montevideo. Llego junto a la mesa, en el piso de arriba, en la habitación que llaman biblioteca, donde Raquel se encorva para mirar revistas; vuelvo a saludarla y me río, examino su mano larga y huesuda, manchada de tabaco, un poco sucia en las puntas de los dedos. Deposito cerca de la mano la botella y los vasos. Ella infla las mejillas, hace correr y sonar la saliva de un lado a otro, la traga. No se parece a Gertrudis, no puedo encontrar nada de Gertrudis en su cara. "Es mejor así", digo. "¿Soy inmoral? —pregunta—. ¿Dirías que soy inmoral? Me gusta estar otra vez contigo. No podrías comprenderme, ya sé, después de tantos años. ¿No tengo los ojos limpios?" Reconozco los ojos verdes e inexpresivos; muevo un poco la cabeza para buscar en los párpados y la boca las antiguas sensaciones de candor e impudicia. "Nada me importa de ninguno de ellos —afirma—. Sólo de Alcides; quiero que te quedes hasta conocerlo. Dame un traguito." De pie, el pelo rojizo le llega hasta los pechos. "Espero que no te vas a quedar aquí arriba toda la noche —dice Guillermo antes de bajar—. También los amigos tenemos derecho." Raquel vuelve a beber, ríe en silencio con la copa goteando frente a su boca. "Quiero saber si estuviste enfermo —dice—. Después que te quedaste solo. Tenías una enfermedad grave y a veces te daba miedo y otras no te importaba. Sólo este traguito. Quiero que digas que sí, que estuviste enfermo y nadie iba a cuidarte, aunque sea mentira. Sólo quiero saber si era verano o invierno. Pero no pudo ser en invierno." "Sí, era en verano", contesto; entonces vuelve a sonreír y me suelta el brazo. Esa misma sonrisa maravillada se hace inteligente y ávida a medida que le explico por qué sólo cumplimos nuestro destino en lo que tiene de inmodificable, en lo que no nos representa, en lo que puede ser cumplido por cualquier otro. No está convencida; se acaricia el pelo y lo muerde con la sonrisa ahora entristecida. "Pero yo hice cosas que son yo misma —asegura—. Puedo seguir haciéndolas. Yo sí." Le toco el pelo y retiro la mano, me libro de la tentación de confesarle que no estoy lleno de amor y añoranza, sino de paciencia y astucia. Quiero usarla como un pañuelo, como una toalla; rabiosamente, necesito usarla como algodón, como venda, como cepillo, como hisopo. Quiero cambiarle la mirada para siempre. "Esto no puede terminar nunca —le digo— porque nunca, pase lo que pase, podré llegar hasta tu secreto. No me queda tiempo para recorrer los siglos de gente rubia, los inviernos con nieve, las costumbres que están detrás tuyo." "Gertrudis es mi hermana —murmura—. Es lo mismo y, sin embargo, se acabó." "No es lo mismo. Gertrudis no se parece a tu padre. El gringo era tu padre." "Puede ser —sonríe—. Si me recojo el pelo soy igual a la fotografía de papá. Dame un traguito. Quiero que me digas algo que no me dirías a ningún precio." No se lo digo, me inclino para mirarla mientras finge dormir y pienso que si viviera con ella todas las noches de muchos años, estaría siempre sintiendo un desvío, un aire helado, una distancia, una palabra que no puede ser traducida. Tiene la piel rojiza, maltratada por la intemperie, seca y sin pintar. "No, por favor", dice al retroceder. Hay, abajo, un remolino de voces, el temblor de una carcajada en el centro. "Podemos imaginar consignas —dice mi hermano—, una orden general que circula ya de hormiguero en hormiguero. No debe improvisarse la toma de posesión del planeta." Recuerdo ahora que Raquel alzó las manos a la altura de los ojos y que no dejó de mirarme por entre los dedos. Apoyada en la pared, empieza a llorar: "Quiero que me jures que vamos a pasar al sol todo el día de mañana". Le beso la cara mojada, no interrumpo el movimiento de negativa de la cabeza; comprendo, sin alegría, que ya no es posible retroceder, que sería insoportable el recuerdo de no haberlo hecho. Cuando bajamos nos miran o se niegan a mirarnos, ninguno habla con nosotros. Con el cuerpo envarado, inflexible, ella avanza, presenta a cada uno su desgraciada sonrisa, la posición valerosa de la cabeza; la miro andar, recorrer los asientos, volver hacia mí con obediencia y orgullo. Me están mirando cuando ella alza los ojos para esperar que yo apruebe y ordene; Guillermo ríe en el sillón, mueve una mano para despedirnos. Hago que el taxi vaya primero hasta el centro; ella no llora, está silenciosa y apoyada en mi hombro. Como no quiero arrepentirme, intento abarcar toda mi piedad y mi vergüenza, la acaricio y vuelvo a desearla hasta que ella se aparta. "Si pudieras saber lo que siento cuando te miro —dice—. Pero lo que siento ahora, cuando te miro así, con la boca abierta." Se tiende y cierra los ojos; va empalideciendo y creo que puede hacerse totalmente blanca, transparente, desaparecer. Se levanta y camina, una mano en la boca, otra hacia mí, abierta, impidiéndome acercar. Le sostengo la cabeza para que vomite, me empeño en ver y oler todo lo que le sale de la boca, se me ocurre que la quiero y que todo puede ser verdad. La ayudo a meterse en la cama, le entrego una mano para que la bese y la conserve apretada entre la sábana y la mejilla. Se duerme y despierta, murmura y vuelve a dormirse. Ya está el amanecer en los postigos cuando empiezo a despedirme de la ciudad y de cada uno de ellos. No tengo otra seguridad que la de estar aquí, en la cama, junto a Raquel que se estremece y deja caer un hilo de saliva en mi palma. Salimos del hotel a las diez de la mañana; el coche avanza con cautela sobre la calle húmeda, va sonando la bocina entre la niebla. "Algún día iré a Montevideo", pienso sin poder consolarme. A pesar de la llovizna, una mujer vende flores cerca del café; limpio el vidrio de la ventana para mirarla, gorda e inmóvil, con un delantal oscuro. Vamos acomodando las caras y volvemos a vernos, ansiosos y vacíos, la mano de Raquel bajo la mía. Busco cosas para darle, creo en mi necesidad de lo que pueda encontrar en sus ojos cansados, en la rígida complicación de las venillas. "No me mires —dice—. No tenemos que hablarnos, nunca. Anoche yo no tenía puesto este anillo." El dedo sube para mostrarme la piedra verdosa, cae con un golpecito. "No hicimos nada malo", murmura. "Nada", digo. Encerrados, ella y yo y nuestras miradas, en una soledad absoluta, sin tiempo, terminaríamos por encontrar las palabras necesarias, nacidas de nosotros, húmedas y sanguinolentas. Raquel retrocedió e hizo chocar los dientes; la cabeza se le iba enfermando, parecía empequeñecerse y envejecer para alimentar la mirada. La examiné con el minucioso espíritu de conquista con que se puede observar la cara de un muerto. Cada pedazo, cada sentido de la piel áspera y tensa, atacada por el tiempo, roída por cada minuto; cada rasgo confuso de la cara sólo capaz de mirar, convertida en nervios y músculos de los ojos fijos en mí. "¿Vas a jurar?", preguntó. "Sí", dije. Se incorporó lentamente, incrédula. "No sirve", dijo. Estaba de pie, apoyada en la silla; el mozo la miraba desde una columna, un hombre dejó en el mostrador su bebida blanca y su diario para mirarla. "Nada que puedas decir o hacer sirve" —dijo; me contempló sorprendida y con lástima—. Estoy mal, vengo enseguida. También quiero llorar un poco." Sentí, avergonzado, que todo el mundo me apoyaba contra ella; el mozo, las cabezas que se volvían para verla tartamudear y balancearse, mi hermano y los amigos, Gertrudis, la envidia y el escándalo, los años que me separaban de Raquel, el anuncio del otoño en el cielo y las calles, el perfume de sus ropas, que ardía agotándose cerca de mi cara.

»Y pienso que ella sospechaba algo porque se detuvo y giró para mirarme desde la esquina del mostrador, con ojos de miedo y una mueca que le descubría los dientes pero no era una sonrisa; y mientras llamé al mozo para pagarle y salí a la calle, mientras corría en la llovizna para alcanzar un ómnibus y escapar a cualquier parte, la seguí viendo, flaca y entreparada junto a la curva de estaño del mostrador, la cabeza torcida e indecisa mirándome, el labio alzado para mostrar los dientes apretados con decisión.»

XV. EL INGLÉS

Díaz Grey lo reconoció al abrir la ventana; estuvo seguro de quién era en el momento en que pudo distinguirlo sentado en el jardín, con la mesa de hierro entre Lagos y él; estaba en mangas de camisa, con una pequeña pipa sin humo en la mano, la cara flaca, fanfarrona, con una expresión de deliberado contento que parecía inmutable. Era una cara construida con voluntad y paciencia, y la jactancia, aunque muy profunda ya, próxima al hueso, parecía incapaz de consecuencias, sin verdadero significado, sin otra misión que la de mostrarse.

Lagos se levantó con los brazos en alto para recibir al médico:

—Muy buenos días, doctor. Todo este tiempo y las circunstancias... ¿Se atiende así a los enfermos? ¿Durmiendo hasta las diez? Y en un día verdaderamente admirable, un día que merece una marca imborrable, según le estaba diciendo al amigo. Éste es el señor Owen, de quien ya le he hablado; usted sabe muchas cosas buenas de él.

El hombre se puso de pie, el largo cuerpo indeciso entre la adolescencia y la madurez, resuelto y lánguido; se inclinó con una sonrisa, y luego, nuevamente presuntuoso y distante, hizo que su mano se uniera con la del médico.

—Owen —dijo Lagos—, Oscar Owen, O.O.; o el Inglés, sobre todo ahora, que no deja de morder la pipa. Ya se pondrán de acuerdo sobre la forma de llamarse. Le estaba diciendo que así como se registra el día más caluroso y el más frío del año, deberíamos dejar constancia del más lindo. Cada estación tiene su día perfecto; un comité debería designarlo, ¿no cree usted? Y no me diga, como Oscar, que no podemos saber si los habrá mejores. Siempre se sabe.

Bruscamente, Lagos dio un paso atrás y la cara que gesticulaba entusiasta se hizo grave, conminatoria; sus ojos estaban ahora dirigidos a las rodillas de Díaz Grey; algo en la actitud del cuerpo, duro, doblado, con los talones juntos, obligaba a observar la corbata negra y el brazalete de luto.

—No le he dado mi pésame —murmuró el médico; libre del encantamiento que lo paralizaba, Lagos mostró una sonrisa de aprobación y se puso en marcha para tomar la mano de Díaz Grey y apoyarla contra su pecho.

—Usted también habrá sufrido y la recuerda; estoy seguro. Esa convicción, en cierta medida... Sé que habrá hecho todo lo posible. Ahora somos tres amigos para recordarla. —Sonrió nuevamente, la cabeza inclinada, infantil y femenina, grotesca—. Perdón. A veces quiero saber detalles y otras me niego, absolutamente; sería terrible. Ya hablaremos. —Soltó al médico, dirigió una mirada de desconfianza a Owen y fue hasta su silla—. Siéntese, doctor. Y vamos a conversar de todo, es necesario que los tres lleguemos a ser muy amigos. Un mismo culto nos une.

El Inglés fumaba su pipa; la vanidad y el desafío estaban dirigidos al paisaje y al cielo; un costado de la boca se burlaba de la charla retrospectiva, de los recuerdos, siempre un poco ridículos, que Lagos elegía para magnificar encima de la mesa de hierro, entre el servicio del aperitivo renovado tres veces.

—Estuve hablando largamente con el dueño —dijo Lagos durante el almuerzo—. Un personaje muy simpático. Por él supe que usted había tenido la cortesía de acompañarla y que prodigó todas las atenciones, la paciencia necesarias. No se excuse. Elena era extraordinaria y sólo personas como nosotros podíamos comprenderla. Cuando yo recibí su telegrama desde La Sierra...

—No era mío —interrumpió Díaz Grey—. No me soltaron en diez días. Lo debe haber mandado la policía.

—No importa, es lo mismo. Si usted reflexiona, descubrirá que todo se combina: ella no ha muerto, aparte de haber muerto a mi lado; el telegrama fue enviado por usted. Ya hablaremos. Cuando recibí el telegrama pensé que era inútil mover un dedo, inútil seguir viviendo. ¿Por qué reaccioné? Por la costumbre de actuar, por los años de educación en que aprendí el movimiento apropiado a cada circunstancia. Fui a La Sierra y la hice enterrar sin echarle una mirada; tampoco quise buscarlo a usted. Supuse qué había declarado usted a la policía, y lo confirmé; dije que usted estaba encargado de acompañarla para curarla. Sé que mi declaración resultó decisiva. Yo estaba muerto, sólo podía realizar actos reflejos, ¿sí? Pero después, de golpe, todo cambió y comprendí. Créame que obligué al tren a detenerse (es espantoso pensar que iba hacia Buenos Aires, que en este momento podría estar allí, justamente en el sitio en que, entonces, me sería imposible encontrarla) y recorrí leguas en automóvil para llegar a Santa María y conversar con usted. Estar con usted, simplemente; no hacerle preguntas. Bien sé que sólo un error o un injusto momento de desánimo pueden haber sido la causa. Y usted no estaba en la ciudad; hice preguntas, gasté dos días y dinero y finalmente llegué a este hotel. Conocí al señor Glaeson, un caballero, y a sus dos hijas; encontré mucha comprensión y amistad en esa casa. Supe que ustedes habían seguido hacia La Sierra, detrás de Oscar; no tenía objeto que yo volviera allá. Necesitaba recorrer los lugares por donde había pasado Elena; verlos, vivirlos, usted me entiende, como los había vivido ella. Ya podía detenerme, echarme a morir. Pero sucedieron cosas, le explicaré más adelante; supe que ella necesitaba ser vengada. Y todo coincide, todo me confirma que es Elena quien me guía, que ella dirige nuestros pasos: los de Oscar, los suyos, los míos. ¿Por qué Oscar, el gran amigo al que ella persiguió con el solo propósito de salvarlo, aparece en el hotel justamente en la noche en que yo concibo esa forma de la venganza que es un homenaje? ¿Y por qué llega usted mismo, doctor? No, no diga una palabra; ya hablaremos, no hay prisa, Elena sabrá esperar, siempre lo supo.

El Inglés cargó su pipa y se puso de pie; flaco y musculoso, hizo una reverencia al médico y se volvió hacia Lagos:

—Voy a dormir un poco —dijo como si preguntara—. Usted tiene su cita con la violinista; debe de ser hora.

Por primera vez Díaz Grey vio una mirada tranquila e imperiosa en la cara de Lagos; vio también que toda la cara se sosegaba y que la máscara móvil, de falsedad y desconfianza, había desaparecido. El hombre —mirando desde su silla a Owen, con una mano abierta sobre el brazalete de la manga, con un interés tan persistente que hacía pensar en la locura— estaba ahora más viejo, impregnado de una variada y fértil experiencia, tan seguro, invencible y paciente como si la totalidad de su vida hubiera sido dedicada al servicio de una vocación.

—No —dijo Lagos—. Antes de dormir... —se inclinó hacia el médico, nuevamente blando, inquieto y cordial—. Todos quieren dormir en el día que yo declaro perfecto... Es necesario que hables con el doctor; hay que explicarle nuestra venganza, responder a todas sus preguntas. —Se levantó y puso en su sitio el nudo de la corbata—. Había pensado hablarle yo mismo; pero él le presentará el asunto, la invitación que nos honra hacerle, en líneas generales. Después podemos discutir lo que usted desee, doctor. Les pido perdón.

Caminó hasta el hotel, recto, con pasos suaves y seguros; otra vez sentado, el Inglés lo siguió con sus pequeños ojos grises inexpresivos; hizo sonar la humedad en el caño de la pipa hasta que obtuvo nubes de humo que le rodeaban la cara.

—Me estuvo hablando de usted —dijo el Inglés—. Antes de que usted llegara; por eso creo que estaban de acuerdo y que toda esto es una farsa. Pero para mí no tiene importancia. De todas maneras, voy a decirle lo que él quiere que le diga. La verdad es que piensa dar un buen golpe; usarlo a usted para llenarse de dinero. No sé para qué puede necesitarme a mí; tal vez sea la costumbre que siempre tuvieron ellos de usar a todo el mundo. Además, creo que los dos siempre estuvieron locos.

Con sombrero y bastón, exageradamente rápido, Lagos se acercó a la mesa y sonrió a Díaz Grey.

—Doctor... —Se inclinaba, con la boca amable y curvada, una mano junto a la pierna, la otra sosteniendo contra el pecho el mango del bastón y el sombrero de paja—. Sólo un momento, en media hora estaré con usted. Debo hacer una visita al señor Glaeson; algo indispensable para nuestros proyectos.

Volvió a saludar con una reverencia, los talones juntos, y se dirigió hacia el sendero que blanqueaba confuso entre los árboles; caminaba con el cuerpo rígido, manejaba el bastón al compás de la marcha, llevaba la cabeza inclinada, y sus hombros doblados insinuaban la pena. El brazal de duelo interrumpía la manga del traje claro, la cinta negra del sombrero sobresalía de ramas y arbustos. Díaz Grey lo miraba alejarse; y era como si la pequeña silueta que atravesaba la siesta fuera aboliendo definitivamente las sensaciones de burla y desprecio que le había inspirado en Santa María. «Así como fue el perfecto marido en las visitas al consultorio y en la noche en que nos reunimos en el hotel en la esquina de la plaza y subimos a saludar a Elena, sin ceder él nunca a la tentación de olvidar, sin fingir nunca que olvidaba algo de lo risible y anormal que se adhiere a la condición de marido, con la misma asombrosa perfección va creando entre los árboles, apresurado e inconsolable, su personalidad de viudo.» El Inglés miró también a Lagos hasta que los árboles lo escondieron, hasta que cesó todo movimiento en los arbustos que había empujado con el cuerpo o el bastón.

—Es así —dijo Owen sonriendo—; está loco, y ésa es la única virtud que tiene. Pero nada me importa de él, de la otra, de usted. No fue a visitar al viejo, sino a la chica que rasca el violín. Lo vi llorar con la cabeza en la falda de la muchacha. Pero quiero irme a la cama; le cuento en dos palabras el plan, la venganza, el homenaje. Quiere que vayamos a Buenos Aires y que usted firme tantas recetas de morfina como farmacias haya. Yo manejo el coche; recorremos todos los negocios en un día y desaparecemos. En cada farmacia, diez pesos de lo que después se puede vender a cincuenta. O a cien. ¿Cuánto las cobraba usted? Hace años que vive de eso, vivieron ella y él. Tal vez ya tenga comprador; o resuelva esconderse y vender de a poco. En este caso, ganará lo que se le ocurra pedir. Si acepta, diga su precio. Éste es el homenaje, la venganza de que hablaba.

Al anochecer, Lagos llamó en la habitación de Díaz Grey, mantuvo la puerta entreabierta mientras el médico se incorporaba en la cama y encendía la luz. La cabeza del viudo asomaba sonriente, enumeraba excusas, iniciaba e interrumpía distintas versiones de un preámbulo. Cuando el médico encendió un cigarrillo y se cubrió con la sábana hasta la garganta, Lagos se hizo a un lado para que pasara la violinista; ella arrastró los pies hasta tocar los barrotes de la cama, fue perdiendo su cortedad mientras extendía una sonrisa de identificación y saludo, y finalmente se hundió los dedos en el pelo revuelto y rubio que le cubría como un casco la cabeza.

—Otra vez —dijo—. Usted vino a casa con la señora. Nunca toqué tan mal como aquella tarde.

Lagos avanzó de golpe, con una risita y haciendo reverencias, como si el médico no supiera que él estaba allí, con el estuche del violín en una mano, el bastón y el sombrero en la otra; depositó todo en el suelo y se irguió.

—Doctor... —dijo; alzó los ojos, la boca fina y saliente, miró en éxtasis el techo; lenta y triste, vino la voz—: Supe que estaba descansando, lo confieso, fue lo primero que quise saber al llegar; y, no obstante, como usted lo está viendo, me atreví a molestarlo. Porque ha llegado el momento, sin que yo lo provocara, espontáneamente. Cuando me fue dictada la venganza, necesitaba de Oscar y de usted; y ambos llegaron. Necesitaba la pureza y la fe de esta niña y ella se viene con nosotros. Ahora sé que tiene que ser enseguida. Oscar nos espera con el coche. Doctor... —dijo con una sonrisa, los ojos entornados, las manos sobre el vientre, llevando los ojos del médico a la muchacha, seguro de que la palabra y el gesto resumían todo lo que fuera útil decir.

La muchacha se mantenía quieta, observando la cara de Díaz Grey, con las manos aferradas al barrote horizontal de la cama, casi negra la gruesa boca sin pintura, presentando a la voz de Lagos la mediada atención que merecen las cosas sabidas e indudables.

—Usted —dijo Díaz Grey, y ella asintió con una cabezada, sonriente, anhelosa; pero el médico sólo había querido nombrarla.

—Se llama Annie —intervino Lagos—. Ahora, los cuatro, así unidos, debemos llamarnos por los nombres que nos decían nuestras madres, tutearnos.

Díaz Grey hizo al viudo una pequeña sonrisa de lástima y volvió a mirar a la muchacha. «Estamos separados por todo lo que vivimos juntos y ella ignora; y la palabra *usted* mantiene sensible esta separación, impide que ella llegue a saber y olvide. Estamos separados por tres días de frío y viento, por el minuto en que yo me acerqué a una ventana de hotel para mirar el mal tiempo en la calle mientras ella me esperaba acurrucada en la cama; estamos separados por el regreso en taxi de la casa de citas de Palermo, por la voz Degé, por la visión vertical que obtuve de su cara mientras ella se apoyaba en mi hombro, por la gentileza con que me informó que es natural encontrar dificultades cuando se regresa a la vida; separados por mi seguridad de que existía una frase exacta para definir la sensación de su cuerpo desnudo. Porque todo esto que vivimos juntos, toda esta intimidad que ella desconoce, sólo podrá seguir valiendo para mí si mantengo el usted, si no la nombro, si no permito el nacimiento de una nueva intimidad que hará desaparecer la anterior.»

—Usted —repitió Díaz Grey.

—Doctor... —murmuró Lagos.

El médico miró la cara de la muchacha, los ojos que sobresalían expectantes, apasionados y cómicos, la curva dramática de los labios; se incorporó para tirar el cigarrillo por la ventana.

—Doctor —insistió Lagos—. Es el momento; esta niña lo abandona todo por mí, por nuestra misión; abandona su hogar, interrumpe una carrera artística para la que está, evidentemente, señalada. Le bastó, para resolverse, saber que sufro y la necesito; su inocencia le permite comprender la santidad de nuestra venganza y nuestro homenaje. Oscar nos espera en el coche.

—Sí —dijo Díaz Grey—. Esperen abajo, estoy enseguida. Pero no quiero explicaciones, no trate de convencerme de la santidad de lo que vamos a hacer. Es indispensable que yo no sepa por qué lo hago.

—¡Ah! —murmuró el viudo con bondadoso desaliento—. Igual que Oscar. Ustedes se entenderán perfectamente.

Entonces ella aflojó los músculos de la cara y los de las manos que rodeaban el barrote; permitió que las lágrimas le llenaran los ojos y cayeran, volvió a sonreír mientras se acercaba a la cabeza de Díaz Grey y la iba humedeciendo a medida que la besaba. La boca le olía a hambre y angustia.

—Usted —dijo el médico con naturalidad, al separarla.

XVI. THALASSA

Tal vez, desde aquella noche, en Pergamino, Ernesto hubiera tenido la sonrisa acariciante y burlona sin que yo supiera verla; acaso haya escuchado las explicaciones de cada etapa de la retirada, las pequeñas conferencias sobre psicología y estrategia en que yo había abundado en las sobremesas, con la cara cruzada por aquella sonrisa tolerante; tal vez no haya podido esconderla cuando examinaba mis movimientos, mis crisis taciturnas, la excitación orgullosa con que yo me levantaba en mitad de la noche para resumir conversaciones con hoteleros, conocidos accidentales, conductores de los coches en que trepábamos en los caminos. Es probable que haya sonreído así encima de mis sueños inquietos y al mirarme enflaquecer, pasar del ardor a la paz, anonadarme en la felicidad cumplida que yo lograba prolongar moviendo sin ruido los labios, durante horas, para formar mi nombre. Acaso haya intuido desde Pergamino —junto al pilar de cemento de la estación de servicio, ante el encargado en mangas de camisa que se frotaba el sueño entre el vello del pecho, yo alterné la comedia de la necesidad que no reconoce las leyes con la de la resignación en la desgracia— que todo el viaje, lo que yo llamaba retirada y pensaba bajo el nombre de fuga, carecía de un propósito explicable, y que él, las carreteras, los caminos transversales, los pueblos, los amaneceres y las detenciones sólo eran elementos propicios e indispensables para mi juego. Tal vez hoy sonría así al recordarme.

Cuando llegamos al pueblo compré en la librería el mapa del Automóvil Club, un cuaderno y lápices: durante la última semana había sentido la necesidad de hacer por Díaz Grey algo más que pensarlo. Muchas veces lo vi avanzar a tientas y creer en los presentimientos, palpar, en el hotel de La Sierra, un brazo de Elena Sala y retroceder, cortarse un pie con las ampollas vaciadas —ya no para contemplarla de regreso de la instantánea incursión en la muerte, resignarse primero a su quietud y su reserva, atribuirles luego un significativo revelador—, retroceder con la idea de que tocaba y veía un muerto por primera vez, luchar furiosamente contra la memoria para seguir creyéndolo.

Quería escribir lo que era el médico en la penumbra del cuarto del hotel, en los corredores del hospital, en la sala del médico de guardia, donde tomaría café, iniciaría la contestación a cada una de las frases previstas —y que bocas distintas repetirían durante más de una semana, con la suavidad de la desconfianza a veces, otras con la suavidad del que está decidido a creer—, confesaría su profesión y habría de estar oscilando entre el cinismo y el prematuro desaliento de los tímidos mientras intentaba explicar. Pero no fue Díaz Grey ni su reacción y dificultades ante la mujer muerta lo que me hizo comprar el cuaderno y los lápices; en los últimos días sólo me interesaba pensar en la pieza del hospital, quería describir, minuciosamente, hasta habitarla, la diminuta sala del médico de guardia, sus paredes blancas, el escritorio con el teléfono y las ordenadas pilas de papeles, la fotografía de un ministro gordo en la pared, el aparato de radio del que colgaba en triángulo una carpeta de lana tejida, el pico humeante de la cafetera sobre el calentador entre tubos y bocales. Quería estar allí, oírlos murmurantes y respetuosos de las pausas, ser yo mismo Díaz Grey encogido y titubeante junto al escritorio, ser el joven médico de guardia con las tranquilizadoras manos largas, la sonrisa animadora y fría; ser la habitación y estar fuera de ella, detenerme en la soledad, en el olor amarillo del yodoformo de los corredores por donde avanzaba, siempre remoto, el chirrido de las ruedas de una camilla; contemplar el vidrio rugoso de la puerta del médico de guardia para distinguir las sombras apenas móviles del interior, adivinar frases y miradas, adivinar lo que cada uno de ellos estaba suponiendo y temía.

Ernesto trataba de cazar moscas en la cortina de la ventana del café y sonrió en silencio cuando abrí el mapa sobre la mesa; mi dedo tocaba o iba saltando sobre pueblos, caminos y vías férreas, sobre manchas azules, irregulares, de significado desconocido; mudo, concentrado, sin hacer caso de la tonada idiota que él silbaba y repetía con la cara alegre vuelta hacia la ventana, establecí el tiempo y el rodeo necesarios para llegar a Santa María a través de lugares aislados, poblachos y caminos de tierra, donde sería imposible que nos cayera en las manos un diario de Buenos Aires.

Tracé una cruz sobre el círculo que señalaba a Santa María, en el mapa; estuve cavilando acerca de la forma más conveniente de llegar a la ciudad, examiné las variantes posibles, las ventajas de avanzar desde el oeste y las de hacer un rodeo y entrar en Santa María por el norte, atravesar la colonia suiza y aparecer de pronto en la plaza, en la aglomeración inquieta y musical de una tarde de domingo, provocativo y lento, arrastrando mi desafío entre hombres y mujeres.

Pero resolví detenerme en Enduro y destacar a Ernesto para que entrara en Santa María y reconociera la ciudad; ya no me preocupaba la idea de que leyera los diarios. Enduro era un caserío tan próximo a Santa María, que bastaba trepar a una azotea —el almacén y fonda tenía azotea— para espiar las andanzas de la gente en la ciudad; bastaba subir y descender por una empinada callejuela de barro seco para llegar a las primeras construcciones de la colonia, mezclarse con sus pobladores, descubrir bajo sus aspectos aniñados y tímidos aquella implacable voluntad que convierte al bien y al mal en simples deberes, el convencimiento de llevar en custodia la verdad bajo chalecos y corpiños, una certidumbre transmitida como una antorcha en la cabecera de padres, abuelos y bisabuelos agonizantes, tan sencilla como un ceño o un dedo índice, tan compleja a la vez como un secreto de artesanía. Esperaba en Enduro el regreso de Ernesto, frente a la entrada sur de la ciudad, a quinientos metros del muro y la viña de la iglesia, a mil de la torre de la Municipalidad. Todavía fuera de la ciudad, en todo caso, en un barrio poblado por pescadores y por obreros de una fábrica de conservas, entre casuchas de madera y zinc, pintarrajeadas, con mástiles de tablas unidas por alambres y redes remendadas en los techos, con niños sucios y feos, hombres taciturnos, mujeres que cambiaban sus ropas al atardecer —y uno veía que era para nada— y empezaban a desfilar por el almacén con los billetes de a peso absorbiendo el sudor de sus puños, con las botellas y los sifones, el pelo crespo aún goteante, con un olor a cocina mal ventilada bajo los perfumes de jabón, con una necesidad de desquite pronta a asomarles en la indolencia de los ojos.

Junto a la ciudad y fuera de ella me era posible estirar las piernas bajo la mesa de la fonda, hojear números viejos de *El Liberal* de Santa María, destacar a Ernesto como hacia una fecha futura de la que habría de traerme, sin saberlo, adheridas a su gesto y a su voz como modalidades, respuestas a mi curiosidad, anticipaciones que se harían obvias un momento después de conocidas. Me era posible examinar, arrugar y alisar el último billete de cien pesos que me quedaba, hacer comparaciones entre Elena Sala y la Queca, muertas, imaginar biografías para los titulares de las esquelas de defunción que encontraba en los diarios, descubrir que el amor debe desembocar rápidamente en la muerte. Periódicos viejos y tostados se estiraban en la ventana de la fonda y me defendían del sol;

yo podía desgarrarlos y mirar hacia Santa María, volver a pensar que todos los hombres que la habitaban habían nacido de mí y que era capaz de hacerles concebir el amor como un absoluto, reconocerse a sí mismos en el acto de amor y aceptar para siempre esta imagen, transformarla en un cauce por el que habría de correr el tiempo y su carga, desde la definitiva revelación hasta la muerte; que, en último caso, era capaz de proporcionar a cada uno de ellos una agonía lúcida y sin dolor para que comprendieran el sentido de lo que habían vivido. Los imaginaba jadeantes pero en paz, rodeados por el contradictorio afán de empujar y de retener que reflejaban las caras húmedas de los deudos, llenos de generosidad y humildes, sabiendo, no obstante, que la vida es uno mismo y uno mismo son los demás. Si alguno de los hombres que yo había hecho no lograba —por alguna sorprendente perversión— reconocerse en el amor, lo haría en la muerte, sabría que cada instante vivido era él mismo, tan suyo e intransferible como su cuerpo, renunciaría a buscar cuentas y a las eficaces consolaciones, a la fe y a la duda.

Arranqué la mitad del diario pegada a la ventana y contemplé la tierra reseca y ocre, las casas de Santa María, el campanario de la iglesia que debía resonar sobre la plaza cuadrada, por encima de los hombres pesados que paseaban la plaza en las tardes de domingo, del brazo de sus mujeres apáticas y decididas, dando la mano a niños vigorosos y rapados, internándose sin entusiasmo en la absurda pausa semanal, desafiando sin temor a los demonios que acechaban en la impuesta pereza, confortados con la visión del lunes que les fuera prometido, el gran sol de cobre que se alzaría puntual sobre la colonia para iluminar y conferir un don de eternidad a las transacciones de compraventa, del acarreo y el acopio.

Encendían las luces de la plaza cuando llegamos a Santa María; entre los árboles, las verjas de los canteros y el pedestal de la estatua contemplé la fachada del hotel en la esquina, la iglesia y el cartel para automovilistas en el nacimiento del camino que llevaba a la colonia; me volví para mirar la superficie quieta del río y empezamos a descender una calle arbolada que llevaba al muelle. El declive era suave, una luz rojiza se mecía en la mitad de las aguas, lo que yo recordaba de la ciudad o le había imaginado estaba allí, acudía a cada mirada, exacto a veces, disimulado y elusivo otras. Allí estaban, rígidos, con desconfianza y una oferta de cordialidad en las caras ruborizadas, desfilando, los habitantes de la colonia; las muchachas iban cogidas del brazo o de la cintura, costeando el malecón que subía como una marea, que se alzaba —según iban todos de norte a sur por el muelle para alcanzar la dársena del club de remo y regresar bordeando los canteros del paseo—, se alzaba al principio hasta la altura de sus pantorrillas y les señalaba luego las caderas, los pechos, se extendía finalmente más alto que sus cabezas.

Yo iba paso a paso, olvidado de Ernesto, tratando de descubrir en los perfiles rubios la costumbre de la piedad y la dureza; ellas eran mujeres y podían ser comprendidas; los hombres marchaban en línea recta, callados o haciendo comentarios sin mover las cabezas, hasta que los oscuros sombreros —hundidos hasta las cejas, sin inclinación alguna, como privados de la posibilidad de ser torcidos, pegados al cráneo y sustituyendo para siempre el pelo amarillo, rojo o canoso que empezaron por ocultar— empezaban a separarse del nivel del malecón, a descender, rebajando la estatura de sus dueños. Se detenían en la curva del pequeño puerto, dirigían un momento los ojos impasibles a los barquichuelos del club; y las mujeres calcaban esta detención, repetían la misma lerda inclinación de la cabeza, las trenzas de las más viejas atadas en la nuca, las de las jóvenes, rectas sobre las sienes. Me preguntaba hasta dónde era responsable de los pares de ojos claros que rozaban las proas, las velas, los nombres caprichosos de las embarcaciones. Luego los ojos se apartaban y buscaban orientarse en el verde oscuro del césped del paseo. Con ellos, moviéndonos de acuerdo con la corriente de hombres de brazos colgantes, de mujeres anchas, de muchachas con largos vestidos de colores fuertes, subimos hacia la plaza; miré las nubes de tormenta que apresuraban la noche, busqué las huellas de los presentimientos, las esperanzas y los temores acumulados, año tras año, a la variable sombra de los árboles, alrededor de las manchas verdosas que había chorreado la estatua.

—Vamos a buscar un hotel —propuse—. Pero no quiero comer allí. Alquilamos una pieza y salimos.

Me senté en el primer banco vacío; el balasto estaba removido en el lugar que habían ocupado los músicos de la banda, y el rastro de los atriles y los pies aparecía rodeado por cáscaras de maní y vasos de papel; tumbado en el banco conté los relámpagos débiles y lejanos sobre el río.

—Decime por qué nunca querés hablar —dijo Ernesto—. Sabes lo que quiero decir. Hace más de un mes.

Yo lo hice, sólo yo; no entiendo por qué te metiste en este asunto, por qué me ayudaste a escapar y seguís junto conmigo, gastándote el dinero, hace más de un mes.

—Por nada —murmuré—; no tiene importancia. Me parece injusto que te lleven preso por haber hecho eso, algo que yo mismo podría haber hecho.

Estaba cansado, deseoso de la tormenta indecisa encima del río, deseoso de un final cualquiera que me quitara la responsabilidad de atribuir un sentido al mes y medio de fuga; pensaba en el único billete de cien pesos, suponía la reacción de Ernesto cuando le dijera que la retirada, el juego había concluido.

—No puedo entender —seguía rezongando Ernesto—. No tengo nada contra vos, te pido otra vez que me perdones lo de aquella noche. Ya te expliqué cómo era ella, te dije que yo estaba como loco desde mucho antes. Pero no te veo a vos apretándole el pescuezo, no creo que puedas matar a nadie. Y no por miedo; porque sos así. ¿Por qué se te ocurrió meterte en esta ciudad? Y estar sentado aquí en el banco, abriendo la boca, como si no hubiera ningún peligro. Cuando todos los pueblos te resultan con demasiada gente y tenés miedo hasta de que te vea un pájaro. No te entiendo; es como si fuéramos amigos de toda la vida; pero cuando me pongo a pensar sé que no te voy a conocer nunca, que no puedo tocar fondo. A veces pienso que me querés y otras que me tenés odio.

Yo lo dejaba desahogarse, a veces le sonreía o le tocaba el hombro, afirmaba con la cabeza; pensaba en Juan María Brausen, iba uniendo imágenes resbaladizas para reconstruirlo, lo sentía próximo, amable e incomprensible, recordé que lo mismo había sentido de mi padre.

Vi a Ernesto encoger los hombros, sacar un cigarrillo y encenderlo.

—Nunca querés hablar —repitió; la amenaza y el rencor se disolvieron rápidos en el silencio. Nada, ahora; mi nuca apoyada en el banco, los árboles espesos y torcidos, las sombras de los últimos paseantes que se corporizaban bajo la luz de los faroles, un segundo, sobre un rumor de grava aplastada—. Si me dijeras la verdad, por qué lo hacés, entonces seríamos amigos para toda la vida y a mí me daría gusto esto de estar escapando.

Ahora el silencio se extendía en el cielo oscuro, como el preludio de la tormenta. Sólo me quedaban cien pesos, no había nada que perder, pero no me resolvía a hablar.

—Te lo dije cien veces —contesté—. Quise ayudarte porque me parecía injusto que te pudrieras en la cárcel por una cosa que yo mismo hubiera hecho, que me parecía bien hacer.

—Puede ser —dijo Ernesto—. Hay un tipo en aquel banco, cerca del surtidor de nafta. Lo encontré esta mañana; me pareció que me seguía.

No miré hacia la esquina donde estaba el surtidor de nafta; frente a mí se extendía un sector de la plaza que había contemplado Díaz Grey desde alguna de las ventanas que nos rodeaban; recordé que la primera tormenta de primavera había sacudido los árboles y que bajo sus hojas húmedas pasaron los perfumes de las flores recién abiertas, los calores del verano; hombres en *overalls* con sus muestras de trigo envasadas, mujeres con el deseo y el miedo de enfrentar lo que habían imaginado en el aterimiento del invierno. Todos eran míos, nacidos de mí, y les tuve lástima y amor; amé también, en los canteros de la plaza, cada paisaje desconocido de la tierra; y era como si amara en una mujer dada a todas las mujeres del mundo, las separadas de mí por el tiempo, las distancias, oportunidades fallidas, las muertas y las que eran aún niñas. Junto a la charla de Ernesto me descubrí libre del pasado y de la responsabilidad del futuro, reducido a un suceso, fuerte en la medida de mi capacidad de prescindir.

El hotel estaba en la esquina de la plaza y la edificación de la manzana coincidía con mis recuerdos y con los cambios que yo había impuesto al imaginar la historia del médico. Alquilamos un cuarto en la Pensión para Viajeros, a mitad de la cuadra; nos dieron una habitación grande, con dos camas alejadas, con dos ventanas sobre la plaza. Después de bañarnos, Ernesto se asomó hacia la noche tormentosa y se puso a fumar; estaba en mangas de camisa, rígido, erguido, y yo veía desde la cama su cara inmóvil inclinada, apenas sumergidas la frente y la nariz en la débil luz de afuera. Veía la rápida descomposición de la cara en abandono, la verdad que él creía confesarse en secreto. Como en un viaje de vuelta a Buenos Aires, a la calle Chile, fue recuperando y dejó de lado —etapa por etapa, pueblo por pueblo, día por día— las expresiones que lo habían ennoblecido gradualmente, los períodos del tránsito hacia el rostro manso y limpio que me mostró un instante en el banco de la plaza; como si aquella indolente sonrisa, la voz amistosa, la pérdida del sentido del ridículo, la renuncia al rencor, la altanería y la soledad señalaran la zona más alta que le era posible alcanzar, y ahora, velozmente, estuviera obligado a descender hasta la coincidencia con la cara blanca, adormecida y viciosa que me acercó en el primer encuentro, paso a paso, escoltada por la orgullosa cobardía de la Queca.

—Te dije que hay un tipo —dijo, y lo repitió casi gritando—. Ese vestido de gris. Lo encontré hoy de mañana; estuvo hablando con un vigilante y ahora se pasea o se sienta en el banco para mirar la puerta. No; vos sabés que yo nunca tuve miedo. No estoy viendo visiones. Vamos a comer y te lo muestro.

Me acerqué a mi ventana, vi al hombre que se paseaba empujando una piedra con la punta del zapato; tal vez Ernesto tuviera razón, tal vez la figura gris que se movía bajo los árboles anunciara el final de la retirada. Vi una última claridad en el río, una iglesia que equivalía a cualquier otra, una plaza desierta y provinciana. Un ruido de bocinas de automóvil se fue acercando y cesó de pronto, a mi derecha, próximo. El hombre de gris se detuvo para mirar hacia la esquina del hotel, se tocó la frente con un pañuelo abierto y lo dobló en cuatro antes de guardarlo.

—Hay una cosa que no puedo aguantar —dijo Ernesto—. ¿Vamos a comer?

Mientras terminaba de vestirme, en el rincón del cuarto que yo había destinado a un biombo, una percha, un espejo, contemplé a Ernesto inmóvil en la ventana, inclinado hacia el ir y venir del hombre; usé su cuerpo para medir el espacio que estaba llenando este otro aire, muerto, todas estas ausencias de calidad inexpresable.

—Están colgando farolitos de papel en la plaza y en la calle que va al muelle —anunció Ernesto—. El sábado ya es carnaval. Debe ser divertido un baile aquí.

Estaba serio, con los ojos soñolientos, con la antigua cara de hastío y disgusto. Debía sentirse atrapado y no podía saber dónde; tampoco podría comprender que el último capítulo de la aventura había estado esperándonos allí, en la gran sala con dos ventanas sobre la plaza, sobre la iglesia, el club, la cooperativa, la farmacia, la confitería, sobre la noche de tormenta en que se dilataba la música del piano del conservatorio, en el espacio ocupado alguna vez por Díaz Grey y al que yo imaginaba haber llegado demasiado tarde.

Pasamos junto a la indiferencia del hombre de gris que se limpiaba las uñas apoyado en un árbol; le vi la cara achinada y redonda, los labios gruesos y alegres con que soplaba la hoja del cortaplumas. Después de cruzar la plaza llegamos a la calle ancha que nacía en el muelle.

—Por aquí tiene que haber un restaurante —dijo Ernesto—. Unas cuadras más allá, a la izquierda, creo que vi uno. Gringos... No nos sigue el tipo; a lo mejor tenés razón, estoy viendo visiones.

Pero si el aire del cuarto en la pensión era vulgar e irreconocible, este viento tormentoso que venía del río y se encrespaba en nuestras espaldas, era el mismo aire salvaje y sin historia —alterada apenas por medio centenar de anécdotas de intención heroica— que había estado rodeando los episodios de Díaz Grey, que había impedido toda comunicación entre la soledad del médico y las ajenas.

—Éstos ya están en carnaval —dijo Ernesto cuando avanzamos hacia el centro de la sala del restaurante, hacia las voces, el humo, el hombre corpulento que tocaba el acordeón. Todas las mesas estaban ocupadas y los que comían en ellas nos miraron con hostilidad mientras se balanceaban cantando.

—Hay mesas arriba —nos murmuró un mozo al pasar. Una guirnalda de flores de papel atravesaba el techo, y ramilletes rojos y blancos colgaban de las paredes alrededor de fotografías y banderitas con las astas cruzadas. Cuando terminó la música —el hombre, gordo y viejo, dejó el instrumento en el suelo y se puso de pie, las manos sobre el pecho, sacudiendo verticalmente la cabeza calva para agradecer los aplausos, sin sonreír, claros, muy abiertos y tristes los ojos encima de sus gruesas ojeras de borracho—, Ernesto subió a la plataforma que ocupaba el músico y miró alrededor, fue observando las pequeñas antipatías que lo enfrentaban desde las caras sobre las mesas; tenía el sucio sombrero echado hacia atrás, las manos en los bolsillos, un cigarrillo sin encender colgándole de la boca, el desafío en el mentón alzado. Oyó los silencios personales que avanzaban hacia él y se fortalecían al unirse y rodearlo; volvió a mirar las caras, con mayor lentitud ahora, haciendo que la provocación se disolviera en el gesto de asombro y curiosidad que paseaba en semicírculo, desde la herrumbrosa mancha de luz al pie de la escalera hasta la impasibilidad del patrón acodado en el mostrador. Lo vi volverse para pedir fósforos al hombre del acordeón, y las voces empezaron a crecer en los costados de la sala, treparon nuevamente hacia la comba que trazaban las endurecidas flores colgantes.

El músico estaba sentado, con el acordeón entre las piernas; detrás de su nube de humo Ernesto me sonrió y me guiñó un ojo. Nadie lo miraba desde las mesas cuando un mozo alto y joven se colocó a su lado, aguardó a que moviera la cara para mirarlo; otro mozo sacudió una servilleta frente a mi cara y dijo aconsejando:

—Hay otro comedor arriba.

Separados, seguidos cada uno por un mozo hasta mitad de camino, nos fuimos moviendo hacia la escalera, empezamos a subirla mientras el acordeón volvía a sonar y los clientes cantaban en coro frases incomprensibles.

Desde el comedor de arriba, estrecho y casi en sombras, donde se acumulaban mesas rengas y sillas con los asientos rotos y en el que estábamos solos, podíamos ver, a mi derecha, la entrada del restaurante y el extremo del mostrador con el dueño apoyado en los codos, inmóvil ante el vaso rebosante de cerveza, interrumpiendo su quietud cuando un mozo se acercaba a molestarlo o debía sonreír y agitar la cabeza —se adivinaban entonces los talones juntos, la inconsciente tentativa de disimular el vientre— para saludar a los grupos que salían. A mi izquierda, abajo, separado del salón por una cortina de flecos, había un comedor independiente que se ocupó después de nuestra llegada.

Ernesto comió rápidamente el primer plato y abandonó el segundo casi sin probarlo; me consultó con una mirada y pidió dos botellas de un vino que llamaban mosela: «Para que el mozo no tenga que cansarse subiendo la escalera».

—Lo que no puedo soportar es el miedo —dijo sin mirarme—. Ni siquiera la idea de que voy a tener miedo. No me deja pensar ni acordarme, es como si no fuera nadie.

—Sí —lo ayudé; pero él se puso a fumar y a beber con la cara recién afeitada descansando en un puño, no me dio explicaciones y yo no pude adivinar.

Era como si estuviéramos sentados a una mesa enseguida de nuestro primer encuentro en casa de la Queca y yo me asombrara al descubrir en su cara blanca, imprecisa, la revelación de un mundo construido con miedo, avidez, avaricia y olvido, el mundo incomunicable donde vivían él, la Queca, la Gorda y sus amigos, los dueños de las voces y los pasos que yo había oído a través de la pared. Me había golpeado por miedo, estaba unido a mí por el miedo.

—Cualquier cosa antes que aguantar eso —dijo Ernesto cuando terminaron de cantar en el comedor, a mi derecha; bajo el letrero «Berna-Cervecería» y la pintura de un rey coronado que alzaba un vaso, el patrón miraba hacia adelante, sin expresión, la papada muy cerca de la espuma de su cerveza—. Ya no tengo miedo, pero me va a volver. ¿Nunca me viste borracho? A veces me pongo así. Siempre eras vos el que tenía miedo y querías esconderte y disparar. Y ahora yo también tuve. Puedo hablar de lo que pasó, me siento mejor si hablo, me gusta pensar que la maté y decírtelo y pensar que ahora que ella está muerta... No, no voy a gritar. Desde que la vi muerta ya no supe por qué lo había hecho.

A mi izquierda, del comedor reservado subía con lentitud el humo de los cigarrillos, sonaban monólogos susurrados, algunas risas espaciadas y breves. Llené la copa de Ernesto y puse la botella de su lado; volvían a cantar abajo, cubriendo la música del acordeón.

—Cuando había guerra —dijo Ernesto enderezándose con una sonrisa—. ¿Nunca oíste? En el Loeffler tocaban esto.

Acerqué mi silla a la baranda para observar con comodidad el reservado. Había una mujer vestida con un traje sastre gris, corpulenta pero no gorda, morena, de

unos treinta y cinco años; entraba y sacaba los dedos de
un plato con uvas, los sostenía frente a sus ojos hasta que
dejaban de gotear y volvía a hundirlos en el agua con
hielo; la otra mano estaba sobre la mesa, sujeta por un
muchachito rubio que miraba sin pausa las demás caras, serio y en guardia, muy erguido contra el respaldo
de la silla.

—Pero éstos son suizos y se terminó la guerra —dijo Ernesto.

Abajo, con su frágil mano abierta encima de los dedos de la mujer, el muchachito chupaba un cigarrillo, alzaba la cabeza en una actitud graciosa y emocionante; el
pelo dorado y sin peinar se rizaba en la nuca y en las sienes, caía lacio sobre la frente. A su izquierda estaba sentado un hombre pequeño y grueso, con la boca entreabierta, estremeciendo el labio inferior al respirar; la luz
caía amarilla sobre su cráneo redondo, casi calvo, hacía
brillar la pelusa oscura, el mechón solitario aplastado
contra la ceja. Más hacia mí, exactamente debajo de mi
silla, se movían un par de manos flacas, unos hombros
débiles cubiertos por una tela azul oscuro; la cabeza de
este hombre era pequeña y el pelo estaba húmedo y en
orden. Otro, invisible, debía de estar de pie junto a la
cortina de separación, detrás del hombre del traje azul;
oí su risa, vi las miradas de los demás vueltas hacia él.

—Yo sólo pregunto —dijo el hombre pequeño y
gordo (tenía una nariz delgada y curva y era como si su
juventud se hubiera conservado en ella, en su audacia, en
la expresión imperiosa que la nariz agregaba a la cara;
enganchaba el pulgar de una mano en el chaleco y movía
el cuerpo hacia la mesa y el respaldo de la silla, al compás,

como abandonado al impulso de un vehículo que lo arrastrara por malos caminos—, sólo quiero preguntar si era legal o no. Si trabajábamos o no con una ordenanza municipal. Dos mil ciento doce. ¿Se reunió el concejo para revocarla?

—A lo mejor usted mismo la escribió —dijo burlándose el hombre invisible—. La orden es del gobernador.

Había otro hombre junto a la cortina de la entrada, un viejo que avanzó renqueando y con el sombrero puesto.

—Pero vamos a ver, las cosas en su lugar. —Tenía acento español, una manera irónica de demorarse las palabras en la garganta; pasó detrás del gordo cabizbajo que continuaba meciéndose—. Con su permiso —dijo el viejo encima del muchachito, de la mano infantil abierta sobre la de la mujer; se sirvió un vaso de vino y lo bebió de un trago, hizo oír un ronquido mientras se tocaba el bigote gris y llenó nuevamente el vaso haciendo que el chorro de vino cayera largo, delgado y sonoro—. Vamos a ver, dijo un ciego. Usted, Junta, todo eso ya lo ha dicho hasta la repudrición; está fatigando a la señora y al doctor y en nada puede ayudar. Que si el concejo, que si la ordenanza. —Saludó con el vaso a la mujer y al hombre de azul, miró hacia la cortina—. Y este amigo, que tantas veces honró y se honró propiciando la buena marcha de la empresa, ahora cumple con su deber. No lo abrume usted, Junta, con razones de leguleyo que él no puede contestar. —El hombre de pie junto a la cortina volvió a reír y adelantó una mano—. No torture a la señora, Junta. Todas esas lamentaciones...

—No hace falta que me diga señora —interrumpió la mujer liberando su mano para encender un cigarrillo;

el muchacho pareció despertar y miró inquieto alrededor—. María Bonita es mi nombre para los amigos.

—Gracias —dijo el viejo tocándose el sombrero; miró a la mujer por encima y a través de sus anteojos.

—Como yo le decía al pibe —continuó ella palmeando la mejilla del muchachito—, todo el asunto está en que el cura se volvió loco. Como si alguien pudiera enseñarme a respetar a Dios.

—Bien puede ser —dijo el viejo—. Quizá, como habrá vislumbrado el doctor, todo esto no sea más que una etapa de la lucha secular entre el oscurantismo y las luces representadas por el amigo Junta.

El hombre pequeño y gordo alzó los hombros y la mano que apoyaba en la mesa; sus grandes ojos salientes se dirigieron a la mujer y al hombre vestido de azul.

—¿Por qué el concejo no suspende el receso? —dijo con la voz temblorosa, sofocándose—. Está en juego el prestigio del concejo.

—¡Qué le va a hacer! Orden del gobernador —dijo el hombre invisible.

—¿Lo ve usted, doctor? —preguntó el viejo—. No sólo Junta ha luchado por la libertad de vientres, por la civilización y por el honrado comercio. Entre otras cosas, vamos, que no es posible recordarlo todo. También se preocupó constantemente por el respeto a los preceptos constitucionales. De todo habrá constancia. Pero, señora, no sólo del cura es la culpa. El airado sacerdote obedece al espíritu de esta ciudad de Santa María donde por nuestros pecados estamos. Felices de ustedes que la dejan, y distinguidos por la escolta del amigo. —No era enteramente un payaso cuando dio un paso atrás y comenzó a recitar con el vaso en alto—: Ave María, Gratia plena, Dóminus tecum, Benedicta tu...

Sólo el hombre de azul se rió, suavemente, interrumpiéndose para toser. El viejo tocó la espalda del hombre gordo, ensimismado y tétrico, y volvió a desaparecer junto a la cortina.

—Y ahora —dijo— a trotar hasta la redacción. Lamento no poder publicar el adiós que ustedes merecen. El cuarto poder se debate amordazado.

—Vaya a dormir, gallego —dijo el gordo sin alzar la cabeza, sin dejar de bambolearse.

—A trabajar, a mover kilos de plomo y de estupidez. Hubiera querido historiar estos cien días que nos estremecieron. Desde el regreso de Rosario, puerca ciudad de mercaderes, hasta este embarco a Santa Elena; de donde también es posible escapar, Junta, es posible. Mis respetos, señora.

Los flecos de la cortina se movieron y el hombre invisible murmuró un saludo y volvió a reír.

—Tome algo —dijo María Bonita hacia la cortina.

—Gracias —se negó el hombre—. Cada vez que entro, el patrón me hace tomar. Le agradezco. Los vengo a buscar a la una y salimos para la estación.

El hombre gordo interrumpió su vaivén para mirar hacia la cortina; los ojos claros y salientes se revolvieron, sin expresión, como bolas de vidrio; la nariz curvada avanzaba como una proa, triunfante de la grasa y la decrepitud de la cara.

—¿Te vas? —preguntó el hombre de azul.

El muchachito fue alzando el cuerpo contra el respaldo y quedó parpadeante, con una fina sonrisa que rechazaba hacia la mejilla el cigarrillo.

—En el primer tren —dijo.

La mujer se volvió, masticando una uva:

—¿Qué está pensando, doctor? Toda la noche miró al pibe sin abrir la boca. ¿Cree que yo lo convencí para que venga a Buenos Aires? No me conoce; soy mujer y no hago más que pensar en la madre. Sin contar la responsabilidad, para Junta y para mí.

—Puedo ir en otro vagón —dijo el muchachito, furioso y ruborizado—. Si no me dejan subir, me voy mañana; tomo el primer tren en que pueda escaparme.

—Óigalo —comentó la mujer—. Me lo ha dicho con todas las letras. Que no es por María Bonita que se va. ¿Qué tal le parece? —Hundió una mano en la cabeza despeinada del muchacho—. Dieciséis...

Ernesto vacilaba en la escalera cuando bajamos al salón casi desierto, adornado ahora con carteles que anunciaban los bailes de carnaval. Por la calle húmeda, oscura y sin viento, del brazo de Ernesto, pensé que Díaz Grey había muerto mucho antes de aquella noche y que sus meditaciones solitarias en la ventana del consultorio y sus encuentros y andanzas con Elena Sala debían ser situados en otro lugar, a principios del siglo. Nadie se paseaba frente a la pensión; un estrépito de bocinas y motores vulneró la noche en la esquina del hotel, costeó la plaza y se fue alejando hacia el río, hacia Enduro después, murió en el barrio de calles de tierra y casas de zinc que rodeaba al muelle de pescadores.

Ernesto se quitó los zapatos y se sentó a fumar en su cama; muy lejos, tímido, comenzó el golpeteo de la lluvia; la claridad de los relámpagos iluminaba su cuerpo inmóvil y encogido, desvanecía la brasa del cigarrillo.

—¿Estás dormido? —preguntó; salí del sueño y acomodé mi almohada para mirar el cielo—. Disculpame.
No me voy a acostar esta noche. Lástima no haber traído
una botella. Ya no tengo miedo. —Trató de reírse y tosió;
recordé las manos, la pregunta, el color azul del traje del
hombre a quien llamaban doctor en el comedor reservado—. Tenés todos los motivos para pensar mal. Pero,
aunque no lo creas, yo soy tu amigo. Disculpá que te haya
despertado.

—Claro —dije.

Casi sin ruido, sobre el techo pero con una sensación de
lejanía, continuaba la lluvia en la mañana; Ernesto estaba vestido, de pie junto a la ventana, fumando; no había
deshecho la cama. «Ahí está, perdido, existiendo sólo en
el miedo; obligado primero a matar por mí, ahora atrapado en el hueco que dejó al desaparecer la vida de un
médico de provincia, inventada por mí; ahora descubre
la historia que adjudiqué a Díaz Grey, piensa los pensamientos desalentados que yo le hice pensar.»

Me creía dormido y vino hasta mi cama para ponerme
los dedos en el brazo y suspirar con ese ruido bronco y des-
graciado de quien no tiene la costumbre. Así como había
dejado un billete a la Queca —«Te voy a telefonear o venir
a las nueve»— y así como yo coloqué el billete en la habitación en que estaba la Queca muerta, Ernesto, antes de irse, escribió una frase en el margen de un diario y la puso sobre mi almohada: «Estate tranquilo, que te voy a dejar
afuera de esto». Me acerqué a la ventana para verlo alejarse; terminé de vestirme mientras miraba por la ventana la

llovizna en la plaza, los hombres con impermeables, que conversaban sin moverse, uno de pie tocando un árbol, los otros dos sentados en un banco, las piernas cruzadas, los hombros unidos. Vi a Ernesto cruzar la calle con lentitud, con una imprevista dignidad que lo transformaba, detenerse frente al árbol y al hombre; los brazos le colgaban como rotos, como si ya nunca pudiera volver a levantarlos. El otro armó una sonrisa y con el diario manchado de agua que había sostenido en el sobaco señaló hacia la puerta de la pensión, hacia mí, sin mirarme. Ernesto, inmóvil, se inclinaba hacia la sonrisa, defendía sus ojos de la llovizna; el hombre le acercó la cabeza y la fue moviendo en dirección al banco, dio un paso atrás y volvió a sonreír. Separado por la lluvia y la distancia creí descubrir la falta de alegría y la desconfianza. El hombre caminó hacia el banco y Ernesto fue andando a sus espaldas; los otros dos hombres se pusieron de pie, palparon los brazos de Ernesto y los soltaron; antes de abandonar la ventana miré los cuatro pares de brazos, caídos, colgando como mangas vacías.

El hombre estaba otra vez en el borde de la plaza y tenía nuevamente el diario doblado en la axila. A través de la calle, sin moverse, me saludó con una sonrisa y la mantuvo mientras yo me detenía, mientras iba caminando hacia él. «Esto era lo que yo buscaba desde el principio, desde la muerte del hombre que vivió cinco años con Gertrudis; ser libre, ser irresponsable ante los demás, conquistarme sin esfuerzo en una verdadera soledad.»

—Usted es el otro —dijo el hombre—. Entonces, usted es Brausen.

Con un aire indolente y aburrido, como si el agua no le cayera encima, como si estuviera al abrigo miran-

do llover y esperando que escampara, Ernesto balanceaba un pie, sentado en el banco entre los dos hombres.
Reconocí la voz del que me hablaba y me vigilaba los
ojos: había sonado en la noche anterior junto a la cortina
del reservado, dirigida a la mujer pintada que comía
uvas, al muchachito rubio que inauguraba la vida, al perfil aguileño del hombre gordo, vencido, en retirada. Ernesto estaba ahora a un costado del hombre sonriente
y abría los ojos para buscar los míos; no quise mirarlo;
los hombres del banco se habían levantado pero no caminaban.

—¿Brausen? —preguntó la voz.

Miré en silencio al hombre, comprendí que me sería posible aludir a nada negando o asintiendo. Ernesto
golpeó la cara del hombre y lo hizo chocar contra el árbol; volvió a golpearlo cuando caía y el cuerpo quedó inmóvil sobre el barro, de cara a la llovizna y boquiabierto,
el diario doblado encima de la garganta.

XVII. EL SEÑOR ALBANO

Cuando me levanto para llamar por teléfono —una vez
más Pepe contesta «El señor Albano no ha llegado todavía»—, puedo estudiar el perfil del hombre que bebe junto al mostrador con el sombrero de paja echado hacia
atrás. Quizá no haya reparado en mí durante toda la mañana, tal vez tampoco se interese por la mesa donde, entre
el Inglés, que bebe otra taza grande de café, y Lagos, que

apoya la cara en una mano, usted se mira el dedo con que obliga a girar el cenicero sobre el mantel.

Vuelvo a mi mesa y enciendo un cigarrillo; sin moverse, torciendo apenas la vista, Lagos comprende que no tengo novedades. Oscar, el Inglés, dirige la cara hacia la puerta, desinteresado, sin prisa por acortar el tiempo que nos separa de la desgracia. Usted deja el cenicero y señala, sin convicción, hacia la mañana de marzo que empieza a extenderse en la ventana. Dejo mis monedas sobre la mesa y una última mirada para el hombre del panamá junto al mostrador; miro las 7:50 en el reloj sobre la caja registradora, y salgo a la calle. Paseo bajo los árboles, de esquina a esquina, esperando que abran el negocio, mirándola a usted a través de la ventana del café, quieta y pensativa, como aplastada por el silencio, más pesado, de los dos hombres. Arriba, detrás de algún balcón abierto, preparan ya el último día de carnaval, y la música de un piano baja intensa, se aleja con un murmullo acuoso, parece adivinar y seguir la dirección de mis pasos.

El negocio está ahora abierto y el sol ilumina las narices, los bigotes, las telas sedosas del escaparate. Los veo salir del café, usted en el medio, Lagos con el bastón en el brazo, el Inglés mordiendo la pipa y con las manos en los bolsillos del pantalón.

—Buenos días —digo al hombrecito que me acerca una cara vieja y parpadeante—. Necesitamos trajes de disfraz. Algo muy especial, muy bueno.

—Para un baile —agrega el Inglés, y ríe durante las tres palabras.

—Sí —dice con desánimo el hombre; de pronto descubre los dientes y se vuelve para mirarla a usted.

Usted está a mi lado y me sonríe; Lagos se coloca una peluca en el puño y alza el brazo hacia las sombras que aún quedan en el techo. Tristemente, el Inglés insiste:

—Trajes de disfraz.

—Sí —el hombre no se mueve—. ¿Para esta tarde?

—Para ahora —dice usted con rapidez.

—Tenemos necesidad de llevarlos ahora —explica Lagos; inclina el puño y se le ve el desencanto en la cara cuando la peluca resbala y cae sobre el mostrador de vidrio—. Para devolverlos mañana; a primera hora, cumplida su misión de engaño sin malicia, los trajes estarán en su poder, serán devueltos a la naftalina.

—Tendrá que ser a primera hora —repite el dueño—. Y hay que dejar garantía. —Lagos hace una reverencia y muestra un puñado de billetes; el viejo alza los antebrazos, los codos—. No quería decir... Es la costumbre.

Oscar, con la pipa entre los dientes, ríe burlándose, obliga a la cara del viejo a expresar el don maravilloso de soportarlo todo. El dueño alza una cortina y nos deja pasar, uno a uno, tocándonos suavemente las espaldas, como si nos contara, hasta un corredor sombrío donde se enfrentan dos largos estantes cubiertos con cretonas que empieza a descorrer, que abandona para dar luz.

—Hombres y señoras —dice, moviendo las pequeñas manos hacia los estantes.

Miramos sin comprender hombros de colores, faldas, medias desinfladas, zapatos con hebillas, un espadín que nos atrae y nos reúne. Vamos descolgando perchas con trajes y las transportamos hasta el angosto patio próximo que alumbra un tragaluz. Usted examina los vestidos, los hace flotar, los devuelve al estante, descuelga otros, tan rápidamente que mis ojos confunden los colores. De pronto imagino que todo —la fuga, la salvación, el futuro que nos une y que sólo yo puedo recordar— depende de que no nos equivoquemos al elegir el disfraz; miro atemorizado las ropas que el Inglés hace girar junto a las perchas, las que Lagos mueve apenas, empujándolas con el bastón. La oigo reír, veo su mano tocando la nuca de Lagos, escucho al viejo que trata de mezclarse en su alegría; pero no puedo interesarme porque estoy temblando ante el peligro de equivocarme; me acuclillo, como si así estuviera más cerca de la verdad.

—Los voy a esperar en el negocio. —Es su voz, sus pasos, su silencio.

El bastón de Lagos pasa encima de mi cabeza, toca un traje, salta hasta otro. Repentinamente alargo el brazo y separo un disfraz. Lagos ha dejado caer la mano con el bastón y da un paso atrás.

—Sáqueme ése —dice sin entusiasmo.

Usted está sola en el negocio y sonríe a la calle; busco, inútilmente, el traje que acaba de elegir; paso frente a usted, casi rozándola con mi disfraz, cegándola casi con el reflejo de las lentejuelas; pero no logro apartar sus ojos de lo que miran.

—Sí —comenta Lagos, llegando—. Todas las muchachas van a querer bailar conmigo. Es indudable; su frase ha sido feliz y profética.

El dueño ríe junto a la cortina de atrás del mostrador y bajo su brazo y su voz enronquecida el Inglés avanza encorvado y se nos acerca. Lagos deja caer su traje encima del mío.

—Alabardero —dice el Inglés.

—Es un traje muy original —comenta el dueño—. ¿No le parece, señorita? —Usted dice que sí con la cabeza y a todos nos parece suficiente—. Original y muy hermoso. ¡Y el suyo! Un rey.

—Espléndido, sin duda —responde Lagos—. Esta noche, esta tarde, mi popularidad en los círculos sociales se acrecentará y quedará consolidada. Tal vez pudiera hacer algún reparo a la calidad de las piedras de la corona y a la blancura del armiño. Pero no vale la pena.

Habló de perfil al dueño y, sin mirar su disfraz, terminó con un suspiro. A pesar de la expresión irónica, imagino que tiene miedo, supongo que está arrepentido, que poco tiene que ver con el Horacio Lagos que, en la madrugada, en el reservado del café de Pepe, nos dio órdenes, casi me hizo creer en la sinceridad de la venganza y el homenaje impuestos por Elena Sala: «Estamos en carnaval y debemos escondernos en el carnaval. Buscan a un hombre bajo y grueso, vestido de gris; a uno rubio y flaco con traje marrón; a un buen mozo que fuma en pipa. Buscan a una muchacha de regular estatura, de ojos claros, nariz de dorso recto y sin señas visibles, aparte de las sutiles marcas profesionales que deja la práctica del violín. ¿No es así? Muy bien: los suprimimos como si sopláramos cuatro velas, los sustituimos echando a rodar por bailes y sitios de honesta diversión a una marquesa Dubarry, a un cosaco ribereño, a un don Equis hijo del zorro, al último de los mohicanos».

—Todos los trajes son lindos —aventura el dueño, molesto por el silencio—. Seda. —Toca el traje de Lagos, lo sopesa y aparta la mano.

El Inglés se me acerca chupando la pipa, el traje de alabardero colgado del hombro; levanta el disfraz de Lagos y aspira el olor de la naftalina; entonces Lagos sonríe mirando mi traje sobre el mostrador, se echa a reír frente a mi cara y camina hasta la puerta sacudiendo la cabeza. Oscar lo espera, inmóvil, con el disfraz de alabardero siempre en el hombro, la casaca de rey en un brazo. Alegre y caluroso, el viejo se vuelve hacia usted y se pone a conversar con su nuca.

—¿Pero dónde está su traje? Señorita. Supo elegir, muy original, de muy buen gusto. Y no es un disfraz, es un traje de verdad. Es un secreto. —Me mira y guiña un ojo.

Usted se toca el pecho con el pulgar y murmura algo cuando Lagos se vuelve, le toca al pasar la barbilla y se acerca a mí y a mi traje.

—Torero —dice—. ¿Eh, doctor? Amarillo y verde. —Alza el traje y lo sostiene un rato en el aire—. Torero —repite al abandonarlo junto a mi codo; después toma la montera y se la encaja en el puño, como hizo antes con la peluca—. No recuerdo haberlo visto en la trastienda. Complejo, dictaminará usted, doctor. Pero siempre he deseado tener un traje de torero, vestirlo alguna vez y fotografiarme. Si usted, doctor, agregara a sus ya incontables bondades... si no tuviera inconveniente en aceptar un cambio...

—Yo lo elegí —digo secamente, sin saber de qué quiero vengarme—. Usted lo separó y volvió a dejarlo. —Hundo el codo en el traje y miro a Lagos con humildad y tristeza—. Ahora quiero ponérmelo.

—No me atreveré a desmentirlo. Pero reconozca, Díaz Grey, que en las perchas todos eran iguales. Puedo haberlo visto; tal vez haya llegado a separarlo y examinarlo; pero, en realidad...

Gira la cabeza para buscar los ojos del Inglés, continúa el movimiento hasta sonreírle a usted, soslaya los dientes amarillos del viejo.

—No —digo cuando vuelve a mirarme.

—Está bien, no tiene importancia. ¿Cuánto tengo que pagar? —Se apoya en el mostrador, a mi lado, observa el progreso del sol en la calle; oigo otra ráfaga del piano, arriba, afuera, a mi espalda.

Usted y el dueño levantan la cortina y desaparecen en el corredor; usted vuelve y murmura junto a la cabeza de Lagos.

—No —dice él—. Es maravilloso, pero imposible. Que nos alquile una valija o nos haga paquetes.

Espero paseándome mientras el vejete acomoda los trajes en una valija, mientras Lagos paga y Oscar trata de silbar sin quitarse la pipa de la boca. Usted me alcanza bajo los árboles y me explica, veloz, sin mirarme, que vamos a casa de René para cambiar de ropa. Me vuelvo hacia Lagos, lo dejo acercar —ahora tiene un contoneo en la marcha, una mirada experta, casi vanidosa— y voy enterándome de cuánto lo quiero y lo respeto. El Inglés carga la valija, avanza con largos pasos, la empareja a usted.

—Vamos a lo de René —me dice Lagos, palmeándome—. Un gran muchacho. Pero sería mejor que llamara otra vez a Pepe. Perdóneme por todo y especialmente por estas pequeñas molestias, doctor...

Tal vez se burle, tal vez se haya burlado siempre; en los ojos no tiene otra cosa que amistad y una tristeza de anciano. Entro en una farmacia y sonrío junto al teléfono, averiguo las andanzas del señor Albano. Anoche, después del balazo, agigantado para detener y organizar las co-

lumnas en retirada, lo que sentía de resignación y escepti-
cismo en nosotros, Lagos, en el reservado del café, inven-
tó la frase «¿Está por ahí el señor Albano?» como clave
telefónica para preguntar por las novedades que se cen-
tralizaran en Pepe. Una precaución ociosa, un toque de
virtuoso. El señor Albano —«¡Ya lo tengo!», gritó Lagos
con el índice extendido, inclinando hacia nosotros una
expresión de victoria y secreto— nació de la etiqueta de la
botella que teníamos sobre la mesa. Pero al telefonear a
Pepe siento que aumenta mi interés por la imposible presencia del señor Albano en el cafetín, por la sombra de su
cuerpo, vestido de blanco, encima del piso manchado;
por su voz inaudita, mutilada al compás en el movimiento
de la pesada mandíbula; por su gesto en los saludos, por la
calidad paciente y malévola que atribuyo a sus actitudes.

René tenía puesta una bata de seda, gris y con círculos negros, mientras estaba de pie, dándonos paso para
entrar a su departamento, luego de haberse mostrado
detrás de los vidrios del negocio de relojería y haber des-
corrido el cerrojo de la pequeña puerta metálica. Mientras entrábamos agachados corrió escaleras arriba para
esperarnos en la puerta del departamento, erguido, riendo con el tono de burla que —se adivinaba— le era habitual, quitándose los anteojos por coquetería o para vernos mejor.

Ahora se mueve con rapidez y sin esfuerzo, retira libros y papeles del escritorio, no escucha la broma que
reitera el Inglés, mueve los hombros bajo las excusas de
Lagos.

—Están acá —dice—. Hagan lo que quieran, pueden quedarse un par de años. No es por eso, por mí. Sólo

que, si no disparan pronto, de Buenos Aires... ¿Quién fue? —pregunta con una repentina, ardorosa excitación en los ojos.

—Fuenteovejuna —dice Lagos.

—Yo —dice Oscar; se inclina para dejar con cuidado la valija en el suelo, se alza arrancando humo a la pipa—. Todo esto es idiota, un juego. Voy a matar a otro y a entregarme; ellos pueden desaparecer.

Usted comienza a pasearse, desde la ventana abierta hasta la hornacina con el San Cristóbal y el Niño al hombro, mientras nosotros nos sentamos, escogemos cuidadosamente los asientos y el orden en que vamos a ocuparlos. De inmediato el cansancio me sube desde el cuero del sillón, se me entra en los poros; la miro y pienso que usted está forzando el retorno de aquella alegría, de aquel anonadamiento en el silencio y la soledad que descubrió en el negocio de los disfraces.

—No me interesan los argumentos —dice el Inglés—. No voy a escucharlos. —Coloca una pierna sobre la valija, ampara la pipa entre los dedos—. No tenemos derecho a estarnos aquí. Tampoco entiendo para qué. Voy al dormitorio a cambiarme, si no hay mujeres. Quiero morir con el uniforme de la guardia suiza. ¿Conoce René la historia de los disfraces?

—Pueden quedarse dos años —repite René; me muestra el perfil de medalla, la flaca mejilla, el alto jopo endurecido—. No tengo por qué saber nada, si es que se preocupan por mí. Recibo a unos amigos que quieren hacer un baile de carnaval en mi casa.

Como guiada por su propia sonrisa, usted continúa paseándose, hacia allá, hacia acá. Abandonándome contra el respaldo del sillón, contra el cansancio y el sueño, resuelvo perdonarla, renunciar a la venganza, en homenaje a este su tenaz rastreo de un motivo de dicha, en homenaje a esa voluntad de creer que usted acepta y cultiva ahora, en este momento en que el porvenir puede ser calculado en minutos, en que todo estado parece comprometido.

El Inglés se levanta, se dobla para recoger la valija, pasa al dormitorio, detrás de esas cortinas.

—Perdón —dice Lagos—. Pero usted, mi querido amigo, no me contesta. No se me ocurren inconvenientes para que me haga saber, exactamente, desde cuándo lo sabe. Suponiendo por un momento que esa historia sea verdadera en todos sus capítulos.

—Como guste —dice René; sentado sobre la mesa, se quita y examina los anteojos con una sonrisa; el dibujo femenino de su boca está atenuado por la delgadez ascética de los labios—. Es asombrosamente sencillo. No lo supe nunca, no lo sé ahora. Con la mano sobre el pecho, no lo sé. Es cierto que la radio está gritando desde la mañana, cada cuarto de hora. Yo puedo oírla e imaginar cualquier cosa, deducir y llevarme mis deducciones a la tumba.

Sonríe, siempre burlón y lleno de amor; se zafa fingiendo interés por la transparencia de sus anteojos.

—¿Quién es René? —pregunto.

—René —contesta él, encogiendo los hombros, separando las manos con desolación.

—Es mi amigo —dice Lagos—. Y nunca sabrá cuánto lo quiero. Muy bien; deducciones. —No hay impaciencia ni cansancio en su cara; quizá todo sea mentira, estemos aún en el hotel junto al río, el Inglés no haya matado a nadie—. Técnicamente inobjetable. Y nosotros, querido amigo, juramos respetar su secreto, su reticencia.

—Entonces —responde René— estamos de acuerdo. Pero, le ruego, acepte suponer por un momento que fueron ustedes y que yo lo sé. Aunque sólo sea para conversar un momento, mientras regresa Owen. Lagos: hemos jugado al ajedrez.

—Agradezco que lo recuerde; no será un jugador muy fuerte, pero debe figurar entre los más elegantes del mundo. Supongamos aquello, entonces.

Sobre el borde del asiento, Lagos está colocado ahora entre el marido y el viudo, entre la frívola cortesía y la desesperación implacable. Usted continúa paseando, más veloz y resuelta ahora; tal vez no haya habido nunca problemas y basta con elegir entre la imagen de San Cristóbal y la luz del día en la ventana o dudar entre ambas cosas.

—Alabardero —dice el Inglés al volver; se sienta, busca un fósforo para su pipa. Tratamos de impedir que nos sorprenda mirándolo disfrazado, le agradecemos que haya sido el primero. Le miro a usted los tobillos para huir del pequeño espanto que brota de este hombre derrumbado en su sillón, acariciándose la peluca, rígido el brazo horizontal que apoya en la ridícula forma de arma envuelta en papel plateado.

—Bien, técnicamente perfecto —dice René—. Pero hoy termina el carnaval. En cuanto salga el sol, mañana, no podrán mover un dedo, disfrazados. Puedo hablar, entonces, de veinticuatro horas perdidas; repetir que yo las hubiera utilizado para acercarme a una frontera.

—Exacto —dice Lagos—. Usted, todos harían eso.
—Hace sonar, apenas, las puntas de los dedos contra el

brazo del sillón y dobla el cuerpo hacia René, no tan rápidamente como para impedir que yo sepa, aun antes de que termine el movimiento, que está mintiendo—. Y ellos, la policía, van a pensar lo mismo. Todo el mundo; hombres con máuseres en los caminos, inspección de automóviles y trenes. Tan evidente... En este mismo momento nos están esperando en cada frontera. ¿Pero a quiénes esperan? —Se vuelve hacia el lugar que ocupo; sé que está hablando para usted, nada más, para derramar alternativamente en sus oídos, al paso, la convicción de que la palabra mañana conserva un sentido y de que él es infinitamente más vigoroso que su edad—. Tienen, deben tener, supongamos, descripciones de nosotros. ¿Pero encontrarán nunca nada semejante a este alabardero, al rey en que voy a convertirme?

—Sí —murmura René con tristeza—. Comprendo.

—Todo esto, querido amigo —dice Lagos poniéndose de pie—, dentro de los anchos límites de la suposición inicial. —Sonríe, se acerca a la mesa con rápidos pasitos, oprime el hombro de René—. Mi pobre amigo; hay la repentina, como enfurecida, breve infelicidad; hay también la otra, gris, diaria, sin un final previsible. La suya. Querido amigo: llegó mi turno, voy a ser rey. —Se detiene junto a la cortina del dormitorio, siento que sospecha haber dejado un miedo detrás de sí, una desconfianza—. Si yo dirigiera una retirada... Claro, es cierto, el carnaval termina. Pero habría conquistado ya una seguridad absoluta de veinticuatro horas, habría fortificado la moral de mi ejército y, durante el tiempo así ganado, organizaría el arribo a la frontera.

—También es cierto —dice René, pero Lagos no se convence, vuelve sonriendo hasta el centro de la habitación, parece coincidir por sorpresa con usted y la estrecha levemente contra el pecho.

—Yo, el rey —dice Lagos junto a la mesa—. ¿Le molestaría mucho acompañarme un momento? —Hace una reverencia, junta los talones, y entra al dormitorio con René.

Usted ha vuelto a caminar, al otro lado del humo de la pipa del Inglés; descubro que la zona de quietud y desvío que se extiende desde las flacas rodillas del alabardero, desde las arrugas de las medias blancas, se empeña en desvanecer lo que usted construye. Usted lucha y persiste, pero termina por detenerse, sonríe hacia mí sin ver, se acerca y cae en un asiento, a mi lado.

Con el disfraz, Lagos parece simultáneamente más gordo y más alto; lo veo avanzar duplicando la dignidad de sus modales. Es probable que ensaye los dones recién adquiridos cuando se inclina para cuchichear junto a la oreja del Inglés, inmóvil en su asiento, el ángulo recto del brazo apoyado en la corta lanza que él llama alabarda. Usted dilata y asoma los ojos para mirar a René que se acerca con ropas de calle, un sombrero de paja y una libreta negra en la mano.

—Vamos a salir —explica Lagos; me mira, sonríe hacia usted—. No creo que demoremos. René tuvo una idea magnífica; es posible que todo esté arreglado en un par de horas. Hay un teléfono en el dormitorio, doctor; le ruego que, de vez en cuando, se interese por nuestro amigo Albano.

—No hay inconveniente en que usen el teléfono —agrega René—. Pero no atiendan si llaman, no utilicen el del negocio.

Hay algo incomprensible en su sonrisa cortés, presiento la repugnancia que me amenaza, lo que habrá de grotesco y elegíaco en el grupo cuando se vuelvan de espaldas y caminen hacia la puerta, el rey, el alabardero, este hombre que los acompaña o los guía, como un loquero a sus enfermos.

Voy hasta el dormitorio para no verlos partir, uso el teléfono como pretexto; llamo mientras ellos cierran con suavidad la puerta, me sobra el tiempo para percibir el crecimiento del silencio en la primera habitación, la soledad que comienza a rodearla a usted y la aísla. Es la voz de Pepe en el aparato, sobresaliendo de los ruidos que anticipan el mediodía, la inquietud ruidosa de vasos con vermouth, sifones, platos de aceitunas, dinero y fichas. No ha llegado aún el señor Albano; doy las gracias y, ya sin sueño, me tiro en la cama, me hundo apenas en la colcha azul. Pienso en usted y la olvido, acojo mi voluntad de olvidarla, olvido el futuro irrealizable que nos unió, olvido la insignificante porción de lo que hicimos juntos, de lo que nos espera. Con las manos bajo la nuca, rodeado, atravesado casi por las listas azules, rosadas y cremas del empapelado, me dejo caer en cualquier marchita felicidad pasada. Evoco al señor Albano sin otro resultado que algunos mal distribuidos cabellos retintos sobre una piel oscura y grasienta; adivino que habré de conocer de golpe sus anécdotas, su rostro, su voz, sus costumbres misteriosas y morigeradas en el mismo momento en que Pepe sustituya la monótona negativa por la explicación de las complicaciones recién surgidas, la enumeración de los progresos del cerco que terminará por atraparnos. Recuerdo la grandeza de Lagos cuando repartía indicaciones en un ineludible lenguaje infantil, cuando demostró ser capaz de preverlo todo, menos el suave gesto con que el Inglés apoyó su pistola en el cuerpo del hombre que se acercó al automóvil y quiso detenernos; vuelvo al señor Albano e imagino nuestro encuentro en un reservado del café, o junto al mostrador, la entrevista en que tomados del brazo nos haremos oír, sin apuro, las tediosas confidencias que puede cambiar un muerto con un fantasma.

Pienso que voy a dormirme y salto de la cama; la descubro a usted dormida en un sillón, imagino la totalidad de la vida animal de su cuerpo, desde los zapatos hasta los párpados que se arrugan para proteger el sueño. Bajo la escalera, atravieso la penumbra del taller de la relojería, la salita de ventas; la luz de la calle entra casi vertical, recorta en la vidriera las letras doradas de la muestra, el cuadriculado metálico del sistema de alarma. Al otro lado de la calle, en el café de la esquina, sentado junto a la ventana, con un codo que avanza en la mañana húmeda y caliente, hay un hombre de perfil, con sombrero panamá, inclinado encima de un diario.

Quedo inmóvil, mirándolo, escucho los tictacs desparejos de una veintena de relojes a mi espalda, sobre mi cabeza; vibrando en el escaparate, cerca de mi vientre; invento el golpeteo de las máquinas que no oigo, las que están en la caja fuerte, en las vitrinas, en la luz verdosa de un pequeño acuario, sin poderes para evitar que el latido de los relojes mida y corroa este tiempo y los que soy capaz de recordar y suponer. El aire del local, de pronto, retrocede, se hace silencioso y desciende; desde todas partes saltan las campanadas del mediodía, martillan y cantan los carillones. Camino hacia atrás hasta que choco con un reloj de pie; tembloroso, me aplico a sudar todo el miedo que acumulé, sin saberlo, desde ayer, mientras se prolonga el estrépito, mientras agonizan en mi memoria los últimos sonidos de los relojes.

Voy al estrecho taller y me siento en una banqueta, junto a la mesa; me ajusto en un ojo un lente de relojero, enciendo un cigarrillo y examino, a través de los vidrios del tabique, con una fría mirada tuerta, la luz de la calle depositada en la parte delantera del negocio. Escuchando el batallón de tictacs que ataca a la claridad del mediodía, la empuja, la desgasta; escuchando los puntuales carillones y campanas que van celebrando victorias parciales. Sin pensamientos, sin intervenir, ajeno al tiempo y a la luz, presencio la lucha hasta que termina, hasta que los metales y los vidrios de las esferas comienzan a reproducir y repartirse el reflejo de la primera lámpara que se enciende en la calle. Dejo sobre la mesa del taller el lente negro, suspiro el cansancio de la jornada y subo la escalera, con el cuerpo dolorido, una mano en el riñón.

En el departamento a oscuras camino lentamente entre los muebles, la oigo murmurar o reírse, confusamente veo que usted separa del muro la mancha blanca de su vestido. Usted corre, veloz y sigilosa, se detiene junto al diván; voy reconociendo, lentamente, su cara, su cuerpo empequeñecido por el disfraz de bailarina. Me siento en un sillón y comenzamos a hablar de su disfraz; contesto con docilidad, acepto todo lo que usted dice o insinúa, voy creyendo en la entrecortada historia de un traje semejante, de una tía joven, de dos o tres sentimientos, remozados de improviso y que sólo a usted pueden interesar. Descubro que sus piernas se han hecho asombrosamente fuertes y comprendo que usted estuvo bailando, sin descanso, mientras atardecía, que estuvo corriendo de lado a lado de la habitación, un tímido salto al pie de la hornacina, otro junto a la ventana.

Cuando usted termina su historia doy mi asentimiento con voz reflexiva y suspiro. Desde muy lejos nos llega un ruido de gritos y automóviles y en el inmediato silencio presiento, un poco nervioso, que va a iniciarse nuestra vida en común; me hago cargo de que no nos entendemos del todo y de que será necesario rellenar muchas distancias con olvidos y buena voluntad.

Se abre la puerta y los tres hombres entran, emergen de un subsuelo de repiques y prólogos musicales. Alguien enciende la luz.

—Todo está bien. Casi arreglado —dice Lagos.

—Mañana. A la madrugada —agrega el Inglés.

La cara de Lagos se mueve firme y alegre; la del Inglés muestra discretamente la resignación y el fracaso. Me doy cuenta de que ambas expresiones son partes de un mismo rostro, que han acordado repartirse la confianza y el desánimo. No hago preguntas; me coloco al lado de René y lo ayudo a desembarazar la mesa y abrir paquetes, descorcho la botella de vino.

Cuando alguno deposita en la bandeja el último hueso de gallina, René sonríe dirigiéndose hacia el techo y dice, rápido:

—Si quieren pueden quedarse.

—No —contesta Lagos—. Ahora menos que nunca. Hay muchas cosas que hacer.

Usted, solitaria en el extremo de la mesa, alza las manos que brillan con la grasa de la comida, se mira uno a uno los dedos, los acerca y los aparta de un gesto maravillado. En el dormitorio descubro que la faja del traje de torero se reduce a un cinturón ancho y relleno que se sujeta con broches en la espalda; no puedo recordar por qué quise este disfraz y estuve dispuesto a defenderlo. Estoy frente al espejo, ridículo y triste, no me animo a erguirme ni a mirarme en los ojos.

Tal vez el mismo Lagos haya empezado a ver hombres con sombreros panamá, distraídos señores Albano de anchas mandíbulas, mientras andamos por una calle del centro, de dos en fondo, apretándonos en la multitud, ofreciendo las caras desnudas. Me toca un hombro, vuelvo la cabeza hacia usted y el Inglés.

—Que entren aquí, doctor —dice—. Le ruego. Vamos a entrar aquí.

No hacemos preguntas mientras Lagos se adelanta en el vestíbulo del teatro para comprar las entradas al baile. Usted ríe, colgada del brazo rígido del Inglés, la cabeza torcida hacia el ruido de la música. Paso a paso, tratamos de llegar a una mesa vacía; demasiado tarde, Lagos me advierte:

—No vamos a bailar todavía.

Usted golpea con la frente el pecho del Inglés, se abrazan y, bailando, alcanzan mucho antes que nosotros la mesa vacía.

—Un momento —dice Lagos; la mira a usted con una repentina ternura, casi impúdica, y ambos ríen; usted, como en otra noche que no ha llegado todavía, inclina luego la expresión de una furia sin destino, una boca oscura y amarga, está como apoyando el pecho contra el aire caliente, los perfumes, el humo—. Un momento. Vamos a tomar una copa, vamos a brindar.

Brindamos, por nada, alzamos un momento las copas hacia las serpentinas que cuelgan del techo. Cuando usted se aleja con el Inglés vigilo los ojos de Lagos que tratan de no perder entre los bailarines su redonda falda rígida, el triángulo desnudo de su espalda; llena mi copa, abandono el cuerpo y voy siguiendo en la cara de Lagos las vueltas que da usted abrazada al Inglés. No diría que está viejo; diría que acaba de llegar, en este exacto minuto, al momento en que se empieza a envejecer.

Usted vuelve a la mesa, apoya en una punta los dedos de una mano, bebe un trago, me sonríe como si le fuera posible darme algo, alza los brazos para recibir a Lagos y se alejan bailando.

El Inglés me oprime un brazo sin hablar; espero, decido despreocuparme de cualquier confesión. Vacía su copa y vuelve a llenarla con el resto de la botella.

—Y fue esta mañana —murmura— cuando casi discutimos por un traje de disfraz. Y fue ayer de tarde cuando volteé al tipo y lo dejé duro boca arriba en la llovizna. No pensaba hacerlo hasta que me vi haciéndolo. Pero, en el fondo, es probable que estuviera decidido a una cosa así desde el hotel del río. Pero no sé si tengo derecho a complicar en esto a un hombre como usted.

—Gracias —digo—. ¿Y en cuanto a la muchacha?

—¿La violinista? —Se asombra, se burla un poco, sacude una mano en el aire—. A ese tipo de mujeres hay que darle cualquier cosa menos la paz. Lo excitante, exciting, es su lema. Nacieron para vivir, las respeto, ¡son tan escasas!

Usted baila conmigo, con Mauricio y con el Inglés; vuelve a bailar conmigo y recuerdo el teléfono. Bordeo la pista y llego hasta el bar, pregunto por el señor Albano, me entero de que estuvieron ya en la lavandería, que encontraron su estuche de violín, lleno de ampollas, en el hueco del mostrador. A solas con Lagos en la mesa la miro alzar su risa hacia la cara del Inglés mientras bailan y evoco la destreza con que el Inglés, en la lavandería, disimuló el estuche bajo las ropas y el diminuto orgullo que tenía al enderezarse y mirarnos; evoco el olor de la cálida humedad y el de las camisas usadas.

—Estuvieron en la lavandería —murmuro—. A las diez.

—Gracias —contesta Lagos; cuando descubre su vestido junto a la orquesta vuelve a sonreír—. Nos vamos —anuncia cuando usted y el Inglés llegan a la mesa; pone el dinero sobre el mantel, no da explicaciones ni nos mira, tal vez imagine extraer un último prestigio de la arbitrariedad y el misterio.

Con inflexible velocidad atraviesa la sala de baile y el vestíbulo del teatro; sólo al detenerse en el borde de la acera comprende que está desesperado y se vuelve para enfrentarnos con una sonrisa de asombro. Subimos a un taxi y atravesamos el carnaval en la ciudad sin hablarnos; descendemos junto a un largo paredón donde han pintado leyendas políticas con altas letras blancas.

—¿Eso, lo de la lavandería —pregunto a Lagos—, quiere decir que...?

Lagos me toma de un brazo y me va conteniendo hasta que usted y el Inglés avanzan una mal alumbrada cuadra en la noche.

—No puede saberse, doctor. ¿Diría usted que todo está perdido? Perdone por contestarle con una pregunta. Subsiste mi plan, nuestro plan; continuamos escondidos en la fiesta, hemos dejado de ser hasta la mañana. Tengo un definitivo respeto por su ecuanimidad. ¿Me reprocharía usted no haberle hablado de Elena en todo este tiempo, estos días? Mire hacia allá, doctor, vea esa figura blanca al lado de Oscar. Ella es Elena. Nada se interrumpe, nada termina; aunque los miopes se despisten con los cambios de circunstancias y personajes. Pero no usted, doctor. Escuche: aquel viaje que hizo usted con Elena persiguiendo a Oscar, ¿no es exactamente el mismo viaje que pueden hacer esta madrugada, en una lancha, desde el Tigre, una bailarina, un torero, un guardia de corps, un rey?

Me suelta el brazo y continúa andando en silencio, modesto y majestuoso a la vez, resuelto a dejar dentro de mí su última frase, como un gajo, para que arraigue y crezca.

—No voy a ningún baile —dice usted en la esquina—. Ir ahora sería como matar todos los bailes del mundo. Lo que es, lo que debe ser un baile. Pero voy a cualquier otro lado que quieras, que digan. Eso sí.

Cuando el Inglés consigue un coche y estoy nuevamente sentado junto a un chofer, rodando hacia el oeste sin destino preciso; mientras Lagos cambia de intención, se desilusiona al llegar a las esquinas que nombró y volvemos a correr hacia otra que tampoco podrá satisfacerlo; mientras atravesamos y confundimos calles, risas, músicas, faroles, supongo que Lagos y yo vamos amontonando remordimientos por dejar sin respuesta los saludos de decenas de señores Albano que sonríen con sólo aflojar las mandíbulas y agitan a nuestro paso sombreros panamá desde balcones, mesas de café, otros automóviles.

Ahora, siempre dentro del carnaval, estoy junto a usted en la pequeña glorieta de ramas secas y polvorientas donde cuelgan serpentinas y flores de papel, donde se extienden iniciales, fechas y epígrafes a los que pasamos revista moviendo los labios en silencio. Esperamos al mozo, una guitarra preludia interminable.

—Brindo —dice el Inglés alzando su vaso, la otra mano colgando sobre la alabarda, sin esperarnos para beber—. Brindo por el salón de una peluquería, con un solo sillón, un mulato, un espejo picado. Por una hora de la siesta y por mí sudando en la sombra, hojeando revistas. No conozco, en este momento, un recuerdo más importante.

—No hay nada nuevo —anuncio al volver a la mesa, después de hablar por teléfono, de enterarme de que el señor Albano no se encuentra en el café, después de pasar cerca del guitarrista que preludia en el patio frente a cuatro amigos silenciosos, tres mujeres casi dormidas.

—Estuvieron en el lavadero —dice Lagos—. Querido doctor, es mi deber confesarle que no existe ninguna lancha. —Levanta su vaso, nos muestra luego una sonrisa que no alcanza a separarle los labios, nos deja ver que está viejo y que no ama a nadie.

Rozo la mano que usted esconde bajo la mesa, engancho una uña en el filo de una pulsera y de golpe comprendo la vida, me reconozco en ella, experimento un definitivo desencanto por su sencillez.

—Brindaría ahora —murmura el Inglés— por un hombre muy viejo. Se alimentaba de minúsculos misterios sin importancia. Cuando le llegó la hora de la muerte creyó salvarse diciendo que tenía sueño.

Yendo hacia el teléfono veo el patio abandonado, las mesas amontonadas, una claridad lunar que ya se disuelve en el ramaje. Pregunto por el señor Albano y Pepe habla con voz monótona, sin interrumpirse, como si recitara su información por centésima vez y ya le fuera imposible descubrirle un sentido.

—Gracias —contesto—. No sé si volveré a llamar.

Mientras vuelvo a la mesa —hay una indudable claridad encima de la glorieta— me siento impedido por la ridiculez del disfraz, me avergüenzo del silencio de mis zapatos con hebilla sobre las baldosas rojas del patio, sobre el piso de tierra donde usted y ellos me esperan.

—Estuvieron en lo de René, en la relojería —digo al sentarme—. Él mismo avisó a Pepe cuando los oyó golpear en la puerta.

—Gracias —dice Lagos—. También podemos brindar por eso.

Usted se endereza como despertando, empuja mi pierna con la suya; por un largo momento la risa le impide hablar.

—¿Quiere decir que la ropa... que ya no podremos cambiarnos?

—Excesivamente escondidos en el carnaval, según parece —comenta Lagos y trata de que yo lo vea sonreír.

Usted alza los brazos para mirárselos, se mira el corpiño, la corta falda rígida que parece descansar sobre sus rodillas; ríe, ahora suavemente, cada vez más despacio, como si se alejara.

—No sólo las ropas y los documentos —dice Lagos—. También el dinero estaba en casa de René.

—Brindemos con los vasos vacíos —propone el Inglés.

Entonces comienza un silencio que los últimos ruidos de la calle sólo tocan para sumergirse y desaparecer en él; un silencio en el que me es posible recoger por error los pensamientos de Lagos y del Inglés y pensarlos un momento por ellos. Puedo verla a usted, diez años antes, escondiendo bajo su almohada un par de zapatillas de baile; mirar por encima de su hombro las láminas que va recortando de gruesas revistas viejas, distinguir el reflejo de las tijeras en el papel satinado; puedo verla bailar lo que le obligan a tocar el violín. Y aquí, en la glorieta, sobre la mesa —mientras se inicia, tímidamente, sin otro fin que cubrir y proteger el silencio, el rumor de los pájaros— puedo ver la cara joven y desapasionada del Inglés, sus ojos bizqueando hacia el agujero de la pipa vacía que sostiene con los dientes; puedo ver a Lagos que envejece entre suspiros enérgicos, como si recurriera a toda su voluntad, a todo su orgullo, para avanzar en los años, imponiéndose fechas y estaciones, sin otro temor que el de una muerte prematura.

Flanqueados por sonrisas, susurros, cabezas inquietas, vamos saliendo hacia la gran burla de la mañana próxima; avanzamos detrás de Lagos, pisoteando los vestigios de la fiesta, empeñados puerilmente en la ignorancia de las calles y de los ruidos que se van alzando como un vapor; guiados por la voluntad de Lagos, que desconocemos, creyendo en él por última vez. Cargados con nuestro inmortal silencio, avanzamos.

No tomo su brazo al cruzar las calles, no intento protegerla, no la recuerdo. El débil viento mezcla y enreda en las calles los rastros del carnaval difunto, y el amanecer está imponiendo nuevos límites al mundo cuando Lagos deja de conducirnos y los cuatro nos sentamos en un banco sin respaldo, en una plazoleta de barrio, sin estatuas ni verja, con un enorme pino central que nos ofrece sombra para el mediodía. Allí aguardamos, rígidos, pesados, estremecidos por el viento a medida que vamos entrando en la mañana y nos acercamos, inmóviles, a la claridad y al final. Pero cuando logro distinguir entre los árboles, pisando con levedad el césped, a fugaces hombres con sombreros de paja que aventuran saludos indecisos, prefiero irresistiblemente no esperar al señor Albano en el banco y me pongo de pie. Un momento después, usted y el Inglés se levantan.

Contemplamos la boca hundida de Lagos, los ojos entornados donde escarba la luz creciente, el mechón de pelo encanecido que asoma debajo de la peluca. El Inglés sacude con alarma la cabeza, como si fuera descubriendo a los fantasmas que se reproducen sin impaciencia encima de los canteros, se ocultan parcialmente detrás de los troncos. Después empieza a pasearse frente a Lagos, frente a su cuerpo en el banco, derrumbado y augusto; va y viene, la alabarda al hombro, con pasos y medias vueltas de rutina.

Puedo alejarme tranquilo; cruzo la plazoleta y usted camina a mi lado, alcanzamos la esquina y remontamos la desierta calle arbolada, sin huir de nadie, sin buscar ningún encuentro, arrastrando un poco los pies, más por felicidad que por cansancio.

Índice